# 혁명하는 여자들

# SISTERS *of the* REVOLUTION

## 혁명하는 여자들

**조안나 러스** 외 지음 **신해경** 옮김

아작

**일러두기**

모든 각주는 옮긴이의 것이다.

# 차례

# I

# 자신을 행성이라 생각한 여자

반다나 싱

 

람나스 미슈라의 삶은 어느 날 아침에 영영 바뀌어버렸다. 그날, 지난 40년간 고수해온 의식대로 베란다에서 신문을 열독하고 있던 그 앞에 아내가 찻잔을 탁 내려놓으며 선언했다. "마침내 제가 무엇인지 알았어요. 전 행성이에요."

람나스가 은퇴한 뒤로 둘이 다 불편해졌다. 그는 멀찍이 서서 아내를 가정의 인자한 군주이자 지금은 장성한 아이들의 어머니로 아는 데에 만족했으며, 그 이상의 상세한 건 전혀 알고 싶어 하지 않았다. 카말라 입장에서는 남편이 옆에 있는 걸 언짢고 불편하게 느끼는 듯했다. 아내의 본분을 다하는 전통적인 인도인 부인이라는 그녀의 겉치레는 첫 주가 지나자마자 떨어져 나갔다. 지금 람나스는 얼굴을 찌푸리며 자신만의 평화로운 시간을 방해한 아내에게 엄하게 한소리 해야겠다고 마음먹고 신문을 내려놨다가, 그러기는커녕 놀라서 찍소리도 못한 채 입을 떡 벌리고 말았다.

아내가 일어서서 입었던 사리를 풀고 있었다.

람나스는 의자에서 굴러떨어질 뻔했다.

"뭘 하는 거야, 정신 나갔어?" 그는 펄쩍 뛰듯이 아내에게 다가가 한 손으로 푸른 면직 사리 자락을 잡고 다른 손으로는 아내의 팔을 붙들고는 혹시라도 근처에 하인들이나 정원사가 있지나 않은지, 아니면 여름 햇빛으로부터 베란다를 가려주는 부겐빌레아 가지들 사이로 엿보는 이웃이라도 없는지 연신 두리번거리며 사방을 살펴보았다. 그의 손에 붙잡힌 아내가 불길한 시선으로 그를 뚫어지게 쳐다보았다.

"행성에게는 옷이 필요 없어요." 그녀가 대단히 위엄 있게 말했다.

"당신은 행성이 아니야, 미친 거지." 람나스가 말했다. 그는 아내를 침실로 몰아넣었다. 고맙게도 세탁부는 나간 뒤고 요리사는 주방에서 라디오 소리에 맞춰 음이 맞지 않는 노래를 부르고 있었다. "세상에, 사리 좀 제대로 입어."

아내가 순순히 그의 말에 따랐다. 람나스는 아내의 눈에 눈물이 번지는 걸 보았다. 문득 짜증과 함께 걱정이 몰려왔다.

"어디 아픈 거 같아, 카말라? 쿠마르 선생한테 전화할까?"

"아프지 않아요." 그녀가 말했다. "전 밝힐 게 있을 뿐이에요. 전 행성이에요. 전 인간이었고 여자였고, 아내이자 어머니였죠. 전 제게 그런 거 말고 뭔가 다른 건 없을까 늘 궁금했어요. 전 이제 알았어요. 행성인 게 저한테 이롭기도 해요. 간장약도 끊었으니까요."

"이봐, 당신이 행성이라면," 람나스가 격분해서 말했다. "당신은 별 주위를 도는 죽은 물체일 거야. 아마 대기와 여기저기 기어 다니는 살아있는 것들이 있겠지. 지구나 목성처럼 아주 커야 할걸? 당신은 행성이 아니라 살아있는 사람, 여자야. 반듯한 가정에서 나고 자란, 우리 가족의 명예를 손에 쥐고 있는 숙녀라고."

아내가 고개를 끄덕이며 미소를 짓고는 머리 매무시를 가다듬었기 때문에 그는 자신이 설명을 너무 잘했다고 생각하며 만족했다. "가서 점심상 차려야겠네요." 아내가 평소의 목소리로 말했다. 람나스는 남자로서 해야 하는 이 모든 일에 고개를 절레절레 흔들며 베란다로 나가 다시 신문을 집어 들었다. 하지만 최근에 총리가 벌인 기행에 통 집중할 수가 없었다. 갑자기 40년을 같이 살아온 사람을 잘 모른다는 사실이 다소 무서운 일이 될 수 있다는 생각이 떠올랐다. 저 여자는 대체 어디서 저런 이상한 발상을 얻게 됐을까? 그는 오래전에 종조모가 미쳐서는 조상 대대로 살던 집의 바깥 화장실에 들어가 문을 걸어 잠그고 짝짓기 철을 맞은 큰두루미처럼 새된 소리를 지르기 시작했던 때를 떠올렸다. 무슨 일인가 싶은 이웃들이 안마당에 떼로 몰려들어 입에 발린 동정을 건네며 격려의 말을 외치는 가운데 그들은 겨우겨우 그녀를 끌어냈다. 사람들의 부축을 받으며 부서진 문짝으로 나온 종조모는 얼마나 고요해 보였던가. 분명 순순한 굴종의 표시로 고개를 숙이고 있던 종조모가 어떻게 아무 사전 경고도 없이 갑자기 자기 남편의 팔을 때리기 시작했는지 그는 똑똑히 기억하고 있다. 종조모는 란치에 있는 정신병자 보호시설에서 생을 마감했다. 가족들이 얼마나 끔찍한 망신을 겪었던가. 그 불명예, 점잖은 상류 중산층 가문에 미친 사람이라니. 그는 갑자기 몸을 떨면서 신문을 내려놓고 쿠마르 선생에게 전화를 걸러 갔다. 쿠마르 선생은 함부로 입을 놀리지 않을 거야. 우리 집안을 잘 아는 친구니까….

누군가 커튼을 쳐서 아침 햇빛을 가린 바람에 응접실이 온통 캄캄했다. 요리사가 노래를 그만두자 부자연스럽게 조용한 집 안이 마음에 걸린 그는 더듬더듬 더듬으며 창문보다 가까운 전등 스위치로 향했다. "카말라!" 그는 아내를 소리쳐 불렀고, 자신의 목소리가 떨리는 걸 듣고는 신경질이 났다.

갑자기 방 반대쪽 커튼이 홱 젖혀지면서 햇빛이 폭발하듯 그의 눈을 찔렀다. 거기 자신의 아내가 발가벗은 채 두 팔을 활짝 벌리고 태양을 향해 서 있었다. 그녀가 천천히 돌아서기 시작했다. 얼굴에는 축복을 받는 듯한 표정이 어려 있었다. 햇빛이 그녀의 풍만한 몸을, 넉넉한 대지와 쭈글쭈글한 아랫배와 엉덩이로 겹겹이 흘러내리며 접힌 살을 씻어주었다.

람나스는 공포에 사로잡혔다. 그는 냅다 창문으로 달려가 커튼을 홱 닫고는 아내의 두툼한 어깨를 붙잡고 격하게 흔들었다.

"당신 미쳤어? 이웃들이 뭐라 생각하겠어! 대체 내가 뭘 잘 못했기에 이런 일을 당해야 해?"

그는 아내를 침실로 끌고 들어가 두리번거리며 사리를 찾 았다. 웃옷과 속치마, 사리가 침대에 아무렇게나 구겨진 채 내던져져 있었다. 이건 이것대로 불안한 징조였는데, 아내는 보통 강박적일 정도로 정리정돈에 집착했기 때문이었다. 사 리를 어떻게 입히는지 전혀 아는 바가 없다는 사실이 떠올랐 다. 모기장 틀에 깔끔하게 갠 나이트가운이 걸려 있는 걸 본 그는 그걸 잡아챘다. 아내가 그의 손아귀에서 벗어나려고 용 을 썼다.

"당신, 부끄러운 줄도 모르는 거야? 이거 입어!"

잠시 후에 어렵사리 아내에게 나이트가운을 입히고 보니 앞뒤가 뒤집혔다. 그건 상관없어. 그는 아내를 침대에 앉혔다.

"여기 가만히 앉아서 움직이지 마. 난 의사한테 전화할 테 니까. 요리사는 나갔지?"

아내가 그를 쳐다보지도 않고 고개만 끄덕였다. 응접실에 간 람나스는 잠시 머뭇거리다가 커튼을 젖히는 대신 불을 켰 다. 그는 자기 몸의 일부분이 발가벗은 그녀와 실랑이를 벌이 는 와중에 반응한 것을 알고 신경질이 났다. 그는 단호하게 모 든 잡생각을 물리치고 전화기로 다가갔다.

쿠마르 선생은 병원 응급 상황에 불려가서 집에 없었다. 람 나스는 친구에 대해서 잠시 나쁜 생각을 했다. "돌아오는 대로 전화 달라고 전해줘. 아주 급한 일이야." 그는 하인에게 당부한 다음 수화기를 쾅 내려놓고 다시 침실로 돌아갔다. 아내는 누워 있었고, 확실히 잠들어 있었다.

그날 온종일 람나스는 아내를 감시했다. 점심때쯤 되자 아내가 사리로 갈아입고 머리를 빗었다. 요리사가 양파와 쿠민, 생강, 고추 양념을 넣고 뭉근히 끓인 병아리콩 스튜를 내왔다. 특별한 일이 있을 때만 먹는 바스마티 쌀밥도 곁들여 나왔고, 가지를 작게 잘라서 튀긴 뒤에 토마토와 향신료를 끼얹은 요리도 나왔다. 아내가 제일 좋아하는 요리가 뭔지 짐작조차 가지 않았던 람나스가, 어쩌면 맛있는 음식을 먹으면 아내의 광증이 사라질지도 모른다는 희망을 품고 뭐든 아내가 좋아하는 요리를 해달라고 요리사에게 요청한 결과였다. 하지만 아내는 꿈꾸는 표정을 하고서는 무심하게 음식들을 뒤적거렸다. 아내의 생각이 어디 먼 콩밭에 가 있는 게 확실했다. 람나스는 분노와 자기연민의 물결이 밀려오는 걸 느꼈다. 대체 내가 뭘 잘못했기에 이런 일을 당하는 걸까? 그는 40년, 아니 그 이상을 열심히 일했고, 중앙정부에서 선임 관료 단계까지 올랐다. 그는 두 아들의 아버지였다. 이런 일이 닥치고 보니 아들이 아니라 지금 같을 때 부탁을 할 수 있는 존재, 딸이었으면 더 나을 뻔했다는 생각이 잠시 머리를 스쳤다. 그는 마음속으로 연세 지긋한 여자 친척들을 재빨리 꼽아보았다. 그들은 다 죽었거나 아니면 다른 도시나 시골에 살았다. 왜 저 빌어먹을 의사는 전화를 안 하는 거지?

람나스의 좋은 시절은 완전히 망가졌다. 그는 저녁마다 시니어클럽에 나가 다른 은퇴자들과 체스를 두곤 했지만, 오늘은 감히 아내 곁을 떠날 엄두가 나지 않았다. 아내는 다른 사람한테는 안 그러면서 자기한테는 말을 걸 때만 입을 열었다. 요리사에게 지시를 내리고 직접 응접실에 있는 사진과 골동품들의 먼지를 터는 아내는 겉으로 보기에는 침착했지만, 그는 그녀가 꿈꾸듯이 입술에 미소를 머금은 채 자신만의 세계를 들여다보고 있음을 알아챘다. 그는 의사에게 다시 전화를 걸었다. 그 빌어먹을 바보는 잠시 집에 들렀다가 파티 복장으로 갈아입고는 급한 전갈을 받지도 않은 채 집을 나서고 말았단다.

그날 밤은 람나스 인생에서 최악의 밤이라 할 만했다. 아내는 잠을 자면서도 부두에 묶어놓은 배가 줄을 풀고 도망가려는 것처럼 뭔가 보이지 않는 구속력에서 벗어나려는 듯 몸을 뒤척였다. 람나스 자신은 행성들과 뚱뚱한 나체 여성들이 나오는 악몽들 때문에 괴로웠다. 그는 몇 번이나 깨서 쉬어가는 머리카락으로 온통 베개를 뒤덮고, 벌린 입도 반쯤 머리카락에 가린 채 단속적인 잠을 자는 아내를 유심히 지켜보았다. 아내가 숨을 내쉴 때마다 머리카락 한 줌이 불려 나왔다. 그 머리카락에 뭔가 끔찍한 생물 같은 속성이 있는 것 같았다. 그는 손을 떨지 않으려고 애쓰면서 아내의 얼굴에 걸린 머리카락을 쓸어 넘겼다. 창에서 들어오는 달빛을 받은 아내의 얼굴은 달 표면 같았다. 나이 탓에 패고 푹 꺼지고 갈라졌다.

낯선 사람 같았다.

다음 날 아침, 아내는 다소 가라앉은 듯했다. 한낮이면 차크라바티 부인이나 자인 부인을 만나러 가곤 했는데 그날은 그러지 않았다. 전화벨이 울리는데도 아내가 전화를 받지 않았다. 그 무신경함에 격노한 람나스가 수화기를 들자마자 냅다 소리를 질렀다가 자인 부인의 냉정한 목소리에 몸 둘 바를 모르고 쩔쩔 매게 되었다. "아내가 몸이 좋질 않아서요." 그는 말을 뱉자마자 후회했다. 10분 뒤에 잔뜩 걱정된 자인 부인이 차크라바티 부인과 함께 과일과 차크라바티 부인의 시어머니가 만든 특별한 약초액을 들고 모습을 드러냈다. 람나스는 제발 자기를 괴롭히지 말고 꺼지라고 말하고픈 충동을 잠시 느꼈지만, 사락거리는 풀 먹인 면직 사리를 입은 둘의 기혼 부인다운 모습에, 향수를 뿌리고 헤나로 물들여 그처럼 깔끔하게 쪽을 진 둘의 머리 모양에, 자매 같은 사이인데 응당 걱정되는 게 당연하지 않으냐는 둘의 분위기에 완전히 꼬리를 말고 말았다. 카말라가 누웠던 침실에서 나와 기대도 않았는데 너무 반갑다는 듯이 그들을 맞아 방으로 데리고 들어갔다. 그래서 추방된 람나스는 집에서 만든 레몬수라도 내드릴까 하는 요리사의 제안을 거절했다가 다시 받아들이고서 뜨거운 베란다에 속을 끓이며 앉아 있었다. 침실 안에서는 여자들이 해변에 오른 고래들처럼 침대에 퍼져서는 레몬수를 홀짝거리며 수다를 떨고 깔깔거렸다. 그는 여자들이 무슨 수다를 떠는지 알 수 없었다. 하지만 가면 갈수록 적어도 아내가 보통 때처럼 행동하고 있다는 사실에 마음이 놓였다. 아마도 친구들이 온 게 좋았던가 보다. 오늘 저녁에는 클럽에 갈 수 있을지도 모른다.

여자들이 떠나자마자 카말라는 다시 조용하게 무관심한 태도로 돌변했다. 그사이, 쿠마르 선생이 전화했다. 그 바보는 고집스럽고 정확하게 미슈라 부인의 어디가 문제인지 묻기만 했다. 아내가 자신을 쳐다보는 걸 느낀 람나스는 뭐라 해야 할지 할 말을 찾지 못했다. "거 여자들 문제 있잖아." 그는 마침내 궁색하게 말했다. "전화로는 설명할 수가 없어. 여기 올 수 있어?"

그날 저녁 쿠마르 선생이 와서 저녁을 먹고 갔다. 그는 카말라의 혈압을 재고 심장 소리를 들었다. 과묵한 젊은이인 조수가 추가 검사를 위해 피를 뽑았다. 그러는 동안 카말라는 상냥한 관심을 표하며 의사 가족의 근황을 묻는 등 침착하고 공손한 태도를 유지했다. 람나스는 문득 아내가 이미 광증을 자유자재로 숨길 수 있다는 악명 높은 '교활하게 미친 사람'의 단계에 이른 게 아닌가 생각했다.

"자네가 잘못 본 것 같은데, 미슈라 선생." 이틀 후에 의사가 전화를 걸어왔다. "다 정상이야. 부인은 사실 전보다 훨씬 건강해졌어. 부인이 이상하게 행동했다면 뭔가 정신적인 문제일 거야. 그게 꼭 병의 신호인 건 아니지만. 여자들이란 이상해. 여자들은 뭔가 원하는 게 있을 때 이상한 행동을 하곤 하잖아. 부인은 바깥 활동을 해야 해. 아들네를 방문하는 것도 좋고. 손주들이 도움이 될 거야."

하지만 카말라는 그 도시를 벗어나려 하지 않았다. 의사의 충고에 따라 바깥바람을 쐬는 게 도움이 되기를 바라며 람나스는 마침내 저녁마다 자기와 같이 산책하자고 아내를 설득했다. 그는 철저하게 그녀를 감시했다. 아내가 어깨에 두른 사리 끝자락에 손이라도 댈라치면 그는 경고하듯이 으르렁거리며 그녀의 손을 찰싹 때렸다. 동네의 좁은 도로를 따라 쏟아질 듯한 황금색 꽃차례들이 폭포처럼 늘어진 황금소나기 나무들이 줄지어 서 있었다. 운동장에서는 큰 아이들이 저물어가는 빛 속에서 마지막 크리켓 게임을 끝내는 참이었고, 어슬렁거리는 암소들과 바람을 쐬는 차분하고 나이 든 시민들은 아랑곳없이, 조무래기 아이들은 먼지 속에 쭈그리고 앉아 구슬치기를 했다. 각자의 집 앞 베란다에 앉았던 이웃들이 소리쳐 인사를 건넸다. 희망과 공포 사이에서 갈피를 잡지 못한 채 람나스는 자주, 그리고 비밀스럽게 아내의 얼굴에서 뭔가 광증이 시작되는 신호를 찾았다. 석양을 바라보며 황홀한 한숨을 내쉴 때 말고는 걷는 내내 최면상태에 빠진 것처럼 보였지만, 어쨌든 아내는 줄곧 평온하고 사교적이었다.

그다음 주에 카말라는 두 번이나 옷을 벗으려 했다. 람나스가 용케 두 번 다 제지했다. 두 번째에는 자칫 놓칠 뻔했다. 그는 아내가 속치마와 웃옷만 걸친 채 길거리 노점상들과 크리켓 경기를 하는 아이들과 점잖은 노년 신사들에게 빤히 보이는 진입로로 막 뛰어들려는 찰나에 그녀를 붙잡았다. 그는 아내를 붙잡고 씨름을 하며 침실로 몰아넣고는 제정신을 불어넣어 보려고 애를 썼지만, 아내는 계속해서 몸부림을 치며 울기만 했다. 마침내 짜증이 난 그가 커다란 철제 받침에서 대여섯 장의 사리를 꺼내 침대에 던졌다.

그가 간절하게 말했다. "카말라, 행성에도 대기가 있어. 여길 봐, 이 회색 사리, 이거 소용돌이 구름 같잖아. 이건 어때?"

아내가 즉시 조용해졌다. 여름에 입기에는 적당치 않은 견직 옷감이었지만 그녀는 회색 사리를 두르기 시작했다.

"마침내 내 말을 믿어주는군요, 람나스." 아내가 말했다. 목소리가 변한 것 같았다. 더 깊고 더 힘있는 목소리였다. 그는 혼비백산해서 아내를 쳐다보았다. 남편을 이름으로 부르다니! 젊은 청년 세대라면 전혀 문제 될 것 없지만, 전통을 따르는 점잖은 여성이라면 절대 자기 남편을 이름으로 불러서는 안 되는 법이다. 그러나 그는 거기에 대해 당장은 아무 대응을 하지 않기로 했다. 적어도 아내가 옷을 입었으니까.

밤에 람나스는 자리에 누워 숱한 의심과 공포들과 씨름했다. 열린 창으로 불어온 산들바람이 모기장을 흔들었다. 별빛 속에서는 그의 아내가, 그 방이, 모든 것이 낯설어 보였다. 그는 한 팔로 머리를 괸 채 옆에 누운 낯선 이를 지켜보았다. 소리소문없이 아내를 란치에 있는 보호시설에 가둘 수 있다면 그렇게 해야겠다는 생각이 머리를 스쳤다. 하지만 그녀에게는 저 넋이라도 홀린 것 같은 멍청이 쿠마르가 있다. 아내가 그의 병든 어머니 안부를 얼마나 다정하게 물어봤는지, 그가 최근에 유력한 의사협회에 가입하게 된 걸 얼마나 축하해줬는지 보라지. 쿠마르는 오래전부터 그의 가족과 아는 사이였는데, 람나스는 갑자기 쿠마르가 늘 자기 아내에게 특별한 애착을 뒀다는 생각을 하기에 이르렀다. 아내에게 그처럼 교활한 면이 있으리라고 누가 생각이나 했을까? 이제 사방에 펼쳐진 머리카락과 끔찍한 동굴 같은 입을 벌리고 잠든 아내를 보고 있자니, 그냥 아내가 죽어버리면 자기 인생이 얼마나 편안해질까 하는 생각마저 일었다. 그런 생각이 들자마자 부끄러워졌지만, 그는 그 생각을 없앨 수 없었다. 그 생각이 그에게 소리치고 유혹하며 머릿속에서 울려 퍼지는 바람에 그는 마침내 그녀가 스스로 죽지 않는다면 자신이 직접 그녀를 죽일 수밖에 없을 거라고 확신하게 되었다. 사람이 이렇게 살 수는 없는 법이었다.

매일 밤 아내를 바라보면서 아내를 죽일 여러 방법을 상상하는 것이 그에게는 하나의 의식이 되었다. 처음에는 그런 자신에게, 선하고 훌륭한 전직 관료가 자기 아들들의 어미를 어떻게 살해할까 하는 끔찍한 생각에 골몰한다는 사실에 충격을 받았지만, 그는 그 생각이, 스스로에게는 판타지라고 말하는 그것이 즐거움을 준다는 사실은 부정할 수 없었다. 비밀스럽고 남부끄러운 종류의 즐거움, 결혼 전의 섹스 같은, 그래도 즐거운 건 즐거운 것이다.

그는 각각의 방법들을 세기 시작했다. 아내가 자는 사이에 베개로 질식시키는 것이 가장 쉬운 방법이겠지만, 그로서는 범죄 수사대 사람들이 현장에서 무슨 일이 벌어졌다고 추론해낼지 알 수 없었다. 교살도 같은 문제가 있었다. 독약은, 대체 어디서 그걸 구한담? 그리고 이제 아내가 먹던 간장약을 끊어버렸으니 더는 교묘한 바꿔치기 같은 걸 해볼 수도 없었다. 빌어먹을 여자 같으니!

어느 날 밤, 잠든 아내를 바라보다가 그는 아주 조심스럽게 아내의 목에 손을 올려놓았다. 아내가 잠깐 몸을 뒤척이는 바람에 깜짝 놀라긴 했지만, 그는 손을 그대로 두고서 아내의 목에 맥박이 뛰는 걸 느꼈다. 그는 엄지로 아내의 목을 쓰다듬기 시작했다. 갑자기 아내가 기침을 하는 바람에 그는 혼비백산해서 손을 홱 치웠다. 아내가 입으로 뭔가 시커먼 것을 토했다. 그는 잠시 그게 피라고, 의사를 불러야 한다고 생각했다. 그러고는 곧바로 어쩌면 아내가 저절로 죽어가고 있는지도 모른다는 생각이 떠올랐다. 그의 바람이 너무 강했던 것이리라. 아내는 계속 기침을 하면서도 잠에서 깨지 않았다. 이제 그 시커먼 것이 아내의 입 주변과 턱에 젤리처럼 붙어 있다. 그 검은 물질이 피가 아니라 작고 움직이는 것들로 이루어져 있다는 걸 알고 그는 공포에 사로잡혔다. 검은 젤리하나가 잠시 뒷다리로 서서 그를 살펴보자 그는 겁에 질려 몸을 뒤로 뺐다. 검지만 한 크기의 낯선 곤충 인간이었다. 아내의 입에서 그런 것들이 떼로 나오고 있었다.

사방엔 모기장이 드리웠고 모기장 자락은 매트리스 밑에

깔려 있었다. 손으로 모기장을 밀면서 찢고 나가려 해봤지만, 그가 침대에서 벗어나기도 전에 그것들이 덮쳤다. 소리를 질러 봐도 기껏 나온 건 훌쩍거리는 소리뿐이었다. 그것들이 그의 몸을 덮고는 옷 안으로 기어 들어와 짧고 날카로운 기관들로 그를 때리고 물어뜯었다. 손으로 쓸어서 떨어내 보려 했지만, 너무 많았다. 그것들은 귀뚜라미가 우는 것 같은, 하지만 그보다는 좀 더 부드러운 소리를 냈다. 그는 절망스럽게 울부짖으며 카말라에게 살려달라고 빌었다. 하지만 아내는 옆에 평화롭게 누워 그것들을 토해내고 있을 뿐이었다. 잠시 후에 그는 기절했다.

한참 후에 그는 가까스로 눈을 떴다. 말라붙은 눈물로 눈이 끈적끈적했다. 파리한 아침 햇살이 창으로 들어왔다. 그 생물들은 흔적도 없었다. 모기장에는 큰 구멍이 뚫렸고, 귓가에서 모기 한 마리가 잉잉댔다. 아내가 옆에 잠들어 있었다. 내가 겪었던 건 악몽이었던 모양이야, 그는 스스로에게 말했다. 하도 불순한 생각들을 하다 보니 자기 양심이 벌을 준 거라고. 하지만 그는 온몸이 아프다는 걸, 물리고 멍든 자국들이 진짜라는 걸 알았다. 그는 두려워져서 아내 쪽을 돌아보았다. 갑자기 아내가 번쩍 눈을 떴다.

"아이고, 맙소사!" 그녀가 남편의 하얀 잠옷에 난 구멍과 점점이 찍힌 핏자국들을 보았다. 아내가 한 손을 뻗어 작은 상처들을 어루만지자 그는 몸을 움츠렸다. 그것들이 얼굴만큼은 건드리지 않았다. 정말 교활하군, 그는 생각했다. "왜

날 깨우지 않았어요? 내가 말해줬을 텐데, 당신을 해치지 말라고. 그들은 말을 알아들었을 거예요."

"그것들은 뭐야?" 그가 속삭였다.

"거주민들이요." 아내가 말했다. "전 행성이잖아요, 기억해요?"

그의 얼굴에 떠오른 표정을 보고 아내가 미소를 지었다.

"무서워하지 말아요, 람나스." 또, 그의 이름을 제멋대로 부르다니! 이 여자는 귀신에라도 들린 건가? 점성술사한테 가봐야 해? 퇴마사한테? 이성적인 사람인 내가 어쩌다 이런 생각까지 하게 되다니!

"무서워하지 말아요." 그녀가 다시 말했다. "젊은것들이 이주할 곳을 찾으려는 걸 거예요. 람나스, 만약 위성이 될 생각이 있으면 나한테 알려줘요. 그 작은 동물들은 행성에 이로워요. 그것들이 내 건강을 되찾아줬어요."

"당신, 어머니 뵙고 싶지 않아?" 그가 속삭였다. "고향에 간 지 한참 됐잖아. 내가 필요한 준비를 다…."

그는 지난 5년간 아내를 고향에 보내지 않았다. 늘 뭔가 그녀가 챙겨야 할 일들이 있었다. 두 아들의 결혼, 그의 은퇴와 누군가 집을 돌보고 하인들을 감독해야 한다는 사실 같은 것.

"아, 람나스." 그녀가 말했다. 눈매가 부드러워졌다. "당신, 전에는 절대 이렇게 너그럽지 않았어요. 전 당신이 상당히 변했다고 생각해요. 아니요, 전 당신을 떠나고 싶지 않아요, 아직은요."

아내가 소독약과 따뜻한 물로 그의 상처들을 씻어주었다. 아침을 먹는 동안에도 세심하게 그를 지켜보았다. 나중에야, 아내가 기계적으로 세간의 먼지를 떨고 정리하면서 집 안을 돌아다닐 때가 돼서야 정신이 딴 데 가 있는 그 표정이 돌아왔다. 람나스는 도망가야 할 필요를 느꼈다.

"나, 오늘 저녁에 클럽에 가도 될까?"

"그럼요, 당연하죠." 아내가 상냥하게 말했다. "가서 즐겁게 놀다 와요."

클럽에 갔을 때 그는 큰아들에게 은밀하고도 매우 값비싼 전화를 걸었다.

"하지만 아빠, 방금 엄마한테 전화가 왔었어요. 엄마는 아주 정상이던데요. 아빠, 어디 아픈 게 아닌 거 확실해요? … 아뇨, 전 지금 못 가요. 아주 중요한 재판이 걸려 있어요. 선임 변호사가 저한테 그 건을 맡겼….."

작은아들은 공학에 관련된 임무를 띠고 독일에 가 있었다.

람나스는 좌절한 채 체스 게임에 몰두했지만, 지인은 쉽게 그를 이겨버렸다.

"감을 잃어버린 겁니까, 선생님?" 그보다 어린 남자가 성가시게 말했다.

집으로 돌아오는 길이 꼭 감옥으로 돌아가는 것 같은 기분이었다. 주방에서 노래를 부르고 있는 요리사를 제외하면 집 안이 아주 조용했다. 그는 문득 요리사에게 닥치라고 말하고 싶은 충동이 일었다. 그나저나 아내는 어디 있지?

"마님은 공원에 가셨어요, 나리." 요리사가 말했다.

아내를 쫓아 나가야 할지 고민하고 있는데, 5분쯤 뒤 아내가 풍선 하나를 쥐고 저택의 진입로로 들어섰다. 그를 본 아내가 영 부끄러운 줄도 모르고 손을 흔들며 웃었다. 그는 아내가 옷을 제대로 입은 걸 보고 마음이 놓였다. 아내는 막대 아이스크림을 먹고 있었다.

"람나스, 엄청 재미있었어요." 아내가 말했다. "작은 애들이랑 놀았어요. 애들 모두에게 풍선을 사줬지요. 전 풍선을 가져본 게 정말 오랜만이에요."

나중에, 요리사가 물러간 뒤에야 그는 아내에게 말했다.

"카말라, 그…것들, 당신 내부에 있는 그 생물들… 난 당신이 검사를 받아야 한다고 생각해. 이런 일들을 쿠마르 선생한테 숨기는 건 옳지 않아. 당신은 끔찍한 병을 앓…."

"하지만, 람나스, 전 아프지 않아요. 전 좋아요, 아주 좋아요. 최근 몇 년을 통틀어 제일 좋아요."

"하지만…."

"그리고 당신이 말하는 그것들은 물건이 아니라 내가 만들어낸 피조물이에요. 그들은 저한테서 나와요, 람나스."

아내가 장난치듯이 그의 얼굴을 살짝 때렸다.

"당신, 지치고 심술 난 것처럼 보여요." 아내가 그의 얄팍한 볼을 꼬집으며 말했다.

"내 작은 동물들이 당신에게도 아주 이로울 거예요. 람나스, 당신이 편견을 없애기만 하면요."

그는 화가 나면서도 겁에 질린 채 아내에게서 물러섰다.

"그럴 리가! 카말라, 난 소파에서 잘 거야. 난 절대…."

"편하실 대로." 그녀가 무심하게 말했다.

그날 밤 그는 상당히 오랫동안 깬 채로 누워 있었다. 창밖에서 귀뚜라미 우는 소리가 들렸지만 일어나서 창문을 닫아 소리를 차단하기도 힘들 만큼 그는 초조했다. 밤의 모든 사소한 소리들이, 산들바람에 흔들리는 커튼의 속삭임과 천식에 걸린 것 같은 천장 선풍기 삐걱거리는 소리와 바깥 부겐빌레아 잎들이 부스럭거리는 소리가 그 곤충처럼 생긴 생물을 생각나게 했다. 한번은 잠에서 깨어 그 생물 몇이 좁은 소파 꼭대기에 서서 꼼짝없이 누운 자신을 내려다보며 인간과 아주 흡사한 방식으로 뭔가 몸짓을 하는 걸 봤다고 생각했다. 거칠게 쿵쾅거리는 심장을 안고 그는 소파 가장자리로 이동하기 시작했지만, 갑작스레 불어온 바람이 커튼을 유령선의 돛처럼 부풀리며 달빛을 들여보내자 소파 꼭대기에 아무것도 없다는 게 확인되었다. 마침내 그는 기진맥진한 채 잠에 빠져들었다.

그로부터 며칠 동안 람나스는 제정신을 유지하기가 굉장히 어려웠다. 그는 세상을 등지고 히말라야로 들어가야 하나 고민했다. 어쩌면 지난 몇 년간 아주 대수롭지 않게 무시해 왔던 신들이 이제 와서 그에게 복수하는지도 몰랐다. 지금 와서는 불가능해 보이긴 했지만, 적어도 가까운 시일 내에는 불가능할 것 같지만, 그는 여전히 살인이라는 방안을 만지작거렸다. 저녁 식사자리에서 아내를 지켜보면서 그는 생전 처음 그녀가 궁금해지기 시작했다. 이 여자가 정말로 좋아하는 건 뭐지? 이 여자가 원했던 것 중에 내가 주지 않은 게 뭐지? 나는 어쩌다 이 지경이 된 걸까?

"카말라." 어느 날 그가 말했다. 그는 이상한 분위기에 휩싸여 있었다. 그날 아침 그는 가택신들 앞에 향을 피웠다. 백단 냄새가 아직도 집안에 떠돌았다. 그 향을 맡으니 마침내 자아를 버리고 신 앞에 굴복한 것처럼, 그는 자신이 겸손하고 고결하게 느껴졌다. "말해 봐, 어떤 기분인지… 저… 저 동물들을 속에 가지고 있는 것이…."

아내가 미소를 지었다. 이가 아주 하얬다.

"대개는 아무것도 느껴지지 않아요, 람나스." 아내가 말했다. "전 당신이 받아주었으면 좋겠어요. 당신한테 이로울 거고 그들한테도 도움이 될 거예요. 젊은 애들이 새로운 세상을 찾아야 한다고 외쳐댔으니까. 가끔 그들이 귀뚜라미 소리처럼 찌륵찌륵 노래하는 게 들려요. 그건 그들이 쓰는 언어인데, 전 이제 막 이해하기 시작했어요."

그때 그도 희미하게 그 소리를 들었다고 생각했다.

"뭐라고 하는 거야?"

아내가 얼굴을 찌푸린 채 귀를 기울이더니 한숨을 쉬었다.

"행성은 태양이 필요해요, 람나스." 아내가 얼버무리며 말했다. "제 여행은 이제 막 시작되고 있어요."

이 대화 이후로 그는 아내가 갈수록 안절부절못하는 걸 눈치챘다. 그녀는 섭씨 40도 폭염에도 정원에 나가 시들어가는 구아바 나무들 사이에서 햇볕을 쬐었다. 집 안에서는 작게 찌륵거리는 소리를 내고 혼자 음이 맞지 않는 콧노래를 부르며 방마다 돌아다녔다. 람나스는 경건한 결심이 흔들리는 걸 느꼈다. 신경질이 난 그는 그날 저녁을 클럽에서 보냈다.

다음 날 저녁, 자신의 의무를 생각해낸 람나스가 아내를 이끌고 산책에 나섰다. 그녀는 힘없이 잠시 마다하더니 남편이 이끄는 대로 거리로 끌려나갔다. 둘이 공원에 이를 때쯤 부드러운 저녁 빛이 떨어졌다. 별 몇 개와 창백한 달이 하늘에 걸렸다. 카말라가 공원 가장자리에서 어정거렸다.

"어서 와." 계속 걷고 싶었던 람나스가 조급해하며 말했다.

하지만 아내는 기쁨의 비명을 지르고는 공원 안으로 들어갔다. 어둑어둑한 공원 안에서 한 남자가 풍선을 팔고 있었다. 그녀는 흥분한 아이 같은 몸짓을 하며 풍선장수에게 달려가기 시작했다. 남부끄러운 데다 짜증이 난 그는 더욱 위엄 있는 걸음걸이로 그녀를 따라갔다.

"풍선 더 줘요." 아내가 말하는 소리가 들렸다. 동전이 짤랑거리는 소리. 갑자기 어디선가 부랑아 몇 명이 나타났다. 어둑어둑한 앞쪽에서 그네가 율동적으로 끽끽거리는 소리가 들렸다.

지금 아내는 사방에서 몰려들어 펄쩍펄쩍 뛰며 흥분한 채 떠들어대는 애새끼들 무리에게 풍선을 나눠주고 있었다.

"마님, 저도요!"

달빛 속에서 풍선이 희미한 작은 천체처럼 머리 위에 둥둥 떠 있었다. 람나스는 아이들을 옆으로 밀치고 아내의 어깨를 움켜잡았다.

"이제 됐어." 그가 조급하게 말했다. "당신이 이 쓸잘머리 없는 녀석들의 버릇을 망치고 있잖아!"

아내가 어깨를 뒤채 남편의 손을 떨쳐냈다. 그녀는 들었던 풍선 하나를 놓아주고는 별이 빛나는 하늘로 게으르게 떠올라가는 풍선을 지켜보았다. 갑자기 한 줄기 바람이 불어와 아내가 한쪽 어깨에 둘렀던 사리 자락을 휙 벗기는 바람에 몸에 딱 달라붙은 웃옷이 훤히 내보였다. 풍선장수가 아내의 풍성한 가슴골을 뚫어지게 쳐다보았다.

"세상에, 사리 좀 제대로 여며." 람나스가 필사적으로 속삭였다.

그는 혹시 다른 누군가가 이 구경거리를 눈여겨보고 있지나 않은지 주위를 둘러보았고, 법관 판디의 꼿꼿한 형상이 지팡이를 또각또각 짚으며 공원을 통과하는 길을 따라 자기들 쪽으로 걸어오는 것을 보고 기겁을 했다. 법관이 자신을 보고 이 미친 여자와 연관시키지 않을까 두려운 나머지 람나스는 빈약하기만 한 아소카 나무 그늘로 물러섰다. 다행히 판디 법관은 그를 보지 못했다. 법관은 음란한 여자로 보이는 뭔가를 보았고, 자신이 그 여자를 쳐다보고 있는 걸 누군가가 알아챌까 봐 재빨리 그 여자를 지나쳐 걸었다. 안도한 람나스가 진땀을 흘리며 나무그늘에서 나와 먼지투성이 땅바닥에 질질 끌리고 있는 아내의 사리자락을 움켜잡았다. 아내는 풍선 세 개를 더 하늘에 놓아주고는 어린애같이 기뻐하며 풍선이 올라가는 것을 지켜보았다. 아이들이 새된 목소리로 소리를 질렀다.

"마님, 다른 것도 놔주세요!"

"집에 가자, 카말라." 람나스가 애원하듯이 말했다. "이건 미친 짓이야!"

하지만 대답 대신에 카말라는 일고여덟 개쯤 되는 나머지 풍선을 모두 놔주었다. 풍선들이 하늘로 둥둥 떠올랐다. 그녀는 풍선을 향해 팔을 펼쳤고, 그녀의 얼굴은 지극히 행복한 동경으로 가득 찼다. 천천히, 그리고 위엄 있게 그녀가 땅에서 떠오르기 시작했다. 5센티미터, 10센티미터.

"무슨 짓이야?" 람나스가 겁에 질려 속삭이는 소리로 아내에게 말했다.

15센티미터, 20센티미터. 람나스의 입이 딱 벌어졌다. 그가 잡고 있던 사리 끝을 잡아당겼지만, 아내는 천천히 돌면서 2미터, 그러고는 5미터짜리 사리를 끌면서 계속해서 떠올랐다. 너무 늦었어, 람나스는 사리자락을 놓았다. 아내는 밤하늘로 떠올랐고, 하얀 속치마가 배의 돛처럼 바람을 머금었다.

"와! 저 아줌마 봐!"

부랑아들 몇 명이 뒤로 물러났다. 풍선장수의 얼굴이 놀라서 동그래졌다.

"돌아와!" 람나스가 소리쳤다.

아이들이 기쁨에 못 이겨 소리를 지르고 손가락질을 하면서 펄쩍펄쩍 뛰었다. 아내는 이제 상당히 높이 떠올라 나무와 집들보다 높아졌다. 그녀 위로는 작은 호위용 배들로 구성된 함대처럼 풍선이 흩어져 있었다. 이제 사람들이 저마다의 집에서 뛰쳐나와 손가락질하면서 그녀를 쳐다보았다. 뭔가 하얗고 유령 같은 것이 하늘에서 미끄러져 내렸다. 아내의 속치마! 그녀의 웃옷과 속옷들이 뒤를 이었다. 어둠 속에서 부랑아들이 옷가지들을 잡으려 이리저리 펄쩍거리는 동안 람나스는 공포에 사로잡힌 채 우두커니 서 있었다. 누군가, 아마도 자인 부인인 것 같은데, 울부짖기 시작했다. "맙소사, 저건 카말라야, 카말라 미슈라!"

외침 소리가 사방에서 들려왔다. 외침 소리가 들릴 때마다 람나스는 자기 가문의 이름과 명예가 땅속으로 가라앉는 걸 느꼈다. 그는 누구도 자신을 알아보지 못하기를 바라며 도둑놈처럼 살금살금 나무그늘로 빠져나가려 했다. 하지만 그때, 법관 판디가 빠져 나가려는 그의 어깨를 툭툭 쳤다. 노련한 법관의 심각하고 무표정한 얼굴이야말로 그가 절대 보고 싶지 않았던 얼굴이었다.

"비난받아 마땅한 일이야, 미슈라! 비난받아 마땅한 일!"

람나스는 신음하며 위엄 따위는 바람 속에 던져버리고 집으로 도망쳤다. 사방에서 사람들이 아내의 이름을 불렀다. 이웃들이, 길거리 부랑아들이, 하인들이, 막다른 길에서 구운 옥수수를 파는 남자가. 집 안은 어둡고 텅 비었다. 요리사도 그 쇼를 보러 나간 것이 틀림없었다. 람나스는 이런 일을 겪고 나서는 누구와도 얼굴을 마주할 수 없을 것 같은 느낌이 들었다. 그는 어두운 응접실 한가운데에 서서 도망갈까 아니면 자살할까, 두서없이 생각했다.

그는 창가로 가서 불안한 시선으로 밖을 내다보았다. 저기 아내가, 아주 작은, 밝은 얼룩 하나가 여전히 하늘로 오르고 있었다. 감히 어떻게 이런 식으로 나를 떠날 수 있단 말인가!

방법은 단 하나밖에 없다는 생각이 문득 머리를 스쳤다. 집에서 소지품을 충분히 챙긴 다음, 늦은 밤 기차를 잡아타고 사라지는 것. 이름까지 바꿔야 할지도 모른다고 그는 생각했다. 새로 시작하자. 집은 아들들에게 넘어갈 것이다. 자신의 불명예가 아이들에게 영향을 주도록 그냥 두지 않을 것이다. 사람들이 내가 죽었다고 생각하게 하자!

이제 아내는 보이지 않는다. 아주 잠깐 그는 저 별들 사이에 있는 그녀를 거의 부러워할 뻔했다. 자기 처지에도 불구하고 그는 작은 낯선 생물들이 그녀 몸의 길들지 않은 영역을 달리며 산맥과 협곡과 그 신비롭고 알려지지 않은 땅의 다양한 서식지들을 탐험하는 장면을 상상했다. 그녀는 어떤 태양을 발견하게 될까? 그녀는 어떤 풍경을 보게 될까? 흐느낌이 목구멍에 걸렸다. 나를 챙겨줄 사람이 아무도 없는데, 이제 나는 어떻게 해야 하나?

뭔가 작은 소리가 들렸다. 어쩌면 요리사가 돌아오는 소리이거나, 아니면 이웃들이 얼마 남지도 않은 그의 체면을 뜯어

먹으며 잔치를 벌이는 소리인지도 모른다. 시간이 없다. 그
는 침실로 달려가 불을 켰다. 숨을 헐떡이면서 그는 철제 반
침에서 돈이나 아내의 보석들이나 옷가지 같은, 자신에게 필
요할 물건들을 끄집어내기 시작했다. 그때였다. 그는 어깨 위
에 뭔가가 있는 걸 느꼈다.

방법만 있었더라면 그는 비명을 질렀을 것이다. 곤충 인간
들이 그의 등을 타고 어깨를 넘어와 공포에 질린, 열린 그의
입속으로 벌써 행진하고 있었다.

---

반다나 싱은 미국에 거주하며 활동하는 인도인 SF 작가이자 과학자이다.
싱의 작품들은 다양한 잡지와 선집에 발표되었으며, 여러 번 '올해의 작품'
에 선정되어 재발표되었다. 칼 브랜든 패럴랙스상을 받았다. 최근에는 잡
지 〈광속〉과 토르닷컴에 실린 작품들을 발표했다. '자신을 행성이라 생각
한 여자'는 결혼생활에 의문을 갖게 된 한 아내의 변화가 결혼생활과 부부
간의 관계에 끼친 영향을 다룬다. 2003년 《트램펄린》에 처음 발표되었고,
2010년 이 작품을 표제작으로 한 싱의 단편집이 로커스상 후보에 올랐다.

# 2
# 늑대여자

수전 팰위크

시간이 문제였다. 시간과 산수가. 넌 처음부터 숫자가 문제를 일으키리라는 걸 알았지만, 그때 넌 훨씬 어렸다. 훨씬 어렸고 훨씬 덜 현명했다. 그리고 문화적 충격도 있었지. 네 고향에서는 여성의 얼굴에 주름이 져도 괜찮았다. 고향에서는 젊음만이 유용한 것이 아니었다.

넌 고향에서 조녀선을 만났다. 알프스에서 가까운 어느 숲이었다고 해두자. 숲 가장자리에 있는 어느 마을이었다고. 오래된 숲이었다고. 그때 넌 나이가 많지 않았다. 두 발로 치면 열네 살이었고, 네 발로 치면 고작 두 살이었다. 이미 완전히 성장하기는 했지만. 너희 종족은 네 발인 경우로 계산하면 두 살 정도에 완전히 성장하지. 그리고 알 건 다 알았

32

어. 오, 맞아. 넌 달을 보고 짖는 법을 알고 있었어. 누군가 그에 화답해 짖을 땐 어떻게 해야 하는지도 알았지. 너의 네 발 달린 형태가 불임이 아니었다면 벌써 한배의 새끼쯤은 가졌겠지만 너는 불임이었고, 두 발 달린 형태로서 네가 혈통을 잇지 않은 것은 아주 똑똑해서거나 아니면 아주 운이 좋아서였을 것이다.

하지만 충분한 기회가 없어서 그랬던 건 아니었어. 넌 열광적으로 그 기회들을 탐했지. 조녀선은 그걸 좋아했어. 아주 많이. 조녀선은 너보다 나이가 많아서, 그때 서른다섯이었다. 조녀선은 열네 살짜리처럼 보이면서도 더 나이 든 행동을 하는, 길들지 않은 것처럼 행동하며 한 달에 사흘에서 닷새까지 보름달이 뜰 즈음에 야생을 드러내는 소녀와 섹스하는 걸 아주 즐겼지. 조녀선은 그 기간에 벌어지는 난장판에도 개의치 않았다. 저 털들, 말하자면 그 기간의 한쪽 끝에서 돋아나 다른 쪽 끝에서 빠지는 털 무더기나, 여기저기 관절들이 방향을 바꾸고 형태를 변화시키고 무게 중심을 다시 잡는 고통과 아픔이나, 매달 자랐다가 빠지는 송곳니 때문에 늘 피를 흘리는 불쌍한 잇몸 같은 것들을. "최소한 피는 그것뿐이니까." 첫해 어느 때엔가 그가 너에게 말했지.

넌 그걸 아주 분명하게 기억했다. 넌 네 발에서 두 발로 변신하는 과정의 거의 중간 단계에 있었고, 조녀선은 침대 옆자리에 앉아 네가 아직 앞발이나 다름없는 어설픈 벙어리장갑 같은 손으로 박하차를 홀짝거리는 동안 네 뻐근한 어깻죽지를 마사지하고 있었다. 조녀선은 방금 물병 두 개에 뜨거운 물을 채워 온 참이었다. 하나는 아픈 네 꼬리뼈를 위한 것이고 하나는 네 아픈 무릎을 위한 것이었다. 그가 원한 건 네가 대대적인 섹스 파티를 벌이기에 최상의 상태로 돌아오는 것이었다는 걸 지금의 넌 알고 있다. 그는 평소보다 네가 막 변신해서 돌아왔을 때 섹스하는 걸 좋아했다. 하지만 그때 넌 그가 진짜 왕자님이라고, 너 같은 소녀들에게는 허락될 리가 없는 그런 왕자님이라고 생각했으므로, 그의 말을 듣고는 고통이 가슴을 꿰뚫는 것처럼 느꼈지. "난 아무것도 죽이지 않았어." 넌 아랫입술을 떨면서 그에게 말했다. "난 사냥도 안 했어."

"제스텔라, 자기, 나도 알아. 내 말은 그런 뜻이 아니었어." 그가 네 머리카락을 쓰다듬었다. 네 발 시기 동안 그는 네게 생고기를 먹였지만 네가 직접 잡은 건 아무것도 먹이지 않았다. 그는 손을 무는 일 없이 고분고분하게 작은 고기조각들을 받아먹도록 너를 가르쳤다. 그는 꼬리를 흔들도록 가르쳤고, 공을 쫓도록 가르치고 있었다. 왜냐하면 그게 그의 고향에서 착한 네발짐승이 하는 일이었으니까. "내 말은 다른 여자들…."

"보통의 여자들은," 넌 그에게 말했다. "피를 흘리기 때문에 아이를 가질 수 있는 거야. 당신은 그 여자들을 놀리면 안 돼. 그들은 운이 좋은 거지." 넌 아이들을 좋아했고, 새끼들도 좋아했다. 넌 어린 것들을 잘 다뤘고 다정했다. 네 아이나 새끼를 가지는 것이 현명치 못한 일이라는 걸 알긴 했지만 그들

34

을 간절한 눈빛으로 바라보게 되는 건 어쩔 수 없었다.

"난 아이를 원하지 않아." 그가 말했다. "수술을 받았어. 말했잖아."

"그거 확실해?" 넌 물었다. 넌 여전히 아주 젊었다. 네가 아는 사람 중에는 그런 수술을 받은 사람이 없었고, 넌 조너선이 정말로 너의 상태에 대해 제대로 알고 있는지 걱정이 되었다. 대부분의 사람은 그렇지 않았다. 대부분의 사람은 온갖 종류의 미친 짓들을 생각했다. 예컨대 너의 상태는 물거나 다른 어떤 방식을 쓴다 해도 전염되지 않았다. 너의 상태는 유전되는 것이었다. 고작 열네 살밖에 안 됐지만 네가 똑똑하고 운이 좋아서 다행인 이유가 그 때문이었다.

음, 아니다. 더는 열네 살이 아니었다. 일 년이 기한인 조너선의 민담 현장조사가 반쯤 진행됐을 때였으니까, 너는 아마 열일고여덟쯤 되었을 것이다. 그는 이미 네 사례를 어느 논문에도 싣지 않겠다고 약속했고, 아무에게도 말하지 않겠다고 거듭 널 안심시키는 중이었다. 나중에 넌 그게 네가 아니라 그 자신을 보호하기 위해서였단 걸 알게 되었지만 말이다. 조너선은 여전히 서른다섯이었다. 그해 말에, 그가 너와 결혼하기 위해 널 데리고 미국으로 돌아갈 때, 그는 서른여섯 살이고, 넌 두 발로 치면 스물하나, 네 발로는 세 살이 되었다.

칠 대 일. 그게 비율이었다. 넌 조너선이 그걸 이해하고 있는지 확인했다. "아, 당연하지." 그가 말했다. "개하고 똑같잖아. 너의 일 년이 인간으로 치면 칠 년. 누구나 아는 얘기야. 하지만 그게 왜 문제가 되겠어, 자기. 우리가 이렇게 서로를 사랑하는데?" 이제 열네 살이 아니었지만 그래도 너는 그를 믿을 정도로 어렸다.

\* \* \*

처음에는 재미있었다. 비밀은 둘 사이를 묶어주는 하나의 게임이었다. 너희는 암호로 말했다. 조너선은 네 이름을 반으로 쪼개 네 발일 때는 '제시'로, 두 발일 때는 '스텔라'로 불렀다. 그의 친구들에게 넌 스텔라였고, 그들 대부분은 그가 한 달에 일주일 정도 개를 키운다는 사실조차 알지 못했다. 너희 둘은 보름달이 뜨는 주에 외부 일정을 잡지 않도록 꼼꼼하게 신경을 썼지만, 누구도 그 흐름을 눈치채지 못한 것 같았고, 설사 눈치챘다 하더라도 아무도 신경 쓰지 않는 것 같았다. 이따금 너와 조너선이 공원에 나가 공을 던지며 놀 때 아는 사람이 제시를 보게 되는 경우가 있었지만, 조너선은 언제나 누이가 출장 간 사이에 누이의 개를 돌봐주는 중이라고 말했다. 누이가 출장을 아주 많이 다닌다고 그는 설명했다. 아, 아니, 스텔라도 괜찮다고 하는데, 아내가 개를 보면 좀 긴장하는 편이라서, 제시가 이렇게 순한데도 말이지. 그래서 우리가 산책하는 동안 스텔라는 집에 있어.

때로는 낯선 사람들이 수줍은 태도로 다가왔다. "정말 예쁜 개예요!" 그들은 말했다. "진짜 크다!" "이 개는 무슨 종이에요?"

"허스키와 울프하운드 잡종." 조너선이 경쾌하게 말했다. 대부분의 사람은 이 말을 곧이곧대로 받아들였다. 대부분의 사람이 개에 대해 아는 건 우주왕복선에 대해 아는 것 정도밖에 안 되니까.

그래도 일부는 그렇지 않았다. 어떤 사람들은 너를 바라보며 살짝 얼굴을 찌푸리고 말했다. "제가 보기엔 늑대 같은데요. 늑대 피가 섞였어요?"

"그럴 수도." 조너선은 늘 여느 때처럼 가벼운 어조로 어깨를 한 번 으쓱거리며 말했다. 그러고는 자신의 누이가 널 동물보호소에서 입양한 사연을 슬쩍 풀어냈다. 넌 한배 새끼 중에서도 제일 작은 녀석이라 거들떠보는 사람조차 없었는데, 지금 널 보라지! 지금은 누구도 널 제일 작은 새끼라고 생각하지 않잖아! 그러면 낯선 사람들은 미소를 지으며 격려하는 눈빛으로 네 머리를 쓰다듬었다. 사람들은 동물보호소에서 구출된 개 이야기를 좋아했다.

넌 이런 대화가 오가는 동안 앉고 엎드려 기다렸다. 넌 조너선이 시키는 건 무엇이든 했다. 꼬리를 흔들고 고개를 갸웃거리고 귀엽게 행동했다. 넌 사람들이 귀 뒤를 쓰다듬어도 가만히 있었다. 넌 '좋은' 개였다. 대부분의 사람보다 자신이 속한 종을 더 잘 아는 공원의 다른 개들은 이런 것들에 속지 않았다. 놈들은 널 보면 긴장하고 피하거나, 피하지 못하면 극도로 유순하게 행동하는 경향이 있었다. 놈들은 엎드리고 배를 드러내면서 비굴하게 굴었다. 개들은 낑낑거리며 기듯이 뒷걸음질로 도망갔다.

조너선은 그걸 좋아했다. 조너선은 네가 다른 개들을 제압하는 알파라는 점을 좋아했다. 그리고 물론, 그 자신이 너의 알파라는 점도 좋아했다. 그건 너의 상태에 대해서 사람들이 오해하는 또 하나의 지점이었으니까. 사람들은 네가 사납고 게걸스러운 짐승이라고, 지옥에서 온 송곳니 난 괴물일 거라고 생각했다. 사실, 넌 공격하도록 훈련받지 않은 다른 여느 개들 정도로나 피에 굶주렸을 뿐이었다. 넌 공격 훈련을 받은 적이 없었다. 공을 쫓도록 훈련받았을 뿐. 넌 무리 짓는 짐승이었고, 위계를 갈망하는 짐승이었고, 그리고 너, 제시는 한 사람만의 개였다. 너의 그 사람은 조너선이었다. 넌 그를 숭배했다. 넌 그를 위해선 무슨 일이든 했다. 늑대와 울프하운드조차 구별하지 못하는 낯선 사람이 네 귀 뒤를 쓰다듬는 걸 그냥 둘 정도로.

미국에서 지낸 첫해에 너와 조너선이 유일하게 다툰 일은 목줄 때문이었다. 조너선은 제시가 목줄을 해야 한다고 고집했다. "그렇지 않으면 내가 벌금을 물 수도 있어." 공원에는 경찰들이 있었다. 제시에게는 목줄과 인식표와 광견병 예방주사가 필요했다.

넌 두 발로 서서 말했다. "제시한테는 그런 것 필요 없어." 너, 스텔라는 그때 털이 없었는데도 이 말을 하면서 털을 곤두세웠다. "조너선, 인식표는 떠돌이 개들을 위한 거야. 제시는 절대 네 곁을 떠나지 않아. 그 애에게 공을 던져주지 않는 한 말이야. 그리고 난 광견병 예방주사도 안 맞을 거야. 내가 먹는 건 오로지 사료지 죽은 너구리가 아니야. 어떻게 내가 광견병에 걸리겠어?"

"법이 그래." 그가 부드럽게 말했다. "굳이 위험을 무릅쓸 일이 아니야, 스텔라."

그러고는 그가 다가와 너로서는 절대 저항할 수 없는 방식으로 네 머리와 어깨를 쓰다듬었고, 곧 너희 둘은 침대에서 사랑스러운 섹스 파티를 즐겼다. 어찌 됐든 그날 저녁이 끝날 때쯤에 조너선이 이겼다. 음, 당연히 그럴 수밖에. 그는 알파였으니까.

그래서 다음번에 네가 네 발이 되었을 때 조너선은 네 목에 튼튼한 쇠사슬 목걸이를 두르고 인식표를 붙인 다음 수의사에게 너를 데리고 가서 예방주사를 맞혔다. 너무 많은 공포와 고통의 냄새를 풍기는 수의사의 진찰실이 그다지 맘에 들지는 않았지만, 그곳 사람들은 너를 쓰다듬으며 개 비스킷을 주고 예쁘다고 칭찬해주었고, 수의사의 손길은 부드럽고 친절했다.

그 수의사는 개를 좋아했다. 그녀는 또한 늑대와 울프하운드를 구별할 줄 알았다. 그녀는 너를 보고는, 뚫어지게 보고는, 조너선을 쳐다보았다. "회색 늑대?" 그녀가 물었다.

"모르겠어요." 조너선이 말했다. "잡종일 수도 있어요."

"제가 보기엔 잡종처럼 보이지 않는데요." 그래서 조너선은 네가 동물보호소에 있던 한배 새끼들 중에서 제일 작은 녀석이었다는, 그 유쾌한 이야기를 꺼내 들었다. 넌 꼬리를 흔들고 수의사의 손을 핥으며 그지없이 사랑스럽게 굴었다.

그 수의사한테는 아무것도 먹히지 않았다. 그녀가 네 머리를 쓰다듬었다. 그녀의 손길은 상냥했지만, 그녀에게서는 구역질 나는 냄새가 났다. "아전트 씨, 회색 늑대는 멸종위기종입니다."

"적어도 이 녀석의 부모 중 하나는 개였어요." 조너선이 말하며 진땀을 흘리기 시작했다. "봐요, 이 녀석이 멸종위기에 처한 것 같진 않잖아요, 그렇지 않아요?"

"희귀 동물을 애완용으로 키우는 데 관한 법이 있어요." 수의사가 말했다. 그녀는 여전히 너의 머리를 쓰다듬고 있었다. 넌 계속 꼬리를 흔들었지만 이내 낑낑거리기 시작했다. 수의사가 화난 냄새를 풍겼고 조너선이 겁먹은 냄새를 풍겼기 때문이다. "특히 멸종위기종인 희귀 동물에 대해서는요."

"이 녀석은 개예요." 조너선이 말했다.

"만약 이 애가 개라면," 수의사가 말했다. "왜 중성화수술을 시키지 않았는지 물어봐도 될까요?"

조너선이 화를 내며 재빨리 대꾸했다. "뭐라고요?"

"이 애를 동물보호소에서 데려오셨다고 하셨죠. 어떻게 하다가 동물들이 보호소에 가게 되는지 아세요, 아전트 씨? 사람들이 어미를 교배시켜 새끼를 낳게 해놓고서는 강아지나 새끼 고양이들을 다 건사하고 싶지 않으니까 거기에 보내는 거예요. 이 애들은 거기에서….

40

"우린 광견병 예방주사를 맞으러 왔어요." 조녀선이 말했다. "광견병 예방주사 좀 맞으면 안 될까요, 예?"

"아전트 씨, 멸종위기종을 교배하는 데 관한 규제들이 있…."

"이해합니다." 조녀선이 말했다. "거기다 광견병 예방주사에 관한 규제들도 있지요. 내 개한테 광견병 예방주사를 놓아주지 않겠다면…."

수의사가 고개를 절레절레 흔들면서도 네게 광견병 예방주사를 놔 주자 조녀선이 널 그곳에서 끌어냈다. 재빨리. "쌍년 같으니." 집에 오는 길에 그가 말했다. 그는 떨고 있었다. "동물권 파시스트 쌍년! 대체 자기가 뭐나 되는 줄 알고?"

그녀는 자기를 수의사라고 생각해. 그녀는 자신이 동물을 돌보게 되어 있는 사람이라고 생각해. 넌 이 말을 내뱉지 못했다. 네 발로 걷고 있기 때문이었다. 넌 차 뒷좌석에, 차량 시트에 털이 묻는 걸 방지하기 위해 조녀선이 사 온 전용 양가죽 깔개 위에 엎드려 낑낑거렸다. 넌 겁을 먹었다. 넌 그 수의사가 마음에 들었지만, 그녀가 무슨 짓을 할지 몰라서 두려웠다. 그녀는 네 상태를 이해하지 못했다. 어떻게 이해할 수 있겠는가?

네가 완전히 변신해서 복귀한 다음 주, 조녀선이 출근한 사이에 누가 문을 두드렸다. 넌 〈엘르〉 잡지와 필기장을 내려놓고 맨발로 문가로 다가갔다. 문을 열어보니 제복 입은 여자가 한 명 서 있었고, '동물관리국'이라고 적힌 하얀 트럭이 진입로에 주차돼 있었다.

"안녕하세요." 공무원이 말했다. "이곳에 희귀 동물이 있을지 모른다는 보고를 받았습니다. 들어가도 될까요?"

"물론이죠." 넌 그렇게 말하고 그녀를 안으로 들였다. 커피를 권했지만 그녀는 원치 않았고, 넌 이곳에 희귀 동물 따위는 하나도 없다고 말했다. 넌 그녀에게 천천히 둘러보고 직접 확인하라고 권했다.

당연하게도 개의 흔적은 없었지만, 그녀는 만족하지 않았다. "저희 기록에 따르면, 이 주소에 거주하는 조녀선 아전트 씨의 개가 지난 토요일에 백신을 맞았습니다. 저희는 그 개가 늑대와 아주 닮았다고 들었습니다. 지금 그 개가 어디 있는지 말씀해주시겠습니까?"

"그 애는 더 이상 여기에 없어요." 넌 말했다. "월요일에 목줄이 풀리는 바람에 담장을 넘어 나가버렸어요. 난처한 일이에요. 사랑스러운 개였는데."

동물관리국 여자가 얼굴을 찌푸렸다. "그 개에게 인식표가 있었나요?"

"물론이죠." 넌 말했다. "인식표가 붙은 목걸이를 하고 있어요. 혹시라도 그 애를 찾으면 전화 주시겠죠, 그렇죠?"

그녀가 널 쳐다보았다. 뚫어지게, 그 수의사만큼이나 뚫어지게. "물론이죠. 이틀에 한 번씩 동물보호소에도 확인해 보시길 바랍니다. 그리고 전단도 붙여보세요. 신문에 광고도요."

"고마워요." 넌 그녀에게 말했다. "그렇게 할게요." 동물 관리국 공무원이 떠났다. 넌 네 목걸이가 위층 속옷 서랍 안에 잘 보관돼 있다는 사실에, 그리고 동물보호소에 제시가 나타날 일은 절대 없다는 사실에 안심하며 다시 〈엘르〉를 읽기 시작했다.

조너선은 이 얘기를 듣고 격분했다. 그는 그 수의사에게 연신 저주를 뱉어냈다. "그년의 목을 물어뜯을 수 있을 거 같아?" 그가 물었다.

"아니." 넌 화가 나서 말했다. "난 그러고 싶지 않아, 조너선. 난 그 수의사 좋아해. 그녀는 자기 일을 하는 거야. 늑대는 사람을 그냥 공격하지 않아. 너도 그 정도는 알 거야. 그리고 내가 그러고 싶다고 해도 현명한 짓은 아닐걸. 사람들이 날 추적해서 죽일 거라는 뜻밖에 안 되니까. 자 봐, 진정해. 다음에는 우리, 다른 수의사한테 가는 거야, 그러면 돼."

"그보다 더 좋은 수가 있어." 조너선이 말했다. "우리, 이사 가는 거야."

그래서 너희들은 이웃 도시로, 더 넓은 마당이 딸린 더 큰 집으로 이사를 했지. 집 근처에 한동안 방치된 땅과 숲과 초지도 있어서 그곳이 지금 조너선과 네가 산책하러 가는 곳이 되었어. 다음 해에 광견병 예방주사를 맞을 때가 되자, 넌 조너선의 친구의 친구들이라는, 사냥을 즐기는 사람들이 추천해준 나이 든 남자 수의사에게 갔지. 그 수의사는 너를 보자 눈썹을 치켜들었어. "상당히 크군." 그가 쾌활하게 말했다. "이런 큰 개라면 〈낚시와 야생동물〉 잡지사에서 관심을 가질지도 모르겠는걸. 이 정도 크기면 촬영비도 추가로 줄 거야. 아, 수백 달러는 될걸, 조너선."

"그렇군요." 조너선의 목소리가 얼음장 같았다. 넌 으르렁거렸고, 수의사는 웃었다.

"충성스럽군, 그렇지 않아? 너는 녀석을 교배시킬 계획이겠고, 당연하겠지만."

"당연하지요." 조너선이 딱딱거리며 말했다.

"그거, 돈 되는 사업이지. 이 녀석의 새끼들이라면 이 광견병 예방주사 비용은 충분할 거야. 날 믿어. 정해둔 수컷은 있나?"

"아직요." 조너선이 목이 졸리는 것 같은 소리를 냈다.

수의사가 네 어깨를 쓰다듬었다. 넌 그의 손길이 마음에 들지 않았다. 그가 널 만지는 방식이 마음에 들지 않았다. 넌 다시 으르렁거렸고, 수의사는 다시 웃음을 터뜨렸다. "자, 이 녀석이 발정이 나면 나한테 전화를 줘. 관심 있어 할 만한 사람들을 몇 아니까."

"끈적거리는 후레자식 같으니." 다시 집으로 돌아오는 길에 조너선이 말했다. "그 자식 마음에 안 들었지? 제시, 그렇지 않아? 미안해."

넌 그의 손을 핥았다. 중요한 건 네가 광견병 예방주사를 맞았고, 허가증이 갱신됐으며, 그 수의사가 널 동물관리국에 신고하지 않을 거라는 점이었다. 넌 떳떳했다. 넌 '좋

44

은' 개였다.

넌 좋은 아내이기도 했다. 스텔라로서, 넌 조녀선을 위해 요리를 했고, 청소를 했고, 장을 보았다. 넌 〈엘르〉 외에도 〈코스모폴리탄〉과 〈마사 스튜어트 리빙〉을 탐독하며 영어를 익혔다. 보름달이 뜨는 주에는 일상을 유지할 수 없으므로 일을 하거나 학교에 다닐 수는 없었지만 넌 계속해서 뭔가를 부지런히 했다. 넌 운전을 배웠고, 손님 접대하는 법을 배웠다. 넌 다리털을 밀고 눈썹을 뽑고 가혹한 화학약품으로 타고난 냄새를 가리는 법을 배웠고, 하이힐을 신고 걷는 법을 배웠다. 넌 화장품과 옷을 교묘하게 이용하는 법을 배웠고, 그 결과 타고난 미모보다도 한층 더 아름다워졌다. 넌 깜짝 놀랄 정도로 아름다웠다. 모두가 그렇게 말했다. 긴 은발과 꿰뚫어보는 것 같은 연푸른 눈동자, 늘씬한 키에 날씬한 몸매. 네 피부는 매끈한 데다 얼굴에는 잡티 하나 없었고, 온몸의 근육은 가늘면서도 팽팽했다. 넌 훌륭한 요리사였고 대단한 섹스 상대였으며 완벽한 트로피 와이프였다. 하지만 물론 이 첫해 동안, 조녀선이 서른여섯에서 서른일곱으로 넘어가는 사이에 넌 그저 스물하나에서 스물여덟으로 넘어갈 뿐이었다. 넌 가속화되는 노화를 안 보이게 가릴 수 있었다. 넌 가볍게 먹고 엄청나게 운동을 하고 더욱더 노련한 화장 기술을 연마했다. 너와 조녀선은 더없이 행복했고, 그의 동료들인 인류학부의 늙은 구닥다리들은 너희를 질투했다. 그들은 아무도 보는 사람이 없다고 생각할 때마다 널 뚫어지게 쳐다보았다.

"다들 너와 자고 싶어 안달이야." 조녀선은 모임을 끝내고 올 때마다 만족스러워했고, 그때마다 다들 너와 하고 싶어 안달 이라는 사실을 마음껏 즐겼다.

조녀선의 동료들은 대부분 남자였는데, 그 아내들 대부분 은 널 좋아하지 않았다. 굳게 마음을 먹은 듯이 친근하게 대 하며 점심이나 같이 먹자고 청하는 몇몇이 있긴 했지만. 스물 여덟으로 넘어가는 스물하나의 넌 그들이 어떤 식으로든 네 가 자신들과 같지 않다는 걸, 너에게 다른 면이, 네 발이 달 린 면이 있다는 걸 눈치챈 것이 아닐까 의심했다. 넌 나중에 야 설사 그들이 제시에 대해서 알게 되더라도 이미 널 미워하 고 두려워하는 것 이상으로 널 미워하고 두려워할 수는 없을 것이라는 걸 깨달을 것이다. 그들은 네가 어리기 때문에, 네 가 아름답고 이국적인 억양으로 말하기 때문에, 자기 남편이 너에게서 시선을 돌리지 못하기 때문에 널 두려워했다. 그들 은 자기 남편이 너와 자고 싶어 하는 걸 알았다. 더는 어리지 도 아름답지도 않을지 모르지만 그 아내들은 바보가 아니었 다. 그들은 매끈한 피부와 흠결 없는 외모를 잃었을 때 순진 함이라는 사치도 같이 잃었다.

같이 점심이나 먹자고 청한 사람 중에 진심인 것 같은 사람 은 다이앤 하비가 유일했다. 그녀는 숱 적은 회색 머리카락과 늘 웃고 있는 넙데데한 얼굴을 한 마흔다섯의 여자였다. 그녀 는 컴퓨터 수리 사업체를 운영했고, 널 미워하지 않았다. 어 쩌면 그녀의 남편인 글렌이 널 주시한 적이 없으며 대화 중에도 너에게 너무 가까이 다가온 적이 없다는 사실과 관련이 있을지도 몰랐다. 그는 너와 자고자 하는 욕망이 전혀 없는 것 같았다. 글렌은 다른 모든 남자들이 너를 보는 식으로 자신의 아내인 다이앤을 쳐다보았다. 마치 다이앤이 지구상에서 가장 호감이 가는 생물이라는 듯. 마치 그녀와 같은 방 안에 있다는 사실만으로도 숨쉬기가 힘들다는 듯. 결혼한 지 15년이나 됐는데도, 심지어 아내보다 다섯 살이나 어린 데다 충분히 더 젊고 아름다운 여자를 유혹할 수 있을 만큼 잘 생겼는데도 그는 아내를 숭배했다. 조녀선은 글렌이 자기 수입보다 상당히 클 것이 틀림없는 다이앤의 수입 때문에 같이 사는 거라고 말했다. 넌 조녀선이 틀렸다고 생각했다. 넌 다이앤이 다이앤이기 때문에 글렌이 같이 사는 거라고 생각했다.

온통 유리와 목재를 두르고 양치류 식물로 실내를 장식한 지루한 식당에서 과하게 익힌 스테이크를 깨작거리는 동안, 다이앤은 친절하게도 네가 마지막으로 가족을 본 게 언제인지, 고향이 그립지는 않은지, 너와 조녀선이 조만간에 다시 유럽에 갈 계획이 있는지 물었다. 이런 질문들을 듣고 넌 목에 뭔가 걸린 것 같은 느낌을 받았다. 지금껏 그런 질문을 한 사람은 다이앤이 유일했기 때문이었다. 네게 사냥하는 법을 가르쳐주고 혈통을 잇는 일의 위험을 가르쳐준 부모님, 또는 고기조각을 놓고 분투하며 싸웠던 형제들, 사실 넌 가족들을 그리워하지 않았다. 모든 충성심이 조녀선에게 옮겨갔기 때문이었다. 하지만 둘로 이루어진 무리란 끔찍스럽게 작은 것이어서 넌 조녀선이 그 수술을 받지 않았더라면 하고 바라기 시작했다. 바보 같은 짓인지 알면서도 넌 혈통을 계속 이어갈 수 있었으면 하고 바라기 시작했다. 넌 부모님이 위험을 알면서도 짝을 지은 이유가 이 때문이었을까 궁금했다.

"고향의 냄새가 그리워요." 넌 다이앤에게 그렇게 말하고서는 그런 말을 했다는 사실이 너무 이상하게 느껴져서 얼굴을 붉혔다. 그리고 넌 이 친절한 여인이 널 좋아해 주기를 간절히 바랐다. 조녀선을 사랑하는 만큼이나 넌 같이 얘기를 나눌 누군가가 몹시 그리웠다.

하지만 다이앤은 그 말이 이상하다고 생각하지 않았다. "그렇죠." 그녀는 고개를 끄덕이고는 여름에는 바질과 토마토, 가을엔 사과, 겨울엔 육두구와 시나몬, 봄에는 백리향과 라벤더로 계절마다 독특한 냄새가 났던 자기 할머니의 주방을 생각할 때면 자기도 여전히 향수병을 앓는다는 얘기를 했다. 그녀는 정원에 백리향과 라벤더를 키운다는 얘기를 했다. 그녀는 너에게 자기 토마토 얘기를 했다.

다이앤이 네게 정원을 가꾸는지 물었다. 넌 아니라고 답했다. 사실, 넌 거의 모든 냄새를 즐기기 때문에 꽃향기도 좋아하지만, 그렇다고 딱히 식물을 좋아하는 편은 아니었다. 넌 두 발일 때에도 대부분의 사람보다 훨씬 후각이 뛰어났다. 넌 온갖 향기로 가득 찬 세계를 살았고, 대다수의 사람이 유독하다고 느끼는 냄새들도 흥미롭다고 느꼈다. 냄새라고는 탄고기와 산패된 기름 냄새밖에 나지 않는 살균 처리된 양치류 식당에 앉아서 넌 네가 정말로 고향의 냄새들을 그리워한다는 걸, 이곳의 숲과 벌판보다 더 오래되고 더 야생적인 냄새가 나는 고향을 그리워한다는 걸 깨달았다.

넌 수줍게 다이앤에게 말했다. 정원 가꾸는 법을 배워보고 싶다고, 가르쳐줄 수 있느냐고.

그래서 다이앤이 너에게 정원 가꾸는 법을 가르쳐주었다. 어느 토요일 오후, 조너선으로서는 어리벙벙한 일이겠지만, 다이앤이 상토와 모종삽과 꽃씨를 들고 너희 집에 들렀고, 너와 다이앤은 뒤뜰에 조그맣게 땅을 일궈 씨앗을 심고 물을 주며 손톱 밑에 흙물을 들였다. 너는 그게 너무나 좋았다. 정말로. 조너선과의 섹스 파티를 제외하면 두 발로 겪어본 일 중에서는 그 일이 최고인 것만 같았다. 다이앤이 떠난 후 저녁을 먹으며 너는 조너선에게 정원을 가꾸는 일이 얼마나 재미있는지 설명하려고 했지만, 그는 딱히 흥미 있어 하는 것 같지 않았다. 그는 네가 좋은 시간을 보냈다는 데 기뻐했지만 정말로, 씨앗에 대해서는 듣고 싶어 하지 않았다. 그는 위층으로 올라가서 섹스를 하고 싶어 했다.

그래서 넌 그렇게 했다.

그 뒤로 너는 정원 가꾸는 요령을 찾아서 〈마사 스튜어트 리빙〉 과월호들을 모두 뒤졌다.

넌 희열에 넘쳤다. 이제 네겐 취미가, 다른 아내들에게 얘기할 뭔가가 있었다. 분명 그들 중 일부는 정원을 가꾸었다. 어쩌면, 이제는 그들이 널 미워하지 않게 될지도 몰랐다. 그래서 다음 파티에서 넌 쾌활하게 정원 가꾸기에 대해 떠들어보았지만, 어찌 된 일인지 네 주변에는 남자들이 몰려들어 잡초와 진딧물에 관한 얘기에 눈을 빛내며 열심히 고개를 끄덕거렸고, 다른 아내들은 여전히 방 건너편 탁자 하나를 둘러싸고 모여서는 가끔 네 쪽을 쏘아보곤 했다.

너는 뭔가가 잘못됐다는 걸 알았다. 남자들은 정원 가꾸는 걸 좋아하지 않는다. 그렇지 않은가? 조너선은 확실히 좋아하지 않았다. 마침내 아내 중 한 명이, 햇볕에 그을린 피부와 좋은 골격을 가진 키 큰 금발머리 여자가 뻐기듯이 다가와 자기 남편의 소매를 잡고 끌고 갔다. "이제 집에 갈 시간이에요." 그녀는 네 쪽을 향해 입술을 비틀면서 그에게 말했다.

넌 그 표정을 알았다. 실제로 으르렁대기에 인간은 너무 문명화됐지만, 그 여자의 표정을 보자마자 너는 으르렁거림을 알아보았다.

다음 주말에 다이앤의 정원에서 그녀가 기르는 토마토 포기들에 감탄하는 와중에 넌 이 일에 관해서 물어보았다. "왜 그 사람들은 날 싫어하죠?" 넌 다이앤에게 물었다.

"아, 스텔라." 그녀는 입을 열더니 한숨을 쉬었다. "당신, 정말 모르는 거군요, 그렇지 않아요?" 네가 고개를 끄덕이자 그녀가 말을 이었다. "그 사람들은 당신이 젊고 아름다우니까 미워하는 거예요. 그게 당신의 잘못이 아닌데도 말이지요. 일을 해야 하는 사람들은 당신이 일하지 않기 때문에 당신을 미워하고, 남편이 부양을 해줘서 일할 필요가 없는 사람들은 자기 남편들이 더 젊고 아름다운 여자를 찾아 떠나지 않을까 두려워서 당신을 미워해요. 이해돼요?"

넌 아니었다. 정말로. 이제 서른다섯으로 넘어가는 스물여덟이었는데도.

"그 사람들의 남편이 나 때문에 그들을 떠날 리가 없잖아요." 넌 다이앤에게 말했다. "난 조너선과 결혼했어요. 난 그 사람들 남편은 아무도 원치 않아요." 하지만 넌 그 말을 하는 순간에도 그게 핵심이 아니란 걸 알았다.

몇 주 후에 넌 그 키 큰 금발머리의 남편이 자기보다 스무 살이나 어린 에어로빅 강사 때문에 정말로 아내를 떠났다는 사실을 알게 되었다. "그가 사진을 보여줬어." 조너선이 웃으면서 말했다. "여자가 사자 머리를 한 얼간이더라고. 당신의 반만큼도 아름답지 않았어."

"그게 이 일과 무슨 상관이 있어?" 넌 그에게 물었다. 넌 화가 났지만 왜인지는 확신하지 못했다. 그 금발머리는 거의 모르는 사람이었고, 그녀가 너에게 친절했다거나 그런 것도 아니었다. "그 아내가 불쌍해! 그 남자는 그런 끔찍한 짓을 하면 안 되는 거야!"

"물론 그건 그렇지." 조너선이 달래듯이 말했다.

"만약 내가 못생겨지면 당신은 날 떠날 거야?" 넌 그에게 물었다.

"말도 안 돼, 스텔라. 당신은 늘 아름다울 거야."

하지만 그때는 조너선이 서른여덟이 되고 네가 서른다섯

이 되는 때였다.

다음 해에 균형이 뒤집히기 시작할 터였다. 그는 서른아홉이 될 것이고, 넌 마흔둘이 될 것이다. 넌 자신을 아주 세심하게 가꾸었다. 그리고 정말로 넌 어느 때보다 아름다웠지만, 그즈음부터 희미한 주름이 생겼고 아랫배를 예전처럼 편평하게 유지하려면 몇 시간씩 복근운동을 해야 했다.

복근운동을 하면서, 정원에서 잡초를 뽑으면서, 너에겐 생각할 시간이 충분했다. 일 년 안에, 잘해봐야 이 년 안에 넌 조녀선의 엄마라고 해도 될 만큼 나이가 들 텐데, 넌 그가 그런 상황을 좋아하지 않을지도 모른다는 생각을 하기 시작했다. 그리고 넌 네가 얼마나 빨리 나이 들어 보이는지를 놓고 교수 부인들 사이에 악의적인 소문이 도는 것도 이미 눈치챘다. 교수 부인들은 너의 주름 하나하나를 낱낱이, 심지어 교묘하게 한 화장을 뚫고 모두 알아보았다.

서른다섯에서 마흔둘로 넘어가는 사이에 다이앤과 그 남편이 이사를 하는 바람에 이제 네게는 주름이나 심술궂은 교수 부인들에 대해서 상의할 사람이 아무도 없었다. 조녀선에게는 어느 것도 얘기하고 싶지 않았다. 그는 여전히 네게 아름답다고 말했고, 넌 여전히 만족스러운 섹스를 하고 있었다. 넌 매력이 줄어들고 있다는 인상 따위를 그에게 주고 싶지 않았다.

넌 그해에 정원을 가꾸는 데 많은 시간을 쏟았다. 꽃, 특히 장미와 허브들, 그리고 다이앤을 기념하는 의미에서, 또 조녀선이 좋아하기 때문에 기르는 토마토들. 네가 가장 좋아하는 건 두 발로 정원에 있을 때와 네 발로 숲에 있을 때였고, 넌 둘 다 흙을 파헤치는 것과 관련이 있는 것이 우연이 아니라고 생각했다. 넌 다이앤에게 보내는 긴 편지를 전자우편에 써서 보내거나, 조너선이 컴퓨터를 쓰다 보지 말았으면 하는 내용이 있을 때는 옛날식으로 종이에다 써서 보냈다. 다이앤은 바빠서 답장을 쓸 시간이 많지 않았지만 가끔씩 전자우편으로 짤막한 답신을 보냈고, 아주 가끔은 엽서를 보내왔다. 넌 또 엄청나게 읽었다. 신문, 소설, 정치평론, 문학평론, 범죄 실화, 문화인류학 논문 등 찾을 수 있는 건 뭐든 읽었다. 넌 조너선의 동료들과 얘기를 나누다가 대수롭지 않게 그들의 전공분야에, 또는 다른 분야에, 범죄감식 지리학이나 농업윤리학이나 탈구조주의 광산업같이 그들로서는 들어본 적도 없는 분야에 관한 특이한 정보들을 툭툭 던져서 그들을 깜짝 놀라게 했다. 넌 제일 재미있어 보이는 희귀 학문 분야들이 하나같이 흙을 파헤치는 일과 관련된 것이 우연이 아니라고 생각했다.

조너선의 동료들 일부가 네 아름다움뿐만 아니라 네 지식에 대해서도 언급하기 시작했다. 일부는 조금 뒷걸음질을 쳤다. 많지는 않지만 일부 아내들이 조금 더 친근하게 굴게 되었고, 넌 다시 점심을 먹으러 가끔 외출하는 일이 생겼다. 누구와 있어도 다이앤만큼 좋지는 않았지만.

그다음 해, 문제가 시작되었다. 조너선이 마흔이 되고, 네가 마흔아홉이 되는 해였다. 둘 다 엄청나게 운동을 했다. 둘

다 가볍게 먹었다. 하지만 조녀선에겐 거의 주름이 생기지 않은 반면 네 주름은 갈수록 숨기기 힘들어졌다. 아무리 복근운동을 많이 해도 네 아랫배는 편평하게 있기를 거부했고, 허벅지에는 아주 희미하지만 셀룰라이트의 기미가 나타났다. 넌 딱 달라붙어 몸매를 드러내는 오랜 패션 스타일을 버리고 다량의 은으로 변화를 준 길고 펄렁거리는 치마와 드레스로 스타일을 바꾸었다. 넌 이국적이고 우아한 스타일을 추구했고, 훌륭하게 목적을 달성했다. 마트에 가면 사람들의 시선이 여전히 널 쫓았다. 하지만 섹스 빈도는 좀 뜸해졌고, 넌 어느 정도가 자연스러운 노화의 탓이고 어느 정도가 조녀선 쪽의 흥미가 부족한 탓인지 알지 못했다. 그는 예전만큼 열렬한 것 같지 않았다. 그는 이제 네 변신 기간에 허브차와 뜨거운 물병을 가져다주지 않았다. 숲 속 산책도 예전보다 조금 짧아졌고, 벌판에서 공을 던지며 놀 때도 뭔가 형식적이었다.

그러다 새로 사귄 친구가 같이 점심을 먹다가 네게 뭔가 문제가 있는지, 어디가 아픈지, 왜냐하면, 음, 네가 너답지 않아 보이기 때문이라고 에둘러가며 물었다. 넌 괜찮다고 그녀를 안심시키면서도 그녀의 말이 '네가 작년보다 상당히 늙어 보인다'는 의미임을 알았다.

넌 집에 와서 이 문제를 조녀선과 상의해보려 했다. "언젠가는 이게 문제가 될 걸 우린 알고 있었어." 넌 그에게 말했다. "난 다른 사람들도 눈치챌까 봐, 누군가가 무슨 일인지 알아낼까 봐 두려…."

"스텔라, 자기, 아무도 무슨 일인지 모를 거야." 그는 짜증을 냈고 조급해했다.

"설사 당신이 유별나게 빨리 늙는다고 그들이 생각한다고 해도, 제시까지 연관시키지는 못할 거야. 그들의 세계관으로는 있을 수 없는 일이니까. 네가 일 년에 백 살씩 나이를 먹는다고 해도 그런 생각은 못 할 거야. 사람들은 그냥 네 체질이 뭔가 좀 안 됐다고 생각해. 그뿐이야."

어떤 의미로 보자면, 네 체질이 좀 안 되긴 했다. 넌 얼굴을 찡그렸다. 마지막으로 섹스한 지 다섯 주가 지났다. "내가 늙어 보이는 게 신경 쓰여?" 넌 조너선에게 물었다.

"당연히 아니지, 스텔라!" 하지만 그가 이 말을 하면서 눈알을 굴렸기 때문에 넌 확신을 얻지 못했다. 넌 그의 목소리에서 이 대화를 하고 싶지 않다는 사실을, 그가 다른 일을, 예를 들면 TV를 보고 싶어 한다는 걸 알 수 있었다. 넌 그 어조를 잘 알고 있었다. 조너선의 동료들이 대체로 널 쳐다보는 와중에 자기 아내에게 말할 때 그런 어조로 말을 했었다.

넌 그 해를 살아나갔다. 운동 시간을 늘렸고, 점점 줄어드는 조너선의 흥미를 자극할 만한 침실 테크닉을 찾아 〈코스모폴리탄〉을 샅샅이 뒤졌고, 허벅지 지방흡입술을 고려했다가 포기했다. 넌 주름살 제거수술을 받았으면 했지만, 회복 기간이 좀 긴 데다 수술이 변신에 어떤 영향을 미칠지 확신하지 못했다. 넌 읽고 또 읽었고, 제3세계의 기근 구제와 예술사와 자동차 디자인 같은 서로 다른 지식 영역 간의 밀접한 관계와 상호연관성을 갈수록 예민하게 파악하며 관련 지식들을 자유롭게 구사하게 되었다. 점심 중의 대화는 더 풍부해졌고, 교수 부인들과의 친교도 보다 진실해졌다.

넌 점점 깊어지는 지혜가 노화의 혜택이란 걸, 주름과 아직은 속도가 느리지만 천천히 사그라지는 아름다움을 보완하는 보상이란 걸 알았다.

그리고 넌 조너선이 지혜 때문에 너와 결혼한 게 아니란 것도 알았다.

그리고 다음 해, 너는 조너선의 엄마라고 해도 될 만한 나이가 되었다. 미혼의 청소년 조너선이겠지만 말이다. 그가 마흔하나가 되는 사이 넌 쉰여섯이 되었다. 네 은발은 광채를 잃고 그저 시시한 백발이 되어갔다. 섹스는 대체로 주요 국경일과 겹치게 되었다. 걸을 때마다 허벅지가 출렁거리기 시작해서 서둘러 지방흡입술을 받았지만, 조너선은 터무니없는 수술비 말고는 아무것도 눈치채지 못하는 것 같았다.

넌 집을 다시 꾸몄다. 그림을 그리기 시작해서 몇 점을 지역 화랑에 팔 정도의 성공을 거두었다. 넌 생태관광과 과도하게 집약적인 농업 문제를 완화하는 치료법으로 정원 가꾸기를 권장하는 책을 쓰기 시작했고, 어느 일류 대학 출판사와 출판계약을 맺었다. 조너선은 어느 것에도 큰 관심을 두지 않았다. 넌 피 묻은 송곳니까지 갖춘 완전한 늑대인간 흉내라도 내야 조너선이 눈길을 줄까 생각하기 시작했지만, 한때 그런 게 네 본성에 있었는지도 모르겠지만 분명 지금은 아니었다.

조너선과 마사 스튜어트가 널 문명화시켰다.

네 발일 때의 넌 여전히 숲에서 만난 다른 애완견 주인들로부터 감탄사를 이끌어낼 정도로 멋졌다. 하지만 이제 조너선이 벌판에서 너와 공놀이를 하는 일은 거의 없었다. 가끔은 널 숲으로 데려가지도 않았다. 한때 시간과 킬로미터 단위로 가늠했던 산책은 이제 분 단위와 동네 구획 단위로 재게 되었다. 이따금 조너선은 아예 산책하러 나가지도 않았다. 가끔은 그냥 널 뒤뜰에 내보낸 뒤에 알아서 놀라고 했다. 그는 네 뒤치다꺼리도 하지 않았다. 넌 두 발로 돌아온 뒤에 오래된 똥을 퍼 담으며 스스로 뒤치다꺼리를 해야 했다.

몇 번은 이 문제로 조너선에게 소리를 질렀지만, 그는 여느 때보다 훨씬 더 짜증을 내며 그냥 나가버렸다. 넌 그가 널 사랑한다는 걸, 아니 한때 널 사랑했다는 걸 그에게 일깨우기 위해 뭔가를 해야 한다는 걸 알았다. 넌 너 자신을 다시 그의 시야에 끼워 넣기 위해 뭔가를 해야 했다. 하지만 그게 뭔지 떠올리지 못했다. 넌 생각할 수 있는 건 뭐든 이미 시도해보았다.

울다가 잠드는 밤들이 있었다. 한때는 조너선이 널 안아주곤 했다. 지금 그는 등을 보이며 돌아누워서는 침대 맨 가장자리로 신속하게 이동했다.

그 끔찍한 시기에 너희 둘은 어느 학부 파티에 갔었다. 거기엔 새 교수가, 인류학 학부에서 십 년 만에 처음 뽑은 여교수가 있었다. 그녀는 이십 대에다 긴 검은 머리와 완벽한 피부를 가졌고, 남자들은 네 주변에 모여들곤 했던 모습 그대로 그녀 주변에 모여들었다.

조너선도 그중 하나였다.

넌 다른 아내들과 같이 새로 나온 영화에 관해 얘기하는 척하면서 조너선의 얼굴을 지켜봤다. 그는 사랑스러운 젊은 여성이 연구 중인 뉴기니의 의례적인 자해에 관한 얘기에 완전히 집중한 채 넋을 잃고 경청했다. 넌 아무에게도 들키지 않을 것 같은 틈을 타서 조너선의 시선이 그녀의 가슴을, 그녀의 허벅지를, 그녀의 엉덩이를 몰래 배회하는 걸 보았다.

넌 조너선이 그녀와 자고 싶어 하는 걸 알았다. 그리고 그게 네 잘못이 아니었던 만큼이나 그녀의 잘못이 아니란 걸 알았다. 그녀가 어리고 예쁜 건 그녀로서는 어쩔 수 없는 일이었다. 하지만 넌 어쨌든 그녀가 싫었다. 다음 며칠에 걸쳐 넌 네가 가장 싫어하는 것이, 조너선이 그 젊은 여자와 자고 싶어 하는 것보다도 더 싫은 것이, 그 여자에 대한 미움이 너에게, 너의 꿈들에, 너의 내면에 끼치는 영향이라는 걸 알게 되었다. 그 미움은 조너선 탓이 아니라 네 문제란 걸 너는 알았다. 조너선의 잘못이 아니었다. 그 젊은 교수를 향한 그의 욕망이 네 탓이 아닌 것처럼. 하지만 넌 그 미움을 없앨 수 없을 것 같았다. 미움 탓에 주름이 더 깊어져 얼굴이 불 속에 던져진 신문쪼가리마냥 쭈글쭈글해진 걸 느낄 수 있었다.

넌 이런 상황에 대해 할 수 있는 한 최대한 많은 내용을 길고 번뇌에 찬 편지로 써서 다이앤에게 보냈다. 물론, 다이앤은 이사 간 지 몇 년이나 지났으니 네가 얼마나 나이 들어 보이는지 알 리가 없었고, 넌 네가 이제 마흔이 넘었기 때문에 널 향한 조너선의 사랑이 줄어드는 것 같다고만 얘기했다. 너는 그 편지를 종이에 써서 우편으로 보냈다.

다이앤이 답장을 보냈다. 이번엔 엽서가 아니라 빽빽한 다섯 장짜리 편지였다. 그녀는 조너선이 아마도 중년의 위기를 겪는 중일 거라고 말했다. 그녀는 널 대하는 그의 태도가, 그녀의 표현에 따르자면 '야만적'이라는 데 동의했다. "스텔라, 넌 아름답고 명석하고 많은 걸 성취한 여자야. 난 너처럼 크게, 아니 그처럼 흥미로운 방식으로, 그처럼 짧은 시간에 성장한 사람을 본 적이 없어. 조너선이 그걸 알아보지 못한다면, 그가 멍청이인 거고. 어쩌면 지금이 다른 곳에서 더 행복해질 수 있는지 너 자신에게 물어볼 때인지도 몰라. 난 이혼을 권하기는 정말 싫지만, 네가 그처럼 고통받는 걸 보는 것도 싫어. 물론 문제는 경제적인 거야. 그를 떠나 스스로를 먹여 살릴 수 있겠어? 조너선이 이혼수당을 줄 거라 믿을 수 있을까? 사소한 위안거리란 거 나도 알지만, 적어도 그 과정에서 고려해줘야 할 아이는 없잖아. 난 네가 이미 부부 상담을 시도해봤을 거라고 생각해. 만약 아니라면, 꼭 해봐."

그 편지는 널 절망에 몰아넣었다. 아니, 조너선이 이혼수당을 줄 거라 믿을 수 있을 것 같지 않아. 조너선은 부부 상담에 동의해줄 것 같지도 않았다. 네 점심 친구들 몇몇이 그 경로를 밟았는데, 그들이 자기 남편들을 상담실에 집어넣을 수 있었던 유일한 방법은 안 그러면 당장 이혼하겠다는 협박이었다. 네가 그런 협박을 시도한다면, 그저 공허한 협박이 될 것이다. 네 불행한 체질로는 뭐가 됐든 정상적인 일자리 같은 건 유지할 수 없을 테고, 글을 쓰고 그림을 그려서 얻는 수입으로는 스스로를 부양할 수 없을 것이며, 조너선은 이 모든 상황을 너만큼이나 잘 알고 있었다. 그리고 앞으로의 너의 안전도 그의 손에 달려 있었다. 만약 그가 너의 정체를 공개한다면….

넌 몸을 떨었다. 고향 유럽에서 이런 이야기들은 횃불을 든 농부들로 이어졌다. 네가 알기로 이 나라라면 실험실과 외과용 메스가 더 가능성이 높을 것이다. 어느 쪽이든 마음이 끌리지 않기는 매한가지였다.

언제나 밝고 높고 소리가 울리는 방에 있으면 생각하기가 좀 더 편했으므로 넌 미술관에 갔다. 넌 추상 조각품과 인상파 그림들 사이를, 정물화와 풍경화들 사이를, 인물화들 사이를 거닐었다. 초상화 하나는 나이 든 여성을 그린 그림이었다. 백발에다 주름투성이인 여성이었다. 차를 따르는 어깨가 굽었다. 넌 도자기의 꽃들이 그 인물의 눈과 똑같이 빛나는 연푸른색이라는 걸 깨달았다. 네 눈과 똑같은 푸른색이었다.

그 그림을 보고 넌 숨이 멎을 것 같았다. 그 늙은 여성은 아름다웠다. 19세기 영국 공작이었던 그 그림의 화가도 그렇게 생각했음을 너는 알았다.

조너선은 그렇게 생각하지 않으리라는 걸 너는 알았다.

넌 다시 한 번 조녀선과 얘기를 해보자고 결심했다. 넌 그가 제일 좋아하는 음식을 만들고 그가 제일 좋아하는 와인을 따르고 네게 가장 잘 어울리는 은 장신구가 잔뜩 달린 회색 실크 옷을 입었다. 은발과 푸른 눈이 촛불 빛에 반짝거리고, 그 촛불 빛이 주름을 숨겨 준다는 걸 너는 알았다.

그는 적어도 아직은 이런 종류의 소동을 알아차렸다. 조녀선이 저녁을 먹으러 식당에 들어오면서 너를 보고는 눈썹을 치켜들었다.

"무슨 특별한 일 있어?"

"내가 걱정되는 일이 있지." 넌 그에게 말했다. 넌 그가 네 눈물을 외면했을 때 얼마나 마음이 아팠는지 말했다. 넌 얼마나 섹스가 그리운지 말했다. 넌 한 달에 삼 주 이상을 그가 어질러놓은 걸 치우는데, 네가 네 발일 때 어질러놓은 걸 그가 치우는 건 아주 당연하다고 말했다. 그리고 만약 그가 더는 널 사랑하지 않는다면, 더는 널 원하지 않는다면, 떠나겠다고 말했다. 넌 고향으로, 알프스에서 가까운 숲 가장자리에 있는 마을로 돌아가 혼자 삶을 꾸려볼 생각이었다.

"아, 스텔라." 그가 말했다. "당연히 난 여전히 널 사랑해!" 넌 그게 그냥 조급해서 하는 말인지 뉘우쳐서 하는 말인지 알 수 없었고, 영영 그 차이를 알 수 없으리라는 사실에 무서워졌다.

"어떻게 날 떠난다는 생각을 할 수가 있어? 내가 그간 너한테 해준 게 얼만데, 내가 너한테 해준 게…."

"상황은 계속 변해왔어." 넌 그에게 말했다. 목이 따가웠다. "그 변화가 문제야. 조너선…."

"네가 날 이렇게 상처 주려 하다니 믿을 수가 없어! 난 믿기지가 않…."

"조너선, 네게 상처를 주려는 게 아니야! 네가 내게 상처를 주고 있다는 사실에 대응하는 거야! 계속 내게 상처를 줄 거야, 아니면 그만둘 거야?"

그는 뿌루퉁한 채 널 노려보았다. 어쨌든 그가 아주 어리다는, 너보다 훨씬 어리다는 생각이 머리를 스쳤다. "네가 얼마나 배은망덕하게 굴고 있는지 알기나 해? 너 같은 여자를 참아줄 남자는 별로 없을걸!"

"조너선!"

"내 말은, 이게 나한테 얼마나 힘든 일인지 알기나 해? 늘 비밀을 지키고, 늘 거짓말을 하고, 저 빌어먹을 개와 산책을 해야 하고…."

"넌 그 빌어먹을 개와 산책하는 걸 좋아했었어." 넌 울지 않으려고, 호흡을 가다듬으려고 분투했다. "좋아. 봐, 네 뜻은 분명해졌어. 난 떠날 거야. 집에 갈 거야."

"넌 그런 짓 못 할걸!"

넌 눈을 감았다. "그럼 넌 내가 어떻게 하면 좋겠어? 네가 날 싫어하는 걸 알면서 여기 계속 있으라고?"

"난 널 싫어하지 않아! 네가 날 싫어하지! 네가 날 싫어하지 않는다면 떠나겠다고 협박하지도 않을걸!" 그는 자리에서 일어나 냅킨을 식탁에 던졌다. 냅킨이 그레이비 그릇에 떨어졌다. 방을 나서기 전에 그가 돌아보며 말했다. "오늘은 손님 방에서 잘 거야."

"좋아." 넌 그에게 멍하니 말했다. 그가 나가고나자 넌 네가 떨고 있다는 걸 알게 되었다. 테리어 강아지처럼, 아니 푸들처럼. 늑대가 아니라.

자, 그는 자기 생각을 매우 명백하게 밝혔다. 넌 자리에서 일어나 온 오후를 바쳐 요리했지만 손도 대지 않은 저녁거리를 치우고 위층 네 침실로 올라갔다. 이제 침실은 네 거였다. 더 이상 조너선 부부의 침실이 아니었다. 넌 청바지와 두꺼운 스웨터로 갈아입었다. 뼈마디들이 아파서 뜨거운 물에 목욕을 할까 생각했지만, 더운 목욕물 속에서 느긋해지게 됐다가는 너 자신이 박살 날 터였다. 넌 눈물이 되어 흘러내릴 테니까. 그리고 너에겐 해야 할 일들이 있었다. 뼈마디가 아픈 건 결혼생활이 끝나서가 아니라 변신할 시기가 다가오고 있기 때문이었고, 넌 변신이 시작되기 전에 계획을 세워둬야 할 필요가 있었다.

그래서 너는 서재로 가서 컴퓨터를 켜고 온라인 여행사에 접속했다. 넌 그날로부터 10일 후, 네가 확실하게 두 발로 다시 돌아왔을 때인 날짜로 고향으로 돌아가는 비행기 표를 예매했다. 너는 신용카드로 비행기 표를 결제했다. 청구서는 다음 달에 오겠지만, 그때쯤이면 넌 사라진 지 오래일 것이다. 조너선더러 내라고 하지.

돈. 너는 어떻게 돈을 만들지, 돈을 얼마나 가져가야 할지 생각해야 했지만, 당장은 그 문제를 생각할 수 없었다. 비행기 표를 예매한 것이 네게 큰 타격을 주었다. 내일, 조녀선이 출근하면, 넌 다이앤에게 전화를 걸어 이 모든 일에 대해 조언을 구할 것이다. 넌 고향에 갈 거라고 말할 것이다. 그녀는 아마도 자기한테 와서 있으라고 제안할 테지만, 넌 그럴 수 없었다. 변신 때문에. 네가 아는 모든 사람 중에서 다이앤이야말로 이해해줄지도 모르는 유일한 사람이지만, 넌 그걸 설명할 에너지를 끌어모으는 상상조차 할 수 없었다.

서재에서 나와 침실로 들어가는 데에도 넌 네가 가진 모든 에너지를 써야 했다. 넌 울다가 잠들었고, 이번에는 침대 저편에조차 조녀선이 없었다. 넌 스스로를 불신하는 자신을 발견했다. 식사자리에서의 대화를 다른 식으로 해야 했던 게 아닌가, 뜰에 널린 똥에 대해서 소리치지 말고 자제했어야 하는 게 아닌가, 먼저 그를 유혹해야 했던 게 아닌가, 그랬다면….

영원히 답이 나오지 않을 질문들이었다. 너는 그걸 알았다. 넌 집에 돌아가는 일을 생각했다. 아직 알아볼 수 있는 누군가가 있을지 궁금했다. 넌 네 정원을 얼마나 그리워할지 깨닫고는 다시 울기 시작했다.

내일, 맨 첫 번째로, 넌 다이앤에게 전화할 것이다.

하지만 다음 날이 되자 넌 침대에서 일어날 수조차 없었다. 변신이 일찍 시작됐다. 이번은 끔찍한 최악의 변신이었다. 고통이 너무 심해서 넌 거의 움직일 수가 없었다. 고통이 너무 격심해서 넌 큰 소리로 신음했지만 설사 들었더라도 조녀선은 들여다보지 않았다. 잠깐 고통이 물러가고 생각이 맑아지는 때마다 넌 네가 할 수 있을 때 빨리 비행기 표를 예매했다는 데 감사했다. 그리고 그때 너는 침실 문이 닫혀 있다는 걸, 제시가 혼자서는 문을 열 수 없을 거라는 걸 깨달았다. 넌 침대에서 나가야 했다. 넌 문을 열어야 했다.

넌 그럴 수 없었다. 변신이 너무 많이 진행됐다. 이처럼 빠르게 진행된 적은 없었다. 그래서 이처럼 심하게 아픈 걸 테지. 하지만 역설적으로 고통은 변신 과정을 평소보다 짧기는커녕 더 길게 느껴지게 만들었다. 너는 신음했고, 훌쩍거렸고, 시간 개념을 잃었고, 마침내 길게 울부짖었고, 그제야 다행히 변신이 끝났다. 넌 네 발로 섰다.

이제 침대에서 일어날 수 있었지만 방에서는 나갈 수 없었다. 울부짖어봤지만, 집에 있으면서도, 네 소리를 들었으면서도 그는 오지 않았다.

방안에는 먹을 것이 없었다. 넌 우연히 화장실 변기 뚜껑을 닫지 않은 채 뒀고, 그래서 물은, 흥미로운 냄새로 가득한 물은 있었다. 잘 됐다. 그리고 물어뜯을 신발도 있었지만, 신발은 영양물질도 실질적인 위안도 주지 않았다. 너는 배가 고팠다. 너는 외로웠다. 너는 두려웠다. 넌 방안에서, 신발에서, 침대보에서, 벽장 안의 옷에서 조녀선의 냄새를 맡지만 조녀선은 오지 않을 것이다. 네가 아무리 짖어댄다 해도.

그러다 마침내 문이 열렸다. 조녀선이었다. "제시." 그가 말했다. "불쌍한 제시. 엄청 배고팠겠구나. 미안해." 그가 목줄을 들고 있었다. 그는 속옷 서랍에서 네 목걸이를 꺼내 채우고는 목줄을 걸었고, 넌 이제 둘이 산책하러 가는구나 생각했다. 황홀했다. 조녀선이 다시 너와 산책하러 가다니. 조녀선은 여전히 너를 사랑하는구나.

"밖으로 나가자, 제시." 그가 말했고, 넌 순종적으로 타다닥 계단을 내려가 현관 쪽으로 갔다. 하지만 대신에 그가 말했다. "제시, 이쪽이야. 이리 와, 제시." 그리고 네 줄을 잡고 집 뒤쪽에 있는 가족실로, 뒤뜰로 통하는 미닫이 유리문 쪽으로 이끌었다. 넌 혼란스러웠지만 조녀선이 말하는 대로 따랐다. 너는 그를 기쁘게 해주기 위해 필사적이었다. 그가 사실상 더는 스텔라의 남편이 아니라 해도 그는 여전히 제시의 알파였다.

그는 너를 뒤뜰로 이끌었다. 거기 뒤뜰 한복판에 금속 기둥이 하나 서 있었다. 전에는 없던 것이었다. 개과의 동물이 된 너의 마음은 그것이 새 장난감인지 궁금했다. 너는 다가가 냄새를 맡았다. 조심스럽게. 그리고 그러는 동안 조녀선은 네 목줄 한쪽 끝을 기둥 꼭대기에 달린 고리에 걸었다.

너는 놀라서 낑낑거렸다. 너는 멀리 움직일 수가 없었다. 그다지 긴 목줄이 아니었다. 넌 기둥을, 목줄을, 목걸이를 잡아당겨 보았지만 어느 것도 널 놔주질 않았다. 세게 당기면 당길수록 목걸이 때문에 숨쉬기가 더욱 힘들어졌다. 조녀선은 여전히 옆에서 침착하게 널 쓰다듬으며 안심시켰다. "괜찮아, 제시. 내가 사료와 물을 가져다줄게, 됐지? 여기 있으면 괜찮을 거야. 딱 오늘만이야. 내일은 멀리 오래 산책하러 나가자, 약속할게."

'산책'이라는 소리에 귀가 쫑긋해졌지만 넌 여전히 낑낑거렸다. 조녀선이 사료와 물그릇을 밖으로 들고나와 네가 닿을 만한 곳에 내려놓았다.

넌 먹이를 먹는 게 너무 기뻐서 외롭다거나 무섭다는 생각을 하지 못했다. 너는 게걸스럽게 사료를 삼켰고, 조녀선은 네 털을 쓰다듬으며 정말 착한 개라고, 정말 예쁜 개라고 말했다. 넌 어쩌면 모든 게 괜찮아질지도 모른다고 생각했다. 그가 이렇게 널 쓰다듬어 주는 게, 그처럼 오래 니에게 말을 걸고 예쁘다고 말해준 게 몇 달 만이었기 때문이었다.

그러고 그는 다시 안으로 들어갔다. 넌 목걸이가 허용하는 한 집 쪽으로 가까이 다가갔다. 가끔 청소하는 것 같은 조녀선이 얼핏 보였다. 저기 그가 그림 액자의 먼지를 털었다. 저기 그가 청소기를 돌렸다. 그는 요리를, 쇠고기 스트로가노프를 만들었고, 넌 냄새를 맡았다. 그리고 이제 그는 식당에 촛불을 켰다.

너는 낑낑거리기 시작했다. 집 반대쪽 진입로에 차 한 대가 멈춰 섰을 때 너는 좀 더 크게 낑낑거렸지만, 웬 여자의 목소리를 듣고는 울음을 멈추었다. 뭐라 말하는지 듣고 싶었기 때문이었다.

"···아내가 떠났다니 너무 안 됐어요. 마음이 엉망이겠군요."

"맞아요, 그래요. 하지만 지금쯤 아내는 유럽에 돌아가 자기 가족들과 같이 있겠죠. 여기, 집 안을 안내해줄게요." 그리고 그가 여자에게 가족실을 보여줄 때, 넌 그녀를 보았다. 이십 대에 긴 검은 머리와 완벽한 피부를 가진 그녀를. 그리고 너는 조녀선이 어떤 시선으로 그녀를 쳐다보는지 확인하고는 말 그대로 울부짖기 시작했다.

"세상에!" 조녀선의 손님이 땅거미가 지는 바깥을 내다보며 말했다. "대체 저건 뭐죠? 늑대?"

"누이의 개예요." 조녀선이 말했다. "허스키와 울프하운드 잡종이죠. 누이가 출장 간 동안 제가 봐주고 있어요. 물지 않아요. 안 무서워해도 돼요."

그리고 그가 여자의 두려움을 잠재우기 위해 여자의 어깨에 손을 올리자 그녀가 그를 향해 돌아섰고, 둘은 식당으로 들어갔다. 그러고 나서 잠시 뒤에 침실에 반짝 불이 켜졌고, 웃음소리와 다른 소리가 들렸다. 넌 다시 울부짖기 시작했다.

넌 밤새 울부짖었지만 조녀선은 나와 보지 않았다. 이웃들이 몇 차례 조녀선에게 소리를 질렀다. "빌어먹을, 저 개 좀 닥치게 해!" 하지만 조녀선은 절대 다시 나와 보지 않을 것이다. 너는 이 기둥에 묶인 채 여기서 죽을 것이다.

하지만 넌 죽지 않았다. 새벽이 가까워지자 넌 마침내 울음을 멈췄다. 넌 몸을 말고 탈진한 채 잠이 들었고, 깨어났을 때는 해가 높이 솟았다. 조녀선이 열린 유리문으로 나왔다. 또 다른 사료 그릇을 들고 있는 그에게서 비누와 샴푸 냄새가 났다. 너는 그에게서 여자의 냄새를 맡을 수 없었다.

너는 어쨌든 으르렁거렸다. 상처를 입었고 혼란스러웠기 때문이었다. "제시." 그가 말했다. "제시, 괜찮아. 불쌍하고 예쁜 제시. 내가 그동안 너한테 너무했지, 그렇지 않아? 정말 미안해."

그의 목소리는 미안한 듯이, 정말로 미안한 듯이 들렸다. 너는 사료를 먹었고, 그는 너를 쓰다듬었다. 지난밤에 했던 것과 똑같은 방식으로, 그리고 그는 목줄을 기둥에서 풀면서 말했다. "좋아, 제시. 문으로 나가 진입로로. 좋아? 드라이브를 가는 거야."

넌 드라이브를 하러 가고 싶지 않았다. 너는 산책을 원했다. 조녀선은 산책을 약속했었다. 너는 으르렁거렸다.

"제시! 차에 타, 당장! 우리는 다른 들판에 갈 거야, 제시. 우리가 가던 곳보다는 멀지만 거기서 토끼를 봤다고 누가 그랬어. 그 사람 말이, 진짜 컸대. 넌 새로운 곳을 탐험하는 걸 좋아하잖아, 그렇지?"

넌 새로운 벌판에 가고 싶지 않았다. 넌 익숙한 그 벌판에, 나무 하나 바위 하나의 냄새까지 다 알고 있는 그곳에 가고 싶었다. 너는 다시 으르렁거렸다.

"제시, 너 아주 나쁜 개로구나! 이제 차에 타. 동물관리국을 부르게 하지 말고."

너는 낑낑거렸다. 너는 동물관리국을, 오래전에 다른 도시에 살고 있을 때 널 데려가려고 했던 그 사람들을 두려워했다. 너는 동물관리국이 그 도시와 이 도시에서 아주 많은 동물들을 죽인 걸 알고 있었고, 네가 늑대일 때 죽으면 그저 늑대로 남으리라는 것도 알았다. 사람들은 스텔라에 대해 아무것도 알지 못할 것이다. 제시인 네게는 이빨 말고는 자신을 보호할 다른 수단이 없었지만 그 수단은 그저 널 더 빨리 죽게 만들 뿐이었다.

그래서 너는 떨면서도 차에 올라탔다.

차 안에서는 조너선이 조금 더 쾌활해 보였다. "잘했어, 제시. 착하구나. 우린 이제 새 들판에 가서 공놀이를 할 거야, 좋지? 넓은 벌판이래. 넌 한참 달릴 수 있을 거야." 그리고 그는 새 테니스공을 뒷좌석으로 던졌다. 넌 그걸 행복하게 질경질경 씹었고, 차는 쌩하니 다른 차들을 지나치며 달렸다. 공을 씹다가 고개를 들었을 때 나무가 보여서 너는 만족하고 다시 고개를 숙여 하던 일을 계속했다. 그리고 그때 차가 멈추고, 조너선이 널 위해 문을 열어주었다. 너는 공을 입에 문 채 폴짝 뛰어내렸다.

그곳은 들판이 아니었다. 네가 선 곳은 배설물과 소독제와 '공포', 공포의 악취를 풍기는 나지막한 콘크리트 건물의 주차장이었고, 건물에서는 짖는 소리와 울부짖는 소리와 고통에 찬 신음소리가 들렸다. 주차장에는 하얀 동물관리국 트럭 두 대가 주차돼 있었다.

넌 공황에 빠졌다. 넌 테니스공을 떨어뜨리고 달아나려 했지만 조녀선이 목줄을 쥐고 있었다. 그가 널 건물 안으로 끌고 들어가기 시작하자 넌 목걸이 때문에 숨을 쉴 수가 없었다. 넌 헐떡이고 울부짖으려다 기침을 했다. "버티지 마, 제시. 나와 싸우지 말자. 다 괜찮아."

다 괜찮지 않았다. 넌 필사적인 조녀선의 냄새를, 그리고 너 자신의 냄새를 맡을 수 있었다. 넌 그보다 힘이 세지만 숨을 쉴 수가 없었다. 그가 말했다. "제시, 날 물지 마. 날 물면 상황이 더 나빠질 거야, 제시." 그리고 건물에서는 여전히 공포에 질린 비명들이 소용돌이쳤고, 넌 이제 문간에 있었다. 누군가가 조녀선을 대신해 문을 열어주며 말했다. "도와드릴게요." 넌 문 바로 바깥에 난 콘크리트 통행로를 발톱으로 할퀴었지만, 그곳엔 발붙일 곳이 없었다. 사람들이 널 안으로, 장판 위로 끌고 들어갔다. 모든 곳에 공포의 냄새와 소리가 배어 있었다. 낑낑거리는 네 소리를 뚫고 조녀선이 말하는 소리가 들렸다. "이 녀석이 우리를 뛰어넘어 제 여자친구를 위협하더니 절 물려고 하는 바람에 다른 선택의 여지가 없었어요. 정말 부끄러운 일이에요. 이 녀석은 정말 착한 개였는데, 하지만 양심상 전 도저히…."

넌 울부짖기 시작했다. 그가 거짓말을 하고 또 하고 있기 때문에. 너는 절대 그런 짓을 한 적이 없다!

이제 너는 사람들에 둘러싸였다. 남자 한 명과 여자 두 명. 다들 희미하게 개똥과 고양이 오줌 냄새가 나는 알록달록한

면 작업복을 입었다. 사람들이 너에게 부리망을 씌우고 있지만, 넌 공포 탓에, 그리고 고통 탓에 제대로 생각할 수가 없었다. 조너선은 돌아서서 문밖으로 나가 차에 올라타고 가버렸고, 널 그곳에 남겨뒀다. 그런 상황에서도 너는 감히 사람을 물거나 잡아채려 해서는 안 된다는 걸 알았다. 네 유일한 희망은 좋은 개가 되는 데에, 최대한 순종적으로 행동하는 데에 있다는 걸 알았다. 그래서 너는 낑낑거리며 배를 깔고 기었고 몸을 뒤집어 배를 보여주려 했지만 목줄 때문에 그렇게 할 수가 없었다.

"이봐." 여자 한 명이 말했다. 남자 왼쪽에 있던 여자였다. 그녀가 몸을 구부려 너를 쓰다듬었다.

"아, 진짜. 얘 너무 겁에 질렸어. 얘 좀 봐."

"불쌍한 것." 다른 여자가 말했다. "예쁜데 말이지."

"그렇지."

"늑대 잡종 같아."

"그렇지." 첫 번째 여자가 한숨을 쉬며 네 귀를 긁었고, 너는 낑낑거리며 꼬리를 흔들고 부리망 사이로 그녀의 손을 핥으려 했다. 날 데려가 줘. 네가 말을 할 수 있었다면 그렇게 말했을 것이다. 날 네 집에 데려가 줘. 넌 내 알파가 될 거고, 난 널 영원히 사랑할 거야. 난 '좋은' 개니까.

널 쓰다듬던 여자가 곰곰이 생각하며 말했다. "이 애는 금방 입양 보낼 수 있을 거야, 장담해."

"그래도 전과가 있으면 안 돼. 사람을 물면 안 되지. 우리한테 공간이 있다 해도 안 돼. 너도 그건 알잖아."

"그렇지." 목소리가 아주 고요했다. "그래도, 나라도 데려갈 수 있으면 좋겠네."

"사람을 무는 개를 집에 데려간다고? 릴리, 애들도 있잖아!"

릴리가 한숨을 쉬었다. "맞아, 그렇지. 기분이 좀 그래서 그래, 그뿐이야."

"그런 말 안 해도 잘 알아. 자, 얼른 끝내버리자. 마크는 수술실 준비하러 갔어?"

"응."

"좋아. 주인이 이 애 이름을 뭐라고 했지?"

"스텔라."

"좋아. 자, 목줄을 줘. 스텔라, 이리. 이리 와, 스텔라."

그 목소리가 슬프고 부드럽고 사랑스러워서 그 말에 따르고 싶었지만, 넌 한 발 한 발 내디딜 때마다 버텼다. 어찌 됐든 릴리와 그 친구는 다른 개들의 우리 앞을 널 끌고 지나가야 했고, 개들이 다시 컹컹거리며 울부짖기 시작했다. 그들의 울음소리는 순수한 공포, 순수한 상실이었다. 건물 어딘가에서 슬퍼하는 고양이 소리가 들렸고, 꼼짝없이 다가가고 있는 복도 끝에 있는 방에서는 냄새들이 몰려왔다. 넌 문 건너편에 있는 마크라는 이름의 남자 냄새를 맡았고, 약품 냄새를 맡았으며, 너 이전에 그 방에 끌려갔던 동물들이 느낀 공포의 냄새를 맡았다. 하지만 가장 독한 냄새 하나가 다른 모든 냄새를 압도했다. 부리망 안에서도 이빨을 드러내며 으르렁거리게 만들고, 목을 뒤채며 어찌해 볼 도리 없이 붙잡을 뭔가를 찾아 콘크리트 바닥을 할퀴게 만드는 그 냄새. 그것은 사방에 밴 죽음의 금속성 악취였다.

수전 펠위크는 미국의 작가 겸 편집자다. 문예창작과 문학을 가르치는 영문학 교수이기도 하다. 최근에 소설《달 수리하기》를 발표했다. 1985년에 〈아시모프의 SF 매거진〉에 실린 '세계를 구한 여자'로 데뷔했다. 그녀의 소설은 판타지 예술을 위한 국제협회(IAFA)가 수여하는 윌리엄 L. 크로포드상과 미국도서관협회가 수여하는 알렉스상, 네바다 작가 명예의 전당이 수여하는 실버펜상을 포함하여 여러 상을 받았다. '늑대여자'에는 인간 연인에 의해 길들여진 암컷 늑대인간을 통해 사랑과 이기적인 착취, 배신, 인간으로 인정받기 위해 희생해야 하는 것들이 무엇인가를 탐험한다. 2001년에 선집인《스타라이트 III》에 처음 발표되었다.

# 3

# 그들이 돌아온다 해도

조안나 러스

케이티는 미치광이처럼 운전했다. 우리가 그 꼬부랑길을 시속 120킬로미터가 넘는 속도로 달려가고 있는 게 분명했으니까. 그래도 케이티는 잘했다. 뛰어나게 잘했다. 나는 아내가 하루 만에 차를 완전히 분해했다가 다시 조립하는 걸본 적도 있다. 나는 와일어웨이에서도 주로 농기계에 열중하는 지역에서 나서 자랐고, 터무니없는 속도로 5단 기어를 조작하느라 씨름하는 그 일을 (하라는 사람도 없었지만) 하지 않겠다고 거부한 사람이었지만, 최악이라고 생각했던 우리 지역에 버금갈 만큼 형편없는 시골길을, 그것도 한밤중에 이렇게 급회전을 거듭하며 달리는데도 난 케이티의 운전이 무섭지 않았다.

희한한 건 그런 아내가 총기에는 손도 안 댄다는 점이었다. 아내는 한 번에 며칠씩 48도 선 위쪽 산림지대로 하이킹을 가면서도 총기를 가져가지 않았다. 그거야말로 내가 무서워하는 것이었다.

케이티와 나 사이엔 아이가 셋인데, 케이티의 아이가 하나, 내 아이가 둘이었다. 뒷좌석에는 내 큰아이인 유리코가 12살짜리 사랑과 전쟁을 꿈꾸며 잠들어 있었다. 바다로 달아나고, 북부에서 사냥하고, 기이하게 아름다운 곳들에서 기이하게 아름다운 사람들을 만나는 꿈들. 12살이 되고 여러 호르몬선이 움직이기 시작할 때면 누구나 떠올리곤 하는 그 경이롭고 헛된 온갖 꿈들. 유리코는 조만간 다른 이들과 마찬가지로 몇 주 동안 사라졌다가 잔뜩 지저분해진 몰골로 나타날 것이다. 생애 처음으로 퓨마를 칼로 잡았다거나 곰을 쏘았다고 의기양양해 하며 몸서리나게 위험한 죽은 짐승을 끌고 말이다. 내 딸에게 무슨 짓을 했을지 생각하면 나로서는 절대 그 짐승을 용서할 수 없을 것이다. 유리코는 케이티가 운전하는 차를 타면 잠이 온다고 말했다.

세 번이나 결투를 한 사람치고 나는 너무, 너무 많은 것들에 겁을 낸다. 늙어가는 게다. 아내에게 그런 얘기를 한 적이 있었다.

"당신, 서른넷이야." 아내가 말했다. 아내는 거의 침묵에 가까울 정도로 말수가 적은, 그런 사람이다. 아내가 휙 전조등을 켰다. 3킬로미터가 남았고, 길은 갈수록 험해지기만 했다. 외진 시골이었다. 형광 초록빛 나무들이 우리 전조등 앞으로 몰려들었다가 주변으로 비켜났다. 나는 문짝에 달아놓은 짐받이로 손을 뻗어 소총을 꺼내 무릎에 놓았다. 뒷좌석에서 유리코가 몸을 뒤척였다. 키가 큰 건 날 닮았지만 눈과 얼굴은 영락없는 케이티다. 차의 엔진 소리가 너무 조용해서 뒷좌석에서 나는 숨소리까지 들릴 것 같다고 케이티가 말했다. 그 전갈이 들어왔을 때 차에는 유리코 혼자 있었고, 아이는 열광적으로 그 모스 부호를 해독했다(IC 엔진 가까이에 광대역 송수신기를 설치하는 건 어리석은 짓이지만, 대부분의 와일어웨이 사람들이 그런 짓을 했다). 호리호리한 몸매에 화려한 옷을 걸친 내 아이가 차를 박차고 나오며 목청이 터져라 소리를 질렀고, 그래서 당연히 우리와 동행할 권리가 있다고 주장했다. 우리는 이 정착지가 건설된 이래로, 이 정착지가 버림받은 이래로 머리로는 늘 이런 사태에 대비해왔지만, 이건 달랐다. 끔찍했다.

"남자다!" 유리코가 차 문을 뛰어넘으며 소리를 질렀다. "남자들이 돌아왔어! 진짜 지구 남자들!"

\* \* \*

우리는 남자들이 착륙한 지점 인근의 어느 농가 주방에서 그들을 만났다. 창은 다 열려 있었고, 밤공기가 아주 부드러웠다. 우리는 주택 바깥에 세워진 여러 대의 증기 트랙터와 트럭, IC 평대 트럭, 심지어 자전거까지, 온갖 종류의 탈것들을 지나쳐 차를 세웠다. 북부인 특유의 과묵함을 깨고 용케 남자들의 혈액과 소변 샘플을 채취한 지역 생물학자 리디아가 그 결과에 놀라 머리를 흔들며 주방 한쪽 구석에 앉아 있었다. (아주 크고, 아주 하얗고, 아주 수줍고, 늘 안쓰러울 정도로 얼굴을 붉히는) 그녀는 심지어 스스로를 다그쳐 옛 언어 책자를 찾아놓기까지 했지만, 난 잠을 자면서도 옛 언어로 말할 수 있었다. 그래서 착륙지에 내가 간 것이다. 리디아는 우리를 불편해했다. 우리가 남부인들이고, 너무 현란하기 때문이었다. 난 주방 안에 있는 사람들의 숫자를 세었다. 스무 명 전부가 북부 대륙의 인재들이었다. 보아하니 필리스 셉은 글라이더를 타고 온 것 같았다. 유리코가 거기 있는 유일한 아이였다.

그러고 나는 그 네 명을 보았다.

그들은 우리보다 컸다. 더 크고 더 건장했다. 두 명이 나보다 키가 컸는데, 난 맨발로 잰 키가 180센티미터로 매우 큰 편이다. 그들은 분명히 우리와 같은 종이었지만, 달랐다, 말로 표현할 수는 없지만, 뭔가 달랐다. 그리고 내 눈은 그때나 지금이나 그들의 낯선 신체 윤곽선들을 정확히 파악하지 못했다. 그래서 그들 중 러시아어를 하는 한 명이 (그 목소리들은 또 어떻고) 과거의 관습 중 하나로 생각되는 '악수'를 하자고 했을 때도 그들과 접촉할 엄두가 나지 않았다. 난 그들이 인간의 얼굴을 한 유인원들이라고밖에 말할 수 없었다. 그는 좋은 뜻이었던 것 같지만, 정신을 차려보니 나는 몸서리를 치며 거의 주방 끝까지 뒷걸음질을 치고 있었다. 그제야 나는 사과하듯이 웃음을 터뜨리며 마침내 훌륭한 '악수'의 사례를 ('성간 우호'의 사례라고 나는 생각했다) 보여주었다. 단단하고도 단단한 손이었다. 그들은 짐말처럼 묵직했다. 그들의 목소리는 무딘 저음이었다. 유리코가 몰래 어른들 틈에 끼어들어 입을 떡 벌린 채 '남자들'을 뚫어지고 살펴보고 있었다.

그('그'라는 단어는 지난 6백 년간 우리 언어에 없던 단어다)가 고개를 돌리고는 형편없는 러시아어로 물었다.

"저 아이는 누구입니까?"

"제 딸입니다." 나는 대답하고 설명을 덧붙였다(우리가 가끔 광기의 순간에 보여주는, 예의 바르게 행동하려는 그 불합리한 배려 때문이었다). "제 딸, 유리코 재닛슨입니다. 우린 부계 이름에 접사를 붙여서 성으로 씁니다. 당신들은 모계라고 말하겠지만."

그가 부지불식간에 웃음을 터뜨렸다. 유리코가 소리쳤다. "난 저들이 잘생겼을 거라고 생각했는데!" 아이는 스스로의 반응에 크게 실망했다. 내가 언젠가 죽여버려야 할 필리스 헬가슨 스페트가 방 저편에서 차갑고 노골적이고 악의에 찬 시선을 보냈다. 마치 '말조심해. 까닥 잘못하면 어떻게 되는지 알 거야'라고 말하듯이. 내게 공식적인 지위가 거의 없는 건 사실이지만, 대통령 본인이 계속해서 산업스파이 짓이 그저 무해한 장난이라고 생각한다면 나를 비롯해 자기 관료들과도 심각한 마찰을 빚게 될 것이다. 전쟁과 전쟁에 관한 소문들,

우리 조상들의 책 중에 이런 얘기가 있듯이. 내가 유리코의 말을 한때 우리 공용어이기도 했던 러시아어로 옮기자 어설프게 러시아어를 말하는 그 '남자'가 다시 웃음을 터뜨렸다.

"당신네 사람들은 다 어디에 있습니까?" 그가 스스럼없이 물었다.

나는 다시 말을 옮기며 방 안에 모인 사람들의 얼굴을 바라보았다. 리디아는 (여느 때처럼) 당황했고, 스페트는 뭔가 빌어먹을 음모라도 짜는 듯 눈을 가늘게 떴으며, 케이티는 아주 창백했다.

"여긴 와일어웨이입니다." 내가 말했다.

그는 여전히 아무 생각도 떠오르지 않는 듯이 보였다.

"와일어웨이." 내가 다시 말했다. "기억해요? 기록이 없어요? 와일어웨이에 역병이 돌았습니다."

그가 약간 흥미를 느끼는 듯 보였다. 방 뒤쪽에 있던 사람들이 고개를 돌렸다. 지역 직능의회 대표가 들어오는 모습이 힐끗 보였다. 아침이 되면 이 도시의 모든 마을회의와 모든 지역 간부회의가 전면 가동될 것이다.

"역병?" 그가 말했다. "그것참, 안 됐군요."

"그렇죠." 내가 말했다. "불행한 일이었죠. 우리는 한 세대 인구의 반을 잃었습니다."

그는 당연히 깊은 인상을 받은 듯했다.

"와일어웨이는 운이 좋았습니다." 내가 말했다. "우리에겐 규모가 큰 초기 유전자 풀과 첨단 기술이 있었고, 다들 고도의 지능 덕분에 선택된 데다 성인이라면 누구나 두세 가지 영역에 전문성을 가진 사람들로 구성된 꽤 큰 규모의 인구가 있었으니까요. 여긴 흙이 좋습니다. 다행히 기후도 쾌적하고요. 지금 우리 인구는 3천만 명입니다. 산업 쪽에서는 일이 눈덩이처럼 굴러가기 시작하고 있어요. 무슨 말인지 알겠어요? 70년만 더 있으면 우리에겐 하나 이상의 진짜 도시와 서너 곳 이상의 산업 중심지들과 전업 직군들과 전업 무선사들과 전업 기계공들이 있게 될 겁니다. 70년만 더 있으면 모두가 일생의 4분의 3을 농장에서 보내지 않아도 돼요."

그리고 나는 예술가들이 늦은 나이가 되어서야 전업으로 기예를 연마할 수 있다는 것이 얼마나 어려운 일인지, 케이티나 나처럼 자유로이 돌아다닐 수 있는 사람이 적은 것이, 그처럼 아주 적은 것이 얼마나 힘든 상황인지 설명하려 애썼다. 나는 또한 우리 정부를, 직능비례와 인구비례로 구성되는 양원의 개요를 설명하려 애썼다. 나는 그에게 개별 마을 단위에서 처리하기 곤란한 큰 문제들을 지역 간부회의에서 다룬다고 말했다. 그리고 인구 조절 건이 정치적 사안이 아니라는 사실을, 시간이 더 지나면 그렇게 되겠지만 아직은 아니라는 사실을 설명했다. 지금은 우리 역사에서 아주 민감한 시점이었다. 우리에겐 시간이 필요했다. 삶의 질을 희생하면서까지 미친 듯이 산업화로 돌진할 필요는 없었다. 우리는 우리 호흡에 맞는 속도로 나가야 했다. 우리에게 시간을 달라.

"사람들은 다 어디 있어요?" 한 가지 생각밖에 못 하는 것 같은 그 남자가 말했다.

나는 그가 말하는 '사람'이 사람이 아니라 '남자'를 뜻한다는 사실을 알아챘다. 그는 그 단어를 와일어웨이에서 지난 6백 년간 쓰지 않았던 의미로 쓰고 있었다.

"그들은 죽었어요." 내가 말했다. "30세대 전에요."

우리가 그의 가슴에 칼이라도 꽂은 듯 그는 헉하고 숨을 멈추며 앉아 있던 의자에서 쓰러지기라도 할 것처럼 손을 가슴에 얹었다. 그가 경이와 감상적인 다정함이 섞인 이상야릇한 표정으로 우리를 둘러보더니 엄숙하고 진지하게 말했다.

"엄청난 비극이군요."

난 그게 무슨 뜻인지 정확하게 이해하지 못한 채 다음 말을 기다렸다.

"그래요." 그가 기묘한 미소와 함께 숨을 돌리며 말했다. '지금 내가 숨기고 있는 걸 내놓으면 넌 기쁘고 신나서 환성을 지르겠지'라고 생각하는 어른이 아이에게 보내는 미소였다. "엄청난 비극이에요. 하지만 그건 끝났어요." 그리고 그는 다시 그 이상야릇한 존경의 표정으로 우리 모두를 둘러보았다. 마치 우리가 장애인이라도 되는 듯이.

"당신들은 놀랄 만큼 잘 적응했어요." 그가 말했다.

"뭐에 말입니까?" 내가 말했다. 그는 당황하는 것 같았다. 할 말을 잃은 듯이 보였다. 마침내 그가 말했다. "제가 온 곳에서는, 여성은 이처럼 검소하게 옷을 입지 않아요."

"당신처럼 입나요?" 내가 말했다. "결혼하는 신부처럼?"

남자는 머리끝에서 발끝까지 은색 옷을 입고 있었다. 난 그처럼 화려한 걸 본 적이 없었다. 그가 뭔가 대답하려고 하더니 그러지 않기로 한 것 같았다. 그는 다시 나를 보고 웃음을 터뜨렸다. 우리가 뭔가 유치하고 이상한 사람들이라도 되는 것처럼, 자신이 우리에게 어마어마한 호의를 베푸는 것처럼, 그는 이상하게 들뜬 투로 떨리는 숨을 한 번 들이쉬고는 말했다. "자, 우리가 왔어요."

나는 스페트를 쳐다보았고, 스페트는 리디아를 쳐다보았으며, 리디아는 지역 마을회의 의장인 아말리아를 쳐다보았고, 아말리아는 내가 모르는 누군가를 쳐다보았다. 나는 목이 따가웠다. 이 지역 농부들이 위장에 이리듐을 바르기라도 한 것처럼 꿀꺽꿀꺽 마셔대는 이 지역 맥주는 도저히 참아줄 수가 없는 지경인데도 어떻게 하다 보니 아까 아말리아한테서(우리가 바깥에서 주차하면서 본 자전거가 아말리아 것이었다) 한 잔을 받았고, 나는 그걸 모두 마셔버렸다. 보아하니 오래 걸릴 일이었다. 내가 말했다. "예, 당신들이 왔죠." 그리고 미소를 짓고는 (바보가 된 것 같이 느끼면서) 혹시 남성 지구인의 마음이 여성 지구인의 마음과 아주 다르게 작동하는 게 아닐까 심각하게 고민을 했지만, 그럴 리가, 그랬다면 종 전체가 아주 오래전에 죽어버렸을 텐데. 지금쯤이면 이 소식이 행성 전역에 돌았을 테고, 우리에겐 바르나에서 날아온 러시아어를 할 줄 아는 사람이 한 명 더 있다. 나는 그 '남자'가 뭔가 비밀스러운 종교집단의 사제처럼 보이는 자기 아내의 사진을 돌릴 때 이제 그만하자고 결심했다. 그가 유리코에게 질문을 하고 싶다고 해서 나는 격렬하게 항의하는 아이를 뒷방에 몰 아넣고는 앞 베란다로 나왔다. 내가 나올 때는 리디아가 (누 구나 시술할 수 있을 정도로 간단한) 단성생식과 우리가 사용하 는 난자융합 방식의 차이를 설명하고 있었다. 케이티의 아이 가 나를 닮은 것은 난자융합 기술 때문이다. 리디아의 설명은 앤스키 공법과 우리의 유일한 만능 천재이자 내 아내 케이티 의 몇 대 위인지조차 알 수 없는 까마득한 할머니의 할머니인 케이티 앤스키로 주제를 옮겨갔다.

딴채 건물 중 어디선가 모스 부호 해독기가 혼자 떠드는 소 리가 희미하게 들렸다. 무선사들이 거리낌 없이 시시덕거리 며 농담을 던지고 있었다.

현관 베란다에 한 남자가 있었다. 키 큰 두 사람 중 한 명 이었다. 나는 몇 분간 그를 지켜보았다. 나는 필요할 때엔 매 우 조용히 움직일 수 있다. 그가 날 볼 수 있도록 기척을 내 자 그는 목에 건 작은 기계에 대고 얘기하던 걸 멈췄다. 그러 고는 조용히, 나무랄 데 없는 러시아어로 말했다. "지구에 성 평등이 다시 확립된 건 알고 있나요?"

"당신이 진짜로군요." 내가 말했다. "그렇지 않습니까? 저 사람은 그냥 바람잡이죠." 상황이 명료하게 정리되니 대단히 안도가 되었다. 그가 상냥하게 고개를 끄덕였다.

"인간으로서, 우리는 그다지 현명하지 못합니다." 그가 말 했다. "지난 몇 세기 동안 너무나 많은 유전자 손상을 입었어요. 방사능, 약물 같은 것들 때문에요. 우리는 와일어웨이의 유전자들을 이용할 수 있습니다, 재닛." 낯선 사람은 낯선 사람을 이름으로 부르지 않는 법이다.

"당신들에겐 빠져 죽어도 될 만큼 넉넉한 세포들이 있잖아요." 내가 말했다. "자체 배양하세요."

그가 미소를 지었다. "그건 우리가 원하는 방법이 아닙니다." 그의 등 뒤 네모난 방충망 빛 속으로 케이티가 나타났다. 그는 낮고 정중한 목소리로 말을 이었다. 나를 조롱하는 건 아니라고 생각했지만, 그의 태도에는 늘 충분한 돈과 권력에 둘러싸여 2류가 되거나 변방으로 밀린다는 게 어떤 것인지 모르는 사람 특유의 자신감이 배어 있었다. 아주 이상한 느낌이었다. 왜냐하면 바로 그 전날까지만 해도 나는 그 표현이 정확하게 나를 설명하는 말이라고 여겼을 테니까.

그가 말했다. "당신이 이곳에서 누구보다 큰 대중적 영향력을 갖고 있다고 생각하기 때문에 이런 얘기를 하는 겁니다, 재닛. 단성생식 배양이 온갖 종류의 고유한 결점들을 가지고 있다는 건 당신도 저 못지않게 잘 알 테고, 어떤 식으로든 당신들을 그런 쪽으로 이용하겠다는 (그럴 수 있다 해도 말이지요) 의도는 없습니다. 죄송합니다. '이용'이라는 단어는 쓰지 말았어야 했는데. 하지만 분명 당신들도 이런 식의 사회가 부자연스럽다는 건 알고 있을 겁니다."

"인류가 부자연스럽지." 케이티가 말했다. 그녀는 왼쪽 옆구리에 내 소총을 끼고 있었다. 비단 같은 머리카락으로 덮인 머리끝이 내 쇄골 근처에도 미치지 못하지만 그녀는 강철만큼 강하다. 그가 (주방에 있는 그의 동료한테서는 봤지만 그에게서는 볼 수 없었던) 저 존경스럽다는 듯 기묘한 미소를 띠고 다시 움직이기 시작하자 케이티가 마치 평생 총을 쏴왔던 사람처럼 총을 들어 올렸다.

"저도 동의합니다." 남자가 말했다. "인류는 부자연스럽지요. 과연 그렇군요. 제 치아엔 금속이 들어 있고, 여기엔 금속 핀들이 들어 있습니다." 그가 자신의 어깨를 건드렸다. "바다표범은 하렘을 만드는 동물이죠." 그가 말을 이었다. "그리고 사람도 그렇습니다. 유인원들은 상대를 가리지 않고, 사람도 그렇습니다. 비둘기는 일부일처제를 따르고, 사람도 그렇지요. 세상에는 심지어 독신주의자들과 동성애자들도 있습니다. 동성애를 하는 암소들도 있지요. 전 그렇게 알고 있습니다. 하지만 와일어웨이에는 여전히 뭔가 부족한 게 있습니다." 그가 메마른 웃음소리를 냈다. 내가 그 행동이 긴장과 관련된 현상이라고 믿게 된 건 순전히 그의 공일 것이다.

"나는 부족한 게 없어." 케이티가 말했다. "생이 불멸이 아니라는 것만 빼고."

"당신들은…?" 남자가 고갯짓으로 나와 케이티를 가리키며 말했다.

"아내들이지." 케이티가 말했다. "우린 결혼한 사이야." 또 그 메마른 웃음소리.

그가 말했다. "일을 하고 아이들을 돌보는 데 좋은 경제적 계약관계로군요. 그리고 당신들의 재생산이 그 계약관계를 따르게 되어 있다면, 유전형질을 임의 추출하기에도 더없이 좋은 형태이고요. 하지만 생각해봐요, 케이티 미카엘라슨, 당신 딸들에게 더 나은 뭔가를 줄 수는 없는지 말입니다. 전 본능을 믿습니다. 심지어 인간의 본능도요. 그리고 전 당신들 둘이, 당신은 기계공이지요, 아닌가요? 그리고 당신은 어떤 형태의 경찰 간부가 아닐까 추측합니다만, 당신들조차 아쉬워할 수밖에 없는 무언가가 있다는 걸 어떤 행태로든 못 느낄 리가 없다고 생각합니다. 당신들 머리로는 알고 있어요. 물론이지요. 이곳에는 종의 반만 있어요. 와일어웨이에는 남자들이 돌아와야 합니다."

케이티는 아무 말도 하지 않았다.

남자가 부드럽게 말했다. "케이티 미카엘라슨, 전 당신이, 다른 모든 사람 중에서도 당신이 그 변화로부터 가장 많은 혜택을 받을 거라고 생각합니다." 그리고 그는 케이티가 든 소총을 지나 문에서 나오는 사각형 빛 속으로 걸어갔다. 그가 내 흉터를 눈치챈 것이 그때였다고 생각한다. 관자놀이에서 턱까지 가늘게 이어진 내 흉터는 빛이 옆에서 비추지 않는 한 전혀 보이지 않았다. 대부분의 사람들은 내게 흉터가 있는지조차 눈치채지 못했다.

"그건 어디서 그런 겁니까?" 그가 말했고, 나는 나도 모르게 씩 웃으며 대답했다. "마지막 결투에서요." 우리는 몇 초 동안 서로에게 분노하며 그 자리에 서 있었고(이상하지만 사실이다), 마침내 그가 안으로 들어가 방충망을 닫았다. 케이티가 성마른 목소리로 말했다. "바보 같으니, 우리가 모욕을 받은 것도 몰라?" 케이티가 방충망 반대편에 있는 그를 쏴버리려고 소총을 겨눴다. 난 그녀를 붙잡으며 손으로 소총을 쳤다. 총알이 목표를 빗나가며 베란다 바닥에 구멍을 냈다. 케이티는 떨고 있었다. 그녀는 계속 같은 말을 되풀이했다. "이래서 내가 총에 손을 안 댔던 거야. 누군가를 죽이고 말 걸 알았으니까. 내가 누군가를 죽일 줄 알았어." 집 안에서는 처음에 대화를 나눴던 남자가 여전히 뭔가를 말하고 있었다. 지구가 잃어버린 모든 것을 재식민지화하고 재발견하자는 거대한 운동에 관한 얘기 같았다. 그는 와일어웨이가 얻을 이익을 강조했다. 무역, 사상의 교류, 교육. 그 역시도 지구에 성 평등이 다시 확립되었다고 말했다.

\* \* \*

당연히 케이티 말이 맞았다. 우리는 그 자리에서 바로 그들을 불태워버렸어야 했다. 남자들이 와일어웨이에 오고 있다. 큰 총을 가진 문화와 아무 무기도 없는 문화가 부딪칠 때 어떤 결과가 나올지는 뻔했다. 어쩌면 어떤 식으로든, 결국은 남자들이 오게 될 운명인지도 몰랐다. 난 지금으로부터 백 년 후면 우리의 고손주들이 남자들을 무시하거나 아니면 싸워서 막아낼 수 있을 거라고 생각하고 싶었지만, 그럴 가능성조차 희박했다. 난 내가 처음으로 만난 저 황소 같은 근육을 가진 자들을, 한순간이긴 했지만 나 자신을 작다고 느끼게 만든 저 네 사람을 평생 떠올릴 터였다. 신경과민이야, 케이티는 그렇게 말했다. 난 그날 밤 일어났던 모든 일을 기억한다. 난 차 안에서 유리코가 얼마나 들떠 있었는지 기억하고, 우리가 집에 돌아갔을 때 가슴이 찢어질 듯 흐느끼던 케이티를 기억하고, 여느 때처럼 조금은 독단적이었지만 이상하게 위로가 되고 위안이 되었던 그녀의 애무를 기억한다. 나는 그날 밤 집 안을 끊임없이 배회했던 걸 기억한다. 케이티가 복도에서 들어오는 불빛에 벗은 한쪽 팔을 걸쳐놓고 잠든 뒤였다. 내내 기계들을 운전하고 시험하느라 팔뚝의 근육들이 강철 같았다. 가끔 나는 케이티의 팔이 나오는 꿈을 꾸었다. 나는 아기방으로 가서 아내의 아기를 안아 들고 놀라울 정도로 감동적이고 따스한 유아의 온기를 무릎에 놓은 채 잠시 졸았고, 마침내 주방으로 돌아가 야식거리를 챙기고 있던 유리코와 마주쳤던 걸 기억한다. 내 딸은 야생마처럼 먹어댔다.

"유리코." 내가 말했다. "넌 남자와 사랑에 빠질 수 있다고 생각하니?" 딸은 비웃듯이 소리를 질렀다. "3미터짜리 두꺼비랑?" 재치 만점인 내 딸이 말했다.

하지만 남자들이 와일어웨이로 오고 있다. 최근에 나는 밤에도 잠을 이루지 못하고 이 행성에 올 남자들에 대해서, 내 두 딸과 아기 베타 케이티슨에 대해서 걱정하고, 케이티에게, 내게, 내 인생에 무슨 일이 생길지 걱정했다. 우리 조상들의 일기는 고통에 찬 하나의 긴 울부짖음이었다. 나는 내가 지금 기뻐해야 마땅하다고 생각하지만, 6백 년의 세월을, 심지어 (최근에 알게 된 거긴 하지만) 고작 34년의 세월조차도 그냥 내던져버릴 수는 없다. 가끔 나는 저 네 남자가 시골뜨기처럼 작업복을 입은 우리를, 거친 면직 바지와 수수한 셔츠를 입은 농부들인 우리 전부를 쳐다보면서 저녁 내내 변죽을 울리면서도 감히 물어보지 못했던 질문을 생각하며 웃음을 터뜨렸다. '당신들 중 누가 남자 역할을 하는 거요?'라는 그 질문. 마치 우리가 자신들의 실수를 고대로 답습하고 있어야만 한다는 듯이! 나는 지구에 성 평등이 다시 확립됐다는 말이 아주 미심쩍었다. 난 내가 조롱받았다는 생각을, 케이티가 약한 존재인 것처럼 배려를 받았다는 생각을, 유리코가 하찮거나 어리석은 존재라고 취급받았다는 생각을, 내 다른 아이들이 완전한 인간성을 가지지 못한 존재로 치부되거나 이방인으로 취급됐다는 생각을 하고 싶지 않았다. 그리고 나는 내가 성취한 것들이 정당한 평가, 또는 내가 생각하는 정당한 평가를 받는 대신 그다지 흥미로울 것도 없는 '인류'의 성과나 책 뒤표지에서 읽게 되는 특이한 일로 치부되거나, 너무나 이례적이고 별스럽지만 인상이 강하지 않아서, 또는 매력적이지만 실용적이지 않아서 가끔 웃음거리나 되는 것들로 전락할까 봐 두려웠다. 뜻밖에도 나는 이 생각이 더 고통스럽다는 사실을 깨달았다. 세 번이나 결투를 벌이고 세 명의 상대방을 모두 죽여 버린 여성이 그런 공포에 사로잡히다니, 웃긴다고 생각할 것이다. 하지만 지금 저 앞에서 기다리고 있는 것은 너무나 중대한 결투라서 나는 내게 싸울 만한 배짱이 있는지 잘 모르겠다. 〈파우스트〉에 이런 말이 있다. "그대로 멈추어라, 너는 너무나 아름답구나. 변하지 말라."

이따금 밤이 되면 나는 우리 조상들의 첫 세대가 바꿔버린 이 행성의 원래 이름을 떠올렸다. 저 신비에 쌓인 여성들에게 이 행성의 원래 이름은 남자들이 죽어버린 뒤로는 떠올리기조차 고통스러운 이름이었을 거라고 나는 생각했다. 좀 우울한 쪽이긴 하지만, 나는 상황이 이처럼 완전히 뒤집힌 게 웃기기도 했다. 이것 역시도 지나가리라. 모든 좋은 것들은 끝이 있는 법이다.

내 목숨은 가져가더라도 내 삶의 의미는 앗아가지 말기를.

당분간은.

조안나 러스는 미국 작가이자 학자이며 비평가이다. 디스토피아적인 소설 《여자 사람》(1975)과 큰 영향력을 미친 논픽션 소책자인 《여성의 글쓰기를 억압하는 법》(1983)이 워낙 유명한 탓에 앤젤러 카터나 셜리 잭슨에 버금 갈 만큼 다양하고 풍부한 그녀의 단편 작품들은 상대적으로 조명을 받지 못 했다. 러스는 SF와 판타지를 모두 썼고 호러나 기담에 연원을 둔 작품들도 제법 된다. 《잔지바르 고양이》(1983)와 《보통(이 아닌) 사람들》(1985), 《달 의 뒷면》(1987)과 같은 단편집들이 있다. 40여 년 전 '그들이 돌아온다 해 도'가 처음 발표되었을 때 획기적인 작품이라는 평가를 받았으며, 성 정치 와 사물을 인식하고 권력을 행사하는 방식에서 드러나는 성별 차이에 대해 이 작품이 전달하는 메시지는 오늘날에도 여전히 강력한 울림을 가진다. 이 작품은 1972년에 출간된 《다시, 위험한 상상력》에 처음 발표되었고, 1973 년 네뷸러상을 받았다.

# 4
# 애들

캐롤 엠쉬윌러

　새로 애들을 데려와야 했다. 남자애들이란 정말로 무모하고 성급하고 앞뒤도 없고 무분별하다. 그놈들은 연기와 불구덩이와 전장 속으로 앞다투어 뛰어들었다. 난 열두 살 먹은 내 아들 하나가 절벽 꼭대기에 서서 소리를 지르며 적에게 맞서는 걸 본 적도 있다. 너무 분별이 있어서는 메달을 딸 수 없는 법이다.

　우리는 어디서든 남자애들을 훔쳤다. 우리 편 애들이든 저쪽 편 애들이든 개의치 않았다. 자기가 어느 편이었는지 알기나 하는지도 모르겠지만, 어쨌든 애들은 금방 잊어버렸다. 무엇보다 일곱 살짜리들이 무얼 알겠는가? 애들한테 우리 깃발이 제일 멋있고 예쁘다고, 우리가 최고고 제일 똑똑하다고 말해 보라. 애들은 믿는다. 애들은 군복을 좋아한다. 깃털이 달린 화려한 모자를 좋아한다. 애들은 메달 따는 걸 좋아한다. 애들은 깃발과 북과 함성을 좋아한다.

애들이 처음으로 맞닥뜨리는 중요한 시험은 침대 차지하기였다. 애들은 막사까지 곧장 산을 올라야 했다. 꼭대기에서는 출렁다리를 건너야 했다. 애들은 이미 소문을 들었다. 그걸 해내지 못하면 어머니가 있는 집으로 돌아가야 한다는 걸 애들은 알았다. 애들은 모두 성공했다.

우리가 남자애들을 훔칠 때 그놈들의 표정이 어떤지 한번 봐야 하는데. 그건 애들이 늘 원했던 일이었다. 애들은 산줄기를 따라 타오르는 우리 불빛을 봐왔다. 애들은 우리가 평지를 가로지르며 오락가락 행진하는 것을 봐왔다. 바람 방향이 맞을 때면 애들은 기상시간과 취침시간을 알리는 우리의 나팔 소리를 들었고, 애들은 우리 나팔 소리나, 아니면 계곡 반대쪽에 있는 적들의 나팔 소리에 맞춰 일어나고 잠들었다.

초기에는 약간 향수병을 겪기도 하지만(처음 며칠간은 밤마다 숨죽이며 우는 소리가 들렸다), 애들 대부분은 납치될 걸 예상하고 기대했다. 애들은 어머니들 대신에 우리에게 소속되고 싶어 했다.

우리가 애들을 집에 보내주면 놈들은 군복을 입고 계급장을 달고 으스댈 것이었다. 내가 이렇게 훤하게 아는 이유는 내게 처음으로 군복이 생겼을 때를 기억하고 있기 때문이다. 난 어머니와 누나가 내 모습을 봤으면 싶어서 안달이 났었다.

납치될 때는 저항했지만, 그건 그저 내 용기를 과시하고 싶어서였다. 나는 납치되어서 행복했다. 마침내 남자들에게 소속될 수 있어서 행복했다.

* * *

일 년에 한 번 여름에 우리는 더 많은 전사를 만들기 위해 어머니들 마을로 내려가 성교를 했다. 어느 애가 우리 애들인지 확실히 알 수는 없었는데, 우리는 늘 그게 좋은 일이라고 말했다. 그러면 애들이 모두 우리 애들이 되는 셈이라 마땅히 그래야 하듯이 공평하게 애들을 돌볼 테니 말이다. 우리는 가족 집단을 만들면 안 되게 되어 있었다. 그건 전투에 방해가 되니까. 하지만 이따금 누가 아버지인지가 분명할 때가 있었다. 나는 내 아들 두 명을 알고 있었다. 그 애들도 나, 대령님이 자기 아버지인 걸 안다고 확신했다. 둘이 그처럼 열심히 노력하는 게 그래서라고 나는 생각했다. 그 애들이 내 아들인 걸 아는 이유는 내가 작고 못생긴 남자이기 때문이다. 나는 많은 사람이 어떻게 나 같은 사람이 대령이 되었는지 궁금해한다는 걸 알고 있었다.

(우리는 양쪽에서 남자애들을 훔칠 뿐만 아니라 양쪽과 성교했다. 나는 마을에 내려갈 때 항상 우나를 찾았다.)

'무리를 위해 죽는 것이 영원히 사는 길.' 우리 본부 입구에 걸린 문구였다. 밑에는 '잊지 말자'라는 문구가 있었다. 우리는 우리가 잊어서는 안 된다는 건 알았지만, 어쩌면 잊었을지도 모른다고 의심했다. 우리 중에는 이 전투가 시작된 진짜 이유가 잊힌 것 같다는 느낌을 받는 이들이 있었다. 미움이 있는 건 확실하지만, 그래서 우리와 그들이 지난 잔학 행위의 이름으로 더 잔학한 짓들을 벌이고 있는 건 확실하지만, 우리는 애초에 이게 어떻게 시작됐는지 알지 못했다.

우리는 이 분쟁의 이유를 잊었을 뿐만 아니라 우리의 어머니들 또한 잊었다. 우리 병영 안의 벽들은 어머니 농담과 어머니 그림들로 뒤덮였다. 어머니의 몸들은 부드럽고 매혹적이었다. '베개.' 우리는 그렇게 불렀다. '젖꼭지'와 '베개'라고. 그리고 우리는 우리 자신을 그렇게 부름으로써 서로를 모욕했다.

\* \* \*

계곡 바닥은 여자들의 마을로 가득했다. 25킬로미터 정도마다 하나씩이었다. 양쪽은 산맥이었다. 반대쪽에 있는 적들의 산맥은 '보라 산맥'이라 불렸다. 우리 쪽 산맥은 '눈 산맥'이라 불렸다. 기후는 우리 쪽 산맥이 저쪽보다 안 좋았다. 우리는 그걸 자랑스럽게 여겼다. 우리는 가끔 우리를 '우박들' 또는 '번개들'이라 불렀다. 우리는 우박이 우리를 단단하게 만들어준다고 생각했다. 적의 산맥에는 여기처럼 동굴이 많지 않았다. 우리는 늘 애들에게 저쪽이 아니라 우리에게 납치돼서 너희는 운이 좋은 거라고 말했다.

\* \* \*

　내가 처음 납치됐을 때, 어머니들이 우리를 되찾기 위해 동굴까지 올라왔었다. 그런 일이 자주 있었다. 일부는 무기를 가지고 왔다. 가소로운 무기들이었다. 물론 내 어머니도 거기, 제일 앞줄에 서 있었다. 아마도 어머니가 저 일을 다 꾸몄을 것이다. 어머니의 얼굴은 빨갰고 결의로 가득 차 일그러져 있었다. 어머니는 곧바로 내게로 왔다. 나는 어머니가 두려웠다. 우리 남자애들은 막사 뒤쪽으로 달아났고, 분대장이 우리 앞에 섰다. 다른 남자들이 문간을 막았다. 어머니들이 물러나는 데까지는 오래 걸리지 않았다. 아무도 다치지 않았다. 우리는 어머니들에게 어떠한 해도 끼치려 하지 않았다. 다음번 남자애들을 수확하려면 그들이 필요했다.

　며칠 뒤에 내 어머니가 다시 왔다. 달빛을 틈타 혼자 살그머니. 야간등 불빛으로 나를 찾은 어머니는 잠자리 위로 몸을 숙이고는 내 얼굴을 후 불었다. 처음에 나는 무슨 일인지 몰랐다. 그러다 내 가슴에 닿은 어머니의 젖가슴을 느꼈고 익숙한 벌새 모양 핀이 반짝이는 걸 보았다. 어머니는 내게 입을 맞췄다. 나는 얼어붙었다. (내가 조금만 더 나이가 들었더라면 상대를 질식시키고 목울대를 차는 방법을 알았을 것이다. 난 어머니라는 걸 알아차리기도 전에 상대를 죽여 버렸을 것이다.) 어머니가 날 분대에서 빼내 갔으면 어쩔 뻔했나? 내 군복을 가져갔으면? (그때쯤 나는 금색 단추가 달린 붉은색과 푸른색이 섞인 상의를 갖고 있었다. 난 이미 총 쏘는 법을 배웠다. 늘 하고 싶었던 일이었다. 난 내 무리에서 처음으로 명사수 메달을 받았다. 사람들은 내가 타고났다고 했다. 난 내 작은 체구를 만회하기 위해 열심히 노력했다.)

어머니가 왔던 밤, 어머니는 날 들어 팔로 안았다. 그때 어머니의 가슴에 묻힌 채 나는 온갖 베개 농담들을 생각했다. 나는 소리를 질렀다. 나만큼이나 어린 데다 고작 해봐야 나보다 키가 조금 더 클 뿐인 동지들이 날 도우러 왔다. 그들은 뭐가 됐든 잡히는 대로 무기를 삼았다. 대부분은 자기 군화였다. (천만다행하게도 우리는 아직 단검을 지급받기 전이었다.) 내 어머니는 애들을 공격하지 않았다. 어머니는 애들이 자길 때리게 놔두었다. 나는 어머니가 맞받아치고 도망가고 스스로를 구하기를 바랐다. 마침내 어머니가 도망가고 난 뒤에야 내가 아랫입술을 깨물고 있었다는 걸 알아챘다. 나는 스트레스가 심할 때마다 그러는 경향이 있다. 조심해야 한다. 대령이라는 사람이 턱에 피를 묻히고 돌아다니는 건 남부끄러운 일이니까.

\* \* \*

아무튼 그때, 우리는 남자애들을 훔치러 나갔었다. 좀 머리가 굵은 애들과 어린 남자들로 이뤄진 부대였다. 제일 나이가 많은 놈이 아마 스물둘, 내 나이의 반밖에 안 되었다. 나는 그들 모두를 애들로 생각했다. 면전에서는 절대 애들이라고 부르지 않았지만 말이다. 내가 지휘를 맡았다. 그때 열일곱 살인 내 아들 홉이 우리 부대에 있었다.

하지만 계곡으로 살금살금 내려가자마자 우리는 상황이 작년과 달라졌다는 걸 알게 되었다. 어머니들이 담을 세웠다. 어머니들이 마을을 요새로 만들었다.

나는 즉시 계획을 수정했다. 나는 그날이 애들의 날이 아니라 성교의 날이라고 결정했다. 훌륭한 군사전략이었다. '언제나 급작스러운 계획 변경에 대비하라.'

그 생각을 하는 순간 나는 우나를 떠올렸다. 그곳은 그녀가 사는 마을이었다. 휘하의 장병들 역시도 행복해 보였다. 그 일은 훨씬 쉬울 뿐만 아니라 새로 수확한 남자애들을 모는 일보다 훨씬 재미있었다.

지난번 성교의 날에 내려왔을 때 나는 우나를 찾았다. 아니 그녀가 나를 찾았다. 그녀는 보통 그랬다. 성교의 날에 찾기에는 좀 나이가 들었지만 나는 그녀 말고는 아무도 원하지 않았다. 성교 후에 나는 우나를 위해 이런저런 일을 했다. 새는 지붕을 수리하고 부러진 탁자 다리를 고치고… 그러고는 또 그녀를 취했다. 그럴 필요도 없는 데다 분대 전체를 기다리게 만드는 일이었는데도. 다른 애들에게 숱한 외설적인 말을 들으면서도 어찌 됐든 나는 몹시 행복한 기분이었다.

가끔 애들의 날에 나는 고민했다. 남자애들과 함께 우나를 훔치면 어떻게 될까? 우나를 남자애처럼 입혀서 우리 쪽 산의 어딘가 비밀 은신처에다 데려다 놓으면? 여긴 사용하지 않는 동굴이 널렸으니까. 한때는 우리 군대가 모든 동굴을 다 채운 적도 있었지만, 아주 오래전 얘기였다. 우리와 우리의 적은 모두 숫자가 감소하고 있는 듯했다. 해가 갈수록 적당한 남자애들의 수가 점점 줄었다.

내가 못생기고 작은데도 우나는 언제나 날 보고 기뻐하는 것 같았다. (내 키는 군인으로서 불리하지만, 지금은 내가 계급이 있으니 다소 보상이 된다 해도, 내 외모는⋯ 누가 내 아들인지 알아본 것도 그들이 작고 못생겼기 때문이었다. 둘 다. 그들에게는 참 안 된 일이었다. 하지만 그래도 나는 대령이 될 때까지 줄곧 어떻게든 잘 대처해왔다.)

우나는 내 첫 상대였다. 나 또한 그녀의 첫 상대였다. 나는 그녀에게 미안했다. 여자가 되는 시작을 나로 해야 했다니. 우리는 거의 어린아이나 다름없었다. 우리는 무얼 해야 하는지 또는 어떻게 해야 하는지 거의 알지 못했다. 나중에 그녀는 울었다. 나도 울고 싶은 기분이었지만 그러면 안 된다는 걸 알았다. 딱히 분대에 있으면서 배운 건 아니었다. 난 그들이 내 어머니한테서 날 납치하기 전부터도 알고 있었다. 나는 납치되고 싶었다. 나는 그들이 와서 날 데려가기를 기다리며 아주 멀리 관목 숲 속까지 돌아다녔다.

허리 아래쪽이 아프기 시작한 건 내가 저 애들 중 하나였을 때였다. 적과 전투를 벌이다 부상을 당한 게 아니라 우리끼리 싸우다 입은 부상 때문이었다. 우리 분대장들은 우리가 서로 싸우는 걸 아주 좋아했다. 서로 싸우지 않으면 물러지고 게을러지게 돼 있었다. 나는 부상을 입었다는 사실에 대해 계속 입을 닫았다. 난 다쳤을 때도 입을 열지 않았다. 내가 그처럼 쉽게 다칠 수 있다는 걸 알면 사람들이 날 돌려보낼 거라고 생각했다. 나중에는 내가 부상을 당했다는 사실을 알면 사람들이 습격하러 갈 때 날 끼워주지 않을지도 모른다고 생각했다. 더 나중인 지금도 내가 부상을 입었다는 사실이 알려졌다면 대령이 되지 못할 수도 있었다고 생각한다. 난 절대 절룩거리지 않았다. 때로는 그 때문에 가뜩이나 가쁜 숨이 더 가빠지더라도. 지금까지는 누구도 눈치챈 것 같지 않았다.

\* \* \*

우리는 다시 모였다. 내가 말했다. "젖꼭지와 베개 제군들…." 모두가 웃었다. "저들이 남자들을 막아낸 적이 있었나? 이 담이 얼마나 여자다운지 한 번 봐. 우리가 타고 올라가면 부스러지겠군." 나는 지팡이 끝으로 담을 긁었다. (대령으로서 나는 원할 때 단장 대신 지팡이를 들 수 있었다.)

우리는 여자들이 성교의 날을 그만두고 싶어 하는지 애들의 날을 그만두고 싶어 하는지 확신하지 못했다. 우리는 후자 쪽이길 희망했다.

갈고리 달린 밧줄을 든 가장 작은 아이를 밀어 올렸다. 나머지가 뒤따랐다.

난 가장 작은 아이이곤 했다. 나는 늘 맨 먼저, 제일 높이 올랐다. 그런 때 나는 내 체구가 고마웠다. 그걸로 숱한 메달을 땄다. 하지만 난 그런 메달을 하나도 달지 않았다. 나는 애들과 하나가 되는 걸 좋아했다. 작으면서 대령이라는 건 어떤 애들에게는 좋은 본보기가 되었다. 애들이 내 망가진 다리에 대해서 안다면 난 장애를 가지고도 얼마나 멀리 갈 수 있는지를 보여주는 더욱 좋은 본보기가 될 터였다.

\* \* \*

우리는 담을 타다가 어느 텃밭 가장자리에 뛰어내렸다. 우리는 조심스럽게 토마토와 딸기와 호박과 콩 포기를 피해 걸었고, 그런 뒤에는 나무딸기 관목들이 지나가는 우리 바지를 찢고 군화 끈을 잡아당겼다. 나무딸기들 바로 앞에 철조망이 한 줄 놓여 있었다. 밟아 누르는 건 일도 아니었다.

나는 여자들이 이처럼 절실하게 우리를 막고 싶어 한다는 게 슬펐다. 나는 의아했다. 우나는 내가 안 오기를 바라는 걸까? 우리가 어머니들만큼이나 단호하다는 걸 그들은 모르는 걸까. 우나가 걸린 문제라면, 적어도 나는 그랬다.

\* \* \*

우나는 언제나 내게 다정했다. 나는 그녀가 왜 나를 좋아하는지 자주 궁금해했다. 내가 견장에 은을 달고 은 손잡이가 달린 지팡이를 든 대령이니 누군가가 지금의 나를 좋아하는 건 이해할 수 있지만, 그녀는 내가 왜소한 소년에 불과했을 때부터 나를 좋아해 주었다. 그녀 역시도 작았다. 나는 늘

우나와 내가 잘 어울린다고 생각했다. 딱 하나만 빼면. 그녀
는 아름다웠다.

***

우리는 몰려 들어가서는 방향을 틀어 각자 제일 좋아하는
곳으로 향했다. 어린놈들은 남은 곳, 보통은 다른 어린 것들
에게로 갔다. 그러나 그러다, 어럽쇼, 우리는 다시 몰려나와
우물과 돌 벤치들과 유일한 나무가 있는 이 마을의 중앙 광장
에 갔다. 나무 주위에는 아기들의 무덤이 있었다. 벤치들은
성묘용 벤치였다. 우리는 벤치나 땅바닥에 앉았다. 마을엔 아
무도 없었다. 여자고 여자애고 애기고 간에 한 명도 없었다.

그때 총성이 울렸다. 우리는 중앙 광장에서 나와 이동했다.
거기서는 아무것도 볼 수 없었으니까. 우리는 정원이 딸린
집 뒤에 숨었다. 우리 적들이 담 위에 죽 늘어서 있었다. 매
복에 당한 것이다. 우리는 털썩 주저앉았다. 우리는 소총을
들고 있지 않았고, 가진 거라곤 나와 내 부관이 가진 권총 두
자루뿐이었다. 전투를 벌일 계획이 아니었으니까. 물론 단도
가 있긴 했다.

담 위에 늘어선 자들이 그다지 사격을 잘하는 것 같지는 않
았다. 나는 권총을 들어 올렸다. 그들에게 좋은 사격이란 어
떤 것인지 똑똑히 보여줄 참이었다. 하지만 그때 부관이 소리
쳤다. "잠깐! 쏘지 마십시오. 어머니들입니다!"

담 위에 늘어선 자들은 모두 여자였다! 총을 들고 담벼락

색과 똑같은 엄폐물 뒤에 숨은 자들이. 그런 일은 금시초문
이었다.

그들이 쏜 총알은 대체로 빗나갔는데, 나는 일부러 그러는
게 아닌가 생각했다. 무엇보다 우리가 적일지는 모르겠지만,
우리는 그들의 많은 딸과 그들 자신의 아버지들이 아닌가. 나
는 누가 우나인지 궁금했다.

여자들은 우리가 생각했던 것보다 더 화가 나 있었다. 아
마 우리와 우리의 적들에게 사내애들을 뺏기는 데 지쳤을 것
이다. 그들이라면 어느 쪽 편을 들 수 없는 게 당연할 터.

우리 애들이 함성을 지르기 시작했지만 그다지 내키지 않
는다는 투였다. 하지만 그때 한 발의 총성이. 이번엔 진짜 사
격이었다. 훌륭한 사격이기도 했다. 여자가 어떻게 그럴 수
있는지 의아할 정도로. 사격술을 가르쳐준 남자가 있었는지
궁금할 정도로. 애들이 경악했다. 자기 어머니들 중 누군가
가, 아니면 자기 누이들 중 누군가가 자신을 죽이려고 총을
쏘았다고 생각해 보라. 그건 실제 상황이었다. 우리가 그들
에게 진짜로 해를 입힌 것 이상으로 그들이 우리에게 위해를
가하리라고는 생각해 본 적이 없었다.

그들이 죽인 건 내 부관이었다. 한 발의 냉혹한 총알이 머
리를 뚫었다. 그 아이의 처지를 생각하면 적어도 고통이 없었
다는 게 다행이었다. 그는 의례용 모자를 쓰고 있었다. 난 모
자를 쓰고 있지 않았다. 난 그 화려하고 무거운 모자를 한 번
도 좋아한 적이 없었다. 나는 그들이 실제로는 나를 죽이려다

가 누가 나인지 알 수 없어서 차선을 택했다고 생각했다. 우나는 누가 나인지 알았을 것이다.

애들이 뿔뿔이 흩어져 애도의 나무가 있는 중앙 광장으로 다시 몰려갔다. 거기는 여자들한테서 보이지 않았다. 나는 남아서 부관의 죽음을 확인하고 그의 단검과 권총을 챙겼다. 그러고 나는 어떻게 할지 지시하기 위해 애들이 기다리는 곳으로 절룩거리며 걸어갔다. 절룩거리며. 나는 그냥 내버려두었다. 누가 보든지 말든지 신경 쓰지 않았다. 확실하게 포기한 건 아니었지만, 어쩌면 나의 미래에 관해서는 그랬을지도 모르겠다. 나는 강등될 소지가 다분했다. 여자들에게 사로잡히다니, 우리 스무 명 전부가. 효과적이고 유능한 전술로 여기서 벗어나지 못한다면 내 경력은 날아갈 게 뻔했다.

난 우리 편이 우리를 구하러 올 때 대규모 병력을 동원할 정도의 감각이 있기를 바랐다. 심하게 고생을 해야 할 것이다. 난 그들이 싸우는 동시에 앞으로의 용도를 위해 여자들을 남겨두려 하지 않기를 바랐다.

하지만 그때 다시 총성이 들렸다. 담 근처 오두막 뒤에서 내다보니 여자들이 총을 바깥쪽으로 돌리고 있었다. 처음에 우리는 우리 편이 우리를 구하러 온 것으로 생각했지만, 아니었다. 우리 편의 함성이 아니었고 우리 편의 북소리가 아니었다. 담 안쪽에서는 아무것도 보이지 않았기 때문에 우리 중 일부가 지붕 위에 올라갔다. 위험은 없었다. 모든 소총이 바깥쪽을 향해 있었으니까. 하지만 그러지 않았어도 우리 애들은 언제나 그랬듯이 아무 말 없이 지붕에 도전했을 것이다.

우리가 쓰는 붉은색과 푸른색 깃발이 아니었다. 저들이 쓰는 흉한 녹색과 흰색 깃발이었다. 우리가 포획된 틈을 노리고 온 적들이었다. 우리는 나가서 우리 남자들끼리 싸울 수 있도록 여자들이 길을 비켜줬으면 하고 바랐다. 저 여자들은 모든 전투 규정을 어기고 있었다. 여자들은 담 위에 납작 엎드려 있었다. 누구도 그들을 제대로 쏠 수 없다.

그런 상황이 계속되고 또 계속되었다. 우리는 지켜보는 데 지쳐서 광장으로 물러났다. 우리는 집집마다 주방을 뒤져 음식을 조달했다. 우리가 평소에 먹는 것보다 나았다. 음식 맛이 너무 좋아서 우리는 저 시끄러운 소리 없이 음식을 즐길 수 있도록 여자들이 좀 가만있어 줬으면 좋겠다고 바랐다. 저들은 대체 어디서 저 무기들을 얻었을까? 우리 군수품 저장 동굴을 발견한 게 틀림없었다. 아마 우리의 적들 것까지도.

\* \* \*

여자들은 정말로 잘 싸웠다. 황혼녘이 되자 우리 적들은 자기들 산으로 도망가고, 여자들은 여전히 담 위에 남았다. 그 위에서 밤을 새울 작정인 것 같았다. 폭이 넓은 담이었다. 내가 애들한테 말한 것처럼 엉성한 건 아니었다.

우리는 잠자리를 찾았다. 어느 것이나 우리가 보통 쓰는 요보다 나았다. 나는 우나의 오두막에 가서 성교하려고 했던 자리에 누웠다.

고양이들이 돌아다니며 구슬피 울었다. 온갖 종류의 것들이 여자들과 함께 살았다. 염소들이 길거리를 돌아다니다 마음 내키는 대로 아무 집에나 들어갔다. 모든 동물이 사방에서 먹을 걸 달라고 했다. 여자들처럼 우리 애들도 마음이 여렸다. 애들은 다가오는 모든 생물을 먹었다. 나도 그런다는 걸, 굳이 드러내지는 않았다.

난 이 모든 상황들에 슬퍼졌다. 걱정이 되었다. 그저 우나를 품에 안을 수만 있다면 잠들 수 있을 텐데. 난 한밤중에 몰래 내 품으로 파고드는 그녀의 환상에 사로잡혔다. 우리가 성교할 수 있을지 없을지는 안중에도 없었다.

* * *

다음 날 아침이 되자 애들은 사태가 어찌 돼 가는지 보려고 다시 지붕에 올랐다. 애들은 여자들이 엄폐물로 가린 채 담 위에 죽 누워 있으며 담 너머 멀리에 죽은 적 몇 명이 보인다고 설명했다. 내가 올라가서 직접 봐야 할 필요가 있었다. 게다가 애들에게 내가 자신들과 같은 위험을 무릅쓴다는 걸 보여주는 건 좋은 일이었다.

난 애들을 내려보내고 그 자리에 서서 담 위에 있는 여자들을 내려다보았다. 소총 몇 정이 날 겨누고 있는 게 보였다. 난 영웅처럼 서 있었다. 난 그들에게 쏴 보라고 도전하고 있었다. 난 서두르지도 않을 참이었다. 나는 여자들이 좀 띄엄띄엄 있는 구역을 살펴보고는 메모장을(모든 지휘관은 메모장을 패용한다) 꺼내 그림을 그렸다. 나는 시간을 끌면서 담 전체의 지도를 만들었다.

권총을 꺼내 그들을 위협할 수도 있었다. 한 명을 골라 쏠 수도 있었지만, 높은 곳에 있다는 이점을 취하는 건 그다지 남자답지 못한 일이었다. 그들이 남자였다면, 그렇게 했을 것이다. 하지만 그때, 그들이 남자답지 못한 짓을 했다. 그들이 나를 쏘았다. 내 다리를. 내 성한 다리를. 난 쓰러졌다. 지붕 위에 납작하게. 처음에는 충격 말고는 아무것도 느껴지지 않았다. 마치 망치로 얻어맞은 것 같았다. 아는 거라곤 설 수 없다는 사실뿐이었다. 그러고서야 나는 피를 보았다.

저들이 담 위에 있긴 하지만 나보다는 낮은 위치였다. 내가 자세를 낮추고 있는 한, 여자들은 날 볼 수 없었다. 난 지붕 끝으로 기어 갔고 애들이 날 도왔다. 애들이 날 우나의 침대로 다시 데려갔다. 나는 막 기절하거나 토할 것 같았고, 내가 싼 똥으로 범벅이 됐다는 걸 알게 되었다. 나는 애들이 날 보지 말았으면 했다. 난 작은 체구에도 불구하고, 또는 작은 체구 때문에 언제나 용기와 영감을 주는 원천이었다.

애들 중에 홉이 있어서 내 팔을 자기 어깨에 두르고 날 도와주었다. 난 고통 때문에 몸을 구부렸지만 신음은 꾹 참았다.

"대령님? 대령님?"

"난 괜찮아. 괜찮을 거야. 가."

난 그에게 진짜 내 아들이 맞느냐고 물어봤으면 싶었다. 간혹 여자들이 애들한테 일러주는 일이 있다니까.

"저희가 옆에…."

"아니. 가. 당장. 그리고 문을 닫아."

애들이 제때 나갔다. 나는 침대 옆에다 토하고 다시 누웠다. 우나의 베개는 온통 땀범벅이 되었고, 퀼트 이불이 어떻게 됐는지는 말할 필요도 없었다.

우나는 고통을 더는 약물을 만들 줄 알았다. 나는 이 집 천장에 달린 약초들 중에서 어느 것이 내게 도움이 될지 알았으면 싶었다. 하지만 알아봤자 저것들에 닿을 수도 없을 것이 분명했다.

나는 얼마나 지났는지 알 수 없는 시간을 반쯤 의식이 없는 상태로 누워 있었다. 다리 상태를 확인하려고 일어나 앉을 때마다 욕지기를 느끼고 다시 누워야 했다. 앞으로 내가 공격이 됐든 남자애들을 잡으러 가는 습격이 됐든 성교의 날이 됐든 뭐라도 이끌 수나 있을지 의문이었다. 그리고 나는 늘 장군이 되면 (그리고 최근에 나는 틀림없이 장군이 될 수 있다는 느낌을 받았다) 우리가 무엇을 위해 싸우는지, 즉 우리가 우월하다는 확신을 갖기 위해 일상적으로 사용하는 수사 말고 진짜 이유가 무엇인지 찾아내리라 생각하고 있었다.

\* \* \*

애들이 문을 두드렸다. 나는 몸을 일으키고 말했다. "들어와." 즉, 그렇게 말하려고 했다. 처음에는 목소리가 전혀 나오지 않았고, 다음에는 말이라기보다는 신음에 더 가까운 소리가 났다. 애들은 담에 있는 여자들이 불렀다고 말했다. 그들이 대변인을 들여보내고 싶어 한다고. 애들은 그 대변인 이라는 남자를 들어오게 한 다음 우리가 모두 안전하게 나갈 수 있도록 인질로 잡고 싶어 했다.

나는 애들에게 그 여자들은 아마 여자를 들여보낼 거라 고 말했다.

그게 애들의 마음에 걸렸다. 분명 고문이나 살해를 염두에 뒀을 애들 얼굴에는 이제 걱정하는 기색이 역력했다.

"저들에게 좋다고 말해." 나는 말했다.

이곳 냄새가 지독할 게 틀림없었다. 나한테서 나는 냄새가 나한테조차도 끔찍했으니까. 내가 싼 똥 더미에 앉아 있는 건 불쾌하기 짝이 없었다. 난 할 수 있는 한 꼿꼿하게 몸을 세웠 다. 난 의식을 잃지 않기를, 도중에 토하지 않기를 바라며 단 도를 칼집에서 뽑아 베개 밑에 숨겼다.

처음에는 애들이 맞았다고, 대변인은 남자라고, 분명히 남 자라고 생각했다. 저들은 어디서 이 남자를 찾았을까? 그리 고 이 남자는 우리 편 출신일까, 아니면 저쪽 편 출신일까? 그건 중요한 문제였다.

색깔로는 구별할 수 없었다. 그는 온통 황갈색과 회색 옷 을 입었다. 기장도 전혀 달고 있지 않아서 계급도 알 수 없었 다. 그는 편하게 서 있었다. 편한 걸 넘어 대령 앞에 서서도 완전히 느긋했다.

하지만 그때… 믿을 수가 없었다, 우나였다. 알아봤어야 했는데. 부츠까지 몽땅 남자처럼 차려입은 우나였다. 기쁨이 쓸고 간 뒤에 나는 깊은 안도감을 느꼈다.

이제 모든 게 다 괜찮아질 거야.

나는 애들에게 문을 닫고 방에서 나가라고 말했다.

난 우나에게 손을 뻗다가 그녀의 표정을 보고 멈췄다.

"네가 일부러 내 다리를 쐈구나, 그렇지! 내 온전한 다리를!"

"난 성치 않은 쪽을 쏠 생각이었어."

우나가 창문을 죄다 열더니 문도 열고 애들을 멀리 내쫓았다.

"어디 봐."

그녀는 상냥했다. 내가 알던 우나 그대로였다.

"총알을 빼내야겠어. 하지만 먼저 씻는 것부터." 그녀가 고통에 잘 듣는 잎을 건네며 씹으라고 말했다.

그녀가 내 쪽으로 바싹 몸을 숙이자 머리카락이 모자에서 비어져 나와 우리 성교의 날에 그랬던 것처럼 내 얼굴을 쓸고 입안으로 들어갔다. 난 그녀의 가슴을 만지려 손을 뻗었지만, 우나는 내 손을 밀쳐버렸다.

영광을 위해서라면 난 그 여자를, 여자들의 지도자인 그 여자를 죽여야 했다. 그러면 난 실패작으로 여겨지지 않을 것이다. 난 곧바로 장군이 될 것이다.

하지만, 우나가 똥이 묻은 퀼트 이불을 걷어내자마자 제일 먼저 내 단도가 드러났다. 그녀는 단도를 가져다 주방용 식칼을 넣어두는 서랍에 넣었다.

　나는 다시 한 번 생각했다. (우리는 다 안다. 너무나도 잘 아는 대로) 사랑이 얼마나 위험한지, 그리고 사랑이 어떻게 최고의 계획들을 망칠 수 있는지. 그걸 생각하는 와중에도 나는 내가 생각했던 계획들을 망치고 싶어 했다. 내 말은, 만약 그녀가 지도자라면 난 단도 없이도 그때 당장, 그녀가 몸을 숙이고 있을 때 처리할 수 있었다는 말이다. 저들이 훌륭한 사수인지는 모르겠지만 과연 남자와 대등하게 몸싸움을 할 수 있을까? 설사 남자가 부상을 입었다 해도.

　"난 모든 사람 중에서 그래도 너만은 들어줄지도 모른다고 생각해서 너를 골랐어."

　"내가 다시는 성교의 날에 내려오지 못할 거라는 건 알겠지."

　"그럼 돌아가지 마. 여기 있으면서 성교해."

　"난 널 남자처럼 입혀서 산으로 데려가는 생각을 종종 했어. 점찍어 놓은 장소도 있어."

　"여기 있어. 다들 여기 있게 하고, 여자들처럼 살게 해."

　난 그런 말에는 대답할 수 없었다. 그런 건 생각도 할 수 없었다.

　"그렇지만 대령이 되는 것 말고 네가 할 줄 아는 건 뭐람?"

　그녀는 날 씻기고 침대보를 갈고는 이불과 내 옷가지들을 문밖으로 던졌다. 그러고는 내 다리에서 총알을 빼냈다. 난 그녀가 씹으라고 준 잎들 때문에 정신이 반쯤 나가 있어서 고통이 둔하게 느껴졌다. 그녀는 붕대를 감아주고 깨끗한 담요를 덮어준 다음 잠시 내 뺨에 입술을 가져다 댔다.

그러고는 다리를 척 벌리고 똑바로 섰다. 그녀는 스스로를 증명할 준비가 된 우리 애들처럼 보였다. "우리는 더 이상 이 상황을 좌시하지 않을 거야." 그녀가 말했다. "이런 상황은 끝나야 하고, 우리는 끝낼 거야. 이런 식으로 안 되면 또 다른 방식으로."

"하지만 지금까지 늘 이래 왔잖아."

"넌 우리 대변인이 될 수 있어."

저 여자는 어떻게 저런 걸 제안할 수가 있지? 나는 말했다. "베개, 젖꼭지들의 대변인이겠지."

어머니들이 무얼 할 줄 아는지는 신만이 아시리라. 그들은 어떤 규칙도 지키지 않았다.

"대답이 '노'라면, 우린 더 이상 남자애를 갖지 않을 거야. 너희들은 내려와서 원하는 대로 성교를 할 수 있겠지만 더 이상 남자애들은 없어. 우리가 죽여 버릴 거니까."

"그럴 리가. 그러지 못할 거야. 넌 아냐, 우나."

"해가 갈수록 남자애들이 적어지는 거 못 느꼈어? 벌써 많은 이들이 그러고 있어."

하지만 난 명료하게 생각하기에는 너무 고통이 심했고 그녀가 준 잎들 때문에 정신이 혼미했다. 우나도 그걸 알았다. 그녀는 내 옆에 앉아 손을 잡았다. "그냥 쉬어." 그녀가 말했다. 그런 발상들을 머릿속에 넣은 채 내가 어떻게 쉴 수 있겠는가? "하지만 규정이란 게 있어."

"쳇. 여자들은 규정 따위 신경 쓰지 않아. 너도 알 거야."

"나와 같이 돌아가자." 난 그녀를 내 쪽으로 끌어당겼다. 이번에는 그녀가 순순히 따라주었다.

그렇게 가슴과 가슴을 맞대고, 내 팔로 그녀를 안고 있는 건 얼마나 기분이 좋은 일이었던가. "비밀 장소가 있어. 거긴 올라가는 것도 힘들지 않아."

그녀가 몸을 일으켰다. "이봐요, 대령님!"

"제발 날 그렇게 부르지 마."

그러고는 난… 우리로서는 말해서는 안 되는, 생각조차 해서는 안 되는 말을 했다. 그건 어머니와 아이 사이에서나 오갈 말이었다. 남자와 여자 사이가 아니라. "사랑해."

그녀는 다시 몸을 숙이고 나를 쳐다보았다. 그러고는 내 아래턱을 닦았다. "그렇게 입술을 깨물지 않도록 해 봐."

"그런 건 이제 중요하지 않아."

"나한테는 중요해."

"난… 나는….." 다른 말도 이미 해버렸는데 못할 말이 뭐가 있겠는가. "난 너와 같이 있을 때만 성교의 날이 좋아."

나는 그녀도 나에 대해서 같은 느낌인지 궁금했다. 감히 물어볼 수 있다면 얼마나 좋을까. 나는 내 아들이… 홉은 그녀와 나의 아들인가? 난 늘 그랬으면 좋겠다고 생각했다. 그녀는 홉에게 아무런 내색을 하지 않았다. 그녀는 그 애에게 다른 애들에 비해 딱히 눈길을 더 주지도 않았다. 여자들이 담을 세우지 않았더라면 이번이 그 애의 첫 성교의 날이 되었을 것이다.

"쉬어." 그녀가 말했다. "얘기는 나중에 하고."

"우리한테만 그런 거야? 아니면 적들한테도 똑같은 얘길 하는 거야? 이러다 놈들이 전쟁에서 이길 수도 있어. 그러면 다 네 탓이 될 거야."

"생각은 그만해."

"양쪽에서 데려갈 남자애들이 더는 없다면 어떻게 되겠어, 대체?

"어떻게 될까?"

그녀가 씹는 잎들을 더 주었다. 잎들이 썼다. 앞서는 그걸 눈치채지도 못할 정도로 고통이 심했던 것이다. 나는 금세 더 졸린 기분이 되었다.

* * *

나는 전체 애들 중에서 꼴찌가 되는 꿈을 꾸었다. 내내. 나는 서둘러 어떤 곳으로 가야 하지만 나로서는 절대 넘을 수 없을 정도로 높은 담이 있었다. 게다가 다리가 둘 다 있지도 않았다. 난 몸통뿐이었다. 여자들이 나를 지켜보았다. 여자들은 육안으로 보일 정도로 가까운 계곡 바닥에 있으면서도 아무도 나를 도와주지 않았다. 나는 거기 누운 채 함성을 지르는 것 말고는 아무것도 할 수 없었다.

나는 소리를 지르며 깨어났고, 우나가 나를 붙들어 눕혔다. 홉이 같이 있으면서 그녀를 도왔다. 다른 애들은 걱정스러운 표정으로 문간에 서 있었다.

담요와 베개는 이미 바닥에 내던져져 있었고 나는 막 침대 밖으로 나가려고 몸부림을 치고 있었던 모양이었다. 우나의 뺨에 길게 긁힌 자국이 나 있었다. 분명 내가 한 짓이었다.

"미안해. 미안해."

나는 여전히 꿈속에 있는 듯했다. 나는 우나를 다시 내 쪽으로 끌어당겼다. 그녀를 단단히 안고서 나는 홉을 향해 또 손을 뻗었다. 불쌍한 내 못생긴 아들. 난 물어서는 안 되는 걸 물었다. "말해줘, 홉은 나와 너의 아들이야?"

홉은 내가 그런 걸 물었다는 데 충격을 받은 것처럼 보였고, 그래야 한다고 생각하는 듯했다. 우나는 몸을 빼고 일어섰다. 그녀는 마치 내 애들 중 하나라도 되는 것처럼 대답했다. "대령님, 다른 사람도 아니고, 어떻게 대령님께서 그런 걸 물으실 수 있습니까?" 그러고는 내가 했던 말을 고대로 다시 돌려주었다. "지금까지 늘 이래 왔잖아."

"미안해. 미안해."

"아, 제발 그 미안하단 소리 좀 그만해!"

그녀는 애들을 문간에서 몰아냈지만 홉은 그냥 놔두었다. 둘이서 같이 침대를 다시 정돈했다. 둘이서 같이 내게 먹일 묽은 죽과 둘이 먹을 음식을 만들었다. 홉은 이곳에서 편안해 보였다. 사실이야. 나는 확신했다. 저 애는 내 아들이야. 하지만 나는 이 모든 간절한 생각들이, 이 모든 궁금증이 다 우나가 씹으라고 줬던 잎들 때문이라고 여겼다. 이건 진짜 내가 아니다. 더는 나 자신에게 신경을 쓰지 말아야지.

하지만 뭔가가 더 있었다. 아직 내 다리를 제대로 본 적은 없지만 심각한 부상인 것처럼 느껴졌다. 우리 성채로 올라갈 수 없다면 집으로 갈 수 없을 것이다. 그렇다 하더라도, 그리고 내 경력이 만신창이가 됐다 하더라도, 이래선 안 된다. 이곳에 남아서 성교 상대자로서 여생을 보내라는 제안에 유혹당해서는 안 된다. 그보다 더 불명예스러운 걸 생각할 수도 없었다. 홉을 성채로 돌려보내 상황을 보고하고 도움을 요청해야겠다. 그 애가 탈출하려다 발각되면, 우나는 여자들더러 그 애를 쏴서 죽이라고 할까?

나는 홉에게 귓속말로 명령을 내릴 수 있도록 홉이 혼자 있는 때를 노렸다. 우나가 바깥 화장실로 가고 나서야 기회가 왔다. "성채로 돌아가. 오늘 밤 담을 넘어. 달이 없을 거야." 난 홉에게 내가 그린 지도를 보여주고 여자들이 좀 드문드문 있을 거라 짐작되는 지점을 알려주었다. 홉에게 조심하라고 말해주고 싶었지만, 우린 그런 말 따위는 입에 올리지 않았다.

\* \* \*

아침에 나는 우나에게 분대장들을 들여보내 달라고 말했다. 나는 고통과 땀에 절었고, 수염이 가려웠다. 나는 우나에게 날 닦아달라고 부탁했다. 그녀는 어머니가 하듯이 날 대했다. 전에 내 어머니가 그렇게 했을 때, 난 몸을 뺐다. 난 어머니를 가까이 오지 못하게 하곤 했다. 나는 특히 어머니가 날 안거나 뽀뽀하지 못하도록 했다. 나는 군인이 되고 싶었다. 나는 어머니적인 것들과는 아무 관계가 없고 싶었다.

애들이 다 지저분해 보였다. 우리는 깔끔한 것을, 매일 면도를 하고 머리털을 단정하게 자르는 것을 자랑으로 여겼는데. 우리의 적들도 우리만큼이나 말쑥했다. 나는 그들이 오늘 공격을 해 와서 우리가 이처럼 단정치 못한 모습으로 있는 걸 보는 일이 없었으면 하고 바랐다.

나는 흠이 없는 걸 보고 기뻤다.

평소 때의 유머 감각을 되살리기가 너무 힘들었다. 나는 말했다. "베개들, 젖꼭지들." 하지만 그들과 같은 아이인 척하기에 나는 너무 불편한 상태였다.

그사이 건강을 좀 회복했으면 했는데. 애들은 이미 불안해하고 있었다. 내 생각을 하고 있을 때가 아니었다. 우리는 담을 습격할 것이다. 나는 애들에게 지도를 보여주고 지키는 사람이 적은 지점들을 알려주었다. 내가 우나를 움켜잡았다. 양 손목을 다. "제군들, 우리에겐 성벽을 파괴할 무기가 필요할 거야."

여기 계곡 바닥에서는 나무를 구하기가 쉽지 않았다. 이곳은 개울 주변을 제외하면 사막이지만 각 마을의 중앙 광장에는 저들이 함께 가꾸는 나무가 한 그루씩 있었다. 여기처럼 나무 주변에는 언제나 아기 무덤들이 있었다. 다른 마을들은 대부분이 미루나무였지만 이곳에 있는 나무는 떡갈나무였다.

하도 나이 먹은 나무라 그 나무가 이 마을이 세워지기 전부터 여기 있었다고 해도 놀랍지 않을 것이다. 나는 이 마을이 그 나무를 중심으로 나중에 세워졌다고 생각했다.

"그 나무를 베. 담을 부숴." 난 그들에게 말했다. "성채로 돌아가. 나를 기다리느라 머뭇거리지 말고. 장군들한테 다시는 여기 오지 말라고 해. 남자애들을 위해서건 성교를 위해서건. 가서 나는 더 이상 우리에게 소용이 없다고 말해."

여자들은 나무를 찍어 넘기는 애들을 쏠 수 없을 것이다. 그 나무는 담 어디에서도 보이지 않으니까.

나무를 찍는 소리가 들리자 여자들이 울부짖기 시작했다. 우리 애들이 하던 일을 멈췄지만, 잠시뿐이었다. 난 그들이 다시 더욱 힘차게 나무를 찍기 시작하는 소리를 들었다. 여기 내 옆에서 우나도 울부짖었다. 빠져나가려고 몸부림을 쳤지만 나는 계속 그녀를 움켜잡고 버텼다.

"네가 어떻게 이럴 수가! 저건 죽은 남자애들의 나무야."

나는 손을 놔주었다.

"저기 묻힌 아기들은 다 남자애들이야. 우리 애들도 있어."

그 새로운 정보가 내 사고를 방해하게 그냥 둬서는 안 되었다. 난 우리 애들의 안전을 생각해야만 했다. "그럼, 우리를 보내줘."

"저 애들한테 멈추라고 해."

"저 나무 때문에 우리를 놔주겠다고?"

"그럴 거야."

난 명령을 내렸다.

* * *

여자들이 담에서 물러났고 심지어 사다리까지 제공해주었다. 나는 애들에게 가라고 말했다. 애들이 날 떠메고 돌아갈 방도는 없었고, 내가 다시 성채까지 올라갈 방도도 없었다.

애들은 금방 사라졌고, 마지막 피리 소리와 마지막 승리의 북소리까지 (우리는 승리했든 아니든 늘 승리한 것처럼 성채로 행진했다) 사라졌다. 멀어지는 그 소리를 들으며 난 신음할 수밖에 없었다. 그때는 고통 때문이 아니었다. 어머니들이 순식간에 담에서 내려왔다. 그러나 다시 울부짖는 소리가 들렸고, 우나가 쿵쿵거리며 들이닥쳤다.

"이번엔 뭐야?"

"홉 얘기야. 네 적들이, 네 적들이 그 애를 너희 산 밑에다 던져 놨어."

난 우나의 얼굴을 보고 알 수 있었다.

"죽었군."

"당연히 죽었지. 너희들은 모두 죽은 거나 마찬가지야."

그녀는 홉의 죽음을 내 탓으로 여겼다. "내 탓이야."

"널 증오해. 너희 전부를 증오해."

난 우리가 많은 남자애들을 볼 수 있을 거라고 더는 믿지 않았다. 나는 할 수만 있다면 우리에게 경고하고 싶었다. 할 수만 있다면 대변인이 되고 싶었다. 내게 기회란 게 있을 거 같지 않았지만.

"여자들은 날 어떻게 할 작정이지?"

"넌 언제나 친절했어. 나도 너한테 그보다 덜하게 대하진 않을 거야."

내가 무슨 소용일까? 여기서 여자들의 아버지로 머무는 것 말고 내가 무슨 소용이 있을까? 하나같이 작고 못생기고 검은 머리카락을 가졌을 저 계집아이들… 그 애들은 하나같이 피가 날 때까지 아랫입술을 깨물 것이다.

---

캐롤 엠쉬윌러는 SF 단편과 장편 소설을 쓰는 미국 작가다. 그녀의 작품은 네뷸러상에서부터 필립 K. 딕 상까지 아우르는 많은 상을 받으며 알려졌다. 2005년에는 세계판타지 공로상을 받았다. 어슐러 K. 르귄은 그녀를 '대단한 이야기꾼에다 놀라운 마술적 사실주의자이며 소설에서 가장 강하고, 가장 복잡하고, 가장 일관된 페미니즘적 목소리를 들려주는 작가'라고 칭했다. 최근에 그녀의 단편들을 두 권의 책으로 엮은 《캐롤 엠쉬윌러 단편선 I, II》가 출간되었다. '애들'은 극단으로 치달은 성 역할 개념을 소재로 깜짝 놀랄 만한 결론을 도출하여 화제가 되었다. 2003년 〈사이픽션〉에 처음 발표되었다.

# 5

# 중간관리자를 위한 안정화 전략

에일린 건

우리의 사촌, 곤충에게는 반짝이는 갈색 키틴질로 만들어진 외골격이 있습니다. 이 키틴질은 진화의 요구에 특히 잘 반응하는 물질입니다. 생물공학이 우리의 몸을 새로운 형태로 조각하듯이, 진화는 초기 곤충에게 있었던 씹는 구기(口器)를 후손들의 끌, 관, 침 형태 구기로 변화시켰고, 키틴질로 꽃가루를 담는 주머니와 겹눈을 청소하는 솔과 음악을 켤 마찰편 같은 특별한 도구들을 만들어냈습니다.

— 인기 과학 프로그램 〈인간을 곤충하라!〉에서

나는 오늘 아침에 일어나 밤새 생물공학이 내게 요구한 것들을 찾아보았다. 혀가 침(針)으로 변했고 왼손에는 이제 겹

눈을 닦을 때 쓰는 것 같은 작은 키틴질 솔이 달렸다. 내겐 겹눈이 없으니, 어쩌면 그 솔이 앞으로 올 변화를 알려주는 지도 모르겠다.

나는 이 침으로 어떻게 커피를 마셔야 할까 고민하면서 침대에서 기어 나왔다. 이제 커피는 완전히 생략하는 대신 어디선가 아침거리를 사냥해야 하나? 난 이른 아침에 얼마나 빠릿빠릿하게 움직이느냐에 따라 생존이 갈리는 그런 생물로 진화하지 않기를 바랐다. 생체적 주기가 뭐가 됐든 신체적 변화가 일어나면 그에 따라 보조를 맞출 것이 분명하지만, 내 진화하지 못한 영혼은 새벽에 원기 왕성하게 일어나 그보다 더 일찍 일어난 꿈틀거리는 작은 생물 같은 걸 게걸스럽게 먹는다는 생각에 반발했다.

나는 빨간색과 흰색이 섞인 퀼트 이불자락을 목까지 꼭 끌어올려 덮은 채 여전히 잠들어 있는 그렉을 내려다보았다. 그의 입도 밤새 변해 있었는데, 거기엔 뭔가 긴 촉수 같은 것도 포함된 것 같았다. 우리, 다르게 변하는 거였어?

난 아직 변하지 않은 손을 뻗어 그의 머리카락을 쓰다듬었다. 여전히 반들거리는 갈색이었고 부드러우면서도 굵고 무성했다. 하지만 그의 피부에 스민 유연한 키틴질이 서서히 반질반질하고 딱딱한 갑옷으로 변하면서 그의 뺨 가장자리 수염 밑에서 딱딱한 키틴질이 만져졌다.

그가 눈을 뜨고 고개를 돌리지 않은 채 게슴츠레하게 정면을 응시했다. 그가 입안에 일어난 변화들을 확인하려 조심스럽게 입을 움직이는 게 보였다. 그는 내 손에 슬쩍 머리를 비비면서 고개를 돌려 나를 올려다보았다.

"일어날 시간이야?" 그가 물었다. 나는 고개를 끄덕였다. "아, 하느님 맙소사." 그가 말했다. 그는 매일 아침 이 말을 한다. 기도문 같은 것이다.

"커피 만들 건데," 내가 말했다. "너도 마실래?"

그가 천천히 고개를 흔들며 대답했다. "그냥 살구 주스면 돼." 그가 길고 거친 혀를 펼치고는 약간 사시가 된 눈으로 쳐다보았다. "이거 진짜 재밌네. 하지만 이건 카탈로그에 없었어. 난 곧 여기저기 꽃에서 찔끔찔끔 점심을 먹게 될 거야. 듀크네 가게에 가면 확실히 시선은 끌겠군."

"회계 쪽 관리자들이 점심을 찔끔찔끔 먹는 건 다 알고 있다고 생각했는데." 나는 말했다.

"그래도 꽃병에 꽂힌 꽃을 그러는 건 아니지." 계속해서 이상하게 생긴 자기 입을 살펴보면서 그가 말했다. 그러더니 나를 올려다보며 이불 밖으로 팔을 내밀었다. "이리 와."

꽤 오랜만이라고 생각했다. 그리고 나는 출근해야 했다. 하지만 그에게서 끔찍하게 매혹적인 냄새가 났다. 아마도 그에게서 페로몬 분비샘이 발달하고 있었으리라. 나는 다시 이불 속으로 들어가 그에게 몸을 밀착시켰다. 우리 둘 다 키틴질 혹과 괴상한 덩어리들이 자라는 중이라 편안하다고는 도저히 말할 수 없었다. "입안에 든 이 침을 가지고 도대체 어떻게 키스를 하라는 걸까?" 내가 물었다.

"다른 할 일이 있겠지. 새로운 장비는 새로운 가능성을 제공하니까."

그가 이불을 밀어내고 아직 변하지 않은 손으로 어깨부터 허벅지까지 내 몸을 쓸어내렸다. "내 혀가 너무 까칠하면 알려줘."

그 혀는 그렇지 않았다.

\* \* \*

흐릿한 정신으로 나는 두 번째로 침대에서 나와 주방으로 표류해갔다.

커피콩의 양을 재서 분쇄기에 넣다가 문득 커피를 마시고픈 생각이 없다는 걸 알아차렸지만, 입안의 침으로 커피콩을 찌르는 건 잠시 재미있었다. 그나저나 이 빌어먹을 침은 대체 어디에 쓰는 거지? 굳이 그걸 알아내고 싶은지도 잘 모르겠다 싶은 기분이었다.

분쇄기를 옆으로 치워놓고 나는 살구 주스 캔을 꺼내 튤립 모양 잔에 따랐다. 앞으로 그렉에게는 얕은 잔이 문제가 될 거야, 나는 생각했다. 딱딱한 음식은 말할 것도 없었다.

그러나 내가 아침으로 무얼 먹어야 할지 알아낸다 해도 당면한 문제는 오전 10시에 잡힌 회의 시간에 맞춰 사무실에 도착하는 것이었다. 아침은 그냥 걸러야겠네. 나는 재빨리 옷을 입고 그렉이 침대에서 나오기도 전에 문을 박차고 뛰어나갔다.

＊＊＊

30분 뒤에 나는 어느 정도 정신을 차리고 새로 온 마케팅 관리자가 '모델 2000' 출시에 관한 자기 계획의 골자를 설명하는 걸 들으며 작은 회의실에 앉아 있었다.

해리 윈스롭은 생물공학 프로그램을 신청하면서 특화된 영장류 개조 옵션인 '생물공학 4번 옵션'을 선택했다. 그는 교과서적인 모범사례로 진화했다. 몸집이 작고 긴 사지에 거리를 측정하는 데 편리하게 앞쪽으로 몰린 눈과 나무에서 떨어지지 않도록 지탱해주는 길고 잘 붙잡는 손가락까지.

그는 성공하는 이의 복장인 가는 줄무늬 정장을 조끼까지 유인원 비율에 딱 맞게 완벽하게 차려입었다. 나는 그가 저걸 맞추는 데 얼마를 더 줬을까 궁금했다. 아니면 유인원들에게 특화된 서비스를 제공하는 어느 기성복 가게에 단골로 다니는 걸까?

나는 그가 이런 터무니없는 마케팅 근거로부터 저런 터무니없는 마케팅 근거로 기민하게 건너뛰는 걸 경청했다. 수학과 공학을 들먹이며 믿을 만한 소리처럼 포장하려 애쓰면서, 그는 웃는 법도 없이 '파이프라인 처리량에 대한 수요를 팩토링해야 한다'거나 '미디어 배합을 세밀하게 튜닝한다'는 등 심하게 은유적인 업계용어들을 나열했다.

경영대학원을 졸업하자마자 곧바로 취직한 해리는 회사에 합류한 지 고작 몇 달밖에 되지 않았다. 그는 스스로를 쓸모가 많은 재능 덩어리로 알고 있었다. 난 그를 좋아하지 않았지만, 자신의 잠재의식을 파헤치며 반쯤 형성되다 만 아이디어들을 연달아 끄집어내는 그의 능력은 부러웠다. 내가 거기에 합세하거나 대충 고른 홍보 제안들을 토해놓지 않으니, 내가 그런 걸 좋게 생각하지 않는다는 걸 그도 느꼈겠지.

나는 그의 마케팅 계획을 대단찮게 생각했다. 그 마케팅 계획이란 게 실체적인 기반 없이 이론을 교과서적으로 적용하는 것이었다. 내게는 두 가지 방안이 있었다. 효과가 있을 해법을 받아들이도록 그를 압박하거나, 그의 아이디어임을 모두에게 각인시키면서 그의 계획을 승인하여 그를 죽음으로 내몰거나. 난 내가 어느 쪽을 택할지 알았다.

"좋아요. 당신을 위해서라면 우리가 그 정돈 할 수 있죠." 나는 그에게 말했다. "문제없어요." 우리는 누가 살아남고 누가 진화의 막다른 골목에 부딪힐지 보게 될 것이다.

해리는 목적을 달성했는데도 계속해서 장황하게 말을 늘어놓았다. 내 주의력이 산만해졌다. 저런 말은 수도 없이 들었던 터다. 그의 목소리는 익숙한 데다 쉽게 배경음으로 무시되는 에어컨 돌아가는 소리 같았다. 나는 졸렸고, 새로운 감정들이, 촉촉한 공기의 흐름을 타고 떠다니고 싶은, 밝은 표면에 내려앉고 싶은, 따뜻하고 물기 많은 먹이로 양껏 몸을 불리고 싶은 갈망이 일어났다.

곤충적 꿈속에서 표류하면서 나는 회의실 탁자에 널린 서류들을 정리하던 해리의 접어 올린 소맷자락과 금도금 시곗

줄 사이 맨피부를 예리하게 인식하게 되었다. 그에게서는 페퍼로니 피자나 숯불에 구운 햄버거 같은 맛있는 냄새가 났다. 그가 냄새만큼 맛이 좋지 않을 수도 있다는 생각도 했다. 하지만 나는 배가 고팠다. 내 침 같이 생긴 혀는 그럴 만한 이유가 있어서 있는 것이지 두부 조각을 꿰라고 있는 건 아니었다. 나는 그 팔 쪽으로 몸을 기울여 손등에 기댄 채 모세혈관을 찾아 침을 찔렀다.

내가 무슨 짓을 하는지 해리가 눈치채고는 잽싸게 내 머리 옆쪽을 찰싹 때렸다. 나는 그가 다시 나를 때리기 전에 몸을 뺐다.

"우린 모델 2000 출시를 논의하는 중입니다. 아니면 그것도 잊어먹은 거예요?" 그가 팔을 문지르며 말했다.

"미안해요. 오늘 아침을 거르는 바람에." 나는 창피했다.

"저기, 그 호르몬 좀 진정시켜요, 이거야 원." 그는 짜증을 냈고, 나는 정말로 그를 탓할 수가 없었다. "미디어 배합 건으로 다시 돌아가죠, 정신을 집중시킬 수 있다면요. 전 11시에 2번 빌딩에서 다른 회의가 있다고요."

회사에서 부적절하게 음식물을 섭취하는 행위는 그다지 별스러운 일이 아니었고, 기업 업무예절 차원에서도 이따금 사소한 실수 정도는 지적하지 않고 지나가 주기도 했다.

물론, 우편광고 예산에서 돈을 좀 빼서 다른 용도로 옮기는 걸 해리가 동의해줄 거라고 더는 바랄 수 없었지만.

＊＊＊

　나머지 회의 시간 동안 내 시선은 계속해서 열린 회의실 문을 빠져나가 사무실 풍경이라면 어디서나 점점이 볼 수 있는 익숙한 녹색 오아시스인 복도에 놓인 커다란 장식용 식물로 향했다. 정확하게 말해서 즙이 많아 보이지도 않았고, 내가 그 정도로 배가 고프지 않았다면 절대 선호할 만한 것도 아니었지만, 난 내가 동물이든 식물이든 가리지 않는 건지 궁금해졌다.

　나는 회의실을 나서면서 그 넓적한 잎을 한 줌 따서 내 사무실로 들고 왔다. 나는 이파리 가장 두꺼운 부분의 잎맥에 혀를 찔러 넣었다. 그다지 나쁘지 않았다. 이파리 맛이 났다. 난 남김없이 쪽 빨아 마시고 껍질을 휴지통에 던져 넣었다.

　적어도 아직은 난 잡식성이었다. 암컷 모기들은 식물을 먹지 않으니까. 그렇다면 아직 과정이 완료되지 않은 건데….

　난 대화 상대 삼아 회사 간이주방에서 커피 한 잔을 들고 사무실로 돌아와서는 문을 닫고 앉아 내게 무슨 일이 벌어지는 건지 고민했다. 해리와 있었던 일 때문에 마음이 불편했다. 난 모기로 변해가고 있는 건가? 만약 그렇다면, 그게 대체 나한테 어떤 이득이 된다는 거지? 앵앵거리는 외톨이 흡혈 곤충은 회사에 전혀 쓸모가 없다.

　문에 노크 소리가 들리더니 상사가 고개를 들이밀었다. 나는 고개를 끄덕여 들어오라는 시늉을 했다. 그가 책상 맞은 편에 놓인 방문자용 의자에 앉았다. 표정을 보니 해리가 벌써 이른 게 틀림없었다.

탐 샘슨은 나보다 나이가 많은 남자였고 아직 생물공학 처치를 받지 않았다. 그는 자극-반응 기술에 통달했는데 어찌된 영문인지 최고위 직책에는 오르지 못했다. 나는 그를 좋아했지만, 한편으로 보자면 그것은 그가 의도한 바였다. 권위를 희생하지 않으면서도 그는 자신의 외모와 몸짓과 어조를 극단적으로 친근한 척하는 쪽에다 맞췄다. 그가 뭘 하는지 뻔히 알면서도 내겐 그게 먹혔다.

그가 공감하는 것처럼 보이지만 사실은 연습으로 익힌, 어떠한 공격-도피 반응도 유발하지 않도록 의도된 신호 자극을 얼굴에 띤 채 나를 쳐다보았다. "뭔가 신경 쓰이는 거 있어요, 마거릿?"

"신경 쓰이는 거요? 배가 고파요, 그뿐이에요. 배가 고프면 성급해지니까요."

어디 한번 볼까, 나는 생각했다. 그는 그 사건을 언급하지 않았다. 그가 말을 꺼내도록 그냥 내버려두자. 난 부드럽게 나가기로 마음먹고 그의 눈을 똑바로 바라보도록 자신을 다잡았다. 불안한 시선은 죄가 있다는 신호니까.

탐은 서두르지 않고 내가 알아서 사안을 꺼내길 기다리며 그저 나를 쳐다보고 있었다. 커피에서 탄내가 났지만 난 혀를 꽂고 마시는 척했다. "아침 커피를 마시기 전에는 전 그냥 사람이 아닌 것 같아요."

꾸며낸 말 같다. 제발 입 닥쳐, 난 생각했다.

그 말이 탐이 기다리고 있던 기회였다. "그게 내가 당신한 테 하고 싶은 말이에요, 마거릿." 그는 마운틴고릴라처럼 세상에 자길 위협하는 적은 없다는 듯 느긋한 태도로 거기 웅크리고 앉아 있었다. "방금 해리 윈스롭과 얘길 했는데, 당신이 마케팅 전략 회의 중에 그의 피를 빨려고 했다더군요." 그가 내 반응을 확인하려고 잠시 말을 멈췄지만, 내 얼굴은 중립적인 표정을 유지하고 있었고, 나는 아무 말도 하지 않았다. 그의 표정이 실망을 나타내는 쪽으로 바뀌었다. "그러니까, 당신이 뚜렷하게 세 군데 신체 부위를 발달시키고 있다는 걸 알았을 때, 우리는 당신에게 커다란 희망을 품었어요. 하지만 당신의 행동은 우리가 기대했던 사회적이고 조직적인 발달에 전혀 부응하지 않아요."

그가 말을 멈추었고, 이번엔 내가 날 방어하기 위해 뭔가를 말해야 할 차례였다. "대부분의 곤충은 외톨이잖아요. 어쩌면 회사는 흰개미나 개미 같은 걸 희망했는지도 모르겠군요. 그건 제가 책임질 일이 아니에요."

"자, 마거릿." 그가 자극을 주는 온화한 꾸짖는 목소리로 말했다. "여긴 정글이 아니잖아요. 당신이 동의서에 서명했을 때는 생물공학 담당자가 당신을 회사라는 유기적 조직체에 더욱 유용하게 변형하는 데 동의한 거였어요. 하지만 여긴 자연이 아니에요. 인간이 재구성한 자연이죠. 옛 규칙을 따르지 않는다고요. 당신은 정말로 되고 싶은 건 무엇이든 될 수 있어요. 하지만 협조는 해야죠."

"전 할 수 있는 한 최선을 다하고 있어요." 난 협조적으로 말했다. "전 일주일에 80시간을 쏟아 붓는다고요."

"마거릿, 당신 업무의 질이 문제가 아니에요. 당신이 설득 해야 하는 다른 사람들과의 상호작용이 문제지. 당신은 집단 의 일원으로 일하는 법을 배워야 해요. 난 그런 물어뜯기가 계속되는 걸 절대 용납할 수 없어요. 아서를 시켜서 오늘 오 후에 당신과 생물공학 상담사 간 면담을 잡아 놓겠어요." 아 서는 그의 비서였다. 그는 이 부서에서 일어나는 일은 무엇이 든 알고 있었지만, 대체로는 입을 닫고 지냈다.

"저도 할 수만 있다면 사회적 곤충이 되고 싶죠." 난 사무 실에서 나가는 탐에게 중얼거렸다. "하지만 전 술집에서도 사 람들한테 무슨 말을 해야 할지 모르는 사람이라고요."

* * *

나는 그렉과 우리 공통의 친구인 데이빗 디틀러와 같이 점 심을 먹었다. 50가지 과일주스를 구비했다고 광고하는 어느 건강식 식당에서였다. 전에 거기서 밥을 먹어 본 적은 없지 만, 그렉은 자신이 그곳을 좋아할 것을 알고 있었다. 거기는 벌써 데이빗이 가장 좋아하는 식당이었고, 데이빗은 아직 이 를 온전하게 보전하고 있으니, 나는 그곳이 나한테도 괜찮을 거라고 판단했다.

도착해보니 데이빗은 와 있고 그렉은 아직이었다. 데이빗도 우리 회사에서 일하는데 부서는 달랐다. 어쨌든 그는 기업의 감언이설에 놀랍도록 저항성이 높다는 걸 증명해왔다. 그는 생물공학 프로그램을 받아들이지 않았을 뿐 아니라 조끼 딸린 정장조차 사지 않았다. 오늘 그는 여기저기 해어진 청바지와 10년 전쯤이었으면 근사해 보였을 화려한 하와이안 셔츠를 입었다.

"그렇게 입어도 상사가 뭐라고 안 그래?" 내가 물었다.

"우린 협약을 맺었거든. 난 그녀에게 내게 일을 줘야 한다고 말하지 않고, 그녀는 내게 뭘 입으라고 말하지 않기로."

삶을 바라보는 데이빗의 관점은 나와 아주 다르다. 난 그가 연구개발 부서에 있고 내가 광고 부서에 있기 때문만은 아니라고 생각했다. 그보다는 훨씬 기본적인 문제였다.

그가 세상을 자신의 재미를 위해 존재하는 정말로 깔끔하지만 임의로 주어지는 한 다발의 수수께끼로 보는 반면, 나는… 음, 계속해서 이어지는 수능시험이었다.

"그래, 너희들은 어떻게 되고 있어?" 자리가 나길 기다리며 우두커니 서 있는 사이에 그가 물었다.

"그렉은 망할 나비로 변해가고 있어. 지난주에는 나가서 이탈리아제 실크 스웨터를 열두 벌쯤 사 왔어. 출근용 복장도 아니었다고."

"그는 회사에 잘 맞는 녀석이 아니야, 마거릿."

"그럼 왜 쓰지도 않을 거면서 이 생물공학 같은 걸 하는 거야?"

"그는 약간 변장을 하는 거야. 그냥 멋있게 보이고 싶어서. 마이클 잭슨처럼 말이야."

난 데이빗이 날 놀리는 건지 어쩐 건지 분간이 되지 않았다. 그러다 그는 자기가 참여하고 있는 '이발소 4중창단'인가 하는 음악 얘기를 시작했다. 다음번 대회에서는 검은 가죽옷을 입고 쉘 실버스타인의 〈내게로 와, 나의 마조히스트 사랑〉을 부를 예정이라고 했다.

"그 노래를 부르면 다들 뒤집어질 거야." 그가 희희낙락하며 말했다. "우리는 늘 대단한 준비를 한다니까."

"그걸로 우승할 수 있을 거 같아, 데이빗?" 그런 종류의 쇼로 심판들 마음에 들 수 있다면, 너무 이상할 것 같았다.

"무슨 상관이야?" 데이빗이 말했다. 그는 아무 걱정이 없어 보였다.

바로 그때 그렉이 나타났다. 그는 황록색 문양이 들어간 짙은 푸른색 실크 스웨터를 입고 있었다. 이탈리아제다. 그는 또 비행기처럼 생긴 밝은 파란색 귀고리 한 쌍을 달랑거리고 있었다. 우리는 조각된 채소들이 진열된 곳 근처로 안내되었다.

"이거 굉장하군." 데이빗이 말했다. "다들 채소 가까이에 앉고 싶어 하는데. 이 식당에서는 여기가 다 보이는 자리거든." 그가 그렉에게 고갯짓을 했다. "내 생각엔 네 스웨터 덕분인 것 같아."

"내 인간성 안에 깃든 나비 덕분이지." 그렉이 말했다. "웨이터들이 나한테 이런 호의를 보여준 역사가 없어. 난 늘 에 스프레소 기계 옆에 앉았다고."

그렉이 계속해서 나비가 되는 것에 딸려오는 특혜들에 관해 이야기하려 든다면, 나는 화제를 돌리기로 했다.

"데이빗, 어떻게 넌 아직 생물공학 프로그램에 서명하지 않았어?" 내가 물었다. "회사가 비용을 절반 부담하는 데다 뭘 요구하거나 하지도 않잖아."

데이빗이 입을 비틀더니 움찔움찔 손등으로 코와 눈을 닦는 곤충 같은 몸짓을 했다. "난 지금도 잘하고 있어."

그걸 보고 그렉이 킬킬거렸지만, 난 심각했다. "넌 조금만 조정하면 훨씬 빨리 성공할 거야. 게다가 회사에 좋은 태도를 보여줄 수도 있어. 그걸 한다면 말이야."

"지금도 난 원하는 것보다 더 빨리 성공하고 있다고. 이번 여름에 석 달 휴가를 가려고 했는데 못 갈 거 같단 말이야."

"석 달?" 나는 깜짝 놀랐다. "돌아와 보니 책상이 없어져 있을까 봐 겁나지도 않아?"

"그것도 괜찮겠네." 데이빗이 메뉴를 펼치며 담담하게 말했다.

웨이터가 우리 주문을 받아갔다. 우리는 고칼로리 음식 대신 고식이섬유 음식을 주문한 스스로에 대한 자축의 의미로 잠시 다정히 침묵을 지키며 앉아 있었다.

그러다 내가 오늘 해리 웹스롭과 있었던 일을 털어놓았다.

"난 뭔가 잘못된 거 같아." 내가 말했다. "내가 왜 그 사람의 피를 빠는 거야? 그게 나한테 무슨 좋은 일이라고?"

"음." 데이빗이 말했다. "네가 이 처방 프로그램을 선택했잖아. 어떤 결과를 원했던 거야?"

"상품 목록에 따르면," 내가 말했다. "제2번 곤충 옵션은 날 중간관리직의 좁은 승진 기회를 놓고 겨루는 성공적인 경쟁자로 만들어주게 돼 있어. 상급관리직에 진입하는 데 유용하게 작용할 동기부여성 반응들과 함께. 인용 끝." 물론, 그건 광고성 멘트에 불과했다. 내가 저 모든 걸 정말로 기대한 것은 아니었다. "내가 원한 건 그거야. 난 책임자가 되고 싶어. 우두머리가 되고 싶다고."

"생물공학 부서에 가서 다시 처음부터 시작해야 할 거 같군." 그렉이 말했다. "가끔은 호르몬들이 기대한 대로 작동하지 않아. 예를 들자면, 내 혀를 봐." 그가 천천히 혀를 펼쳤다가 다시 입안으로 말아 넣었다. "갈수록 마음에 들고 있기는 하지만 말이야." 그가 쭙쭙거리는 역겨운 소리를 내면서 음료수를 빨았다. 그에겐 빨대가 필요 없었다.

"신경 쓰지 마, 마거릿." 데이빗이 웨이터가 건네주는 로즈힙 차를 받으면서 단호하게 말했다. "생물공학은 시간 낭비고 돈 낭비고 수백만 년에 이르는 진화의 낭비야. 인류가 관리자가 되도록 계획됐다면, 우리는 가는 줄무늬 피부로 진화했겠지."

"그거 그럴듯하네." 나는 말했다. "하지만 완전히 틀렸어."

웨이터가 점심거리를 가져오는 바람에 우리는 웨이터가

음식을 내려놓는 동안 대화를 멈추었다. 아주 배고픈 세 사람이 식사를 기대하며 침묵을 지키는 것 같았지만, 사실은 무관심한 방관자 앞에서 말다툼을 벌이면 안 된다는 생각을 한 세 사람의 예의 바른 침묵이었다. 웨이터가 떠나자마자 우리는 논의를 재개했다.

"농담 아냐." 데이빗이 말했다. "관리직의 생존에 유리하다는 그 수상한 장점들은 제쳐놓더라도, 생물공학은 완전 헛수고야. 예를 들어, 해리 윈스롭한테는 정말로 생물공학이 전혀 필요하지 않아. 지금 그는 경영대학원을 막 졸업한 주제에 고위 관리직을 향한 욕망을 대놓고 앵앵거리고 다니지. 기본적으로 그는 그냥 다른 곳에 사장 자리가 날 때까지 시간을 때우고 있는 거야. 그리고 너와 비교했을 때 그의 경쟁력은 뭔가 특화된 영장류 개조 같은 게 아니라 그의 젊음과 무경험이라고."

"음." 나는 좀 퉁명스럽게 말했다. "확실히 그는 과거의 실패 사례들을 모르니까 그런 것에 제약을 받을 필요가 없지. 하지만 데이빗, 그렇게 말한다고 내 문제가 해결되진 않아. 해리는 생물공학 프로그램에 신청을 했어. 나도 신청을 했어. 변화는 진행 중이고, 내겐 다른 선택의 여지가 없어."

난 곰돌이처럼 생긴 플라스틱병을 짜서 내 차에 거대한 꿀방울을 떨어뜨렸다. 나는 차를 한 모금 마셨다. 박하향이 났고 아주 달았다. "그리고 지금 나는 잘못된 종류의 곤충으로 변해가고 있어. 내 제품 마케팅 역량을 망가뜨리고 있다고."

"아, 그만 좀 해!" 그렉이 갑작스레 말했다. "너무 지겨워. 난 더는 회사 얘기하는 거 듣고 싶지 않아. 뭔가 재미있는 거 얘기하자."

난 그렉의 나비적 집중력 부족에 신물이 났다.

"뭔가 재미있는 거? 난 내 모든 시간과 유전물질을 이 일에 투자했어. 지금 빌어먹을 재미는 이게 다야."

꿀을 넣은 차를 마시니 덥게 느껴졌다. 배가 가려워서 알레르기 반응이 일어나는 게 아닌가 걱정됐다. 나는 긁었다. 딱히 숨길 의도도 없이. 셔츠 안에 넣었다 뺀 손에는 온통 작은 밀랍 비늘이 가득했다. 대체 옷 안에서 무슨 빌어먹을 일이 일어나고 있는 거야? 나는 비늘 하나를 맛보았다. 괜찮았다. 일벌로 변하고 있나? 도저히 스스로를 억제할 수 없었다. 나는 밀랍을 입안에 쑤셔 넣었다.

데이빗은 알파파 싹을 먹느라 바빴지만, 그렉은 정떨어진다는 표정을 짓고 있었다.

"그거 역겨워, 마거릿." 그가 혀 부분을 한 발이나 내밀면서 인상을 썼다. 그러고서 역겹다는 말을 하다니. "우리 밥 다 먹을 때까지 좀 참으면 안 돼?"

나는 자연스러운 행동을 하고 있었고, 굳이 대답해서 그의 말에 위엄을 더해줄 필요가 없었다. 식탁에 반찬으로 나온 꿀벌 꽃가루가 있었다. 난 한 숟가락을 떠 넣고 쩝쩝 소리를 내며 씹어서 밀랍과 섞었다. 난 힘든 오전을 보냈고, 그렉과의 말다툼이 하루를 더 즐겁게 만들어주지는 않았다.

게다가 그도 데이빗도 회사에서의 내 위치를 전혀 존중해 주지 않았다. 그렉은 내 일을 전혀 진지하게 받아들이지 않았다. 그리고 데이빗은 자기 일이 자신에게든 다른 누구에게든 돈이 될지 안 될지 따위는 상관도 없이 그저 자기가 하고 싶은 일을 할 뿐이다. 그는 내게 '자연으로 돌아가라' 부류의 강의를 해댔고, 그러기에는 이미 너무 늦었다.

이 점심은 그냥 시간 낭비였다. 나는 그들 얘기를 듣는 데 지쳐서 일하러 가고 싶은 강한 충동을 느꼈다. 재빨리 침으로 그들을 한 번씩 찌르자 둘 다 주의가 흐트러졌다. 기습의 이점을 취했던 것이다. 난 꿀을 더 먹고 신속하게 둘을 밀랍으로 봉했다. 둘은 곧 두 개의 커다란 육각형 방에 나란히 동면하는 신세가 되었다.

나는 식당 안을 둘러보았다. 사람들이 다소 긴장한 채 아무것도 못 본 체했다. 나는 웨이터를 불러 신용카드를 건네주었다. 그가 몇몇 조수들에게 신호를 보내자 덮개가 달린 짐수레를 가져와 그렉과 데이빗을 실어갔다. "목요일 오후 정도면 저걸 먹어치우고 나올 거예요." 난 웨이터에게 말했다. "옆으로 눕혀서, 따뜻하고 건조한 장소에, 직사광선은 피해서 두세요." 나는 두둑한 팁을 남겼다.

* * *

나는 스스로에게 약간 부끄러운 기분을 느끼며 사무실로 걸어갔다. 이틀 정도 동면을 해봤자 그렉이나 데이빗이 내 문제에 더 동정적이 되거나 하지는 않을 것이다. 그리고 그들이 나왔을 때는 정말 미친 듯이 화를 내겠지.

난 그런 식으로 일을 처리하는 사람이 아니었다. 나는 더 참을성이 있었다. 그렇지 않았던가? 예전에 나는 인간이 가진 가능성의 다양한 스펙트럼을 더 수월하게 알아보았다. 지금보다 섹스와 텔레비전에 관심이 더 많았다.

이 직업은 내가 따뜻하고 품위 있는 인간이 되는 데 크게 도움이 되지 못하고 있다. 적어도 이 일은 나를 같이 점심 먹기에 불쾌한 인간으로 바꿔놓고 있다. 대체 나는 무엇 때문에 관리자가 되고 싶다는 생각을 하게 됐을까?

돈, 어쩌면.

하지만 그게 다는 아니다. 이건 도전이었다. 뭔가 새로운 일을 할 수 있는, 그저 프로젝트의 일부분을 담당하는 대신 총체적인 역량을 관리할 수 있는 기회.

그래도, 돈도 있었다. 하지만 돈을 벌 길은 다른 데에도 있다. 어쩌면 나는 그저 이 빌어먹을 일을 떠받친 지지대들을 걷어차 버리고 새로 시작해야 할지도 모른다.

난 설렁설렁 탐의 사무실로 들어가 방문자용 의자를 휙 돌려 털썩 주저앉는 나를 상상해보았다. '그만두겠어요'라는 말이 거의 내 뜻과 상관없이 저절로 튀어나오겠지. 그의 얼굴은 물론 인위적인 놀람의 표정을 보여줄 것이다. 그 정도까지 했으면 임무를 완수해야 할 것이다. 어쩌면 그의 책상에 다리를 올릴 수도 있겠지. 그러고는….

하지만 그냥 그만두는 것이 가능할까, 예전의 나로 돌아가는 것이? 아니, 그럴 수 없을 것이다. 다시 관리의 세계를 모르는 숫처녀로 돌아갈 수는 없다.

난 건물 뒤편의 직원 출입문으로 다가갔다. 출입문 옆에 설치된 공기흡입 장치가 내 냄새를 맡고 인식을 한 다음 찰칵 문을 열어주었다. 안에는 한 무리의 신입사원들이, 훈련생들이 문 근처에 몰려 있었고, 인사 담당자가 잠금장치 작동하는 법을 알려주면서 그 장치가 그들의 페로몬을 익히도록 조치했다.

복도를 지나가는 길에 탐의 사무실을 지나쳤다. 문이 열려 있었다. 그가 책상 앞에 앉아 무슨 서류인가에 고개를 박고 있다가 내가 지나가자 고개를 들어 쳐다보았다.

"아, 마거릿." 그가 말했다. "마침 딱 얘기하고 싶던 참인데. 잠시 들어와 봐요." 그는 커다란 파일 폴더로 책상에 놓인 서류를 덮고는 위에 두 손을 포갰다. "마침 당신이 지나가서 반갑군요." 그가 커다랗고 안락한 의자 쪽으로 고개를 끄덕였다. "앉아요."

"우린 부서를 약간 개편하려고 해요." 그가 입을 열었다. "그리고 난 당신의 의견이 필요할 테니, 어떻게 될지를 지금 알려주고 싶어요."

난 곧바로 의심스러워졌다. 탐이 '난 당신 의견이 필요하다'라고 말할 때는 모든 것이 이미 결정됐다는 의미였다.

"물론 우리는 부문 전체를 개편하고 있어요." 그가 빈 종이에다 작은 네모들을 그리며 말을 이었다. 그는 지난주 부서 회의에서 이 사안을 언급했었다.

"자, 당신 업무영역은 기능적으로 두 개의 별도 영역으로 나뉘죠, 그렇다고 하지 않았어요?"

"그게….""

"그래요." 그가 동의라도 하듯이 고개를 끄덕이며 사려 깊게 말했다.

"그게 이런 식으로 이렇게 될 거예요." 그가 선 몇 개와 네모 몇 개를 추가했다. 내가 보는 바로, 그건 재미있는 일은 모두 해리가 하고 난 나머지를 쓸어 담는 것을 의미했다.

"저한텐 제 업무영역에서 핵심적인 것들만 떼다 해리 윈스롭에게 넘겨주는 것처럼 보이네요."

"아, 하지만 당신 영역은 여전히 아주 중요해요. 당신이 실제로 해리에게 보고하지 않도록 한 것도 그래서지." 그는 나를 보고 가짜 같은 미소를 지었다.

그가 나를 깔끔하고 작은 곤경에 밀어 넣었다. 무엇보다, 그는 내 상사다. 그가 내 업무영역 대부분을 뺏어 버릴 심산이라면, 그런 것처럼 보이기도 하고, 내가 그를 말릴 방법은 별로 없다. 그리고 우리 둘 다가 내 지위에 아무런 손실이 없는 척할 수 있다면, 그편이 내게는 더 나을 것이다. 그런 방식이라면 나는 직위와 연봉을 지킬 수 있다.

"아, 알았어요." 내가 말했다. "좋아요."

이 모든 일은 이미 결정돼 있었고, 해리 윈스롭은 아마 다 알고 있었으리라는 생각이 어렴풋이 들었다. 어쩌면 그는 이 상황에서 이럭저럭 연봉 인상도 얻어냈을 것이다. 탐은 이 대화가 우연히 일어난 일처럼 보이게 하려고, 마치 내가 이 상황에 대해서 뭔가 할 말이 있었던 것처럼 보이게 하려고 나를 여기로 부른 것이다. 난 걸려들었다.

이게 날 돌아버리게 만들었다. 지금 그만두고 말고는 문제가 아니었다. 난 꾹 눌러앉아서 싸울 것이다. 눈앞이 흐릿해지고 초점이 어긋났다가 다시 맞춰졌다. 겹눈이다! 내 손에 달린 작은 솔의 약속이 이루어졌다! 난 이제 이 유기적 조직체의 일부로서 이 시스템이 가진 깊은 화학적 합의를 느꼈다. 난 내가 어디에 잘 맞는지 알았다. 그리고 난 내가 무엇을 할 것인지를 알았다. 그건 이제 피할 수 없는, DNA 수준에 각인된 것이었다.

이런 확신의 힘이 또 다른 키틴질의 변화를 촉발했고, 처음으로 나는 내 입과 코가 재구성되는, 탄산수를 흡입하는 것처럼 마비된 듯 간지러운 느낌을 실제로 느낄 수 있었다. 침이 짧아지고, 약간 캐서린 헵번같이 아래턱이 돌출했다. 형태와 기능이 오르가슴을 느낄 정도로 딱딱 맞아떨어졌다. 턱이 사마귀처럼 앞으로 튀어나오면서 벌어졌고, 난 탐에게 달려들어 머리통을 물어뜯었다.

머리통 없는 그가 자리에서 벌떡 일어나 춤을 추면서 사무실을 돌아다녔다.

나는 나 자신을 완전히 통제하고 있다고 느끼며 그를 보면서 대화를 계속했다. "모델 2000 출시에 관해서," 내가 말했다. "만약 우리가 파이프라인 처리량에 대한 수요의 요소를 분석하고 미디어 배합을 약간 조정한다면, 이번 주말 정도면 제품 마케팅 부서에 아주 군침 도는 작은 꾸러미를 제시할 수 있다고 생각합니다."

탐은 상스럽게 성교하는 동작을 취하면서 계속해서 경련하듯 삐기며 걸었다. 탐이 이렇게 사마귀스러운 반응을 보이는 건 내 탓인가? 나는 우리 관계에 성적인 요소가 있는지 미처 인지하지 못하고 있었다.

난 방문자용 의자에서 일어나 방금 일어난 일을 생각하면서 그의 책상에 앉았다. 스스로의 행동에 놀랐다는 건 말할 필요도 없다. 내 말은, 화가 난 건 화가 난 거고 사람의 머리통을 물어뜯는 건 아주 다른 문제라는 것이다. 하지만 두 번째로 든 생각이, 음, 이것은 분명히 유용한 전략인 데다 나자신을 발전시키는 능력을 상당히 개선해주겠다는 사실은 인정해야겠다. 사람의 피를 빠는 것보다는 엄청나게 생산적이었다.

어쩌면 올바른 태도를 보여야 한다는 탐의 이야기가 뭔가 작용을 했을지도 모르겠다.

물론 탐을 생각하면, 내 세 번째 반응은 후회였다. 그는 정말로 대체로 호감 가는 사내였다. 하지만 이미 엎질러진 물은 엎질러진 물이고, 일이 벌어진 후에 곱씹어봤자 아무 소용이 없다.

난 내선전화로 그의 비서를 호출했다. "아서." 내가 말했다. "샘슨 씨와 내가 어쩌다 보니 진화적인 작별을 하게 됐어요. 그를 재설계해줘요. 그리고 대금은 인사부에 청구하고요."

이제 나는 이마와 허벅지가 이상하게 간지럽다. 노래를 할 수 있게 마찰편이라도 생기는 걸까?

---

에일린 건은 미국의 작가 겸 편집자다. 지난 30여 년간 숫자가 많지는 않지만 특출한 단편들을 발표해왔다. 선구적인 웹진인 〈인피니트 매트릭스〉를 편집하고, 윌리엄 깁슨과 브루스 스털링이 쓴 《디퍼런스 엔진》의 용어색인 사이트인 〈디퍼런스 딕셔너리〉를 제작하는 등 SF 계에 다양한 공헌을 하였다. 클라리온 작가 워크샵 출신인 그녀는 현재 클래이언 웨스트 작가 워크샵의 관리자로 일하고 있다. 네뷸러상을 포함한 여러 상을 받았다. '중간관리자를 위한 안정화 전략'은 기업의 한 중간간부가 기업 문화에 적응하면서 융화하는 동시에 자신의 충성심을 증명하기 위해 거쳐야 하는 지난한 과정을 다룬다. 1988년 〈아시모프의 SF 매거진〉에 처음 발표되었고 휴고상 최종 후보로 선정되었다.

# 6

# 숙모들

카린 티드베크

어떤 곳에서는 시간이 이따금 나타나는 희미한 현상이다. 누군가가 시간이 지났다고 주장하지 않으면 시간은 지나가지 않거나 부분적으로만 지나간다. 사건들은 소용돌이와 원을 그리며 자기 안에 웅크리고 있다.

그 오렌지 온실이 그런 곳이다. 온실은 정원 외곽에 있는 사과 과수원 안에 있다. 공기는 축축하고 너무 익어버린 과일이 발효되는 달콤한 냄새가 드리웠다. 자줏빛으로 물들어가는 하늘을 배경으로 선명한 노란색 이파리들을 단 옹이투성이 사과나무들이 타올랐다. 가지마다 붉은 구체가 무겁게 달렸다. 오렌지 온실을 찾는 이는 없다. 과수원은 어느 까다로운 섭정의 소유였고, 그의 정원에는 대체로 과수원에는 관심이 눈곱만큼도 없는 허풍스런 귀족들이 가득했다. 과수원에는 하인들도 오락거리도 없다. 과수원에 가려면 걸어야 하고, 열매는 흰 가루를 뒤집어쓰고 있다.

하지만 누군가가 나무들 사이로 걸어가는 사건이 벌어진다면, 그들은 자신이 아주 오랫동안 걷고 있다는 것을, 나무 하나하나가 다른 나무 하나하나와 거의 똑같다는 것을 알게 될 것이다(열매 수를 세어 보는 사람이 있다면, 그들은 각 나무가 정확하게 같은 수의 사과를 달고 있다는 것도 알게 될 것이다). 이 방문객이 몸을 돌려 보다 사람의 손을 많이 탄 정원의 안도감 속으로 달아나지 않는다면, 그들은 결국 나무들이 띄엄띄엄해지면서 은색 유리 거품 같은 오렌지 온실이 땅에서 솟아나는 것을 볼 것이다. 가까이 다가갔다면, 이런 걸 봤을 것이다.

* * *

유리벽 안쪽은 기름때와 입김이 만들어낸 얇은 갈색 막으로 덮였다. 안에는 둥근 천장의 곡선을 따라 열다섯 그루의 오렌지 나무들이 서 있다. 그보다 작은 열다섯 그루는 화분에 심겨 큰 나무들 안쪽에 또 하나의 원을 그리고 있다. 대리석이 깔린 중앙에는 덧베개를 댄 세 개의 긴 의자가 낮은 둥근 탁자들에 둘러싸여 있다. 긴 의자들은 거대한 세 여성의 무게에 눌려 축 늘어졌다.

숙모들에겐 단 하나의 성스러운 과업이 있었다. 부푸는 것. 그들은 천천히 지방층을 축적했다. 허벅지를 자르면 각기 다른 색조를 지닌 지방이 층층이 동심원을 그리며 드러날 것이다. 가운데 긴 의자에는 셋 중에서 가장 거대한 큰숙모가 기대 있었다. 큰숙모의 몸은 생크림이 흐르듯 머리에서부터 아래로 흘러내렸고, 팔과 다리는 장대한 몸뚱이에서 튀어나온 혹에 불과했다.

큰숙모의 자매들이 양쪽에 누워 있다. 배가 늘어져 담요처럼 무릎을 덮은 중간숙모는 진주목걸이처럼 줄줄이 이어진 작은 소시지들을 먹고 있었다. 언뜻 보기에 다른 이들보다 절대 작아 보이지 않는 작은숙모가 고기 파이의 뚜껑을 벗겼다. 큰숙모가 한쪽 팔을 뻗어 발가벗은 파이 소에 천천히 손가락을 찔러 넣었다. 큰숙모는 검은 소를 한 손 가득 떠내 얼굴을 묻으며 한숨을 쉬었다. 작은숙모가 파이 안에 남은 소를 깨끗이 핥아먹고는 조심스럽게 파이 껍질을 네 번 접어서 천천히 입안으로 밀어 넣었다. 작은숙모가 새 소시지 고리를 낚아챘다. 그녀는 이로 소시지 껍질을 찢어 속을 긁어내고는 빈 껍질을 옆에 던졌다. 큰숙모가 탁자에 놓인 사모바르에 구불구불 이어진 가는 관의 부리를 쪽쪽 빨았다. 단지 뚜껑에서부터 짭짤한 안개 같은 녹은 버터가 올라왔다. 그녀는 이따금 빠는 걸 멈추고 고개를 돌려 긴 의자들 근처를 떠나지 않는 세 소녀 중 하나가 건네주는 작은 골수 빵들을 받아먹었다.

오렌지 온실 안을 조용히 오가는 회색 옷을 입은 소녀들은 조카딸들이다. 오렌지 온실 밑의 주방에서 그들은 호화로운 빵과자와 케이크를 굽는다. 그들은 자기 숙모들을 먹이고 씻긴다. 그들에게는 개별적인 이름이 없었고, 서로를 구별할 수도 없었다. 가끔은 자기들조차도 그랬다. 조카딸들은 큰숙모의 턱에서 닦아낸 부스러기를 핥고 버터 사모바르의 찌꺼기를 마시며 숙모들이 먹다 남긴 것들로 연명했다. 숙모들이 많은 걸 남기지는 않았지만, 조카딸들도 많이는 필요하지 않았다.

\* \* \*

큰숙모가 더는 부풀 수 없을 만치 부풀었다. 전에는 폭신하게 주름지며 그녀를 감싸고 있던 피부가 안에서부터 바깥쪽으로 밀어대는 지방 위로 팽팽하게 팽창했다. 큰숙모가 거대한 자기 몸에서 눈을 들어 자매들을 쳐다보았고, 자매들이 차례로 고개를 끄덕였다. 조카딸들이 앞으로 나서 숙모들을 받치고 있던 베개들을 빼냈다. 뒤로 누우면서 큰숙모가 떨기 시작했다. 그녀는 눈을 감았고 입매가 느슨해졌다. 배를 따라 검은 선이 나타났다. 선이 사타구니에 이르자 그녀가 조용해졌다. 부드러운 한숨과 함께 피부가 선을 따라 갈라졌다. 피부와 지방과 근육과 막이 겹겹이 열리고 마침내 가슴뼈가 드러나더니 딸깍 하는 작은 소리를 내며 갈라졌다. 상처에 금색 피가 차올라 긴 의자로 넘치고는 바닥으로 튀어 거기 놓아둔 얕은 통에 고였다. 조카딸들이 조심스럽게 장기와 내장을 퍼내며 작업에 들어갔다. 갈비뼈 요람 저 깊은 곳에 주름진 분홍색 형체 하나가 손과 발로 큰숙모의 심장을 감싼 채 누워 있다. 조카딸들이 마지막으로 남은 주변의 조직들을 들어내자 그 형체가 눈을 뜨고 깩깩거렸다. 그들은 새 숙모가 여전히 꽉 붙들고 있는 심장을 잘라내고 새 숙모를 작은 베개 위에 내려놓았다. 새 숙모는 자리를 잡고는 아주 조그만 이로 잡고 있던 심장을 씹기 시작했다.

조카딸들은 창자와 간, 폐, 콩팥, 방광, 자궁, 위를 분류하여 각자 다른 대접에 담았다. 다음으로는 큰숙모의 피부를 제거했다. 피부는 손쉽게 분리되어 널따란 가죽이 되었고, 건조와 무두질을 거쳐 새 옷이 될 준비를 마쳤다. 그러면 이제 지방을 제거할 차례다. 제일 먼저는 지방의 보고인 큰숙모의 거대한 유방이고 다음은 산만 한 배와 허벅지다. 마지막은 큰숙모의 편평한 궁둥이였다. 조카딸들은 근육을 간지럽혀 뼈에서 분리되도록 했다. 크게 힘이 들지는 않았지만, 손이 많이 가는 일이었다. 마침내 부드럽고 반투명한 뼈들이 다루기 편할 정도의 조각으로 잘게 잘렸다. 이 모든 일이 끝나자 조카딸들은 저마다 활짝 열린 채 긴 의자 위에서 고요히 기다리고 있는 중간숙모와 작은숙모 쪽으로 몸을 돌렸다. 모든 것이 깔끔하게 나뉘어 냄비와 통에 들어갔다. 조카딸들은 긴 의자를 닦은 다음 남은 심장을 씹어 먹느라 여전히 바쁜 새 숙모들을 내려놓았다.

조카딸들은 오렌지 온실 밑에 있는 주방으로 물러났다. 그들은 지방을 녹여 정제하고, 뼈를 갈아 고운 가루로 만들고, 장기를 잘라 굽고, 췌장을 식초에 담그고, 근육을 얇은 조각으로 분리될 때까지 뭉근하게 끓이고, 내장을 씻어서 걸어

말렸다. 무엇 하나 버려지지 않았다. 숙모들은 케이크와 고기 파이와 빵과자와 작고 매콤한 소시지와 만두와 바삭거리는 과자가 되었다. 새 숙모들은 매우 배가 고플 것이고, 매우 기뻐할 것이다.

\* \* \*

조카딸들도 숙모들도 몰랐지만, 누군가가 사과나무들 사이를 걸어 오렌지 온실까지 왔다. 숙모들은 목욕을 하고 있었다. 조카딸들이 미지근한 장미수에 적신 해면으로 숙모들의 광활한 피부를 닦았다. 오렌지 온실의 고요함이 물방울 떨어지는 소리와 철썩거리는 소리, 구리 물통이 덜걱거리는 소리, 살덩어리를 당기느라 필사적인 조카딸들의 끙끙거리는 소리로 대체되었다. 그들은 유리에 갖다 댄 호기심 어린 얼굴을, 가는 줄무늬 흔적을 남기는 기름때 묻은 코르크 따개 모양 자물쇠를 보지 못했다. 뚫어지게 쳐다보는 얼굴 옆에 나타난 손에 둥근 금속 물체 하나가 매달려 흔들리고 있었다. 처음에 그들은 그 물체가 만들어내는 고요하고 불규칙한 딱딱 소리도 듣지 못했다. 딱딱거리는 소리가 처음에는 느리게, 그리고는 빠르게 대기를 울리며 채우고서야 숙모 한 명이 눈을 뜨고 귀를 기울이게 되었다. 조카딸들이 오렌지 온실 벽을 향해 돌아섰다. 거기엔 손바닥 자국과 하얗게 밀린 자국 말고는 아무것도 없었다.

*** 

큰숙모가 더는 부풀어 오를 수 없게 됐다. 피부가 안에서 바깥쪽으로 밀어대는 지방 위에서 팽팽하게 당겨졌다. 큰숙모가 자신의 거대한 몸에서 눈을 들어 자매들을 쳐다보자 둘은 차례로 고개를 끄덕였다. 조카딸들이 앞으로 나서며 숙모들을 받치고 있던 베개를 빼냈다.

숙모들이 헐떡거리고 씨근거렸다. 숙모들의 배가 갈라지지 않고 매끈하게 팽창해 있었다. 비밀을 폭로하는 검은 선의 흔적은 어디에도 없었다. 자신의 무게가 목구멍을 누르자 큰숙모의 얼굴이 자줏빛으로 변했다. 떨림이 경련으로 바뀌었다. 그때, 갑자기 큰숙모의 호흡이 딱 멈추더니 눈이 고요해졌다. 양쪽에서 그녀의 자매들이 동시에 마지막 숨을 뱉어냈다.

조카딸들은 고요한 시신들을 쳐다보았다. 그들은 서로를 쳐다보았다. 그중 하나가 칼을 들어 올렸다.

*** 

조카딸들이 작업을 할수록, 큰숙모한테서 더 많은 걸 빼낼수록, 뭔가가 잘못됐다는 사실은 더욱 분명해졌다. 살이 자진해서 길을 내주지 않아 힘을 써서 벌려야 했다. 가슴뼈를 여는 데는 큰 가위를 사용해야 했다. 마침내, 큰숙모의 허벅지뼈에서 마지막 조직을 긁어내면서 한 명이 말했다.

"꼬마 숙모가 안 보여."

"여기 있어야 해." 다른 한 명이 말했다.

그들은 서로를 쳐다보았다. 세 번째 조카딸이 울음을 터뜨렸다. 다른 조카딸이 우는 소녀의 머리를 찰싹 때렸다.

"우린 더 찾아봐야 해." 자기 자매를 때렸던 소녀가 말했다. "눈 뒤에 있을지도 몰라."

조카딸들은 큰숙모를 더 파고들었다. 큰숙모의 두개골 속을 들여다봤지만 아무것도 찾지 못했다. 그녀의 골반 속을 깊숙이 파고들어 갔지만 새 숙모는 없었다. 달리 무얼 해야 할지 알 수 없었던 그들은 큰숙모를 다 해체한 다음 다른 숙모에게로 옮겨갔다. 마지막 숙모의 몸이 열리고 분류되고 잘리고 긁혀나갈 때까지도 새 숙모는 발견되지 않았다. 그때쯤 오렌지 온실 바닥은 깔끔하게 정리된 살덩어리와 부속물들을 채운 통들로 가득 찼다. 어린 오렌지 나무 몇 그루가 흘러 넘친 금빛 피를 빨아들였다. 조카딸 하나가, 어쩌면 자매를 때렸던 그 소녀가 사발 하나를 들더니 다른 소녀들을 쳐다보았다.

"우린 할 일이 있어." 그녀가 말했다.

\* \* \*

조카딸들은 오렌지 온실 바닥을 닦고 긴 의자들을 청소했다. 그들은 숙모들의 마지막 한 조각까지도 성찬으로 바꿔놓았다. 그들은 주방에서 음식 접시들을 들고 와 긴 의자 주변의 탁자들에 내려놓았다. 긴 의자들은 여전히 비어 있었다.

조카딸 하나가 가운데 긴 의자에 앉았다. 그러고는 고기 빵 과자를 집어 들어 조금씩 뜯어먹었다. 구운 큰숙모 간의 농후한 맛이 입안에서 폭발했다. 빵과자가 혀 위에서 녹아내리는 것 같았다. 그녀는 나머지 빵과자를 입에 밀어 넣고 삼켰다. 눈을 떠보니 다른 조카딸들이 제자리에 얼어붙은 채 그녀를 지켜보고 있었다.

"우리가 이제 새 숙모들이 되어야 해." 첫 번째 조카딸이 말했다.

다른 두 명 중 한 명이 이 말을 곰곰이 생각했다. "그걸 낭비해선 안 돼." 결국, 그녀가 말했다.

새 숙모들이 중간숙모와 작은숙모의 긴 의자에 앉아 주저하며 탁자에 놓인 음식에 손을 뻗었다. 자기 자매와 마찬가지로 그들도 처음에는 조금씩 떼어먹었지만, 옛 숙모들의 맛이 그들을 채우자 점차 덥석덥석 먹게 되었다. 그전에는 탁자 위에 놓인 음식을 먹도록 허용된 적이 없었다. 그들은 더 이상 한 입도 삼킬 수 없을 때까지 먹었다. 그들은 잠을 잤다. 잠에서 깨서는 주방에서 더 많은 음식을 가져왔다. 오렌지 온실에서는 씹고 삼키는 소리 말고는 아무 소리도 나지 않았다. 한 조카딸이 온전한 케이크를 들어 얼굴을 파묻고 안에서부터 먹어치우기 시작했다. 다른 조카딸은 마치 양념에 재운 골을 피부로 흡수하려는 것처럼 자기 몸에다 대고 문질렀다. 소시지, 얇게 포를 떠 골수 젤리를 얹은 혀, 파삭 깨진 다음에 녹아내리는 설탕에 졸인 눈알. 소녀들은 주방이 텅 비고 바닥이 부스러기와 찌꺼기로 뒤덮일 때까지 먹고 또 먹었다. 그들은 긴 의자에 드러누워 배와 다리의 크기를 가늠하면서 서로의 몸을 쳐다보았다. 누구도 눈에 띌 만큼 뚱뚱해지지 않았다.

"이거 듣지 않아." 제일 왼쪽 긴 의자에 누운 소녀가 말했다. "숙모들을 다 먹어치웠는데도 듣질 않아!" 그녀가 울음을 터뜨렸다.

가운데 소녀가 이 말을 곰곰이 생각했다. "조카딸들이 없으면 숙모들은 숙모들이 될 수 없어." 그녀가 말했다.

"하지만 우리가 어디서 조카딸들을 찾지?" 제일 오른쪽 소녀가 말했다. "우리가 어디에서 왔더라?" 다른 두 소녀는 아무 말이 없었다.

"우리가 만들 수 있을 거야." 가운데 소녀가 말했다. "어쨌든 우리, 굽기는 잘하잖아."

그래서 예비 숙모들은 바닥과 접시에 남은 부스러기들을 쓸어 담고 주스와 젤리 조각들을 닦아 담아서 마지막으로 남은 옛 숙모들의 찌꺼기들을 가지고 주방으로 돌아갔다. 그들은 반죽을 만들고 소녀 모양을 한 세 개의 케이크로 성형한 다음 굽고 고깃국물 젤리를 발랐다. 다 된 케이크는 기분 좋은 연갈색에다 크기는 손바닥만 했다. 미래의 숙모들은 케이크를 오렌지 온실로 들고 올라가 하나씩 긴 의자 옆 바닥에 내려놓았다. 그들은 숙모 가죽으로 몸을 감싸고 각자의 긴 의자에 누워 기다렸다.

　바깥에서는 사과나무들이 희미한 산들바람에 잎을 흔들었다. 사과 과수원의 반대편에서는 시끄러운 파티가 열려 모여든 귀족들이 인간의 머리통으로 크리켓 놀이를 했고, 요정들이 바꿔친 아이들인 하인들은 탁자 밑에 숨어 공포를 몰아내려고 서로에게 옛날이야기를 해주었다. 이 소리가 한결같은 우울 속에 고요히 잠긴 오렌지 온실까지 들려왔다. 판유리 사이로는 어떠한 사과 냄새도 스며들지 않았다. 숙모 가죽들이 잠든 소녀들 주위에 부드러운 주름을 만들었다.

　결국, 셋 중 하나가 깨어났다. 소녀 모양을 한 케이크는 이전과 똑같이 바닥에 놓여 있었다.

　가운데 소녀가 가죽옷의 주름 밖으로 기어 나와 발을 바닥에 내려놓았다. 그녀는 자기 옆 바닥에 놓인 케이크를 집어 들었다.

　"어쩌면 이거 먹는 건지도 몰라." 그녀가 말했다. "그러면 조카딸들이 우리 안에서 자라날 거야." 하지만 그녀의 목소리는 희미했다.

　"아니면 기다리거나." 제일 왼쪽 소녀가 말했다. "아직 움직이지 않은 건지도 몰라."

　"그럴지도." 가운데 소녀가 말한다.

　소녀들은 가죽옷을 두른 채 각자의 긴 의자에 앉아 기다렸다.

그들은 잠들었다가 다시 깨어났고, 또 기다렸다.

* * *

어떤 곳에서는 시간이 이따금 나타나는 희미한 현상이다. 누군가가 시간이 지났다고 주장하지 않으면 시간은 지나가지 않거나 부분적으로만 지나간다. 사건들은 소용돌이와 원을 그리며 자기 안에 웅크리고 있다.

조카딸들은 깨어나 기다리고, 깨어나 기다린다. 숙모들이 오기를.

카린 티드베크는 스웨덴 작가로 2002년부터 스웨덴어로, 2010년부터는 영어로 단편소설과 시를 발표하고 있다. 2010년에 처음 출간된 단편선《아르비드 페콘은 누구인가?》는 스웨덴 작가 펀드로부터 모두가 탐내는 1년치 작업 보조금 수상 대상으로 선정됐다. 영어로 쓴 작품을 모은 선집인《하가나트》(2012)는 크로포드상을 수상했고, 제임스 팁트리 주니어상 최종 후보에 올랐다. 영어로 쓴 작품들은 〈위어드 테일즈〉, 〈쉬머 매거진〉, 토르닷컴, 라이트스피드 매거진, 스트레인지 호라이즌, 언스틱 애뉴얼 등에 발표되었다. 기묘하게 초현실적인 '숙모들'은 한 세대에서 다음 세대로 이어지는 의식(儀式)과 역사의 전승을 보여준다. 2011년에《ODD?》에 처음 발표되었다.

# 7

# 그리고 살로메는 춤을 추었다

켈리 에스크리지

연극 연출의 백미는 그거다, 오디션. 이상적인 연극의 모습을 마음속에 담을 마지막 기회. 배역이 정해지지 않은 배우들이야말로 연출하기 가장 쉬운 대상들이다. 텅 빈 무대에는 아무 장애물도 없다. 모든 것이 분명하고, 살아있는 사람들과 해야 할 걸 해내지 못하는 그들의 무능력 탓에 복잡해지는 일도 없다.

"내가 원하는 건," 나는 무대 감독에게 말했다. "발을 쓸 줄 아는 여성이야."

"흠." 럭키가 참 도움이 되는 말을 했다. 그녀는 너무 명백한 일에 말을 낭비하는 사람이 아니었다. 우리 연극은 〈살로메〉였고 부제는 '정체성과 욕망'이었다. 살로메는 절로 목숨

158

을 내놓고 싶어질 만한 춤을 춰야 했다.

그 달콤한 최고의 순간에 나는 연극을 구상한다기보다는 모종의 다차원적 게슈탈트를 경험한다는 느낌이 들었다. 나는 살로메의 자존심과 그 몸의 리듬을 제어하는 엄청난 통제력을 느꼈다. 난 헤로데의 움찔거리는 살과 그의 죄의식과 표현하지 못하는 요한을 향한 사랑을, 그리고 요한의 냉정한 인내와 공포를 느꼈다. 가끔은 대본의 대사들이 눈을 건너뛴 채 종이에서 바로 피부로 파고들어 혈관과 신경을 폭발 직전까지 밀어붙이며 뇌로 진격하듯 나를 사로잡았다. 최고의 극장은 내부에 살아있었다.

나는 그 감각과 피가 솟구치는 느낌을 배우들에게 떠먹이려 애쓰며 여러 주를 보내겠지만… 내가 대신 연기해줄 수는 없는 법이다. 하지만 그들은 내 마음을 읽지 못한다. 그리고 사람들은 우리가 왜 술을 마시는지 궁금해한다.

내가 이런 얘기를 하면 럭키는 콧방귀를 뀌었다. 기술적 지시나 연기 지도가 아닌 말은 그녀의 기준으로 볼 때 실제 연극과는 아무런 상관이 없었다. 내게 연극이란 실제가 되기 전, 아직은 오직 나만의 것일 때가 최고라는 걸 그녀는 납득하지 못했다.

"정각 아홉 시." 그녀가 말했다. "시작할 시간이야. 지금쯤 몇 명은 밖에서 기다리다가 토하겠어." 그녀가 웃었다. 그녀만의 농담이었던 것이다.

"시작하자." 나는 이 의식에서 내가 맡은 역할의 대사를 말했다. 그리고 나는 해야 했다. 시작해야 했다. 나는 내 지정석인 8번째 줄 의자에 앉아 대본에 코를 박았다. 럭키는 메모판과 〈클라우드 나인〉 이래로 늘 가지고 다니는 제일 아끼는 빨간색 펜을 들고 통로 위쪽으로 올라갔다. 그녀가 로비로 통하는 문을 밀자 웅성거리는 목소리들이 밀려 들어왔다가 이내 잘려나갔다. 바깥에 있는 모두가 들어오고 싶어 해. 럭키가 첫 번째 배우의 이름을 부를 때 나는 그들의 긴장된 기다림의 침묵을 내 뱃속에서 느꼈다.

\* \* \*

오디션은 모두가 힘들다. 배우들은 목이 쉰다. 연출가들은 저 배우가 이런저런 역할을 맡아 이런저런 상대역과 무엇을 할지 아니면 할 수 있을지도 모르는지 아니면 해야만 하는지 본능적인 결단을 내린다. 변화무쌍하고, 종교의식 같으며, 난폭하고, 주관적이다. 그저 누가 전쟁에 나가게 되는지 보려고 싸우는 병사들 같다. 시작하는 순간부터 모두가 피투성이가 된다.

\* \* \*

늦은 점심시간을 갖기 40분 전, 내 혈당이 최저치를 찍을 때에 럭키가 다음 배우의 이력서와 증명사진을 가지고 들어오면서 그날 처음으로 눈썹을 치켜들었다. 그 눈썹, 그 콧방귀, 그 벌렁거리는 콧방울, 그 희미한 끄덕임이 럭키가 배우들에게 내리는 평가의 전부였다. 다들 미미하지만 단호했다.

그녀 뒤로 세례자 요한이 걸어왔다. 자신을 조 뭐라고 소개했지만, 그는 내 머릿속에서 곧장 튀어나온 요한이었다. 적갈색 머리. 길고 조밀하게 근육이 붙은, 강하면서도 여윈 그런 종류의 몸매. 그는 수월하고 당당하지만 제어된 느낌으로 움직였다. 심지어 무대에 오른 그는 빌어먹을 예언자처럼 섰다. 그리고 그 눈은 요한의 눈이었다. 그는 헐렁한 카키색 바지에 품이 넉넉한 흰 셔츠를 자락을 여미지 않은 채로 걸쳤고 발목이 긴 고무창 운동화와 그리스 어부들이 쓰는 모자를 썼다. 목소리는 선명하고 일반적인 남자들보다 반음쯤 높았다. 완벽했다.

독백도 좋았다. 옆에 앉은 럭키가 자세를 고쳐 앉았다. 우리는 시선을 교환했고, 나는 그녀의 눈동자가 확대된 걸 보았다.

"그럼, 저 남자 정도면 춤출 만해?"

럭키가 움찔거렸고, 내게 실제로 필요한 답은 그게 다였다. 나는 다시 이력서를 보았다. 조 샌드. 그는 조용히 무대에 서 있었다. 그러더니 아주 살짝 몸을 움직여, 살짝 무게 중심을 옮겨 럭키 쪽으로 몸을 기울였다. 그러면서 그는 그녀를 똑바로 바라보며 억제할 수 없는 그 동공 반응을 지켜보았다. 그가 미소를 지었다. 그러더니 내게도 그 미소를 시도했다. '아하', 나는 생각했다, '놀랍군, 귀여운 배우 씨.'

"2차 오디션은 화요일과 수요일 밤에 있습니다." 나는 중

립적인 어조로 말했다. "연락드릴 겁니다."

그가 무대에서 내려왔다. 그가 그늘에 반쯤 몸을 가린 채 물었다. "살로메는 정해졌나요?"

"사전에 정해진 사람은 없어요." 럭키가 말했다.

"괜찮은 사람을 알고 있어요." 그가 제대로 보이진 않지만 나는 그가 나에게 말하고 있다는 걸 알았다. 얼굴이 보이지 않자 그의 목소리는 트랜스젠더의 목소리가 되고 몸의 형태는 모호해졌다.

"조, 집에 당신 같은 사람이 더 있어요?" '내가 정말로 배가 고픈가 보군.'

"원하시는 건 뭐든지." 그가 말하고는 나와 럭키를 지나쳐 통로로 올라갔다. 갑자기 나는 미친 듯이 허기가 졌다. 점심 시간까지 네 명의 배우가 더 남았고, 나는 럭키가 그들을 내보내자마자 그중 누구도 기억나지 않을 것을 이미 알고 있었다.

＊＊＊

다음 날은 더 좋았다. 나는 썩 괜찮은 남녀 배우들을 몇몇 보았고, 늦은 오후쯤 되자 럭키가 2차 오디션 목록을 추리기 시작했다.

"얼마나 남았지?" 나는 화장실에 갔다 와서 한 손으로는 목덜미를, 다른 손으로는 허리를 문지르며 물었다. 스트레칭과 땀을 내며 근육을 쓰는 운동과 뜨거운 목욕이 필요해. 나는 살로메가 필요했다.

럭키가 얼굴을 찌푸리며 손에 든 종이쪽을 들여다보았다. "왜 조 샌드가 이 목록에 있지?"

"왜냐니, 럭키, 난 그 사람 2차 오디션 봤으면 해. 그래서 겠지."

"아니, 이건 오늘 오디션 명단이야."

난 그녀의 어깨너머로 들여다보았다. 이름에서 알파벳 철 자가 하나 빠진 '조 샌드'다. "모르겠네. 다음 순서를 시작하 자, 잘하면 오디션 시간표대로 맞출 수 있을지도."

럭키가 다음번 배우를 데리러 로비로 나가고 나서 그녀 의 목소리를 들었을 때, 나는 뭔가가 크게 잘못됐다는 걸 알 았다.

"마스, 마스."

이때쯤 나는 이미 일어나 있었고, 돌아서서 그녀가 내게 말할 수 없었던 게 무엇인지 직접 보았다.

"조 샌드." 내가 말했다.

"또 뵙네요." 그녀가 말했다. 목소리는 똑같았다. 그녀는 똑같지만, 완전히 달랐다. 이번에는 살짝 가슴이 도드라지 록 흰 셔츠 자락을 카키색 바지 안에 넣어 입었다. 부드러운 소재의 슬리퍼 같은 검은 신발은 움직일 때도 아무 소리를 내 지 않았다. 오늘은 모자를 쓰지 않아 붉은 머리카락이 얼굴 면을 둘러싸고 사방에서 풍성하게 빛났다. 그 눈은 살로메의 눈이었다. 깊은 욕망과도 같은 짙은 푸른색. 그녀는 내가 상상한 살로메 그대로였다. 살짝 내 쪽으로 몸을 기울일 때마다 그녀는 내 눈을 들여다보았고 이내 웃음을 지었다. 그녀의 냄새는 곧장 내 코를 거슬러 올라 두뇌 깊숙이 자리한 태고의 어느 지점을 강타했다.

우리, 우리 셋은 그렇게 꽤 오랫동안 서 있었다. 나는 할 말을 잃었다. 나는 내 머릿속에서 벌어지는 상황을 제외하면 초현실적인 상황에서 무슨 말을 해야 대화를 이을 수 있는지 몰랐다. 나는 그 초현실적인 상황이 통로를 걸어 내려와 이를 드러내며 웃을 때 어떻게 해야 할지 몰랐다.

"제가 다목적으로 쓰일 수 있다는 걸 보여드리고 싶어요." 조가 말했다.

우리 셋 사이의 공기가 후끈해지며 끈끈해졌다. 눈앞이 조금 어질해지며 마음이 제멋대로 요동쳤다. '난 보자고 하지 않을 거야, 보자고 하지 않….' 마치 3차원 안경을 쓴 채 초점을 맞추려고 애쓰는 것 같았다. 따로 노는 두 개의 이미지를 겹쳐 놓으려고 애쓰는 것 말이다. 뱃멀미가 났다. 럭키도 같은 상태인지 궁금했지만, 나는 그 순간 그녀가 모종의 내면적인 방식으로 자아를 제거해버린 걸 보았다. 그 원초적인 시선으로 나를 바라보는 조를 럭키는 보고 있지 않았다.

하지만 나는 보았다. 그리고 나는 갑자기 뇌와 직접 연결되는 것 같은 전기충격처럼 격렬한 느낌을 받았고, 그게 피부밑 신경을 바짝 곤두서게 했다. '무슨 소리를 하게 될지 조심해야 돼, 마스.'

"당신 독백을 또 들을 필요는 정말 없을 것 같군요." 내가 그녀에게 말했다. 럭키는 여전히 충격으로 입을 헤 벌린 채였다.

조가 다시 웃었다.

누군가가 내 목소리로 말했다. "럭키가 2차 오디션 일정을 잡아줄 거예요." 옆에서 자기 이름을 들은 럭키가 움찔했다. 조가 럭키 쪽으로 돌아섰다. 조의 집중력은 완벽했다. 그녀의 온몸이 말했다, 난 기다리고 있어요. 나는 무대에 선 그녀가 보고 싶었다. 나는 그렇게 접시에 올린 요한의 머리통을 기다리는 그녀를 보고 싶었다.

"마스, 무슨⋯." 럭키가 말을 삼켰다가 다시 입을 열었다. 럭키는 옆에 선 여성을 쳐다보지도 않고 말했다. "너 이⋯ 아, 젠장. 그건 그렇다 치고, 빌어먹을 2차 오디션에서 이 분한테 어떤 역을 요청할 건데?" 난 수년 전 어느 추수감사절에 자기 어머니의 남자친구가 뷔페 칠면조 접시로 손을 가린 채 치근 덕거린 이후로 럭키가 이처럼 당황하는 건 처음 보았다. 당황한 나머지 마음이 약해진 럭키는 눈물을 터뜨릴 것 같았다.

조가 나를 쳐다보았다, 여전히 기다리면서. 어제 나는 세례자 요한을 보았다. 나는 그가 어떻게 럭키의 눈썹을 꿈틀거리게 만들었는지 기억했고, 리허설이 어떠할지 상상할 수도 있었다. 그가 어떻게 럭키 곁에 앉을지, 어떻게 커피를 가져다주고, 어떻게 소품을 준비하는 그녀를 돕겠다고 나설지. 럭키는 일주일이면 폐인이 될 테고, 두 주일이면 무용지물이 될 것이다. 그리고 오늘 이처럼 집요하게 기다리고 이처럼 목적의식적으로 움직이는 살로메를 보다니 얼마나 편한가. 나는 이 조를 보내야 하지만, 그러지 않을 것이다. 나는 살로메역을 맡을 포식자가 필요했다. 피 맛을 아는 사람 없이 욕망에 관한 연극을 할 수는 없다.

"치마를 입고 와요." 내가 조에게 말했다. "당신이 춤추는 걸 봐야지요." 럭키가 눈을 감았다.

* * *

우리는 이럭저럭 나머지 오디션들을 진행하고 1차 합격자들을 추린 다음 2차 오디션 목록을 정리했다. 다시 보고 싶은 배우들은 몇 안 됐다. 2차 오디션 때는 모두 들어오게 해서 내가 원하는 대로 보든 말든 할 수 있게 극장 뒤쪽에 무리지어 앉혀 놓았다. 하지만 나는 계속 조를 의식했다. 나는 다른 역할들을 제일 잘해낼 것으로 생각한 배우들과 함께 그녀를 살폈다. 그녀는 저마다 다른 그들의 스타일에 스스로를 맞추고 그들이 그 장면을 완성하는 데 필요한 것들을 주면서 유연하게 대처했다. 그녀는 연출 지시에 즉각 반응했다. 그녀는 잘 들었다. 난 그녀에게서 잘못된 점이라곤 하나도 찾아내지 못했다.

그러다 춤출 시간이 되었다. 내가 보고 싶어 한 여자는 세 명이었고, 나는 그들을 한꺼번에 무대에 올렸다. "살로메의 춤은 이 연극에서 가장 중요한 장면입니다. 모든 캐릭터가 위기를 맞는 지점이죠. 모두가 그 춤에 뭔가 핵심적인 걸 걸고 있으니까요. 이 장면은 엄청나게 중요합니다."

"주로 무엇을 보세요?" 한 명이 물었다. 긴 검은 머리와 근사한 팔을 가진 여자였다.

"권력." 내가 대답하자 그녀 옆에 선 조의 머리가 사냥개처럼 곤추서고 뭔가 진한 냄새라도 맡은 것처럼 콧방울이 벌렁거렸다. 나는 못 본 척했다. "살로메의 춤은 감정과 생명을 지배하는 권력을 표현하는 것입니다. 다른 것도 있지만, 권력이 기본 토대이고, 그게 제가 봐야 할 것이죠."

질문했던 여성이 고개를 끄덕거리고는 윗입술에 일어난 거스러미를 씹으며 시선을 떨구었다. 나는 그들에게 잠시 이 새로운 정보를 삭일 말미를 주기 위해 돌아섰다. 극장 안을 보니 각자 자리에 몸을 숙인 채 앉아 있는 다른 배우들이 보였고, 나는 그들이 누가 살로메가 될지, 자신이 그 살로메와 연기할 수 있을지, 자신이 저 상황에 있다면 무엇을 할지 궁금해한다는 걸 알았다.

나는 돌아섰다. "전 여러분 모두가 여기 위에서 같이 춤을 췄으면 합니다. 공간은 각자 마음대로 쓰세요. 잠깐 몸을 푸시고 준비가 되면 언제든 시작해요."

나는 그들이 '세상에, 음악이 없어, 이렇게 어떻게 춤을… 하여튼 연출가들이란 하나같이 다 빌어먹을 작자들이야'라고 깨닫는 순간을 볼 수 있었다. 하지만 나는 음악이 아니라 그들이 해석한 권력을 보고 싶었다. 그들이 낯선 사람들 앞에서 음악도 없이 춤을 출 뭔가를 자기 안에 가지고 있지 않다면, 그들이 경쟁할 수 없다면, 그들이 내 모든 주의를 빨아들일 수 없다면, 그들은 내게 필요한 것을 줄 수 없다. 살로메라면 주저하지 않을 것이다.

검은 머리 여성이 어깨를 으쓱거리더니 팔을 뻗었다가 발가락을 향해 늘어뜨렸다. 세 번째 여성이 천천히 엉덩이를 흔들기 시작했다. 그러더니 '배꼽에 에메랄드 반짝이며 추는 동양풍 벨리댄스'를 흉내 내는 진부한 표현에 맞춰 팔을 흔들며 치켜들었다. 그녀는 부끄러운 듯이 움직였고, 나는 그녀를 비난하지 않았다. 검은 머리 여성은 잠시 시간을 벌더니 이상한 당김음 박자에 맞춰 덜컥거리는 재즈 스텝을 밟기 시작했다. 나는 그녀의 숨소리 사이로 애창곡을 흥얼거리는 콧노래를 들을 수 있을 것만 같았다. 그녀는 고개를 위로 또 오른쪽으로 기울이며 자신만의 세계 속에서, 자신만의 음악 속에서 움직였다. 둘 다 옳지 않다. 나는 나 자신이 그 둘 중 한 명이 내가 원한 사람이기를, 그래서 조가 춤추는 걸 보지 않아도 되기를 바라고 있음을 깨달았다.

그나저나 조는 어디 있지? 저기, 바로 무대 위에 조는 아주 느긋하게 가만히 선 채 다른 두 여성을 지켜보고 있었다. 그러더니 그녀가 서서히 움직임 속으로 미끄러지고, 천천히 무대를 가로질러 걸음을 옮기더니 벨리댄서로부터 1미터쯤 떨어진 곳에서 멈췄다. 벨리댄서의 어색한 리듬이 느려지다가 조가 여전히 지켜보며 멈춰 서자 완전히 깨져버렸다. 조는 그녀의 눈을 정면으로 들여다봤고, 상대방이 시선을 떨어뜨린 바로 그 순간 갑자기 빙글빙글 돌기 시작했다. 몸이 너무 빨리 도는 통에 잠깐이지만 머리와 몸이 반대 방향을 향한 것처럼 보였다.

그 아찔한 순간이 지나고 몸 전체를 으쓱거리며 떠는 동작이 이어졌는데, 남을 얕잡아보는 것 같으면서도 몹시 선정적이었다. 이제 그녀는 극장을, 다른 배우들을, 럭키를, 나를 바라보고 있었다. 이제 그녀는 자신이 무얼 할지 우리에게 보여주었다. 그녀의 춤은 말했다. '이것이 나야, 넌 절대 될 수 없는 것, 네 몸으로는 절대 불가능하게 움직이는 내 몸을 봐.' 그녀는 상상 속의 접시를 보기 위해 몸을 숙였고, 그녀의 발걸음에서 느껴지는 승리감이 내 눈앞에 그 피투성이 포획물을 그려내기 시작했다.

그녀의 굽은 팔이 얇은 막으로 덮인 눈과 빼문 혀를 보여주었다. 그녀의 가슴과 배의 움직임이 잘린 목의 잔해들을, 길게 매달린 척수를 묘사해주었고, 그녀가 원반을 던지는 선수처럼 빙글빙글 돌며 팔을 돌리고 꺾을 때 그녀의 발은 쏟아진 선혈 속에서 그림을 그렸다. 그녀는 눈에 보이지 않는 승리의 포획물을 곧장 내게로 던졌다. 내가 그걸 잡으려고 손을 들었다는 걸 깨닫는 순간, 나는 그녀가 어떤 사람이든 그녀를 손에 넣어야 한다는 걸 알았다. 그녀를 가져야 했다. 연극을 위해. 그녀를 손에 넣어야 했다.

배우들이 가고 나서 럭키와 나는 명단을 다시 검토했다.

살로메에 대해서는 논의하지 않았다. 럭키는 이미 다른 두 여성의 이력서를 옆으로 치워놓았다.

끝내고 나가기 전에 럭키가 말했다. "아아, 그녀는 놀라웠어. 그녀는 대성할 거야, 마스. 나는 상황이 이렇게 돼서 정말로 기뻐. 그러니까, 그녀가 그 복장도착 뭐시기를 그만두기로 해줘서 말이야."

"흠."

"그날 그녀를 보고 정말로 놀랐어. 정말로 남자처럼 보였거든. 내 생각엔… 음, 아무것도 아니야. 그건 바보 같은 짓이었어."

"바보 같은 짓은 아니었어."

"넌 놀란 거 같지 않더라. 넌 알았어? 처음 그가… 그녀가 왔을 때, 아니라는 걸? 왜 말을 안 했어?"

"요한을 연기할 사람이 있다면 난 그 사람이 어떻게 오줌을 누는지, 턱을 면도하는지 따위는 정말 상관없어. 성별은 중요하지 않아."

"그 사람과 침대로 가고 싶어질지도 모른다고 생각하면 중요해."

"흠." 나는 다시 말했다. 럭키에게 말할 수 없는 한 가지는 내가 처음부터 줄곧 일종의 충격 상태에 있다는 점이었다. 늪의 진흙 속을 걸어가는 것처럼, 그곳의 세상은 따스하고 부드럽고 축축하지만 짙은 어둠 속에서 자신과 같이 헤엄치고 있는 게 무언지 내려다보기는 두려운 법이다. 난 이것이 게임이 아니라는 걸 알았다. 그가 들어왔을 때 조는 남자였고, 그녀가 돌아왔을 때 조는 여자였다. 나는 우리의 배역 명단을 보고 뭔가 중요하고 위험한 일이 일어나려 한다는 걸 알았다. 하지만 내가 정말로 아는 건 갑자기 내 연극이, 내 안에 있는 연극이 가능해졌다는 것뿐이었다. 그녀는 극장 관객 모두를 파괴해버릴 것이다. 그녀는 관객들의 뇌를 날려버릴 것이다.

\* \* \*

리허설이 시작된 지 삼 주째, 럭키는 휴식 시간에 조와 같이 커피를 마시며 머리를 맞대고 뭔가를 논의하기 시작할 정도로 다 잊었다. 다른 배우들은 이전에 조의 이름을 들어본 적이 없다는 사실을 믿을 수 없어 하며 조를 이 예술 전쟁판의 동료로 받아들였다. 우리는 참으로 행복한 집단이었다. 대단히 조화를 잘 이뤘기 때문이었다.

헤로데를 연기하는 랜스는 조를 멋지면서도 이상한 뭔가 나무 요정 같은 거로 생각했다. 그는 조가 아나콘다로 변하면 자신을 칭칭 감은 사이에 그녀의 머리를 쓰다듬을 거라 말할 정도로 조라면 사족을 못 썼다. 랜스는 창 또는 창기병이라는 뜻을 가진 이름 때문에 특히 남자친구들한테서 놀림을 많이 당했다. 초기 리허설을 진행하는 동안 그는 헤로데에게서 강박증과 혐오가 아주 효과적으로 결합된 정신적 기제를 발견했다. 마치 살로메를 산 채로 잡아먹을 것 같다가도 이내 다시 토해내고 마는, 일종의 성적 폭식증이었다.

수전은 헤로데의 홀로 된 형수이자 두 번째 부인이며 살로메의 어머니인 헤로디아를 연기했다. 그녀는 복잡한 것을 단순하게 보이게 만들었다. 헤로데 자신의 판타지에서 튀어나와 춤을 추는 듯한 의붓딸이자 조카이자 악마의 자식인 살로메에게 단 한 번만 '예스'라고 말하면 곧장 어떤 파멸이 덮쳐올지 헤로데에게 끊임없이 상기시키는 인물인 헤로디아를 연기하며 수전은 자칫 강렬한 그 딸에 비교되어 그늘에 가릴 뻔한 역을 헤로데의 강력한 동반자로 잘 살려 주었다. 수전이 하도 조를 무관심하게 바라보아서 나는 수전이 헤로디아역을 해석하며 어떻게 조가 무대로 가져온 오만함을 모방하여 성숙시켰는지 거의 마지막에 가서야 알아차렸다. 그녀는 키가 큰 흑인이었고, 조의 탄탄한 근육에 비해 수전의 근육은 부드러웠다. 조와는 전혀 다르지만, 그녀는 살로메의 어머니가 되었다.

그리고 이름이 프랭크이고 조와 전혀 닮은 데가 없는 세례자 요한. 그가 붉은 머리를 하고 오디션에 왔더라면 그를 뽑았을지 의심스럽긴 했지만, 이번 시즌에 그는 최근에 끝낸 유진 오닐의 작품에 맞춘 검은 머리, 아이리시 블랙이었다. 럭키는 그가 '예수의 발'을 가졌다고 말했다. 프랭크는 메소드 배우인데 목이 잘리는 연기에 참조할 만한 감각 기억이 전혀 없어서 실망했다. "그 사건이 무대에서 안 보이는 건 알아." 그는 적어도 일주일에 한 번은 진지하게 말했다. "하지만 그 일은 처음부터 거기 있어야 해, 난 그녀가 나오는 모든 장면마다 사람들이 그걸 생각했으면 해." 그에게 '사람들'이란 늘 관객을 말한다. '그녀'는 늘 조다. 무대 밖에서, 그는 중추의 만월을 보는 아이처럼 조를 바라보았다.

삼 주라는 시간은 모두가 진행 방식에 익숙해지기엔 충분하지만 어떤 결과를 내기에는 불충분한 시간이다. 첫 두 주 사이에 배우들은 각자의 인물에게서 뭔가 새로운 것들을 발견해내지만, 그것들은 좀처럼 뚜렷해지거나 재탄생하려 들지 않았다. 좌절의 시기였다. 우리는 모두 신경이 곤두섰지만 그걸 드러내지 않으려고, 다른 누군가의 노력을 좌절시키지 않으려고 애썼다. 배우들에겐 어려운 일이었다. 배우들은 진정으로 서로를 돕고자 하지만 그렇다고 남이 먼저 돌파해 나가는 걸 정말로 보고 싶어 하지는 않으니까. 너무 두려운 것이다. 아무도 뒤처지고 싶어 하지 않았다.

배우와 연출가 사이에는 성적 에너지와 유사한 것이 흐른다. 신중하게 탐색하는 상처받기 쉬운 마음과 통제하고자 하는 마음과 서로의 마음에 들고자 하는 욕구가 넘쳐흐르고, 성적 결합을 구성하는 질료들이 넘쳐난다. 배우들과 함께 일하는 것은 옷감을 다루는 것과 같다. 각자는 저마다의 질감과 장력을 가진다. 랜스는 호화로운 양단이었다. 수전은 부드러운 벨벳이라 손길에 민감했다. 프랭크는 모직이라 따뜻하지만 어딘지 모르게 거칠었다. 그리고 조. 조는 가공하지 않은 비단이고 면도날이었다. 너무 날카로워서 사람들은 베이고도 몰랐다.

그래서 우리는 모두 신경이 곤두섰다. 조만 빼고. 아, 그녀도 말로는 그렇다고 하지만, 그녀는 걱정하지 않았다. 그녀는 무언가를 기다리고 있었고, 나는 기억 속에 남은 오디션 때를 반추하기 시작했다. 그 우연한 만남들이 남긴 뼈다귀들을 빨면서 나는 그 초기 시절에 나와 같이 춤추던 것이 무엇이었는지, 내가 무엇을 끌어들인 것인지 궁금해했다.

그리고 기묘한 일이 시작되었다. 내가 정신이 산란해지면 산란해질수록 조의 연기는 점점 더 나아졌다. 갑자기 내가 머리를 맹수의 입안에 집어넣은 조련사처럼 보일 때, 발을 헛디디고 목줄을 잡은 손에 땀이 흥건한 게 드러날 때, 그럴 때마다 그녀의 연기는 너무나 자극적이고 너무나 농염해서 온 세계를 뒤흔드는 조는 사라지고, 소매를 잘라낸 티셔츠를 입고 고개를 드는 사람은, 아무렇게나 찢어진 청바지를 입고 허벅지 근육을 수축시키는 사람은 살아있는 살로메가 되었다. 리허설을 거듭할수록 살로메는 점점 더 실체가 되어갔다. 금요일 밤이면 나는 코로나를 채운 아이스박스와 라임 한 봉지를 가져와 누구든 원하는 사람들과 같이 나눠마셨다. 지난 금요일에는 모두가 남았다. 우리는 말없이 앉아 차가운 금녹색 액체의 첫 모금을 삼켰다. 랜스가 헤로데의 거대한 왕좌 깊숙이 자리를 잡았다. 나는 한 손으로 느슨하게 병을 잡고 접는 의자에 거꾸로 걸터앉아 두 팔을 팔걸이에 걸쳤다. 럭키와 다른 배우들은 무대와 이어지는 단 위에 자리를 잡았다.

언제나 그렇듯이 배우들이 작업에 관해서 얘기하면서 일

은 시작되었다. 랜스는 몇 년 전에 〈지저스 크라이스트 수퍼스타〉에서 헤로데를 연기한 적이 있는데, 그때는 지금과 얼마나 달랐는지 우리에게 얘기하고 싶어 했다.

"수퍼스타 해보고 싶어." 조가 말했다. 별 생각 없이 하는 말처럼 들렸다. 그녀는 나지막한 단에 팔꿈치를 세워 기댄 채고, 맥주를 마시려 병을 들면 셔츠의 봉긋한 가슴께가 도드라졌다. 나는 그녀가 마시는 모습을 보고 싶지 않아서, 액체를 삼키는 그녀의 목선을 보고 싶지 않아서 시선을 돌렸다.

랜스가 잠시 뭔가를 생각했다. "자기가 하면 대단할 거라고 생각해." 그는 말했다. "하지만 살로메와 마리아 막달레나는 상당히 거리가 멀어. 염산과 사과 주스 정도의 거리지. 최소한 그 중간 정도 되는 반쯤은 정상적인 배역을 해보고 싶진 않아? 목표를 향해 조금 다가가는 거지."

조가 코웃음을 쳤다. "막달레나한테는 관심 없어. 난 유다를 연기할 거야."

랜스가 어이쿠 소리를 냈고, 프랭크가 빙긋 웃었고, 침착한 수전마저 미소를 지었다. "음, 안 될 것 없잖아?" 랜스가 말했다. "하고 싶다는데, 조가 유다를 연기 못할 이유가 뭐야?"

"성별이라는 사소한 문제가 있지." 프랭크가 말하고는 어깨를 으쓱거렸다.

수전이 몸을 똑바로 일으키며 앉았다. "그 역할을 연기할 수 있는데, 왜 조가 배역을 맡으면 안 돼?"

프랭크가 맥주를 삼키고 입을 닦았다. "어느 연출자고 그

배역을 연기할 진짜 남자가 있는데 왜 여자를 뽑아야 해?"

"네 생각은 어때, 마스?" 조의 목소리였다. 나는 깜짝 놀
랐다. 오가는 대화가 너무 재미있다 보니 난 조 옆에서 마음
을 놓고 있는 것이, 아니 그녀에게 흥밋거리가 될 만한 모든
것이 얼마나 위험한지 잊고 있었다. 나는 이제 황금색 액체
가 조금 남은 병을 옆에 세워두고 여전히 편안하게 단에 기
대 있는 그녀를 보았다. 그녀 역시도 이 시간을 즐기고 있었
다. 나는 이 상황이 어디로 흘러갈지, 안전한 대답이 무엇인
지 확신하지 못했다. 나는 럭키에게 말했던 걸 기억했다. '성
별은 중요하지 않아.'

"성별은 중요하지 않아, 그렇지 않아, 마스?"

'럭키가 조에게 알려줬구나.' 하지만 난 아니란 걸 알고 있
었다. 럭키가 그럴 이유가 없었다.

"맞아." 나는 말했다. 그리고 조의 미소를 보고 내 목소리
가 기대만큼 통제되지 않았다는 걸 눈치챘다. 그렇다 하더라
도, 뒤이어 일어난 일은 아무런 예고도 없이 시작되었다. 머
릿속에서 뒤범벅된 그림들. 아주 어두운 곳에서 남자들인지
여자들인지 알 수 없는 사람들이 춤추는 영상들. 양성적인 사
람들과 양성성을 넘어 성별 자체가 흐릿하도록 외양 자체가
공연의 영역으로 건너뛴 사람들로 가득 찬 거리거리의 이미
지들. 남자처럼 옷을 입고 남자들과 사랑을 나누는 여자들.
여자처럼 옷을 입고 공중화장실 입구에서 머뭇거리는 남자
들. 하이힐을 신고 진주를 두르고 값비싼 실크 셔츠를 찢을

듯이 우람한 이두박근을 가진 여자들. 그리고 그중에서도 중심이 되는 진짜 핵심 이미지는, 조였다. 발가벗고 땀에 젖어 반들반들한, 분명히 여성인 조가 내 밑에서, 내 위에서 움직이는 이미지. 내가 헐떡거릴 때까지 사랑을 나누던 조가 변하기 시작하고, 변해서 나와 함께 있는 조가 내 위에 있는 조가 되고, 그리고 나는 입을 열어 절박하게, 본능적으로 거부하고, 그리고 나는 럭키가 '그 사람과 침대로 가고 싶어질지도 모른다고 생각하면 중요해'라고 말한 것이 기억나고, 그러고는 머릿속에서 영상이 뚝 끊어지면서 나는 다른 사람들과 같이 있는 현실로 돌아왔다. 내가 불시에 습격을 당했다는 걸, 탈탈 털렸다는 걸 아무도 눈치채지 못했다. 사람들은 여전히 하던 얘기를 계속하고 있었다. "유다가 여자라면 그 관계들이 모두 얼마나 달라질지 생각 좀 해 봐." 수전이 프랭크에게 진지하게 말했다. "모든 게 달라질 거야!" 조가 미소를 지으며 마지막 한 모금을 삼켰다.

\* \* \*

다음 리허설에서 나는 조마조마했다. 마치 나 자신을 망가뜨리지 않으려면 조심조심 걸어야 할 것처럼. 난 자주 쉬어야 했다.

프랭키와 랜스가 등장하는 장면을 연출하고 있는데 럭키가 무대 밖에서 조에게 뭔가를 진지하게 얘기하는 게 눈에 띄었다. 조가 한 손을 들어 럭키의 말을 막더니 웃으며 뭔가를 말하고 둘이 나를 돌아보았다. 갑자기 럭키가 얼굴을 붉혔다. 그녀는 재빨리 조한테서 떨어져 내 시선에서 비켜났다. 조의 웃음이 더 커졌다. 다음 장면에서 조의 연기는 특히 더 훌륭하고 충만했다.

"그녀가 뭐라고 했어, 럭키?" 나는 극장이 닫을 때쯤 럭키에게 물었다.

"아무것도 아냐." 럭키가 우물거렸다.

"이봐."

"좋아, 알았어. 네가 배우들이랑 잔 적 있는지 알고 싶어 하더라, 됐어?"

말로 표현할 수는 없지만 나는 그 말이 다가 아니라는 걸 알았다. '그래서 마스가 주역 여배우와 잔 적이 있어?'라고 고양이 같은 미소를 지으며 럭키에게 묻는 조의 목소리가 아주 선명하게 들리는 것 같았다. 조는 누군가의 머릿속에 그림이 떠오르게 하는 재주가 있었고, 나는 럭키가 그 재주의 혜택을 받았을 게 틀림없다고 생각했다. 정말로 날 구역질 나게 하는 점이 그것이었다. 이제 럭키가 떠올릴 내 이미지는… 아니, 이제 럭키는 조가 원하는 대로 주입해놓은 나의 모습을 떠올릴 거라는 생각. 신만이 알리라. 나는 럭키를 쳐다보고 싶지 않았다.

\* \* \*

"내 메시지 받았어?" 다음 날 저녁, 잠시 리허설을 쉬는 사이 마침내 내가 옆 복도에 홀로 있는 틈을 타서 조가 말했다. 그녀는 저녁 내내 나를 지켜보고 있었을 것이다. 럭키가 그녀에게 말해주진 않았을 테니까.

"난 대본에 없어."

"모두가 대본에 있어."

"이거 봐, 난 배우들이랑 엮이지 않아. 너무 복잡하고, 지저분해. 난 그런 짓 안 해."

"예외 하나 만들어 봐."

조 뒤쪽에서 럭키가 나타났다. 내 얼굴에 어떤 표정이 떠올라 있는지 모르겠지만, 그걸 본 럭키가 인상을 찌푸렸다. "휴식 시간 끝." 럭키를 붙잡아둘 적당한 말을 생각해내기도 전에 럭키는 간략하게 내뱉고는 말이 끝나기도 전에 몸을 돌려 무대를 반쯤이나 건너갔다.

"연습이나 하러 가자, 조."

"빌어먹을 예외 하나 만들어 봐."

난 배우들로부터 압박을 받는 건 좋아하지 않았다. 뭔가 다른 것도 있었지만 당장은 거기에 대해서 생각하고 싶지 않았고, 그저 등 뒤에 바싹 붙은 조를 떼어내고만 싶어서 나는 연출가의 목소리로 채찍질하듯 말했다. "그 열정은 무대를 위해 아껴 두시지, 공주님. 나한테 좋은 인상을 주고 싶으면 거기 있지 말고 냉큼 나와서 그 잘난 연기를 하라고."

조는 대답하지 않았다. 그녀의 침묵은 우리만 아주 높은 곳에 서 있는 듯 주위를 서늘하게 만들었다. 마침내 그녀가 돼리를 푸는 뱀처럼 몸을 움직였고, 다음 순간 그녀의 손이 내 손목을 그러쥐었다. 그녀는 강했다. 내려다보니 그녀의 손이 변하고 있었다. 살갗에 덮인 뼈가 굵어지고 근육이 미묘하게 위치를 바꾸더니 조의 팔에 붙은 손이 달라졌다. 내 손목을 잡은 것은 커다란 남자의 손이었다. "날 화나게 하지 마, 마스." 그리고 성별을 분간할 수 없는 그 목소리가 뱀처럼 쉭쉭 거렸다. 거기엔 날 도와줄 사람이 아무도 없었고, 럭키도 보이지 않았다. 이제 정체를 드러내고 나와 수작을 벌이고 싶어 하는 이 후뇌 나부랭이와 나, 단 둘뿐이었다. 조의 웃음은 이제 얼굴을 다 집어삼킬 만큼 커졌다. '그저 또 다른 배우일 뿐이야.' 나는 미친 듯이 생각했다. '배우들이란 어쨌든 다 괴물이니까'.

"넌 대체 뭐야?" 나는 떨고 있었다.

"네가 원한다면 뭐든지, 마스. 네가 원하는 건 뭐든 될 수 있어. 모든 연출가의 꿈이지. 지금 당장은 난 살로메야. 뼛속까지. 난 네가 찾는 바로 그거야."

"난 이런 걸 찾지 않았어. 난 이런 걸 원하지 않아."

"넌 살로메를 원했고, 지금 그녀를 손에 넣었어. 권력, 섹스, 굶주림, 욕구, 갈망, 다 여기 있어."

"이건 연극이야. 이건 그저… 연극이야, 맙소사."

"너한테는 현실이야." 그 손이 여전히 내 손목을 꽉 움켜잡고 있었다. 다른 한 손이, 부드럽고 작은 손이 그녀의 손길로부터 달아나고 싶어 용을 쓰는 내 심장이 있는 가슴 한가

운데에 닿았다. "난 봤어, 그 첫 번째 오디션. 난 세례자 요한
을 연기하러 왔고, 럭키가 나를 바라보는 눈길을 봤지. 난 그
녀에게 뭔가 기억할 만한 걸 주려고 했지만… 네 갈망이 너
무 강했고, 너무 복잡했어. 이건 달콤해, 마스. 향신료와 와
인과 땀 맛이 나. 네 머릿속에 든 연극이 너에겐 다른 어떤 것
보다 더 현실적이야, 그렇지 않아? 찬란하게 태양이 빛나는
날들보다, 친구나 일보다 더 현실적이야. 난 그걸 바로 네 앞
에, 너의 세계 안에, 네 삶 속에 가져올 거야. 난 네게 살로메
를 줄 거야. 무대 위와 무대 밖, 둘 사이에 구별이 있을 필요
가 없어. 사랑을 나눈다는 게 그런 거 아니야? 누군가가 정말
로 원하는 것을 주는 거?"

조는 여전히 그 끔찍한 미소를 짓고 있고, 나는 그녀가 정
말 진심으로 사랑을 얘기하는 것인지 아니면 그 말이 내 뱃속
을 요동치게 할 거라는 걸 알기 때문에 하는 얘기인지 분간할
수 없었다. 어쩌면 둘 다일지도 몰랐다.

"여기서 나가. 나가, 당장." 나는 떨고 있었다.

"진심은 아닐 거야, 자기. 정말 그렇다면, 난 이미 여기 없
겠지."

"공연을 취소할 거야."

조는 대답하지 않았다. 그녀는 나를 쳐다보았고, 그러고
는, 어럽쇼, 나는 관객의 시선으로 무대를 보고 있었다. 헤로
데와 헤로디아가 자신들의 사랑을 지키기 위해 싸우고 소리
지르고 발버둥 치는 것을 보았고, 헤로데의 결심이 무너지는

걸 지켜보는 요한의 끈기 있는 공포를 보았고, 살로메가 춤추는 걸 보았다. 춤출 때 그녀는 우리 모두를 끌고 간다. 그 순간만은 관객 전부가 그녀의 피부 안에서 숨 쉰다. 우리는 모두 빙빙 돌고 몸을 뻗고 구부리고, 우리 모두가 약속을 하고, 우리 모두가 거부한다. 우리 모두가 유혹한다. 우리 모두가 분개한다. 우리는 헤로데가 숨이 막힐 때까지 우리 몸을 던져 헤로데를 짓누른다.

그러고 우리 모두는 갑자기 자신의 몸으로 돌아오고, 우리는 목구멍이 따가울 때까지 고함을 치고, 우리 목소리들은 거칠게 울린다. 그녀는 내가 이 연극에서 느꼈던 모든 것들을 관객들도 느낄 수 있도록 만들어줄 것이다. '내'가 그들 안에 있게 될 것이다. 내가 내 안에 가진 것이 그들을 일으킬 것이고 그들을 충만하게 하고 고통스럽게 할 것이다. 아, 신이여, 그런 생각에 나는 눈물을 흘렸고, 그 순간 나는 현실로 돌아왔다. 그녀는 여전히 괴물 같은 손으로 나를 붙잡고 있고, 내가 할 일은 그녀가 내게 줄 수 있는 것들을 향한 지독한 갈망으로 울부짖는 것뿐이었다.

조의 눈은 너무 크고, 너무 동그랗고, 너무 즐거워 보였다. "오." 그녀가 여전히 부드럽게 말했다. "괜찮아. 정말로 즐거울 거야, 약속할게." 그리고 그녀는 갔다. 랜스에게 뭔가를 소리쳐 말하며 느릿느릿 무대에 올랐다. 그녀의 무대 뒤편용 손은 여전히 너무 크고 여전히 이상했다. 원래의 손으로 바꾸기 전에 그녀는 그 손으로 쓱 허벅지를 쓰다듬었다. 나는 그보다 더 외설적인 장면을 본 적이 없었다. 나는 눈물을 감추고 얼굴을 식힐 시간이 좀 필요했다.

　나는 내 안 깊숙한 곳 어딘가에 작은 빈 공간을 느꼈다. 마치 조가 내 안에서 뭔가 마음에 드는 걸 찾아내 가져가 버린 것처럼. 그녀는 지금 저기에, 그저 무대 위에, 춤을 출 준비를 마친 채 섰고, 나의 작은 조각이 그녀의 정맥 속에서 윙윙거렸다. 내 안에는 귀중한 것이 얼마나 더 남았을까? 저게 나를 먹어치우는 데, 한 입 한 입 먹어치우는 데는 얼마가 더 걸릴까? 이제 그녀는 두 팔을 들고 미소를 짓는다. 벌써 맛을 보면서. 벌써 양껏 먹었으면서.

켈리 에스크리지는 미국의 작가 겸 수필가, 극작가, 편집자이다. 〈센추리〉와 〈판타지&SF 매거진〉 등 미국과 유럽, 오스트레일리아, 일본에서 발간된 여러 잡지와 선집에 작품을 발표하였다. 단편집인 《위험한 우주》를 애퀴덕트 프레스에서 출간했다. 극장을 무대로 젠더 구분의 경계를 무너뜨리는 독특한 작품인 '그리고 살로메는 춤을 추었다'는 1995년에 아스트라이아상을 수상했고 제임스 팁트리 주니어상 최종 후보로 올랐다. 1994년에 출간된 선집인 《작은 죽음들》에 처음 발표되었다.

# 8

# 완벽한 유부녀

앙헬리카 고로디스체르

　길거리에서 그 여자와 마주치면 재빨리 길을 건너 반대편
으로 간 다음 걸음을 재촉하라. 그 여자는 위험하다. 그 여자
는 마흔이나 마흔다섯쯤 되었고, 결혼한 딸과 산니콜라스에
서 일하는 아들이 있다. 남편은 판금 노동자다. 그 여자는 새
벽같이 일어나 집 앞 보도를 쓸고 남편을 배웅하고 청소를 하
고 설거지를 하고 장을 보고 요리를 했다. 점심을 먹은 후에
는 텔레비전을 보며 바느질을 하거나 뜨개질을 하고, 일주일
에 두 번은 다림질을 하며, 밤에는 늦게 잠자리에 들었다. 토
요일마다 그 여자는 대청소를 하고 창문을 닦고 바닥에 왁스
를 먹였다. 일요일 오전에는 이름이 네스토르 에두아르도인
아들이 집에 들고 오는 빨랫감들을 빨고 국수나 라비올리를

만들 반죽을 밀고, 오후에는 시누이의 방문을 받거나 딸네 집에 갔다. 영화를 보러 가본 지는 오래됐지만, 그 여자는 〈TV 가이드〉와 신문에 나오는 사건사고 기사를 읽었다. 그 여자의 눈은 검은색이었고 손은 거칠었으며 머리카락은 이제 세기 시작하는 참이었다. 그 여자는 자주 감기에 걸렸고, 장롱 서랍에는 목둘레와 소맷부리에 레이스가 달린 검은 크레이프 드레스와 사진첩을 함께 넣어두었다.

그 여자의 어머니는 절대 아이를 때리지 않았었다. 하지만 그녀는 여섯 살 때 문에 낙서했다가 엉덩이를 맞았고, 걸레로 낙서한 걸 지워야 했다. 걸레질을 하면서 아이는 문에 대해, 모든 문에 대해 생각했고, 문이란 것이 늘 똑같은 곳으로만 이어지므로 아주 멍청하다고 결론 내렸다. 그리고 자신이 닦고 있는 부모님 침실 문은 분명 그중에서도 제일 멍청한 문이었다. 아이는 그 문을 열었다. 그랬더니 부모님 침실이 아니라 고비 사막이 나왔다. 학교에서 몽골이 어디 있는지 아직 배우지도 않았고, 그녀는 고사하고 그녀의 어머니나 할머니도 난산이나 칸가이 누루 같은 지명은 들어본 적이 없었지만, 그녀는 그곳이 고비 사막인 걸 알았고, 그래서 놀라지 않았다.

그녀는 문을 통과한 다음 몸을 숙여 누르스름한 잔모래를 긁어보았고, 그곳에는 아무도, 아무것도 없이 더운 바람만이 머리카락을 헝클어뜨린다는 걸 보았으며, 그래서 열린 문으로 돌아 나왔다. 문을 닫고 걸레질을 계속했다. 걸레질이 다 끝나자 그녀의 어머니는 조금 더 투덜대면서 걸레를 빨고 빗

자루를 가져다 모래를 쓸어내고 신발을 털라고 말했다. 그날 그녀는 문에 대해 내렸던 성급한 판단을 수정했지만, 완전히는 아니었다. 적어도 무슨 일이 벌어지는 건지 자신이 완전히 이해할 때까지는.

그녀의 일생 동안, 그리고 오늘까지 벌어진 일을 종합해보자면, 문들은 보통 최상의 상황에서도 여전히 멍청하게 굴면서 식당이나 주방이나 세탁실이나 침실이나 서재로 이어지지만, 이따금 만족스럽게 구는 때가 있었다. 예를 들어, 사막건이 있은 지 두 달 뒤에 매일 욕실로 이어지던 문이 긴 제복과 뾰족한 신발과 한쪽으로 치우친 모자를 쓴 수염 난 남자의 작업실로 이어졌을 때처럼. 춥고 매캐한 냄새가 나는 작업실 한가운데에 거대한 타륜과 프로펠러가 달린 아주 이상한 커다란 목제 기계가 서 있고, 늙은 남자는 작은 서랍이 잔뜩 달린 뒤쪽 서랍장에서 뭔가를 꺼내느라 등을 돌리고 있었다. 그가 돌아섰다가 그녀를 보자 알아들을 수 없는 언어로 소리를 지르기 시작했다.

그녀는 혀를 빼문 채 문으로 달려나가 문을 닫았다가 다시 열었고, 욕실로 들어가 손을 씻고 점심을 먹으러 갔다.

다시 여러 해가 지난 후, 그녀는 점심을 먹고 나서 자기 방문을 열고 어느 전쟁터로 들어섰다. 그녀는 부상자들과 사망자들의 피에 손을 담갔고 어느 시체의 목에서 십자가 목걸이를 빼내 목이 긴 블라우스나 목선이 깊이 파이지 않은 옷 밑에 오랫동안 걸고 다녔다. 지금은 브로치 하나와 한 쌍의 귀걸이, 시어머니 것이었던 부서진 손목시계와 같이 양철 상자에 넣어 나이트가운 밑에 넣어두었다. 같은 방식으로, 자기도 모르게 우연히 그녀는 세 군데의 수도원과 일곱 군데의 도서관과 세상에서 가장 높은 산들과 셀 수도 없는 극장과 성당, 정글, 냉동 창고, 범죄 소굴, 대학, 매음굴, 숲, 가게, 잠수함, 호텔, 참호, 섬, 공장, 궁전, 오두막집, 탑, 지옥을 다녀왔다.

그녀는 숫자를 세다가 잊어버렸지만 신경 쓰지 않았다. 문은 어느 것이나 어디로든 이어질 수 있었고, 그건 라비올리 반죽의 두께와 어머니의 죽음과 그녀가 TV에서 보고 〈TV 가이드〉에서 읽은 인생의 위기들과 별다를 것이 없었다.

얼마 전에 딸을 병원에 데려갔을 때 그녀는 닫힌 화장실 문을 보고 빙긋 웃었다. 문이 어떤 일을 할지는 확신할 수 없는 일이니 아주 확신하지는 않았지만, 그녀는 일어나 화장실로 갔다. 어쨌거나 화장실과 아주 비슷한 곳이었다. 욕실이었으니까. 물이 가득 담긴 욕조에 벌거벗은 남자가 들어앉아 있었다. 높은 천장과 대리석 바닥과 장식들이 걸린 닫힌 창들이 있는, 모든 것이 아주 큰 곳이었다. 길이가 짧지만 속이 깊은 하얀 욕조 안에서 남자는 잠이 든 것 같았고, 그녀는 철제 꽃과 잎으로 장식되고 다리가 사자 앞발 모양인 단철 탁자에 놓인 면도칼을, 면도칼과 거울과 머리 마는 철제 기구와 쌓여 있는 수건과 활석 가루가 담긴 통과 물이 담긴 토기 그릇을 보았다.

그녀는 발끝으로 다가가 면도칼을 집어 들고는 욕조에서

잠자는 남자에게 살금살금 접근해 목을 베었다. 그녀는 면도칼을 바닥에 던지고 미지근한 욕조 물로 손을 씻었다. 병원 복도로 나와서 그녀는 뒤를 돌아보았고 한 여자아이가 다른 문으로 화장실에 들어가는 것을 몰래 지켜보았다. 딸이 쳐다보았다.

"금방 왔네."

"변기가 고장 났어." 그녀가 대답했다.

며칠 후에 그녀는 밤에 푸른 천막 안에서 또 다른 남자의 목을 베었다.

그 남자와 한 여자가 낮은 킹사이즈 침대에서 담요를 거의 덮지 않은 채 자고 있었고, 바람이 천막 주변을 휘몰아치며 여기저기 밝힌 기름 등불의 불꽃을 눕혀댔다. 저 밖에 다른 야영 천막들이, 병사들이, 짐승들이, 땀이, 똥이, 냄새가, 무기들이 있을 것이다. 하지만 천막 안에는 가죽과 금속으로 만든 군복들 옆에 검이 세워져 있었고, 그녀는 그것으로 수염 난 남자의 목을 잘랐다. 그녀가 밀대로 걸레질하고 있던 안뜰 테라스로 돌아가려 문을 나서는데 자고 있던 여자가 움찔하더니 눈을 떴다.

월요일과 목요일 오후, 셔츠 칼라를 다림질할 때면 그녀는 잘린 목들과 피를 생각했고, 그리고 기다렸다. 여름이면 옷가지들을 정리한 후에 집앞에 나가서 남편이 귀가할 때까지 잠시 비질을 했다. 바람 부는 날이면 주방에 앉아 뜨개질을 했다. 하지만 그녀가 늘 잠자는 남자들이나 눈을 치뜬 시체들을 발견하는 것은 아니었다. 그녀가 스무 살이었던 어느 비 오는 아침, 그녀는 감옥에 있었고, 거기 쇠사슬에 묶인 죄수들을 놀렸다. 아이들이 어렸고 모두 한집에 살고 있던 시절의 어느 밤에는 어떤 광장에서 단정치 못한 한 여자가 열린 지갑에 든 총을 쳐다보면서도 꺼내지 못하는 걸 보았다. 그녀는 다가가 여자의 손에 총을 쥐여 주었고, 차 한 대가 광장 구석에 정차할 때까지, 회색 옷을 입은 남자가 내려 주머니에서 열쇠를 찾는 걸 그 여자가 볼 때까지, 그 여자가 조준하고 총을 쏠 때까지 그곳에 머물렀다. 그리고 6학년 지리 숙제를 하던 또 다른 밤에는 크레용을 찾으러 자기 방에 갔다가 발코니에서 울고 있는 한 남자 곁에 서게 되었다. 발코니가 원체 높고 원체 거리에서 멀어서 그녀는 그를 밀어 아래 바닥에 부딪히는 소리를 듣고 싶은 충동을 느꼈지만, 남아메리카 산악지도를 떠올리고는 막 돌아갈 참이었다. 어쨌거나, 남자는 그녀를 보지 못했으니까, 그녀는 남자를 밀었고, 그가 사라지는 걸 보고 지도에 색칠하러 뛰어나갔기 때문에 고작 비명만 들었을 뿐, 쿵 소리는 듣지 못했다. 그리고 어느 빈 극장에서는 벨벳 커튼 밑에 불을 놓았고, 폭동 현장에서는 지하실 출입구로 통하는 덮개를 열었으며, 어느 집에서는 책상 위에 올라앉아 2천 쪽에 달하는 원고를 갈기갈기 찢었고, 어느 숲 속 빈터에서는 잠든 남자들의 무기들을 파묻었으며, 어느 강에서는 제방의 수문을 열었다.

딸의 이름은 라우라 이네스이고, 산니콜라스에 약혼녀를

둔 아들은 주말에 약혼녀를 데리고 와 부모님께 인사를 시키겠다고 약속했다. 그녀는 시누이에게 오렌지 케이크 만드는 법을 물어봐야 한다는 사실과 금요일에 TV에서 새 연속극 첫 회가 방영된다는 사실을 잊지 않도록 스스로를 일깨워주어야 했다. 다시, 그녀는 셔츠 앞판을 다리미로 다리며 언제나 신경 써서 닫아놓는 자기 집 문들의 반대편을, 누구나 선뜻 수긍할 수 있겠지만, 우리가 이쪽에서 겪는 일들보다는 훨씬 덜 지긋지긋한 일들이 벌어지는 반대편을 떠올린다.

---

앙헬리카 고로디스체르는 사변적 요소와 페미니즘적 견해를 드러내는 단편과 장편 소설로 알려진 아르헨티나 작가다. 작품 대다수가 영어로 번역돼 있지 않지만, 2003년에 어슐러 K. 르귄이 고로디스체르의 단편집《칼파 제국-존재하지 않았던 가장 위대한 제국》을 스몰비어 프레스를 통해 번역 출간한 바 있다. 그녀의 소설은 '인권을 위한 상설회의'가 여성의 권리 향상에 기여한 작품과 활동에 수여하는 '존엄상'을 포함하여 많은 상을 받았다. '완벽한 유부녀'는 매일 일상적인 가사노동에 전념하는 모범적인 가정주부이면서 한편으로는 엄청난 자유도를 누리는 또 하나의 비밀스러운 삶을 사는 한 여성의 이중생활을 그린다. 1991년에 출간된 선집《시크릿 위버스》에 처음 발표되었다.

# 9
# 식물의 잠

안네 리히터

"느려짐으로써 우리는 사물의 맥박을 느낀다."

— 앙리 미쇼, 〈느린 사람들〉 중

그녀는 식물처럼 살았다. 그 삶의 리듬은 인간적이라기보
다는 식물적이었다. 그녀는 정기적으로 천천히 잠 속으로 빠
져드는 경향이 있었다. 손을 무릎에 놓고 머리를 한쪽으로 살
짝 기울인 채 정면을 쳐다보면서 가만히 움직이지 않았다. 때
로는 사소한 일 때문이었다. 커튼 틈에서 길을 잃고 잠깐씩
멈춰 서서 힘을 모았다가 끈기 있게 주름을 타고 오르는 피곤
한 벌 한 마리 같은. 벌은 다시 움직일 때마다 슬쩍 몸을 구부
리곤 했다. 젊은 여성은 그 생물의 고통에 공감한 나머지 손

에 땀을 쥐고, 한편으로 원하면서도 한편으로는 두려워하며 곤충이 추락하는 순간을 기다렸다. 아니면 그녀는 서랍장과 바닥 깔개 사이를 비추는 빛 속에서 완벽한 소용돌이를 그리는 먼지 티끌들을 관찰하며 그 끊임없는 움직임 속에서 비밀스러운 고요함을 찾을 수도 있었다. 그녀는 회색 창틀을 따라 흘러내리는 물방울을 하염없이 바라보거나, 아니면 절대 그녀의 삶에 위협이 되지 못하는, 그저 재미로 길게 끌고 있는 것 같은 오랜 고민거리 속으로 빠져들곤 했고, 막 동굴에서 나와 눈이 부신 것처럼 눈을 크게 뜨고 피부에는 푸른 색조를 띤 채 천천히 현실로 돌아오곤 했다.

* * *

그녀는 스스로를 침묵의 방어벽으로 두르고 전적인 고독에 잠겼다. 그런 때에 그녀의 사고는 흐릿했지만 명확한 하나의 경로를 따랐다. 거미의 인내심으로 그녀는 반쯤 감긴 눈꺼풀 뒤에서, 무심코, 사물을 의당 그럴 것이라고 느껴지는 대로 이해하도록 스스로를 종용했다. 이 작업에는 전적인 고요와 집중하려는 치열한 노력이 요구됐다. 꼼꼼하게, 그녀는 일상적인 언어가 일상적인 의미를 잃을 때까지 계속해서 되뇌었다. '숟가락', '숟가락', 그녀는 부드럽고도 완고하게 읊조렸다. 그녀는 거의 무심하게 단어를 다루면서, 그러면서도 절대 그걸 쓸모로만 보거나 판단하지 않고 할 수 있는 한 정성스럽게 대하며 윤을 내곤 했다. 조금씩, 조금씩, 그 단어는 모든 밀도를 잃었다. 다음에는 세밀한 시계 제조공의 작업이 시작됐다. 그녀는 조심스럽게 그 일을 고집하며 단어의 웃물을 따르고 천천히 새로운 생명을 불어넣었다. 때로 그녀는 그 단어가 의식을 차리고 다시 자립하는 것을 보았다. 그러면 그녀는 전혀 새로운 의미를 발견하곤 했다. 그녀는 이런 작업을 '단어 벗기기'라 불렀다.

* * *

어느 날, 그녀는 약혼했다. 약혼자는 호감 가는 젊은이였다. 일요일이면 둘은 자주 교외로 산책하러 나갔다. 둘은 조심스럽게 손을 잡고 풀밭과 산울타리를 따라 이리저리 걸었고, 열정도 조바심도 없이 이런저런 얘기를 나눴다. 어느 날 오전, 조지가 자기가 발견한 곳을 보여주고 싶다고 했다. 둘은 점심 도시락을 싸서 출발했다. 별스럽게 따뜻한 날이었다. 모든 나무가 꽃을 피웠고 들판의 풀은 높이 자랐다. "저기야!" 조지가 소리를 질렀다. "저기까지 뛰어가자!" 둘은 갑자기 전력질주를 시작했고, 젊은 여자는 드물게 활기를 드러내며 깔깔 웃고 팔을 휘두르면서 풀 속을 날듯이 뛰었다. 그녀는 첫 번째 나무둥치에 다다르자 팔을 둘러 둥치를 안았다. 약혼자가 그녀를 따라잡고는 입술에 키스했다. 둘 앞에 놓인 숲은 햇빛과 그늘로 나뉘었다. 하지만 갑자기 어지러움을 느낀 그녀가 나무껍질을 움켜쥐었다. 젊은 남자는 놀라서 걱정했다. "아, 아무것도 아니야." 그녀가 말했다.

그녀는 풀 속에 주저앉아 머리를 나무 둥치에 기댔다. 그러고는 창백해져서 옷매무새를 매만지고는 걱정스럽게 힐끗 약혼자를 쳐다보았다.

"정말 멋진 곳이야!" 그녀가 말했다.

하지만 '풀밭 위의 점심'은 빛을 잃었다.

둘은 산책하러 나가는 일을 그만뒀다. 약혼자는 그녀를 끌고 나가려고 애썼지만, 그녀는 피곤하다는 핑계를 대며 완강하게 거부했다. 이 시기쯤에 실제로 그녀는 설명할 수 없는 피로감으로 고통받았다. 그녀는 손가락 하나 꼼짝할 수 없는 상황이 되면 자신이 뿌리를 내릴 수 없다는 사실에 안타까워했다. 확고하게 땅속으로 파고 들어가서 저 소나무들 주위나 여름날 특정 관목들 위에 쏟아지는 것 같은 고요한 빛의 구름으로 자신을 감쌀 수 있다면. 하지만 그녀는 의자에서 일어나야 하고, 이리저리 오가야 했다. 그녀는 말을 하고 움직이는 폭력을 스스로에게 가했고, 나중에는 물을 주지 않은 식물처럼 갈증에 타들어 가며 입이 바싹 말라 덜덜 떨면서 쓰러졌다.

그녀는 주변의 움직임을 그 어느 때보다 이해하기 어려워하는 것 같았다. 불필요한 동요였고, 헛된 혼돈이었으니까. 그러나 일상의 반복되는 일들이 그녀를 힘들게 했다. 그녀는 자기 잎들을 말아 넣고 아무것도 먹지 않았다. 그녀는 살아가는 데 그다지 많은 물과 빛이 필요하지 않은, 부드러운 살결 위에 방어용 가시를 두른 선인장 같았다.

그녀는 알았다. 고요와 칩거의 힘으로 우리가 세계의 중심

이, 그 운동의 근원이 된다고 느끼는 것을. 어린아이일 때 그
녀는 세계의 중심되기 놀이를 했다. 아무리 해도 싫증 나지
않았던 그 놀이가 중력과 힘에 관한 놀이라는 것을 어쩌면 남
몰래 알았을 것이다. 그녀는 고개를 뒤로 젖히고 어질어질해
질 때까지 하늘을 바라보며 뒤로 걷곤 했다. 그것이 그녀가
원한 것이었다. 어지러움으로 사물을 다르게 보는 것, 꼼짝
않는 자신과 흔들리는 지구와 빙글빙글 도는 태양과 구름. 아
니면 손바닥으로 좌석의 거친 질감을 느끼며 움직이는 기차
에 앉아서 자기 몸의 각 부위가 율동적으로 움직이는 기척을,
차가운 재와 젖은 옷가지와 연기 냄새가 나는 열차 칸이 움직
이는 기척을 느끼는 것. 그녀는 네모난 하얀 창문을 뚫어지
게 쳐다보았고, 세계는 갑자기 변하기 시작하곤 했다. 기차가
멈추면 그녀는 창문 한구석으로 수많은 사람이 걸어가는 것
을 보았고, 풀밭들이 경중경중 뒤로 뛰어가는 것을, 팽팽하게
걸린 전화선들로 길게 잘린 하늘이 달아나는 걸 지켜보았다.
　신의 은총을 받은 것 같은 그런 순간은 늘 금방 끝났다. 세
계는 다시 고요해지고, 그녀가 탄 열차 칸은 신만이 아실 곳
으로 덜컹거리며 움직였다. 쓸쓸함이 그녀를 삼켰다. 구역질
이 났다. 그녀는 자신이 소리와 분노로 흔들리는 죽은 세계에
살아남은 유일한 사람이라고 믿었다. 그러다 어느 날 그녀는
이해하게 되었다. 동(動)이 부동(不動) 속에서 근원을 찾는다
는 사실을. 그녀는 침묵하기로, 침묵 속에서 세계에 생명을
불어넣겠노라 결심했다.

그녀가 한 일은 이렇다. 그녀는 커다란 토기 화분과 커다란 부엽토 포대를 찾아냈다. 그녀는 화분 안에 들어가 다리를 흙담요로 덮었다. 엉덩이 아래쪽이 사라졌다. 얼마나 기분이 좋은지! 그녀로서는 미처 알지 못했던 황홀경이었다. 그녀는 자신의 본래 서식지로 돌아왔다. 그녀의 내부 깊숙이에서 침묵이 올라왔다. 여전히 약간의 불안이 존재했지만 손가락 끝이, 발가락 끝이 기대감에 차서 따끔거렸다. '익숙해질 거야.' 그녀는 발가락을 꼼지락거리며 생각했다.

하지만 그때 문을 두드리는 소리가 났다. 어머니한테 뭐라고 말하지? 문이 열리고 둘의 시선이 만났다. 어머니의 눈빛이 얼마나 슬퍼 보이던지!

"너한테 뭔가 최악의 일이 일어나리라는 생각은 늘 했지만, 이건 아냐, 이건 아니야!"

"엄마, 봐봐, 난 늘 순종했었어. 하지만 이번엔, 울어도 소용없을 거야!"

사실 상황은 그다지 변한 것이 없었다. 처음의 충격이 가시고 나자 평소 때의 일상이 시작됐다. 그녀는 가족생활에서 큰 자리를 차지한 적이 없었다. 지금부터는 전혀 차지하지 않을 것이다. 식탁의 빈 의자는 한쪽 구석으로 치워졌다. 빈 침대는 다락으로 옮겨졌다. 옷은 가난한 사람들에게 보내졌다. 어머니는 단 한 번도 위층에 있는 무거운 화분과 눈을 맞추지 않았다. 어머니는 화분 주위를 청소기로 밀고 무표정한 얼굴로 아무 말 없이 재빨리 먼지를 털고 깔개를 청소했다. 햇빛을 차단하면서 어쩌면 그녀는 딸이 시들어 죽을 거라 기대했을 것이다. 하지만 식물은 튼튼하다. 식물에게는 이 세계의 모든 시간이 있고 내핍이라는 타고난 재능이 있었다.

그녀를 보러 온 약혼자는 할 말을 찾지 못했다. 그가 블라인드를 걷었다. 그녀는 창백해 보였고 눈에는 검은 그늘이 졌다. 팔은 죽은 가지처럼 힘없이 옆으로 늘어졌고 목은 이끼 같은 머리카락을 이고 휘어져 있었다. 그녀가 뭔가 귀찮다는 기색을 떨치지 못한 시선으로 그를 바라보았다. 그의 행동이 언제나 이렇게 무뚝뚝했었나? 그녀는 전에 그걸로 마음 아팠던 때가 있었는지 떠올리지 못했다.

"넌 늘 내가 행복했으면 좋겠다고 말했지." 그녀가 중얼거렸다. "어쩌면 넌 내가 불행하다는 걸 전혀 눈치채지 못한 거 아니야? 이 일은 어쨌든 일어났어야 할 일이야. 우리가 결혼하기 전에 일어나서 다행이지 않아? 넌 여전히 자유로워. 내게 상처를 줄까 봐 걱정하지는 마."

조지가 그녀의 손을 잡으려 했지만, 이렇게 차가울 수가! 아주 천천히 피가 다 빠져나가 버린 것 같았다.

"무슨 말을 그렇게 해? 내가 널 사랑하는 거 몰라? 난 너를 위해서라면 죽을 수도 있었어. 하지만 그게 너한테는 아무 의미도 없었다는 건 알겠어. 넌 부지런히 자신을 파괴하고 있었으니까. 이제 내가 너에게 뭘 해줄 수 있을까?"

그런 상황에서도 그녀는 감동을 받았다. 하지만 그녀는 피곤했다. 어둠은 그녀에게 끔찍한 시련이었다. 그녀는 시든 눈을 태양 쪽으로 돌리고 힘을 그러모아 말했다.

"넌 너그러워, 조지. 원한다면, 날 위해 해줄 일이 있어. 본인은 인정하지 않겠지만, 난 엄마가 가능한 한 모든 걸 빨리 끝내고 싶어 한다는 걸 알아. 하지만 난 먹을 게 필요해! 나한테 먹을 것과 마실 걸 갖다 줘."

그녀는 아직 어느 정도는 식충 식물이었다. 약혼자는 그녀에게 파리와 모기, 때로는 거미를 가져왔다. 그녀는 목을 쭉 빼고는 재빨리 턱을 움직여 그것들을 낚아챈 다음 허겁지겁 통째로 삼켰다. 기묘한 광경이었고, 약혼자는 지켜보기 힘들어했다. 그는 사려 깊게 시선을 돌렸다. 하지만 그녀는 곧 고기에 대한 식욕을 잃었다. 남은 건 깨끗한 물을 그리는 동경과 봄을 찾는 꿈뿐이었다. 그녀의 생각은 잎의 형태를 띠었다. 침묵을 향한 모호한 욕망들. 그녀는 점점 더 말이 없어졌다. 그녀의 침묵에 약간 당황한 약혼자는 혼자 둘의 몫을 말했다.

어느 날 그가 말했다. "아니아, 정 네가 원한다면…."

하지만 그는 말을 끝맺지 않았다. 그는 그녀가 이제 아무것도 원하지 않는다는 걸 아주 잘 알았다. 사실 그녀는 더 이상 그의 존재를 필요로 하지도 않았다. 그녀는 감은 눈 뒤에 그의 존재를 영원히 소유했다. 하지만 그는 여전히 말하고 있었다. 사람들은 다 말을 했다. 손사래로 해충들을 떨쳐버리듯이, 참을 수 없는 이 말의 무리를 얼마나 떨쳐버리고 싶었던지!

아래층에서 사람들이 말했다. "아니아는 어디 있어?"

"아, 자기 방에." "기숙사에." "여행 중이야." "그 애가 부끄러움이 많아, 아주 심해!"

그녀는 뿌리를 기다리고 있었다. 그녀는 식물들의 고통을 짊어졌다. 빛을 향해 줄기를 회전시키는 잘린 꽃의 갈증. 모래 위에 내버려진 바닷말의 축축한 꿈. 11월 서리를 맞은 장미 덤불의 한기. 창문과 벽들을 집어삼키는 실내 식물들의 덧없는 광증. 노예들처럼 끌려와 불길한 반란의 열매를 키우며 정원 네 귀퉁이를 뒤덮고 맹렬하게 확산하는 이국의 꽃들. 헛된 행위들의 진창에 박힌 남자들의 한숨.

약혼자는 성실하게 매일 출근하기 전에 물을 가져다주었다. 그는 점차 말을 꺼낼 용기를 잃어갔지만, 그녀는 상관하지 않았다. 때로는 그가 뭔가를 걱정하는 것처럼 보였지만 그녀는 너무 자신에게 몰두하고 있어서 알아채지 못했다. 그녀는 기다렸다. 얼마나 오래 가만히 앉아 기다렸던가! 우리는 매일을 혼란스러운 일들로 채우지만 어쩌면 기다림에 충실한 것이, 그처럼 황량한 방에서 움직이지 않고, 말하지 않고, 손가락 하나 까딱하지 않고 기다리는 편이 더 나을지도 모른다.

그녀의 뿌리는 밤사이에 자랐다. 그녀는 사방에서 뿌리가 흙을 찌르는 걸 느꼈다. 아아, 이 얼마나 즐거운가, 이 얼마나 고통스러운가! 그녀는 시간의 강을 거슬러 올라가는 것처럼 느꼈다. 실체를 바꿔가며 냄새들이 그녀를 덮쳤다. 그녀의 사춘기는 떫은 보리수처럼 불안한 냄새가 났다. 항상 너무 지루하게만 느껴졌던 학교 운동장에 보리수 몇 그루가 자랐다. 그녀의 어린 시절은 마가목 같은 냄새가 났다. 그녀는 굽이진 길을 걸어가는 자신을 보았다. 찌르레기가 덤불 깊숙한 곳에서 꽥꽥 울었다. 마가목 열매가 풀밭 여기저기에 피를 흘리며 누워 있었다. 그녀는 열매들을 발로 으깼다. 굽은 부위를 부풀리면 어떤 세계가 펼쳐질까? 그녀는 조심스럽게 시도해보았다. 마지막 시도와 함께 그녀의 뿌리가 흙을 뚫었다. 이제 그녀는 심장을 두근거리면서 하나의 냄새를 향해, 그녀가 태어난 날의 냄새를 향해 내려갔다. 그녀의 탄생은 철광석 광산 위에 떠도는 냄새처럼 단조로운 냄새가 났다. 그녀의 탄생은 양치류 같은 냄새가 났다. 그녀는 반짝거리는 양치류를, 똑바로 서서 빛의 손바닥으로 하늘을 긁는 새싹을 보았다.

* * *

다음 날 아침, 그녀의 잎 손들이 펼쳐졌다. 초조해 보이는 약혼자가 와서 그녀를 보았다. 그는 고개를 떨군 채 그녀 옆에 앉았다.

"이봐… 나 많이 생각해봤어. 너한테 이걸 알려줘야 한다고 생각해. 나, 누군가를 만났어. 젊은 여자를, 회사 사람의 누이야. 그녀는 상냥하고, 진지한 사람이고… 약간 널 닮았어. 삶은 계속된다고 나한테 말해준 사람이 너였지. 하지만 난 그냥 널 내팽개칠 순 없어. 아니아, 우리의 삶은 서로 얽혀 있어. 우리 결혼식에 올래? 우리와 같이 살래?"

가벼운 산들바람이 창문으로 불어 들어왔다. 바람이 둥치를 간질이고 가지를 희롱했다. 맨 위쪽에 난 잎들이 말 없는 허락의 의미로 조금 앞으로 굽었다. 조지는 몸을 굽혀 무거운 토기 화분을 들어 올렸다. 잠시 잎들이 버석거리고 몸서리를 쳤다. 하지만 잎들은 곧 저마다의 꿈꾸는 듯한 고요함을 회복했다. 아니아가 젊은 남자의 팔에 안겨 현관 문지방을 넘을 때, 주방 저 안쪽에서는 어머니가 소스 냄비를 쥔 손에 힘을 꽉 주고는 등을 돌렸다.

\*\*\*

조지는 그의 정원 잔디밭 한가운데에 그녀를 심었다. 뿌리가 자유롭게 숨을 쉬었다. 그녀는 잎사귀들을 즐겁게 끄덕여 그에게 감사를 표했다. 오래지 않아 어느 볕 좋은 날 오전에 그가 결혼했다. 약간 안색이 창백한 신부가 수련처럼 가볍게 하객들 사이를 떠돌았다. 사람들이 달빛에 물든 잎들 아래에서 춤을 추었다.

그해 여름, 그 나무는 숨 막히게 멋진 꽃들을 피워냈다.

안네 리히터는 벨기에의 작가이자 편집자 겸 학자다. 앨리스 B. 토클라스는 리히터가 15세에 쓴 첫 단편집을 번역 출간하며 서문에서 그녀의 재능에 찬사를 보냈다. 작가로서뿐만 아니라 리히터는 세계 여성 판타지 작가 선집인 《판타지 여성작가전—우리 시대의 앤 래드클리프》를 편집하고 여성 작가들과 판타지 문학에 관한 평론을 쓰는 편집자로서도 잘 알려져 있다. '식물의 잠'은 평범하고 빤히 예측되는 삶에서 도망쳐 갈망하던 고독을 추구하기 위해 식물로 변해가는 한 여성을 그린다. 1967년에 출간된 단편집 《세입자들》에 처음 발표되었다.

# IO

# 가슴 이야기

히로미 고토

 

전혀 제기되지 않은 질문들이 어쩌면 가장 중요한 질문들일 것이다. 당신들은 이걸 생각하지 않는다. 당신들은 절대 그러지 않는다. 당신들이 어릴 때 어머니들은 질문을 너무 많이 하다가는 곤란해질 수 있다고 일러주곤 했다. 당신들은 이제야 충분히 질문하지 않았던 탓에 당신들이 옛날 어머니들과 똑같은 지랄 맞은 강에 똑같이 노도 없이 똑같은 배에 탄 신세가 됐다는 걸 깨닫는다. 당신들은 각자 어머니에게 장거리 전화를 걸어 이 사실을 알리고, 어머니들은 말한다. "음, 잘못이 더해진다고 바른 일이 되는 건 아니란다, 얘야." 그리고는 〈왕실 매거진〉 9월호에 소개된, 찰스 왕세자가 제일 좋아한다는 디저트 만드는 법을 알려준다.

《우리 아기의 첫 여행》, 173쪽.

모유 수유의 성공 여부는 젖을 먹이고자 하는 본인의 의지뿐만 아니라 주변 사람들의 격려에도 크게 영향을 받는다.


"뭐가 좀 나와?" 그가 호기심 어린 시선으로 아기 머리에 가린 내 가슴을 빤히 쳐다본다.

"모르겠어, 알 수 없어." 나는 얼굴을 찡그린다.

"무슨 말이야, 알 수 없다니? 네 몸이잖아, 아니야? 내 말은, 넌 분명 뭔가를 느낄 수 있을 거야." 그가 머리를 긁는다.

"전혀, 아프기만 해."

"아." 두 번의 눈 깜박임. "미안해. 그게, 난 자기가 정말 자랑스러워."

살면서 본 것 중에 가장 커다란 피굴 덩어리 같은 태반이 다리 사이로 미끄러져 나온다. 아직 젖은 채인 아기는 젖을 먹을 만큼은 튼튼하지만 새끼 사슴이나 망아지처럼 비틀거리며 일어서지는 못한다. 당신은 아기를 오랫동안 팔로 안고 다녀야 한다. 당신은 적어도 일 년 가까이나 더 임신해야 하는 코끼리가 아니라 다행이라며 자신을 위로한다. 지금은 앞으로 12시간 동안 아기에게 젖을 먹일 수 있는 처음이자 마지막 기회다.

"간호사, 와서 아기 깨우는 거 좀 도와줄래요? 아기가 다섯 시간째 모유를 안 먹어요."

그 간호사에게는 털이 한 가닥 난 사마귀가 있다. 그녀의 얼굴을 올려다볼 때마다 조금 오래다 싶을 만큼 그걸 쳐다보지 않을 도리가 없다. 간호사가 아기의 옷을 벗겼지만 신생아용 모자는 남겨두었다. 아기는 빨갛고 꿈틀거리고, 당신은 방문자 누구도 아기가 당신을 똑 닮았다고 말하지 않기를 바란다.

"아기가 그냥 너무 편안해서 그래요." 간호사가 새된 소리로 말한다. "그리고 가끔 태어나느라 너무 피곤해하는 아기도 있어요. 그게, 아기들한테도 힘든 일이잖아요!"

"예, 맞는 말씀인 거 같아요."

"물론이죠. 아, 그리고 화장실에 갈 때 저라면 아기를 혼자 두지 않을 거예요. 특히 문이 열려 있을 때는요." 간호사가 잽싸게 빨간 아기를 문지르자 아기는 여전히 결연하게 눈을 감고 자면서도 꿈틀거리기 시작했다.

"무슨 뜻이에요?"

"음, 여기에 경비원이 있긴 하지만, 누구라도 그냥 쓱 들어와서 아기를 데려갈 수 있어요." 간호사가 마치 농담이라도 하듯이 미소를 지었다.

"정말이에요?"

"아, 그럼요. 그리고 귀중품들도 주변에 그냥 두면 안 돼요. 절도 때문에 계속 골치가 아픈데, 여기 분들이 좋은 카메라들을 가지고 있잖아요."

당신은 12시간의 진통을 겪었고 28시간째 자지 못했다. 당신에게는 그 말이 얼마나 부적절한 말인지 간호사에게 지적해줄 힘이 없다. 아기는 깨지 않는다.

당신 시어머니가 아기를 보러 일본에서 오셨다. 시어머니는 큰 아이 돌보는 것도 도와줄 겸 한 달간 머무를 예정이다. 시어머니가 당신 가슴에 안긴 잠자는 아기를 응시한다. 당신은 시어머니에게 아기가 제대로 먹질 않으려 한다고, 약간 걱정스럽다고 말한다.

"네 젖꼭지가 너무 납작한 데다 아기가 그다지 잘 빨지를 못하네." 시어머니는 그렇게 말하고, 당신의 눈엔 분노의 눈물이 차오른다.

"그쪽 분들은 티베트에서 오셨어요?" 간호사가 묻는다.

174쪽.

모유는 날것이고 신선하다.

당신은 집에 왔다. 돈을 더 내면 병원에 더 오래 있을 수 있는지 당신이 물어봤지만, 사람들은 그저 웃으며 아니라고 말했다. 시어머니는 자신과 큰 손주가 먹을 점심을 만들지만, 당신이 좋아할지 어떨지 몰라서 당신이 먹을 건 아무것도 만들지 않는다. 당신은 시리얼과 에너지바를 먹고 다시 모유 수유를 시도한다.

고통은 날것이고 신선하다.

아기는 세 시간 연속으로 모유를 먹었고, 트림을 시킬 때 보니 아기 양쪽 입가에 딸기 밀크셰이크처럼 보이는 분홍색 거품이 묻어 있다. 당신은 모유에서 피 맛이 났을 텐데 아기가 먹어도 괜찮은 걸까 고민한다. 몰래, 당신은 그게 아기한테 안 좋은 일이라 모유 수유를 끊어야만 하게 되기를 바란다. 친구에게 전화해서 고통과 피와 아기 건강에 대한 걱정을 얘기하자 당신은 안타깝게도 피가 아기에게 해가 되지 않는다는 걸 배운다. 그 친구도 문제가 있었으며, 심지어 젖꼭지에 피가 맺힌 물집이 생기기도 했지만, 그 난관을 뚫고 모유 수유를 고수했다는 걸, 의사가 괜찮다고 했다는 걸 알게 된다. 피 물집이 터졌을 때, 아아 그 피, 그 고통, 하지만 친구는 아이가 네 살이 될 때까지 모유 수유를 고집했다.

전화를 끊고 당신은 더 의기소침해진다. 피는 문제가 아니고, 당신 친구는 지금 당신보다 더한 고통을 겪었기 때문이다. 당신은 그 비극적인 젖꼭지 이야기를 이길 수 없다. 심지어 근처에도 못 간다.

"어째 잘 될 거 같지 않아." 나는 웃으려고 해봤지만 이내 포기했다.

"좀 더 기다려 봐. 좋아질 거야." 그가 침대 머리판에 붙은 독서등을 휙 껐다. 내가 다시 휙 불을 켰다.

"난 그렇게 생각하지 않아. 전혀 좋아질 거라 생각하지 않아."

"그렇게 비관적으로 생각하지 마." 그가 나를 비난하지 않으려고 웃음을 짓는다.

"당신, 모유 먹는 아기들의 아빠를 위한 소책자 읽었어?"

"으음, 아니. 아직." 그는 어깨를 으쓱거리곤 다시 독서 등에 손을 대려 한다. 나는 손을 뻗어 공중에서 그의 손목을 낚아챈다.

"음, 그 빌어먹을 걸 읽으면 당신도 내가 어떤 상황인지 뭔가 좀 알게 될 거야."

"여자들은 여자들이 있었던 이래로 내내 모유 수유를 해왔어."

"뭐?"

"내 말이 무슨 말인지 알 거야. 자연스러운 거라고. 여자들은 자신들이 존재한 이래로, 아이를 가진 이래로 쭉 모유를 먹여왔다고." 그가 수난을 당한 내 가슴을 한 번 힐끗 보더니 강의를 늘어놓는다.

"그게 그들이 존재한 이래로 계속 해왔다고 해서 그들 모두가 그걸 좋아했다는 의미는 아니잖아! 자연스럽다는 것과 그걸 좋아한다거나 그걸 잘한다는 것은 달라." 나는 식식거린다.

"왜 당신은 그렇게 복잡해야 하는 거야?"

"그럼, 당신은 그렇지 않은 누군가와 결혼하지 그랬어?"

"너희들 배고프니?" 시어머니가 닫힌 침실 문 바깥에서 속삭인다. "배고프면 내가 뭔가 만들어줄 수 있는데."

183쪽.

충혈

208

아기는 한 번에 몇 시간씩 젖을 먹는다. 소책자에서 읽은 것과는 다르다. 당신은 병원에서 준 모유 수유 응급 전화번호로 전화를 건다. 모유 수유 전문가들이 아기는 자연스러운 일을 하는 것뿐이라고 말해준다. 아기가 많이 빨수록 모유가 더 많이 나올 것이며, 모유 생산이 어떻게 수요공급 체제를 따르는지, 모유가 공급되면 상황이 얼마나 나아질 것인지를. 당신은 그저 모유가 어떤 종류의 트럭에 실려 공급되는지 궁금해질 뿐이었다.

그들은 젖꼭지 통증이 느껴지는 건 아기에게 제대로 물리지 않아서라고 알려준다. 제대로 수유를 하는 데에 딱 맞는 '물림'이란 건 대체 어떡해야 하는가. 당신은 그 말의 어감이 마음에 들지 않는다. 당신은 뭔가 흡입력 있는 것이 달라붙어 절대 다시는 떨어지지 않을 것 같은 '물림'이라는 말의 느낌을 좋아하지 않는다. 당신은 칠성장어와 거머리를 생각한다.

모유가 나올 때는 엔진 없는 트레일러에 실려 있다. 당신 겨드랑이 피부밑에는 젖이 뭉쳐 유리처럼 딱딱하고 건드리면 아픈 덩어리들도 생긴다. 당신 가슴은 콘크리트공처럼 단단해지고, 압력이 어찌나 센지 젖꼭지 주변의 핏줄들이 밀려 붉거진다.

공포 영화에 나오는 소재처럼 가슴은 피를 뿌리며 폭발할 지경까지 팽창하며 솟아오른다.

"이거 만져 봐. 내 가슴이 얼마나 딱딱한지." 나는 이를 악물고 말한다.

"세상에!"

"아파." 나는 속삭인다.

"세상에나." 그는 겁에 질린다. 나에게 공감해서가 아니라 나에게.

"젖이 가득 차지 않게 조금 빨아줄래? 잠을 잘 수가 없어."

"뭐?" 그는 내가 코브라 독이 담긴 유리병을 빨아달라고 부탁이라도 한 것처럼 나를 쳐다본다.

"젖 좀 빨아내 주시겠습니까? 맛이 나쁘진 않을 거야. 일종의 설탕물 같은 거니까."

"으악, 난 그렇게 생각하지 않아. 너무… 근친상간 같아."

"세상에, 우린 친족이 아니라 결혼한 사이야. 이게 어떻게 근친상간이 될 수 있어? 그렇게 이상하게 굴지 마. 제발! 너무 아프단 말이야."

"미안해. 난 정말 못하겠어." 독서등이 딸깍 하는 소리와 돌아누워 잠드는 소리.

176쪽.

모유를 먹이는 어머니인 여러분에게도 좋은 점들이 있다 … 다이어트 없이도 몸무게를 줄이기 쉽고, 더 빨리 예전의 몸매로 돌아갈 수 있다.

"넌 여전히 임신한 것처럼 보여." 그가 농담한다. "배에 아이가 하나 더 있는 거 아냐?"

"그냥 꺼져, 알았어?"

당신의 배는 느슨하게 접힌 피부와 지방으로 덮여서 음모가 잘 보이지 않는다. 아랫배에는 지난 5년 동안 보지 못했던 애교점이 있다. 당신은 첫째 아이에게 모유를 먹였더라면 더 날씬해질 가능성이 있었을까 궁금하다. 당신 배에는 불두덩에서부터 배꼽까지 그리고 거의 가슴 아래쪽까지 일직선으로 검은 자국이 세로로 그어져 있다. 말도 안 되지만, 당신은 그 자국이 자연분만에 문제가 생겼을 때 절개할 선을 의사가 표시해 놓은 것이라고 상상했다. 그 자국은 사라지지 않았고 당신은 그다지 신경 쓰지 않는다. 군살이나 뭐 그런 것들 때문에 있으나 없으나 별 차이가 없기 때문이다. 당신은 모유를 생산하느라 늘 배가 고프고, 평소 때 먹는 것보다 세 끼를 더 먹는다. 그러므로 당신 몸무게는 전혀 줄지 않는다.

"먹고 싶은 만큼 실컷 먹어야 돼." 시어머니가 말한다. 시어머니가 당신 접시에서 가지나물을 한 숟가락 덜어주었고 당신 배우자도 자기 걸 퍼준다. 아기가 침실에서 울기 시작하자 시어머니가 달려가 아기를 안아 든다.

"울지 마." 당신은 시어머니가 하는 말을 듣는다. "금방 젖이 올 거야."

당신은 당신에게도 이름이 있고, 그 이름은 '젖'이 아니라고 복도가 떠나가라 소리를 지르고 싶다. 당신은 가지를 먹는다.

176쪽.

모유 분비를 일으키는 프로락틴 호르몬은 당신이 '어머니다운' 기분을 느끼도록 돕는다.


대체 이 고통이 얼마나 오래갈 건지, 당신은 스스로 묻는다. 젖꼭지 고문과 모성 지옥을 겪은 지 11일째 되는 날이다. 당신은 친구에게 전화를 걸어 고통에 대해서, 그 끝없는 고통에 대해서 불평한다. 당신 친구는 모유 수유를 하면서 오르가슴에 이를 정도의 환희를 경험하는 사람들도 있다고 말한다. 당신은 말한다. 만약 그런 경우라면 아이가 커서 도망갈 때까지 젖을 먹일 수도 있겠다고.

한밤중의 수유는 모유 수유의 하루 중에서도 가장 길고 가장 고통스러운 부분이다. 두 시간에서 여섯 시간이 걸린다. 당신은 한 시간에 한쪽씩 양 가슴을 번갈아 물리다가 젖꼭지가 시들해지면 30분, 15분, 8분, 2분, 1분으로 교체 시간을 줄인다. 그러는 와중에 당신의 젖꼭지는 헐어서 아기 배냇저고리가 살짝 스치기만 해도 고통으로 발가락이 바짝 서고 볼에 눈물이 줄줄 흐를 정도가 된다. 당신은 시계가 천천히 똑딱거리며 당신의 고통을 늘여주는 동안 애써 오르가슴에 대해 생각해 본다. 당신은 가학피학성애에 대해 애써 생각해 본다. 고통이 너무 격렬하고 너무, 정말로 저미는 것 같아서 당신은 그걸 유쾌하게 생각할 수가 없다. 당신은 당신이 피학성애자가 아니라는 사실을 깨닫는다.

176쪽.

젖을 먹이려면 앉거나 누워야 하므로 당신은 산후에 필요한 휴식을 틀림없이 취할 수 있다.


당신은 더 이상 앉아서 젖을 먹일 수 없다. 당신은 개처럼 누워서 아기에게 젖을 먹여보려 하지만 가슴의 형태가 그런 방법에는 적합하지 않다. 당신은 아기를 안락의자 등받이에 받쳐놓고 서서 젖을 먹인다. 아기 다리가 허공에 대롱대롱 매달려 있지만, 아기는 당신의 헐어버린 젖꼭지를 빨 수 있다. 당신은 등에 표지판이라도 달까 생각한다. '젖 가판대'라고.

항문이 아파 죽을 지경이다. 당신은 잠시 고통을 덜기 위해 따뜻한 물에 좌욕을 하고, 물속에서 가능한 한 조심스럽게 그 부분을 더듬어본다. 질과 직장 사이에 처음 보는 살덩어리가 몇 개 만져지자 당신은 두 번째, 세 번째, 네 번째 클리토리스가 자라는 것일지도 모른다고 희망적으로 생각한다. 의사를 찾아간 당신은 그것들이 그냥 치핵일 뿐이라는 사실을 알게 된다.

"나 그만둘래. 진절머리가 나."

"당신은 이제 겨우 2주째야. 지금이 제일 힘든 시기니까, 지금부터는 점점 나아질 일만 남았어." 그가 격려한다. 상냥하게 웃으며 내 코에 뽀뽀하려고 한다.

"난 그만둘 거야, 정말로. 내가 이 짓을 계속하다간 아기를 미워하게 될 것 같아."

"넌 자기 생각만 해." 그가 손가락으로 내 가슴을 가리키며 비난한다. "아기한테는 모유 수유가 제일 좋은데, 넌 포기하겠다고, 그렇게 쉽게 말이야. 난 네가 더 강한 줄 알았어."

"나한테 죄책감을 주지 마! 이건 빌어먹을 내 몸이고, 난 이걸로 뭘 하고 뭘 안 할 건지 스스로 결정해!"

"넌 언제나 너한테 제일 좋은 일만 해야 하잖아! 내가 기여한 건 어쩔 건데? 우리가 우리 아이를 어떻게 키울 건지에 대해서 내가 한마디도 못 해?" 그가, 미스터 분별남에다 '우리 어른답게 그 문제에 관해서 얘기해 보자'주의자께서 소리를 지른다.

"너희들 괜찮은 거니?" 그의 어머니가 닫힌 침실 문 밖에서 속삭인다. "누구 배 고…."

"저흰 괜찮아요! 가서 주무세요!" 그가 큰 소리로 말한다.

아기가 씩씩거리더니 딸꾹질을 하다가 믿을 수 없을 정도로 큰 울음을 터뜨린다. 코맹맹이 소리에다 괴로워하는 것 같은 소리다.

"잘 들어. 얘한테 젖을 물려야 하는 사람은 나야. 당신이 코를 골며 자빠져 자는 동안 두 시간마다 일어나 젖꼭지가 찢어지고 피가 날 때까지 빨리는 건 나라고. 당신은 그 빌어먹을 도와주는 시늉이랍시고 저 썩을 기저귀 한 번 갈아주러 밤중에 일어난 적조차 없는데, 그래 내가 내 가슴으로 뭘 해야 하는지 나한테 말해 보시지그래. 분유 먹여도 아무 문제 없어. 나도 분유 먹고 컸어. 당신도 분유 먹고 컸어. 우리 세대 전부가 분유를 먹고 컸는데, 우리 다 멀쩡해. 그러니 그냥 입 닥치지그래. 그냥 입 닥쳐. 이 일은 너랑 상관이 없으니까 말이야. 이건 내 문제야!"

"내가 젖을 먹일 수 있다면, 난 기꺼이 먹일 거야!" 그가 비난하듯 말한다. 담요를 홱 젖히더니 쿵쿵거리며 아기 침대로 걸어간다.

그리고 나는 웃는다. 저 멍청이가 큰 소리로 저 말을 했기 때문에 나는 웃는다.

\* \* \*

새벽 3시 27분. 아기가 깼다. 가슴이 젖으로 묵직하지만, 당신은 아기에게 분유를 준다. 5시 15분. 당신은 아기에게 다시 분유를 먹이고, 당신 젖가슴은 너무 꽉 차고 너무 단단해서 대리석이라도 되는 것처럼 가슴 위에 놓여 있다. 준비가 됐다.

당신은 아기 기저귀를 간 다음 아기 침대에 눕힌다. 아이용 전등의 희미한 불빛 속에서 아기 입술이 상상 속의 젖꼭지를 물고 오물거리는 게 보인다. 아기는 꿈속에서마저 젖을 빤다. 당신은 잠든 배우자 옆에 앉아 수유용 브라의 걸쇠를 푼다. 패드는 젖었고, 젖꼭지가 일단 노출되자 달콤한 젖이 뿜어져 나온다. 가슴 주변의 피부가 북 가죽보다 더 팽팽하게 늘어났다. 너무 팽팽해서 살짝 한 번만 베도 피부가 갈라진다. 압력을 받은 지퍼처럼 당신 손가락의 지시에 따라 흉부 표면을 가로질러 죽죽 피부가 갈라지고, 가슴 전체를 두른 완벽한 원 모양으로 절개된다.

피도 안 난다.

당신이 슬쩍 앞으로 몸을 숙이자 젖가슴이 오목하게 받친 두 손에 부드럽게 떨어진다. 살덩어리는 짙은 붉은색이고, 당신은 그 아름다움에, 부탁하거나 심지어 원한 일도 없는데 어떻게 살덩어리가 먹을거리가 되는지에 어리둥절해진다. 당신은 가슴을 무릎에 놓고 다른 쪽 가슴을 베어낸다. 맥박이 뛰는 두 개의 구는 여전히 젖을 뿜어낸다. 당신은 잠든 배우자가 가볍게 움켜쥔 담요를 살살 끌어내리고 잠옷 단추를 푼 다음 그의 가슴이 드러나도록 잠옷 자락을 뒤로 젖힌다. 당신은 그 털 없는 피부를 쓰다듬은 다음 가슴 하나를 들어 올리고, 다음엔 또 하나를 들어 올려서 거의 편평하고 작은 젖꼭지 위에 놓는다. 당신의 가슴 살덩어리가 그의 피부 속으로 스며들고, 세포와 세포가, 당신의 피부가 그의 피부와, 조직과 조직이 결합하는 부드러운 속삭임이 들리고, 긴밀한 결합이 당신 눈앞에서 벌어지고, 당신의 입은 경이와 환희로 '오' 모양을 그리고 있다.

비대해진 가슴의 낯선 무게 때문에 그는 몸부림을 치고 몸을 뒤채더니 벌어진 입술 사이로 낮은 신음소리를 낸다. 가슴에서는 더는 젖이 뿜어져 나오지 않았지만, 그의 옆구리 쪽으로 젖이 규칙적으로 뚝뚝 떨어진다. 차갑고 축축한 느낌이 불편해지자 그의 눈꺼풀이 떨린다. 눈을 뜬다. 유심히 아래를 내려다보고 있는 내 얼굴을 보고 그가 빠르게 눈을 깜박거린다.

"무슨 문제 있어?" 그가 묻는다. 졸려서 건조한 어조다.

"아니. 아무 문제 없어. 기분은 어때?

"이상해." 그가 난처하다는 듯이 답한다. "가슴이 좀 이상해. 온통 쑤시는 거 같아. 어쩌면 무슨 병에 걸린 건지도 모르겠어. 가슴이 젖었어! 피가 나!"

"쉬이. 아기 깨겠어." 나는 주의를 주었다. 집게손가락으로 그의 입술을 지그시 누르면서.

졸려서 제정신이 아니던 그가 이제 완전히 깬다. 일어나 앉는다. 가슴을, 두 개의 비대해진 가슴을 내려다본다. 그가 내 얼굴을 쳐다본다. 그러더니 다시 자기 가슴을 내려다본다.

"아, 세상에." 그가 신음한다.

"괜찮아." 내가 그를 안심시킨다. "걱정하지 마. 다 괜찮아. 그냥 자연스럽게 닥치는 일을 하면 돼."

갑작스레 충격받은 표정이 그의 얼굴을 강타하고, 그는 정신없이 손을 뻗어 자기 다리 사이를 더듬는다. 자기 물건이 멀쩡하다는 걸 확인하고는 잠시 그의 눈에 안도의 빛이 지나가나 싶었지만, 이내 끝날 줄 모르는 당황스러운 눈빛으로 교체된다.

나는 웃음을 짓는다. 어둑한 빛 속에서 얼굴을 빛낸다. 나는 등을 돌리고 누워 달콤하고 편안하게 잠든다.

히로미 고토는 장편과 단편소설을 쓰는 작가이자 시인이며 편집자인 일본
계 캐나다인이다. 어린이와 청소년 및 성인을 위한 작품들을 모두 써왔다.
그녀의 작품은 제임스 팁트리 주니어상과 선버스트상, 칼 브랜든 소사이
어티 패럴랙스상 등 여러 상을 받았다. 최근에 장편소설 《가장 어두운 빛》
을 발표했다. '가슴 이야기'는 막 부모가 된 두 사람이 느끼는 부담감과 양
육의 역할을 신선하고 약간 음울하게 비튼 시선으로 들여다본다. 1995년
〈압생트〉 겨울호에 처음 발표되었고, 이후 〈미즈 매거진〉에 다시 실렸다.

# II
# 무척추동물의 사랑과 성

팻 머피

    이건 과학이 아니다. 과학과는 아무 관련이 없다. 어제 폭탄이 떨어지고 세계가 끝났을 때 나는 과학적 사고를 포기했다. 산호세를 날려버린 폭탄 투하 지점에서 이 정도 떨어진 곳이라면 나는 중간 규모의 방사능에 피폭됐을 것으로 생각한다. 즉사하기에는 부족하지만 생존하기에는 너무 많은 양이다. 겨우 며칠 정도가 남았을 테고, 나는 이 시간을 미래를 건설하는 데 쓰기로 했다. 누군가는 반드시 해야 할 일이니까.

    그게 내가 교육받은 것이기도 하다, 진짜로. 내 학부 전공은 생물학이었고, 나는 동물의 몸과 뼈의 구조를 살피는 구조해부학을 공부했다. 대학원에서는 공학을 공부했다. 지난

5년 동안 나는 산업 현장에서 쓰일 로봇들을 설계하고 제작했다. 그런 산업용 수요는 이제 끝났다. 하지만 동료들이 버리고 떠난 연구실에 남은 장비와 재료들을 그냥 썩히는 건 애석한 노릇일 듯싶다.

나는 로봇을 조립해서 움직이게 만들 것이다. 하지만 나는 로봇들을 이해하려고 애쓰지 않을 것이다. 나는 그들을 분해하지 않을 것이고, 그들의 내적인 작동 원리를 파악하거나 이리저리 들쑤시고 엿보고 분석하지 않을 것이다. 과학의 시대는 끝났다.

* * *

일명 '앉은뱅이'라고도 불리는 의갈류, 라시오케르네스 필로수스는 전갈처럼 생긴 잘 알려지지 않은 곤충으로 두더지굴에 서식한다. 의갈류는 짝짓기 전에 춤을 추는데, 이 비밀스러운 땅속의 미뉴에트는 두더지와 관음증적인 곤충학자들만 볼 수 있다. 구애를 받아줄 것 같은 암컷을 발견하면 수컷은 발톱으로 암컷의 발톱을 잡아 끌어당긴다. 암컷이 저항하면 수컷은 '노'라는 대답을 받아들이기를 거부하며 암컷의 발톱을 꼭 붙들고 끌면서 원을 그리며 돈다. 수컷은 다시 다가가 떨리는 발톱으로 암컷을 끌어당기려 시도한다. 암컷이 계속 저항하면 수컷은 물러나 계속 춤을 춘다. 원을 그리다가 잠깐 멈춰서 마뜩잖아하는 파트너를 끌어당겨 보다가 다시 원을 그리며 돈다.

한 시간 남짓 춤을 추고 나면 암컷은 그 춤의 전개를 보고 상대의 종이 자신과 일치한다는 것을 확신하게 되고, 결국 굴복하게 된다. 수컷은 춤을 추느라 검불도 없이 깨끗해진 빈터 바닥에 정자 주머니를 내놓는다. 수컷은 발톱을 벌벌 떨며 자신의 정자 주머니 위로 오도록 암컷을 끌어당긴다. 마침내 마음이 동한 암컷은 자신의 생식공을 대고 눌러 정자를 몸속으로 받아들인다.

생물학 전공서적들은 이 수컷 의갈류가 춤출 때 발톱을 편다고 언급하지만 왜 그런지는 말하지 않는다. 전공서적들은 수컷의 감정과, 수컷의 동기와, 수컷의 욕망에 대해 넘겨짚지 않는다. 그런 건 과학적이지 않으니까.

나는 수컷 의갈류가 초조해한다는 가설을 세웠다. 수컷은 늘 풍기는 두더지 똥과 썩은 식물들 냄새 속에서 암컷의 냄새를 맡고, 암컷의 향기는 수컷을 갈망으로 가득 채운다. 하지만 수컷은 두렵고 혼란스럽다. 사교 활동에 익숙지 않은 개체 생활을 하는 곤충으로서 수컷은 같은 종의 다른 개체가 존재한다는 사실이 불편하다. 수컷은 상충하는 감정들에 사로잡힌다. 수컷의 포괄적인 욕구, 수컷의 공포, 그리고 사교를 해야 하는 낯선 상황.

나는 과학이라는 겉치레를 집어 던졌다. 나는 의갈류의 동기, 수컷의 춤에 구체화되는 수컷의 갈등과 욕망을 추측했다.

*　*　*

　나는 일종의 농담으로, 진화에 대한 나만의 은밀한 농담으로 내 첫 로봇에 성기를 만들어 달았다. 그게 나만의 농담이었다는 말은 정말로 할 필요가 없을 듯싶다. 이제 내 모든 농담은 나만의 것이니까. 적어도 내가 아는 한 나는 마지막으로 남은 인간이다. 동료들은 달아났다. 가족들을 찾으러, 산속 피난처를 구하러, 마지막 시간을 여기저기 다급하게 뛰어다니러. 나는 가까운 시간 안에 누군가 다른 사람을 볼 수 있으리라 기대하지 않는다. 그리고 볼 수 있다 해도 그들은 아마 내 농담에는 관심을 두지 않으리라. 난 대부분의 사람이 농담할 때는 지났다고 생각할 것이라 확신한다. 그들은 폭탄과 전쟁이 가장 우스꽝스러운 농담임을 모른다. 죽음이야말로 가장 우스꽝스러운 농담이다. 진화야말로 가장 우스꽝스러운 농담이다.

　고등학교 생물 시간에 다윈의 진화론에 대해서 배웠던 게 생각난다. 그때에도 나는 사람들이 진화에 관해서 이야기하는 방식이 뭔가 이상하다고 생각했다. 선생님은 진화가 완전히 끝나버린 기정사실인 것처럼 얘기했다. 그녀는 라마피테쿠스와 오스트랄로피테쿠스, 호모 에렉투스, 호모 사피엔스, 호모 사피엔스 네안데르탈렌시스에 대해 얘기하면서 인류 진화에 관한 복잡한 추측들을 엉성하게 주워 삼켰다. 그녀는 호모 사피엔스에서 멈추었고, 그게 끝이었다. 그 교사가 세상을 보는 방식에서는 우리가 종착지였고 퇴적물의 꼭대기였으며 긴 줄의 끝이었다.

난 공룡들도 그렇게 생각했으리라고 확신한다. 그들이 생각이란 걸 했다면 말이다. 몸을 둘러싼 갑옷 같은 피부와 대못이 박힌 꼬리에서 더 나아질 게 무엇이 있겠는가? 누가 그 이상을 바라겠는가? 공룡들을 생각하면서 나는 연구실과 창고를 채운 여러 산업용 시제품들에서 이것저것을 조금씩 뜯어내 첫 번째 피조물로 파충류 유형에 기초한 도마뱀 비슷하게 생긴 형체를 만들었다. 난 내 피조물에 내 키가 허락하는 한 가장 튼튼한 몸을 주었다. 네 다리는 몸통 옆에서 뻗어 나와 무릎에서 구부러지며 땅에 닿았고, 몸통만큼이나 긴 꼬리에는 장식적인 금속 대못들을 박았다. 악어 같은 입에는 구부러진 모양의 거대한 이빨을 달았다.

입은 그저 장식적 효과와 방어를 위한 것이다. 이 피조물은 먹이를 먹지 않을 테니까. 나는 녀석의 등에 붙인 돛처럼 생긴 볏에다 태양 전지판을 장착했다. 태양열을 받으면 돛이 펼쳐져 전기 에너지를 모아 배터리를 충전하게 된다. 밤이 되어 서늘해지면 돛이 접히며 등에 밀착해 날렵한 유선형 몸체가 될 것이다.

나는 연구실을 뒤져 찾아낸 재료들로 내 피조물을 장식한다. 자판기 옆 쓰레기통에서 알루미늄 캔들을 찾아낸다. 나는 그것들을 잘라서 피조물의 턱 아래쪽에 이구아나의 군턱 같은 화려한 장식을 만들어 붙인다. 다 하고 나서 보니 음료

수 캔에 적혔던 글자들이 잘려서 의미 없는 음절들이 되었다. 코카콜라, 환타, 스프라이트, 닥터 페퍼가 섞여 눈부신 색깔들의 격돌장이 되었다. 피조물의 나머지가 완성되고 기능이 갖춰졌을 때, 제일 마지막으로 나는 구리 관과 부속품들로 성기를 만든다. 그건 피조물의 배 아래쪽에 선명한 구릿빛으로 외설적인 자태를 뽐내며 매달려 있다. 나는 한 움큼씩 빠지는 내 머리카락으로 반짝이는 구리 주변에 쥐 둥지를 엮어준다. 나는 그 모양새가 마음에 든다. 곱슬곱슬하고 뻣뻣한 무성한 검은 털 사이에서 엿보이는 반짝이는 구릿빛.

때때로 병증이 날 압도한다. 나는 하루 중 상당 시간을 연구실 여자 화장실의 차가운 타일 바닥에 누워 변기에 토할 때만 몸을 일으키며 지낸다. 예상하지 못했던 바는 아니었다. 무엇보다 나는 죽어가고 있으니까. 나는 바닥에 누워 생물학이 가진 특이성들에 대해 생각한다.

\* \* \*

수컷 거미들에게 짝짓기는 위험한 과정이다. 아침 이슬을 달고 자연사진 작가들 앞에서 영롱하게 빛나는 그런 원형 거미줄을 짜는 거미 종에게는 특히나 그렇다. 그런 종들은 암컷이 수컷보다 크다. 암컷이 좀 쌍년이라는 사실을 인정할 수밖에 없다. 암컷은 자기 거미줄을 건드리는 건 뭐든지 공격한다.

짝짓기 때 수컷은 조심스럽게 접근한다. 수컷은 거미줄 가장자리에서 머뭇거리며 암컷의 주의를 끌기 위해 거미줄 하나를 살살 끌어당긴다. 수컷은 아주 특정한 리듬에 맞춰 줄을 건드려 예비 애인에게 신호를 보내고, 줄을 잡아당기며 부드럽게 속삭인다. '사랑해. 사랑해.'

어느 정도 시간이 지나면 수컷은 암컷이 자신의 메시지를 받아들였다고 믿는다. 수컷은 자기 뜻이 이해됐다고 확신한다. 여전히 조심스럽게 나아가며 수컷은 짝짓기 줄을 암컷의 거미줄에 부착한다. 수컷은 암컷이 짝짓기 줄에 올라타도록 부추기기 위해 줄을 튕긴다. '너뿐이야, 자기.' 수컷이 신호를 보낸다. '나한텐 너밖에 없어.'

암컷이 짝짓기 줄에 올라탄다. 맹렬하고 열정적으로. 하지만 수컷의 거듭되는 맹세에 잠시 진정된다. 그 틈에 수컷은 암컷에게 달려들어 정자를 전달하고는 재빨리, 암컷이 마음을 바꾸기 전에 줄행랑을 친다. 위험천만한 거래다. 사랑을 나눈다는 건.

* * *

세계가 사라지기 전에 나는 신중한 사람이었다. 나는 아주 신경 써서 친구를 골랐고, 오해의 조짐이 보이기 시작한다 싶으면 곧바로 도망쳤다. 그때는 그게 맞는 것 같았다.

난 영리한 여자였고 위험한 짝이었다. (이상하다. 스스로에 대해서 과거형으로 생각하고 글을 쓰고 있다니. 죽음이 너무 임박해서 나 자신이 이미 죽었다고 생각하는지도 모르겠다.) 남자들은 조심스럽게 다가와 멀찍이 떨어진 곳에서 신호를 보내곤 했다. "난 너한테 관심 있는데, 너는?" 나는 응답하지 않았다. 나는 정말로 어떻게 대처해야 하는지를 몰랐다.

외동아이로 자라면서 나는 늘 남들을 경계했다. 나는 어머니와 같이 살았다. 내가 아직 어린아이일 때 아버지는 담배를 사러 나가서는 돌아오지 않았다. 천성이 방어적이고 신중했던 어머니는 내게 남자란 믿어서는 안 되는 존재라고 경고했다. 사람들을 믿어서도 안 되었다. 어머니는 나를 믿을 수 있고, 나는 어머니를 믿을 수 있다. 그게 다였다.

내가 대학을 다닐 때 어머니가 암으로 돌아가셨다. 어머니는 돌아가시기 일 년도 전에 종양의 존재를 알았지만, 수술과 화학요법을 견디는 와중에도 내게 정원에 대해 유쾌한 편지들을 써 보냈다. 어머니가 다니던 성당의 신부님은 어머니가 성인이었다고 말했다. 어머니는 내 공부를 방해하고 싶지 않아서 말하지 않은 것이었다. 나는 그때 어머니 말이 거짓이었음을 깨달았다. 결국 어머니도 진짜로 믿을 수는 없는 존재였다.

나는 내가 아주 잠깐 열려 있었던 어떤 기회를 놓친 게 아닌가 생각한다. 만약 그 과정의 어느 시점에 나를 구슬려 더 이상 숨지 않게 하려고 애를 쓴 친구나 애인이 있었더라면, 나는 다른 사람이 될 수 있었을 것이다. 하지만 그런 일은 일어나지 않았다. 고등학교 때 나는 책이 주는 안전한 느낌을 좋아했다. 대학에서는 금요일 밤에도 혼자 공부했다. 대학원에 갈 때쯤에는 의갈류처럼 개체 생활에 익숙해져 있었다.

나는 실험실에서 혼자 일하며 암컷을 만든다. 암컷은 수컷보다 크다. 이빨도 더 많고 길다. 암컷의 고관절을 용접해 붙이고 있는데 어머니가 연구실로 나를 찾아온다.

"케이티." 어머니가 말한다. "넌 왜 연애를 하지 않았니? 왜 애를 가지지 않았어?"

나는 손이 떨리는데도 계속 용접을 했다. 나는 어머니가 이곳에 없다는 걸 안다. 정신 착란은 방사능 중독 증상 중의 하나다. 하지만 어머니는 내가 일하는 걸 계속해서 지켜본다.

"엄마는 진짜로 여기 있는 게 아니야." 나는 어머니에게 말했고, 그 즉시 어머니에게 말을 한 것이 실수라는 걸 깨닫는다. 나는 어머니의 존재를 인정했고 어머니에게 더 큰 힘을 실어주었다.

"내 말에 대답해, 케이티." 어머니가 말한다. "왜 그랬니?"

나는 대답하지 않는다. 나는 바쁘고, 어머니에게 배신에 관해 말하려면, 사교를 해야 하는 상황에 맞닥뜨린 개체 생활 곤충이 느끼는 혼란에 관해 설명하려면, 공포와 사랑 간의 균형을 납득시키려면 너무 많은 시간이 걸릴 것이다. 나는 떨리는 손과 배에서 느껴지는 고통을 무시하는 것처럼 어머니를 무시하고 계속해서 일을 한다. 결국 어머니는 사라진다.

나는 남은 음료수 캔들을 써서 암컷에게 찬란한 색깔의 비늘을 입힌다. 코카콜라의 빨간색, 스프라이트의 녹색, 환타의 오렌지색. 음료수 캔을 이용해서 나는 금속으로 안을 댄 난관을 만든다. 수컷의 생식기가 맞을 정도의 크기다.

수컷 바우어새는 일종의 예술작품을 만들어 짝을 유인한
다. 수컷은 나뭇가지와 풀로 나란한 벽 두 개를 세우고 아치
를 올린다. 수컷은 이 구조물과 주변을 뼛조각과 녹색 이파
리, 꽃, 반짝이는 돌멩이, 더 화려한 새들한테서 떨어진 깃
털 같은 화려한 잡동사니들로 장식한다. 사람들이 버리고 간
쓰레기가 있는 지역에서는 병뚜껑과 동전, 깨진 유리 조각들
을 이용한다.

수컷은 자기 둥지에 들어앉아 누가 됐든 근처에 있는 모
든 암컷에게 자신의 사랑을 선언하며 노래를 부른다. 마침내
어떤 암컷이 수컷의 둥지에 감탄하며 초대를 받아들이면 둘
은 짝짓기를 한다.

바우어새는 둥지를 장식할 때 안목을 발휘한다. 수컷은 공
들여 잡동사니를 고른다. 반짝임을 위해 유리 조각 하나, 자
연스러운 우아함을 위해 반들반들한 이파리 하나, 약간의 색
감을 더하기 위해 코발트 빛 푸른색 깃털 하나, 하는 식이다.
수컷은 둥지를 짓고 장식하면서 무슨 생각을 할까? 앉아서 노
래를 부르며 자신이 짝을 찾고 있다는 사실을 만방에 광고할
때는 무슨 생각이 수컷의 마음을 스치고 지나갈까?

수컷을 방사하고 암컷 작업을 하고 있는데 건물 바깥에서

덜거덕거리고 쨍그랑거리는 소리가 들린다. 연구소와 옆 사무실 건물 사이에 난 골목에서 뭔가 일이 벌어지고 있다. 나는 무슨 일인지 살펴보러 아래로 내려간다. 나는 골목 입구에 서서 안쪽을 엿보았고, 수컷 피조물이 날 향해 달려오는 바람에 놀라서 뒷걸음질을 친다. 수컷은 머리를 흔들고 위협적으로 이빨을 부딪치며 덜거덕거리는 소리를 낸다.

나는 길 반대쪽으로 물러나 거기서 수컷을 지켜본다. 수컷은 골목에서 벗어나 거리를 따라 바삐 걸음을 옮기더니 연석에 주차된 BMW 옆에서 멈춘다. 수컷의 발톱이 금속판을 긁는 소리가 들린다. 휠캡이 텅 소리를 내며 길바닥을 쳤다. 수컷은 그 빛나는 금속 조각을 골목 입구에 가져다 놓고 돌아와 나머지 세 개를 하나씩 떼어낸다. 내가 움직이자 수컷이 골목 쪽으로 달려와 자기 영역을 침범하려는 시도는 무엇이 됐든 막아낸다. 내가 가만히 서자 수컷은 하던 일로 돌아가 휠캡을 모은 다음 골목으로 가져와 햇빛을 받을 수 있도록 늘어놓는다.

내가 보는 사이에 수컷은 빗물 홈통을 뜯어내고, 맥주병과 알록달록한 막대사탕 비닐포장지 몇 장과 제법 긴 밝은 노란색 나일론 밧줄 같이 자기 눈에 괜찮아 보이는 물건들을 모은다. 수컷은 뭔가를 찾아낼 때마다 그걸 가지고 골목 안으로 사라진다.

나는 지켜보면서 기다린다. 수컷은 골목 입구 주변의 빗물 홈통들을 다 싹쓸이하고 나자 길모퉁이 주변을 탐색하기 시작했고, 나는 몸을 움직여 골목 입구로 뛰어가 안쪽을 살펴보았다. 골목 바닥이 알록달록한 종잇조각과 플라스틱으로 덮여 있다. 막대사탕 포장지를 비롯해 버거킹과 맥도날드 종이봉투들이 눈에 띈다. 노란 나일론 밧줄이 벽 한쪽을 타고 오르는 파이프와 반대쪽 벽에 튀어나온 고리에 묶여 있다. 거기엔 빨랫줄에 걸린 깨끗한 옷가지들처럼 적갈색 수건과 페이즐리 무늬가 찍힌 침대보, 푸른색 새틴 침대 시트 같은 색색의 천 조각들이 걸려 있다.

나는 이 모든 것을 한눈에 훑어본다. 수컷의 둥지를 더 자세히 보기도 전에 길바닥을 긁는 발톱 소리가 들린다. 수컷이 침입당한 것에 격노하여 나를 향해 달려온다. 나는 몸을 돌려 연구소로 달아났고, 들어가자마자 문을 쾅 닫는다. 하지만 일단 내가 골목을 벗어나자 수컷은 더는 날 쫓지 않는다.

2층 창문에서 수컷이 골목으로 들어가는 것을 지켜보며 나는 수컷이 내가 뭔가 손을 댄 것이 없는지 살펴보고 있다고 추측한다. 어느 정도 시간이 지난 뒤에 수컷이 다시 골목 입구에 모습을 드러내고는 쭈그리고 앉는다. 햇빛이 수컷의 금속 등딱지 위에서 반짝인다.

실험실에서 나는 미래를 건설한다. 오, 어쩌면 아닐지도. 하지만 여기에 내 말을 반박할 사람이 아무도 없으니, 난 그렇다고 말할 셈이다. 나는 암컷을 완성하고 방사한다.

그때 병증이 덮친다. 아직 힘이 남아 있는 동안 나는 뒷방에서 접이식 침대를 끌어다 밖을 내다보며 내 피조물들을 지켜볼 수 있도록 창가에 놓는다.

내가 저들에게서 원하는 건 뭘까? 나도 정확하게는 모른다.

나는 내가 무언가를 남겨두었다는 걸 알고 싶다. 나는 세계가 나와 함께 끝나지 않을 거라는 걸 확신하고 싶다. 나는 세계가 계속 굴러갈 거라는 그 느낌을, 그 인식을, 그 확신을 원한다.

나는 죽어가는 공룡들이 포유류들을 보면서, 덤불 속에 숨어서 부스럭대는 쥐같이 생긴 조그만 생물들을 보고서 기뻐했을까 궁금하다.

*　*　*

중학교 1학년 때의 어느 봄날 오후 체육 시간에 여학생들 전원이 특별한 영화를 봐야 했다. 우리는 체육복을 입고 강당에 앉아서 〈여성이 된다는 것〉이라는 영화를 봤다. 사춘기와 생리에 대해서 말하는 영화였다. 거기엔 어린 여자아이의 윤곽을 보여주는 영상들이 있었다. 영화가 진행되자 가슴이 발달하면서 여자아이는 여성으로 변했다. 그 애니메이션은 아이의 자궁이 내막을 발달시키고, 그러고는 내막을 탈락시키고, 그러고는 또 내막을 발달시키는 과정을 보여주었다. 나는 난소가 난자를 방출하고 난자가 정자와 만나서 자궁에 자리를 잡고 아기로 자라나는 과정을 보여주는 그림들을 경외감을 가지고 지켜봤던 걸 기억한다.

그 영화는 정자의 출처에 대해서는 아무 언급을 하지 않고 세심하게 회피했던 것 같다. 어머니에게 정자가 어디서 오는 지, 어떻게 여성의 몸 안으로 들어가는지 물어본 기억이 있으 니 말이다. 질문을 받은 어머니는 매우 불편해했다. 어머니 는 남자와 여자가 서로 사랑하는 것에 관해 뭔가를 중얼거렸 다. 어찌 됐든 간에 사랑이 정자가 여성의 몸속으로 자기 길 을 찾아가는 데 필요한 전부인 양.

그 대화 이후로 늘 사랑과 섹스에 대해서 약간 혼란스러움 을 느꼈던 것 같다고 나는 생각한다. 성의 역학과 뭐가 어떻 게 되는 건지를 배우고 나서도 그랬다. 남자의 성기는 깔끔하 게 질 속으로 미끄러져 들어간다. 하지만 대체 사랑은 어디쯤 에서 끼어드는 거지? 어디에서 생물학이 그치고 더 고차원의 감정이 시작되는 거지?

암컷 의갈류는 춤을 출 때 수컷을 사랑할까? 수컷 거미는 자기 목숨을 구하기 위해 황급하게 도망갈 때 자기 짝을 사랑 할까? 둥지 안에서 짝짓기하는 바우어새들 간에는 사랑이 있 을까? 전공서적들은 답하지 못한다. 나는 추측만 해볼 뿐, 답 을 얻을 방법은 없다.

\*\*\*

내 피조물들이 길고 느린 구애 과정에 돌입한다. 나는 갈 수록 더 아프다. 간간이 어머니가 오셔서 내가 답할 수 없는 질문들을 건넨다. 때때로 남자들이 내 침대 곁에 앉기도 하 지만 그들은 어머니보다도 덜 사실적이다. 내가 마음을 썼던,

내가 사랑하게 될지도 모른다고 생각했지만 한 번도 생각 이
상으로 나가본 적이 없는 남자들이다. 그들의 반투명한 몸을
뚫고 실험실 벽이 보인다. 그들이 실제였던 적은 없었어, 나
는 지금 생각한다.

때때로 정신 착란 와중에 나는 이런저런 일들을 떠올린다.
대학 때 춤췄던 일. 나는 천천히, 누군가의 몸에 밀착된 채 춤
을 추었다. 실내가 덥고 답답해서 우리는 바람을 쐬러 밖으로
나갔다. 그가 키스했던 걸, 한 손이 내 가슴을 쓰다듬고 다른
한 손이 내 블라우스 단추를 푸느라 더듬거렸던 걸 기억한다.
나는 이것이 사랑인가, 어둠 속에서 이렇게 더듬거리는 것이
사랑인가, 계속 의아해했다.

정신 착란 중에는 세상이 변한다. 나는 원을 그리고 선 사
람들 속에서 어떤 사람과 두 손을 맞잡고 춤춘 걸 기억한다.
발이 아팠고, 그래서 멈추려 했지만 파트너는 나를 놓아주지
않고 계속 잡아끌었다. 박자에 맞게 움직이도록 도와줄 음악
이 없는데도 내 발은 본능적으로 파트너의 발에 맞춰 움직인
다. 공기 중에서 축축한 습기와 곰팡내가 난다. 난 일생을 지
하에서 살았고 저 냄새들에 익숙하다.

이것은 사랑인가?

난 창가에 누워서 지저분한 유리창으로 밖을 내다보며 시
간을 보낸다. 골목 입구에서 수컷이 암컷을 부른다. 난 수컷
에게 목소리를 주지 않았지만 수컷은 두 앞다리를 비벼 금속
과 금속이 부대끼는 소리를 내는 저만의 방식으로 승용차 크

기만 한 귀뚜라미처럼 끽끽거리며 암컷을 부른다.

암컷은 이빨을 덜걱거리며 자신을 향해 달려드는 수컷을 무시한 채 한가롭게 골목 입구를 지나친다. 수컷은 암컷에게 따라오라고 요청하듯이 뒷걸음질을 친다. 암컷은 지나가 버린다. 그러나 한편으로 암컷은 잠시 후에 다시 천천히 그곳을 지나치며 아까 장면을 되풀이한다. 나는 암컷이 정말로 수컷의 관심에 무관심한 것이 아니란 걸 안다. 암컷은 그저 시간을 끌면서 자신의 상황을 고려해보는 중이다. 수컷은 더욱 애가 달아 고개를 끄덕거리며 뒷걸음질을 치고, 자신이 가꿔놓은 훌륭한 집으로 암컷의 주의를 끌기 위해 최선을 다한다.

나는 밤에 그들의 소리를 듣는다. 그들을 볼 수는 없다. 이틀 전에 전기가 나갔고 가로등도 다 꺼졌다. 그래서 나는 어둠 속에서 상상하면서 듣는다. 금속 다리들이 끽끽거리는 날카로운 소음을 내면서 서로를 비빈다. 수컷이 등에 달린 돛을 접었다가 펼쳤다가 다시 접는, 분명한 성적 과시를 하면서 덜걱거리는 소리를 낸다. 나는 굵은 가시가 솟은 꼬리가 삐죽삐죽 돌기가 튀어나온 등을 애무하듯이 스치는 거슬리는 소리를 듣는다. 이빨을 금속에 대고 달각거리는 소리, 아마도 애정을 표현하며 깨무는 소리이리라. (사자는 짝짓기를 할 때 암사자의 목덜미를 깨문다. 이 호전적인 행동을 암컷은 애정으로 받아들인다.) 발톱이 금속 가죽을 긁으며 금속 비늘 위에서 끽끽거린다. 이것은, 내 생각에는, 사랑이다. 내 피조물들은 사랑을 이해한다.

나는 구리 파이프와 부속품으로 만든 성기가 음료수 캔에서 나온 얇은 금속판을 덧댄 도관 속으로 미끄러져 들어가는 걸 상상한다. 나는 금속이 금속 위로 미끄러지는 소리를 듣는다. 그리고 거기서 내 상상은 끝난다. 내 설계도에는 재생산 재료인 정자와 난자를 위한 준비가 없었다. 그 지점에서 과학은 날 배신했다. 그 부분은 저 피조물들 자신에게 맡겨져 있다.

* * *

내 몸이 더는 나를 지탱하지 못한다. 나는 밤에 잠을 자지 않는다. 고통 때문에 잠을 잘 수가 없다. 온몸이 아프다. 배가, 가슴이, 뼈가. 난 먹는 걸 포기했다. 먹으면 한동안 고통이 심해지고, 그러다 나는 토한다. 어느 것도 소화를 시킬 수 없어서 아예 시도조차 포기하기로 했다.

새벽빛이 밝아와도 하늘을 덮은 저 연무에 걸러진 빛은 회색이다. 나는 창밖을 뚫어지게 내다봤지만, 수컷이 보이지 않는다. 수컷이 늘 붙박여 있던 골목 입구를 버려두고 보이지 않는다. 한 시간 정도 지켜봤지만 어슬렁거리며 지나가는 암컷도 보이지 않는다. 둘이 서로 볼일이 끝난 건가?

나는 담요를 어깨에 두른 채 몇 시간 동안 침대에서 지켜본다. 간간이 열이 오르고 담요가 땀에 푹 젖는다. 때로는 한기가 덮쳐 나는 담요를 두른 채 벌벌 떤다. 여전히, 골목에는 아무 움직임이 없다.

계단을 내려가는 데 한 시간이 넘게 걸린다. 다리가 몸을 지탱할 수 있을지 몰라서 나는 너무 어려 제대로 서지 못하는 아기처럼 네 발로 기어 실험실을 가로지른다. 나는 담요를 망토처럼 어깨에 두른 채 움직인다. 계단 꼭대기에서 잠시 쉬고는 천천히, 한 번에 한 계단씩.

골목에는 아무도 없다. 늘어놓은 휠캡들이 침침한 햇빛에 반짝인다. 여기저기 널린 알록달록한 종이들이 방치되고 버림받은 것처럼 보인다. 나는 조심스럽게 입구로 발을 들여놓는다. 수컷이 거기 있다가 지금 달려든다면 난 도망칠 수 없을 것이다. 여기까지 오는 데 남은 힘을 다 써버렸다.

골목은 조용하다. 나는 겨우 일어서서 종이쪼가리들 사이로 휘청거리며 나아간다. 눈이 침침해서 골목 중간쯤에 매달린 침대보를 겨우 알아볼 수 있다. 나는 그쪽으로 향한다. 내가 왜 여기에 왔는지 나는 알지 못한다. 나는 보고 싶었다고 생각한다. 무슨 일이 일어났는지 알고 싶다. 그게 전부다.

나는 매달린 침대보 밑으로 몸을 숙이고 들어간다. 침침한 빛 속에서 벽돌담에 난 문이 보인다. 뭔가가 문틀 위쪽에 매달려 있다.

나는 조심스럽게 다가간다. 그 물체는 뒤쪽의 문처럼 회색이다. 기묘한 나선형 물체. 그걸 건드리자 멀리서 장비가 웅웅거리는 것 같은 희미한 진동이 안에서 느껴진다. 나는 그것에 귀를 대고 꾸준하고 일정한 낮은 노랫소리를 듣는다.

내가 아이였을 때 식구들이 바닷가로 놀러 간 적이 있었다. 나는 몇 시간씩 바닷물이 고인 웅덩이들을 뒤지며 놀았다. 검

푸른 홍합과 검정밤고동 무리 사이에서 나는 뿔상어가 웅덩이에 낳아둔 알을 발견했다. 이 알처럼 나선형이었고, 햇빛에 비춰보니 안에 조그만 배아가 보였다. 보고 있는 사이에 아직은 정말로 살아있는 것도 아닌 배아가 움찔하면서 움직였다.

\* \* \*

나는 담요를 두르고 골목 안쪽에 쭈그리고 앉는다. 움직일 이유를 찾을 수 없다. 나는 어디서도 죽을 수 있으니 여기서도 죽을 수 있다. 나는 알을 지켜보며 안전하게 지키고 있다.

때때로, 나는 내 지나간 삶을 꿈꾼다. 어쩌면 나는 그 삶을 다르게 대했어야 했을 것이다. 아마도 그렇게 심하게 경계하지 않았어야 하고, 그렇게 성급하게 짝짓기 대열에서 이탈하지 말았어야 하고, 수컷이 자기 둥지에서 부를 때 그 노래에 답을 해야 했을 것이다. 하지만 지금 그건 중요하지 않다. 우리의 모든 것들이 지금은 사라졌다.

나의 시대는 끝난다. 공룡과 인간, 우리의 시대는 끝난다. 새로운 시대가 다가온다. 새로운 유형의 사랑이. 나는 미래의 꿈을 꾸고, 내 꿈은 금속 발톱이 달각거리는 소리들로 가득 차 있다.

팻 머피는 미국의 작가 겸 과학자다. 장편 및 단편소설뿐만 아니라 《길들지 않은 녀석들》과 같은 아동용 소설도 썼으며, 네뷸러상과 세계판타지상, 필립 K. 딕상을 포함한 수많은 상을 받았다. 그녀는 또 캐런 조이 파울러와 함께 제임스 팁트리 주니어상을 제정하기도 했다. 최근작으로는 '길들지 않은 천사'와 '맥스 매리웰과 함께하는 시공간 모험'이라는 연관된 두 소설을 엮은 옴니버스인 《배드 그를즈의 현실 안내서》가 있다. '무척추동물의 사랑과 성'은 동물 세계에서의 성욕 및 성 역할과 그것들이 인간에게 어떻게 적용되는지 탐구한다. 1990년에 출간된 선집 《에일리언 섹스》에 처음 소개되었다.

# 12

# 정복하지 않은 사람들

어슐러 K. 르 귄

1909~1910, '옐초' 남극 탐험 요약보고서

이 보고서를 발간할 의향은 전혀 없지만 나는 어느 날 내 손주나 다른 누군가의 손주가 우연히 이 보고서를 발견한다면 근사하겠다고 생각한다. 그래서 나는 이 보고서를 로지타의 세례복과 후아니토의 은 딸랑이와 내 결혼식 구두, 그리고 순록 가죽 장화와 함께 다락에 있는 여행용 가죽가방 안에 넣어둘 작정이다.

탐험을 개시하는 데 필요한 첫 번째 필수품, 즉 돈은 대개 제일 얻기 어려운 물품이다. 나는 아주 조용한 리마 근교의 어느 집 다락방 여행용 가방 안에 들어갈 운명인 이 보고서

다락에 있는 지도

에서조차 감히 그 후했던 후원자의 이름을 적지 못하는 것이 몹시 안타깝다. 그분의 무조건적인 관대함이 없었더라면 엘초 탐험대는 공상 속으로 떠나는 가장 게으른 소풍 이상은 되지 못했을 것이다.

우리 장비가 최상의 품질에다 가장 현대적인 장비였던 것, 우리 식량이 풍부하고 훌륭했던 것, 칠레 정부의 배가 그 용감한 고급선원들과 선원들을 태우고 우리의 편의를 위해 두 번이나 세계를 반 바퀴나 돌아 파견됐던 것, 이 모든 것이 아아! 내가 이름을 밝히지 말아야 할, 하지만 나로서는 죽을 때까지 그 기쁜 은혜를 잊지 못할 그 후원자 덕분이다.

내가 아이 티를 막 벗었을 때쯤 벨지카 호의 항해에 관한 어느 신문기사가 내 상상력을 사로잡았는데, 그 배는 티에라 델 푸에고에서 남쪽으로 항해를 시작하여 벨링샤우센 해에서 얼음에 포위돼 꼬박 일 년을 부빙과 함께 표류했으며, 배에 탔던 사람들은 식량 부족과 끝나지 않는 겨울 어둠에 대한 공포로 엄청나게 고통을 받았다. 나는 기사를 읽고 또 읽었고, 나중에는 위풍당당한 우루과이 호의 이리사르 선장이 사우스 셰틀랜드 제도에서 노르덴숄드 박사를 구출한 사건과 스코티아 호가 웨들 해에서 겪은 모험에 관한 기사들을 흥분하며 찾아 읽었다. 하지만 내게 그 모든 과업은 1902년부터 1904년까지 디스커버리 호로 이뤄졌던 영국국립남극탐험과 스콧 대장이 쓴 놀라운 탐험 이야기의 전조에 불과했다. 런던에 주문해서 받은 후에 천 번은 되풀이해서 읽었을 그 책을 보고 나는 그 낯선 대륙, 남반구에 남은 마지막 극한의 땅, 우리 지도와 지구본에 하얀 구름처럼 남아 있는, 여기저기 잘린 해안선과 미심쩍은 곶(串)들과 가짜 섬들과 거기 있을지 없을지 모르는 곳들로 둘러싸인 빈 공간, 즉 남극을 직접 보고 싶다는 갈망으로 가득 찼다. 그리고 그 욕망은 극지의 눈처럼 순수했다. 더도 말고 덜도 말고, 가서 보는 것뿐. 나는 스콧 대장의 탐험에서 발견된 과학적 성과들을 깊이 존중했고, 열정적인 관심을 쏟으며 물리학자들과 기상학자들과 생물학자들과 기타 등등의 과학자들이 일궈낸 성과들을 읽었다. 하지만 어느 과학 분야도 교육을 받지 않았고, 그런 훈련의 기회도 전혀 없었으니, 무지 탓에 나는 남극에 관한 과학적 지식의 총합에 내가 뭔가를 보탠다는 생각 자체를 하지 못했다. 그리고 내 탐험대의 다른 대원들도 모두 마찬가지였다. 안타까운 일이지만 그건 우리가 어떻게 할 수 있는 일이 아니었다. 우리 목표는 관찰과 답사로 제한되었다. 우리는 조금 더 멀리 갈 수 있기를 희망했고, 가능하다면 조금 더 많은 걸 볼 수 있기를 바랐다. 그 외에 우리 목표는 그저 가서 보는 것이었다. 단순한 야망이었고, 기본적으로 겸손한 야망이었다고 나는 생각한다.

하지만 내 친애하는 사촌이자 친구인 후아나 ○○○(이 보고서가 어쩌다 낯선 사람의 수중에 떨어져 전혀 예상하지 못하고 있던 남편들이나 아들들 등등이 당황하거나 불쾌해하는 일이 생기지 않을까 염려되어 성은 적지 않는다)의 지지와 격려가 없었더라면 그건 야망이 아니라 동경 이상은 되지 못했을 것이다.

나는 후아나에게 《디스커버리 호의 항해》 책을 빌려주었고, 우리가 1908년 어느 일요일 미사를 마친 후 양산을 쓰고 한가로이 아르마스 광장을 지나가고 있을 때, "음, 스콧 대장이 그런 일을 할 수 있다면, 우리라고 못할 건 뭐야?"라고 말한 사람이 그녀였다.

발파라이소에 사는 카를로타 ○○○한테 편지를 쓰자고 제안한 것도 후아나였다. 카를로타를 통해서 우리는 우리 후원자를 만났고, 그래서 우리 자금을, 우리 배를, 그리고 심지어 우리 중 몇몇이 어쩔 수 없이 둘러댈 수밖에 없었던, 볼리비아에 있는 어느 수녀원으로 종교적 명상수련을 하러 간다는 그럴듯한 구실까지(나머지는 겨울 한 철을 보내기 위해 파리에 갈 거라고 말했다) 얻을 수 있었다. 그리고 가장 암울했던 순간에도 흔들림 없이 우리 목표를 달성하겠다는 결심을 굳건하게 지킨 사람도 내 친애하는 후아나였다.

암울한 순간들이 있었다. 특히 250킬로그램이 넘는 비상식량을 허비하고 평생의 아쉬움 거리가 되는 것 말고 그 탐험이 도대체 어떻게 될지 알 수 없었던 때인 1909년 초반 몇 달이 그랬다. 탐험대를 모으는 게 그렇게나 어렵다니! 우리가 말을 꺼낸 이들 중에 우리가 무슨 말을 하는지 이해하는 사람은 아주 적었고, 우리가 미쳤거나 사악하거나, 아니면 둘 다라고 생각하는 사람은 너무 많았다. 그리고 우리의 어리석은 계획에 공감하는 몇 안 되는 사람들도 막상 요점에 이르면 일상의 의무를 떠나 적어도 육 개월이 걸리는 항해를, 그것도 적지 않은 불확실성과 위험이 따르는 항해를 결심할 사람은 훨씬 적었다. 병든 부모님, 사업상의 애로 때문에 고통받는 불안한 남편, 돌봐줄 이라곤 무지하거나 무능한 하인들밖에 없는 집에 남겨진 어린아이, 다들 하나같이 가볍게 옆으로 밀쳐놓을 책임이 아니었다. 그리고 그런 부담들을 회피하고자 하는 이들은 우리가 힘든 작업과 위험과 결핍생활을 함께 나누고 싶은 동료들이 아니었다.

하지만 우리 노력이 성공으로 보답 받은 이상, 이런 패배와 발목 잡힌 사연들에, 또는 우리 모두가 감수해야 했던 야비한 계략들과 새빨간 거짓말들에 새삼 연연해 할 필요가 있을까? 나는 그저 우리와 같이 가고 싶어 했지만 갈 수 없었던, 어떤 계략이었건 그것에서 자유로워질 수 없었던 저 친구들을, 우리가 위험과 불확실함과 희망 없는 삶에 두고 올 수밖에 없었던 그들을 유감스럽게 돌아볼 뿐이다.

1909년 8월 17일, 칠레 푼타 아레나스에서 처음으로 탐험대원 전원이 만났다. 페루인이 후아나와 나, 2인이었고, 아르헨티나 출신이 조에와 베르타, 테레사, 칠레인이 카를로타와 그녀의 친구들인 에바, 페피타, 돌로레스였다. 나는 마지막 순간에 마리아로부터 키토에 있는 남편이 아파서 간호 때문에 남아야 할 것 같다는 전갈을 받았다. 그래서 우리는 열이 아니라 아홉이었다. 사실 우리는 여덟밖에 안 된다고 단념하고 있었는데, 해가 떨어지는 순간, 마젤란 해협에 들어서자마자 타고 온 자기 요트에 물이 새는 사고를 겪었던 불굴의 조에가 원주민들이 모는 아주 작은 통나무배를 타고 도착했다.

출항 전날인 그날 밤, 우리는 서로를 알아가기 시작했다. 그리고 푼타 아레나스에 있는 진저리나는 항구 여관에서 진저리나는 저녁 식사를 즐기면서 우리는 아주 긴박한 위험이 닥쳐 당장의 반론 없이 한 사람의 말에 따라야 할 상황이라면 그 말을 하는 영예가, 아무도 부러워하지 않을 그 영예가 제일 먼저 나에게 수여되어야 한다는 데 동의했다. 만약 내가 실격되면 그 영예는 카를로타에게, 그녀도 실격되면 다음은 베르타에게 가기로 되었다. 대원들이 왁자한 웃음과 갈채 속에서 우리 셋을 '최고의 잉카인', '라 아라우카나*', '3등 항해사'로 추켜세우며 건배했다. 말이 나와서 하는 말인데, 정말로 기쁘고 다행스럽게도 '지도자'로서의 내 자질은 시험받은 적이 없었다. 우리 아홉은 어느 누구로부터 명령을 받지 않고도 처음부터 끝까지 우리끼리 일을 해결했고, 딱 두어 번 정도만 말로 의사표시를 하거나 손을 드는 투표를 치렀을 뿐이었다. 확실히 우리는 엄청나게 논쟁을 했다. 하지만 그때 우리는 논쟁할 시간이 있었다. 그리고 이러저러해서 논쟁은 늘 행동으로 옮겨질 결정으로 끝을 맺었다. 보통은 적어도 한 사람 정도는 그 결정에 대해서 투덜거렸다. 때로는 몹시. 하지만 투덜거림과 가끔 "내가 그럴 거라고 했잖아"라고 말할 기

---

* 알론소 데 에르시야의 칠레 정복을 노래한 16세기의 서사시로 스페인 황금시대의 가장 중요작품 중 하나다. 이 소설에서는 등장인물의 출신 국가와 관련된 서사를 끌어들여 등장인물을 추켜세우는 용도로 사용되었다.

회가 없는 삶이 무슨 삶이겠는가? 남극에서 썰매를 끄는 고된 일은 차치하더라도, 어찌 투덜거림 없이 가사를 지탱하거나 아기들을 돌보겠는가? 옐초 호에 승선해서 알게 된 바로, 고급선원들은 투덜대는 게 금지돼 있었다. 하지만 우리 아홉은 나고 길러지기를, 명백하고 돌이킬 수 없이, 모두가 선원이었고 지금도 그렇다.

남극 대륙으로 가는 가장 짧은 경로이자 우리 훌륭한 배의 선장이 원래 종용했던 경로는 사우스셰틀랜드 제도와 벨링샤우센 해로 가는 경로 아니면 사우스오크니 제도를 돌아 웨들 해로 가는 경로였지만 우리는 서쪽으로 항해해 스콧 대장이 탐험하고 글로 썼던 곳이자 불과 작년 겨울에 용감한 어니스트 섀클턴이 있다가 귀환한 로스 해로 가기로 계획을 세웠다. 이 지역은 남극 해안의 다른 어느 지역보다 잘 알려져 있었다. 그 '잘'이라는 게 기껏 해봐야 많지는 않지만, 우리가 위험에 빠뜨리면 안 될 것 같다고 느꼈던 그 배의 안전에는 어느 정도 보험이 되어줄 터였다. 파르도 선장은 해도와 우리가 계획한 여정을 검토한 뒤에 우리 의견에 완전히 동의했다. 그래서 다음 날 아침 해협을 빠져나가는 우리 배의 진로는 서쪽이었다.

지구를 반 바퀴쯤 도는 우리 항해에는 행운이 따라주었다. 작은 옐초 호는 강풍과 어둠을 뚫고 기운차게 증기를 뿜어내며 막힘없이 세계를 일주하는 저 남양의 바다들을 오르내렸다. 가족이 운영하는 대농장에서 황소와 황소보다 훨씬 더 위험한 암소들과 씨름해왔던 후아나는 배가 늘 다시 돌진하는 모습을 보고 '라 바카 발리엔테 호'(용감한 암소라는 뜻)라고 불렀다. 일단 뱃멀미를 극복하고 나자 우리는 모두 항해를 즐겼다. 기사도 정신을 발휘하여 우리에게 조그마한 선실 세 개를 비워주고는 우리가 선실에 몰려 앉아 있어야 우리가 '안전'할 거라고 느끼는 선장을 비롯한 고급선원들의 친절하지만 오지랖 넓은 보호주의에 가끔 압박을 받으면서도 말이다.

우리는 기대했던 곳보다 한참 남쪽으로 내려가서야 첫 빙산을 보았고, 저녁 식사 자리에서 뵈브 클리코 샴페인으로 그 사건에 경의를 표했다. 다음 날 우리는 봄이 되어 남극의 내륙얼음과 얼어붙은 겨울 바다에서 부서져 나온 유빙과 빙산이 북쪽으로 표류하며 만든 띠인 총빙(叢氷)에 들어섰다. 행운이 여전히 우리에게 미소를 짓고 있었다. 별도로 금속 선체를 강화하지 않아 얼음을 뚫고 나갈 수 없는 우리의 작은 증기선은 용케 이 통로에서 저 통로로 길을 찾아 나갔고, 배가 한 번 갇히면 수 주일씩 고생하다가 급기야는 돌아서게 된다는 그곳을 우리는 사흘째 되는 날 빠져나왔다. 우리 앞에는 이제 로스 해의 진회색 해역이 놓여 있었고, 그 너머 수평선에 가물거리는 빛은 구름이 반사돼 하얗게 보이는 거대한 얼음 장벽인 로스 빙붕이었다.

서경 160도에서 약간 동쪽으로 치우친 지점에서 로스 해로 들어서니 거대한 얼음 장벽에서 배를 델 만한 만곡부를 찾던 스콧 대장의 탐사대가 상륙했던 지점이 눈에 들어왔다. 그곳에서 탐사대는 정찰과 사진촬영을 위해 수소가스를 채운 풍선을 올렸다. 끝없이 솟아오른 장벽의 단면, 깎아지른 절벽과 바닷물에 깎인 하늘빛과 보랏빛 동굴들, 모든 것이 읽었던 대로였지만 그 장소는 변해 있었다. 좁은 만곡부 대신에 거기엔 눈부신 남쪽의 봄 햇살을 받으며 장난을 치고 물을 내뿜는 아름답고 무시무시한 범고래들이 가득한 상당한 크기의 만이 있었다.

분명 1902년에 디스커버리 호가 지나간 이후로 수 평방킬로미터에 이르는 얼음 덩어리가 장벽(적어도 그 광활한 넓이 대부분은 육지가 아니라 바다에 떠 있다)에서 떨어져 나간 것이리라. 이 점이 장벽 위에 기지를 세우기로 한 우리 계획에 새로운 고민거리를 던져주었다. 우리는 대안을 논의하는 동안 파르도 선장에게 장벽 면을 따라 배를 서쪽으로 몰아 로스 섬과 맥머도 만 쪽으로 향하도록 요청했다. 바다에 얼음이 없고 아주 고요해서 그는 흔쾌히 우리 요청에 따라주었고, 우리가 에레버스 산의 연기 기둥을 봤을 때는 뵈브 클리코 반 상자가 풀린 축하연에도 흔쾌히 동참했다.

엘초 호가 어라이벌 만에 닻을 내리자 우리는 배의 보트를 타고 뭍에 올랐다. 나는 땅에, 그 땅에, 긴 화산 비탈 끝 황량하고 차가운 자갈에 발을 디뎠을 때의 감정을 뭐라 표현할 수가 없다. 나는 의기양양함과 조바심과 감사와 공포와 익숙함을 느꼈다. 나는 내가 마침내 집에 왔다고 느꼈다. 아델리펭귄 여덟 마리가 불만이 섞인 것 같은 걱정 어린 소리를 내지르며 즉각 우리를 맞으러 왔다. "도대체 어디 가 있었어? 왜 이렇게 오래 걸린 거야? 오두막은 이쪽 근처에 있어. 이리로 와. 바위들 조심하고!" 그들은 우리가 사진이나 스콧 대장이 쓴 책의 삽화에서 봤던 대로 스콧 대장의 탐사대가 세운 커다란 구조물이 있는 오두막 곳에 꼭 가봐야 한다고 종용했다. 그러나 그 주변은 구역질이 났다. 그곳은 새된 비명을 지르는 미친 도둑갈매기들이 관장하는 일종의 묘지였다. 바다표범 가죽과 바다표범 뼈와 펭귄 뼈와 쓰레기들이 널려 있었다. 우리 호위자들은 더없이 평온한 자세로 그 아수라장을 뒤뚱거리며 지나쳤고, 한 마리가 몸소 내게 문을 알려주었다. 자신은 들어가지 않았지만.

오두막 안은 바깥보다는 덜 불쾌했지만 아주 음울했다. 보급품 상자들이 일종의 방 안의 방에 쌓여 있었다. 디스커버리 일행이 통속극과 악극단 쇼를 상연하며 긴 겨울밤을 보낼 때 이러이러했겠지, 하고 내가 상상했던 곳처럼 보이지는 않았다. (훨씬 뒤에 우리는 어니스트 섀클턴 경이 우리보다 불과 1년 먼저 그곳에 있을 때 오두막 내부를 대폭 새로 정리했다는 걸 알게 되었다.) 그곳은 지저분한 데다 뭔가 야비한 무질서 같은 것이 있었다. 1파운드짜리 차 깡통이 열린 채 놓였고, 빈 육류 깡통들이 널려 있었다. 비스킷들이 바닥에 엎질러져 있었다. 수북한 개똥이 발에 밟혔다. 물론 얼어 있었지만, 그렇다고 크게 낫진 않았다. 마지막으로 있던 사람들이 다급하게, 어쩌면 심한 눈보라를 맞으며 떠나야 했던 게 틀림없었다. 그렇다 해도 차 깡통 정도는 닫을 수 있었을 텐데. 하기야 살림이란 건, 그 무한의 예술은 아마추어들이 덤빌 게임이 아니다.

테레사가 그 오두막을 우리 기지로 쓰자고 제안했다. 조에가 그걸 불 질러버려야 한다고 반대 제안을 내놨다. 우리는 결국 발견한 그대로 둔 채 문을 닫고 나왔다. 펭귄들도 우리 결정에 동의하는 듯이 보트로 돌아오는 길 내내 우리에게 환호를 보냈다.

맥머도 만에는 얼음이 없어서 파르도 선장은 이제 우리를 태우고 로스 섬을 떠나 웨스턴 산맥 끝자락 단단하고 마른 땅 위에 기지를 세울 수 있을 것 같은 빅토리아 섬에 데려다주겠다고 제안했다. 하지만 그 산맥은, 눈보라로 어두워진 봉우리들과 여기저기 널린 빙하작용으로 움푹 꺼진 권곡(圈谷)들과 빙하들은 과연 스콧 대장이 서부 탐사 기록에서 썼던 만큼이나 끔찍해 보여서 우리 누구도 거기서 안전한 장소를 찾아볼 마음이 들지 않았다.

그날 밤 배 위에서 우리는 다시 돌아가 우리가 원래 계획했던 대로 장벽 위에다 기지를 세우기로 결정했다. 우리가 찾아본 보고서들은 모두 남쪽으로 가는 분명한 길이 편평한 장벽을 건너가다가 서로 겹치며 합쳐지는 빙하 중 하나에 올라 이 대륙의 내륙 전체를 형성하는 것처럼 보이는 고원으로 들어서는 길이라고 가리켰다. 파르도 선장은 만약 장벽이 '붕괴'하면, 우리가 기지를 세운 지점의 얼음이 떨어져 나가 북쪽으로 표류하기 시작하면 어떻게 되겠냐며 이 계획을 강하게 반대했다. "그럼," 조에가 말했다. "우리를 맞으러 그처럼 멀리 오시지 않아도 되겠군요." 하지만 그가 이 주제에 관해서는 어�찌나 설득적이었는지, 그는 우리가 기지를 차리면 탈출용으로 쓸 수 있도록 옐초 호의 보트 한 척을 남겨두자고 스스로를 설득하기에 이르렀다. 나중에 우리는 그 보트를 고기잡이에 유용하게 썼다.

남극 땅에 디딘 내 첫 발자국들, 처음이자 마지막이었던 로스 섬 방문이 순수한 기쁨만은 아니었다. 난 영국 시의 한 구절을 생각했다.

모든 전망이 흔쾌한데,
오직 남자만이 불쾌하구나.

그러나 한편으로 영웅적 행위의 뒷면은 오히려 비참할 때가 많다. 여자들과 하인들은 그 뒷면을 안다. 그런 면에서 보자면 그들의 영웅적 행위 자체도 그럴지 모른다는 사실 또한 알고 있다. 하지만 업적은 남자들이 생각하는 것보다 작다. 정말 큰 것은 하늘과 땅과 바다 그리고 그날 저녁 배가 다시 동쪽을 향해 가면서 돌이켜본 그 정신이었다. 우리는 그때 하루에 10시간 이상 햇빛이 드는 9월의 가운데에 있었다. 봄날의 황혼이 3,794미터 높이의 에레버스 봉우리 위에서 머뭇거리며 긴 수증기 기둥에 장미색 금빛을 비추었다. 우리가 우뚝 솟은 파리한 얼음벽 밑을 따라 기어갈 때 우리 배의 작은 굴

뚝에서 뿜어져 나오는 수증기는 어슴푸레한 수면 위에서 푸르게 색이 바랬다.

'범고래 만(우리는 어니스트 경이 그곳을 '고래 만'이라 명명했다는 걸 몇 년이나 지나고서야 알았다)'으로 돌아오는 길에 우리는 배로 아주 쉽게 접근할 수 있을 만큼 장벽 가장자리가 낮고 주변으로부터 가려지는 후미진 곳을 발견했다. 옐초 호는 얼음 닻을 내렸고, 다음으로는 우리 보급품들을 내리고 장벽 가장자리에서 500미터쯤 떨어진 얼음 위에 기지를 세우는 길고 힘든 나날이 이어졌다. 이 과정에서 옐초 호의 선원들이 우리에게 값진 도움과 끝없이 긴 조언을 주었다. 우리는 그 모든 도움을 감사히 받았고, 대부분의 조언은 에누리해서 들었다.

지금까지 날씨는 이 위도의 봄치고는 예외적일 정도로 온화했다. 기온이 영하 29도 밑으로 내려간 적이 없었고, 눈보라도 기지를 세우는 동안 딱 한 번 쳤을 뿐이었다. 하지만 스콧 대장이 장벽 위로 부는 지독한 남풍을 실감 나게 묘사했으므로 우리는 그에 따라 계획을 세웠다. 우리 기지는 모든 바람에 노출될 것이 뻔해서 우리는 지면 위에는 단단한 구조물을 일절 세우지 않기로 했다. 우리는 임시 피난처로 쓸 텐트를 세우고는 얼음 자체에 일련의 작은 방들을 파낸 다음 얼음 방의 사방에 단열재인 짚을 두르고 소나무 판자를 댄 후에 대나무 장대 위에 캔버스 천을 씌워 지붕을 얹고 지붕돌 겸 단열재로 눈을 덮었다. 우리 친애하는 아르헨티나인들이 중앙에 있는 큰 방을 부에노스아이레스라고 명명했다. 난로와 조리용 스토브가 부에노스아이레스에 있었다. 저장고용 굴들과 외부 화장실(푼타 아레나스라고 불렸다)이 난로에서 나오는 잔열을 어느 정도 받게 되어 있었다. 부에노스아이레스를 향해 트인 숙소용 방들은 아주 좁아서 다리부터 먼저 집어넣어야 하는 통 정도에 불과했지만, 짚을 넉넉히 둘러놓아 사람의 체온으로도 금방 따뜻해졌다. 선원들은 그곳을 '관' 또는 '벌레 구멍'이라 부르며 얼음 속에 지은 우리 굴을 공포 어린 표정으로 바라보았다. 하지만 우리 작은 토끼굴 또는 프레리독 마을은 우리에게 아주 잘 맞아서 그런 환경에서 이성적으로 기대할 수 있는 정도의 온기와 사생활을 허용해주었다. 다음 2월에 옐초 호가 얼음을 통과하지 못하면 겨울을 남극에서 보내야 할 텐데, 우리는 분명 그럴 수 있을 것 같았다. 아주 제한적으로 식량을 배급하며 버텨야 하겠지만 말이다. 다가오는 여름 동안 보통 그냥 '기지'라 부르는 우리 기지 '수다메리카 델 수르'(남쪽의 남아메리카)는 단순히 잠을 자고 보급품을 저장하고 눈보라를 피할 피난처를 주는 곳이 될 예정이었다.

그러나 베르타와 에바에게 그곳은 그 이상의 의미였다. 둘은 그곳을 지은 수석 설계사이자 기획자였고, 가장 독창적인 건축자이자 굴착자들이었으며, 끊임없이 환기를 개선하거나 채광창을 만드는 법을 익히거나 천연 그대로인 얼음을 파서 새로 달아낸 방들을 공개하는, 그곳의 가장 부지런하고 만족스러운 거주자들이었다. 우리 저장식품들이 그처럼 편리하게 해동된 것도, 우리 난로가 그처럼 효율적으로 연기가 빠지고 열을 내는 것도, 아홉 명이 요리하고 먹고 대화하고 논쟁하고 투덜대고 그림을 그리고 기타와 벤조를 치고 책과 지도를 모아놓은 탐험대의 서가가 있는 부에노스아이레스가 놀랍도록 편안하고 편리한 것도 그 둘 덕분이었다. 우리는 거기서 정말로 우호적인 분위기 속에서 살았다. 그리고 잠시 혼자 있어야 할 것 같은 때는 잠자리 구멍에 머리부터 기어들어가면 그만이었다.

베르타는 좀 더 나갔다. 남쪽의 남아메리카를 살 만한 곳으로 만들기 위해 자신이 할 수 있는 모든 일을 다 했을 때, 그녀는 얼음 표면 바로 아래를 온실 유리처럼 거의 투명에 가까운 얼음판만 남기고 파내 작은 방을 하나 더 만들었다. 그리고 그곳에서 혼자 조각을 했다. 아름다운 형상들이었다. 몇몇은 기울어진 인간의 형상과 웨들 바다표범의 미묘한 곡선과 양감이 혼합된 것 같았고, 또 몇몇은 환상적인 얼음 처마장식과 얼음 동굴 모양 같았다. 아마도 그것들은 여전히 거기 눈 밑에, 거대한 얼음 장벽 내부에 뜬 거품 속에 있을 것이다. 그것들은 그녀가 만들어놓은 그 자리에 돌덩어리처럼 오래 남을 것이다. 베르타는 그것들을 북쪽으로 가져올 수 없었다. 물을 조각한 벌이었다.

파르도 선장은 우리를 두고 떠나기를 마뜩잖아했지만, 명령받은 바가 있으니 언제까지고 로스 해에서 어정거리고 있을 수는 없는 법이었다. 마침내 우리에게 움직이지 말고 있어라, 어디 가지 마라, 위험한 일을 하지 마라, 동상을 조심해

라, 날카로운 도구를 쓰지 마라, 얼음에 균열이 가는지 잘 지
켜보라 등등 수많은 진지한 금지 명령들을 내리고 다음 해
2월 20일에, 아니면 바람과 얼음 상황을 봐서 최대한 그 날
짜 근처에 범고래 만으로 돌아오겠노라 진심 어린 약속을
한 다음에야 그 사람 좋은 이는 작별을 고했다. 선원들이 닻
을 올리며 우리에게 엄청난 작별의 환호성을 올려주었다. 그
날 저녁, 10월의 긴 오렌지빛 황혼 속에서 우리는 옐초 호의
중간 돛대가 우리를 얼음에, 그리고 침묵에, 그리고 극지에
남겨둔 채 북쪽 수평선 너머로, 세계의 가장자리 너머로 가
라앉는 걸 보았다.

그날 밤 우리는 남부 여정의 계획을 짜기 시작했다.

다음 달은 짧은 연습용 여행과 보급소 설치하는 일로 지나
갔다. 우리의 기지 생활도 나름대로 분투를 요구하기는 했지
만 우리 중 누구에게도 영하 23도나 영하 29도에서 썰매를 끌
때 맞닥뜨리게 되는 그런 종류의 부담을 지우지는 않았다. 우
리는 모두 오랜 썰매 끌기에 도전하기 전에 가능한 한 운동을
많이 해둬야 할 필요가 있었다.

내가 했던 제일 오랜 탐사 여행은 돌로레스와 카를로타와
함께 마크햄 산을 향해 남서쪽으로 향했던 건데, 악몽이었다.
가는 길은 내내 눈보라와 얼음이 맞부딪쳐 솟은 압력 봉우리
들 천지였고, 도착했더니 온통 크레바스뿐 산맥은 보이지도
않았으며, 돌아오는 길은 사방이 온통 하얀 데다 바람이 만들
어놓은 수직에 가까운 눈 장벽들이 즐비했다. 그러나 그 여행

으로 우리 능력을 가늠하기 시작할 수 있었으니, 그 점에서는 유용한 여행이었다. 그리고 아주 무거운 비상식량 짐을 싣고 출발해 기지에서 남남서쪽으로 각각 160킬로미터와 200킬로미터 떨어진 곳에 비축했다는 점에서도 유용한 여행이었다. 거기서부터는 다른 조들이 더 밀고 나가 한 줄로 이어지는 눈무더기와 보급소들이 만들어졌고, 탐사 여행에 나섰던 후아나와 조에가 남위 83도 43분 지점에서 남쪽으로 이어지는 거대한 빙하로 통하는 일종의 돌문을 발견했다. 우리가 보급소들을 설치한 건 스콧 대장의 남극 탐험대를 미치게 했던 굶주림과 그에 따른 비참함과 신체약화를 가능하면 피해 보려는 시도에서였다. 그리고 우리가 적어도 스콧 대장의 허스키 견들만큼은 훌륭한 썰매 끌기 기능보유자들이라는 우리 자신의 만족감을 위한 것이기도 했다. 물론 우리가 그의 대원들만큼 많이, 또는 빠르게 끌 거라고 기대할 수는 없었다. 우리가 그렇게 할 수 있었던 건 스콧 대장의 탐사대가 장벽 위에서 겪었던 날씨보다 훨씬 좋았던 날씨의 덕을 보았기 때문이었다. 그리고 우리가 보유했던 식량의 양과 질이 상당한 차이를 만든 것도 사실이었다. 난 우리 비상식량의 15%를 차지했던 말린 과일이 괴혈병을 예방하는 데 도움이 되었다고 확신한다. 그리고 고대 안데스 인디언들의 비법에 따라 얼려서 말린 감자는 아주 가볍고 부피가 작으면서도 매우 영양가가 높아 완벽한 썰매 여행용 식량이 되어주었다. 어느 경우에라도 마침내 남부 여정을 시작할 준비가 됐을 때 우리에게는 우리 능력에 대한 상당한 자신감이 있었다.

남부 탐사대는 두 썰매 조로 구성되었다. 한 조는 후아나
와 돌로레스, 그리고 나였고, 다른 조는 카를로타, 페피타,
조에였다. 베르타와 에바, 테레사로 구성된 지원조가 곧장
빙하로 올라가 가능성이 큰 경로를 타며 우리의 귀환 여정에
쓰일 물품들을 보급소에 비치하기 위해 무거운 지원 물품들
을 싣고 먼저 출발했다. 우리는 5일 후에 그들을 따라나섰고,
에르시야 보급소와 미란다 보급소 사이에서 (지도 참조) 돌아
오는 그들과 만났다. 그날 '밤', 물론 진짜 어둠은 없었지만,
우리 아홉은 편평한 얼음 평원 한가운데에 모두 모였다. 그날
은 11월 15일이었고, 돌로레스의 생일이었다. 우리는 핫초콜
릿에 페루산 브랜디인 피스코를 240밀리리터쯤 섞는 것으로
축하했고, 매우 기분이 명랑해졌다. 우리는 노래했다. 그 거
대한 적막 속에서 우리 목소리가 얼마나 희미하게 들렸는지
를 생각하면 지금도 이상하다. 그날은 흐린 백야여서 그림자
도 없고, 끝도 없이 이어지는 평면을 깨뜨려줄 눈에 띄는 수
평선이나 형체 같은 것도 없었다. 그곳에는 볼 만한 게 전혀
없었다. 우리는 지도에 나오는 하얀 지점, 그 공백에 있었고,
그곳에서 우리는 참새처럼 나부끼며 노래를 불렀다.

잠을 자고 일어나 훌륭한 아침 식사를 한 뒤에 지원조는 계
속해서 북쪽으로 향하고, 남쪽 조는 계속 썰매를 끌었다. 이
윽고 하늘이 개었다. 하늘 높이 옅은 구름이 남서쪽에서 북동
쪽으로 아주 빠르게 흘러갔지만, 그 밑 장벽 위는 고요했다.

영하 20도에서 영하 23도 정도인 기온은 아주 낮아서 썰매를 끌기에 충분할 만큼 단단한 표면을 선사해주었다.

편평한 얼음 위에서 우리는 하루에 최소한 17킬로미터를 이동했고, 대개는 25킬로미터 정도를 갔다. (우리 계측 도구들이 영국에서 만든 거라 피트와 마일과 화씨 등등으로 측정되었지만 우리는 종종 마일을 킬로미터로 환산하곤 했는데, 숫자가 커지면 더 힘이 나는 것 같았기 때문이었다.) 남아메리카를 떠날 당시에 우리는 섀클턴 씨가 1908년에 또 다른 남극 탐험대를 조직해 남극점에 도달하려 시도하다 실패했고 우리가 출발한 그해인 1909년 6월에 영국으로 돌아갔다는 것만 알고 있었다. 그의 탐험 보고서는 우리가 떠날 때까지도 남아메리카에 도착하지 않았었다. 우리는 그가 어떤 경로로 갔는지, 또는 얼마나 멀리 갔는지 알지 못했다. 하지만 아무것도 없는 하얀 평원을 한참 가로질러 가다가 가장자리가 무지갯빛을 띤 구름 조각들이 이상하고 고요하게 날아가는 하늘과 산봉우리들 밑에서 아주 조그맣게 펄럭거리는 검은 점을 봤을 때 우리는 그저 놀라지만은 않았다. 우리는 가던 길을 서쪽으로 틀어 그곳에 가보았다. 겨울 눈 폭풍이 몰아놓은 눈 더미가 대나무 장대에 거의 닳아빠진 천 쪼가리를 걸어놓은 깃발 하나와 빈 기름통 하나, 그리고 얼음 위로 10센티미터쯤 높이 서 있는 발자국 몇 개를 거의 뒤덮고 있었다. 특정한 날씨 조건에서는 사람의 몸무게에 눌린 눈이 주변의 부드러운 눈이 녹거나 바람에 날려간 뒤에도 그대로 남게 된다. 그렇게 구두수선공의 최후처럼 뒤집힌 모양의 발자국들이 몇 달을 버티며 서 있는 건 기묘한 광경이었다.

그것 말고는 우리 여정에서 달리 그런 흔적을 만난 적은 없다. 전체적으로 봤을 때 우리가 섀클턴 씨의 경로보다 약간 동쪽으로 가고 있다고 나는 생각했다. 우리 측량기사인 후아나는 스스로를 능숙하게 단련시켰고 관찰과 지형 판독에 있어서도 충실하고 체계적이었지만, 우리가 가진 장비라곤 삼각대에 올린 경위의(經緯儀) 하나와 인위적인 지평선이 달린 육분의 하나, 나침반 두 개, 정밀시계들뿐이라 그야말로 최소한이라 할만 했다. 실제로 지나온 거리를 측정하는 수단은 썰매에 단 바퀴 모양의 미터기뿐이었다.

어쨌든, 내가 처음으로 남서쪽 산맥 가운데에서 거대한 빙하를 분명하게 본 것은 섀클턴 씨의 길 표지를 지나친 다음 날이었다. 그 빙하가 해수면에 있는 장벽에서부터 3천 미터 위에 있는 고원으로 올라가는 통로가 돼줄 예정이었다. 가까이 다가가는 길은 거대한 수직 돔들과 바위기둥들로 형성된 장려한 관문이었다. 조에와 후아나는 그 관문을 통해 흐르는 드넓은 얼음 강을 우리 탐험에 영감을 주고 안내자가 돼준 영국인이자 그 섬 종족 중에서도 가장 뛰어나고 낯선 자질을 대변하는 듯한 아주 용감하고 특이한 여성을 기리고자 '플로렌스 나이팅게일 빙하'라 불렀다. 물론 지도에서 보면 이 빙하에는 섀클턴 씨가 붙인 '비어드모어'라는 이름이 붙어 있다.

나이팅게일 빙하를 오르는 건 쉽지 않았다. 처음에는 길이 열려 있었고 우리 지원조가 표시해 놓은 표식들이 있었지만, 며칠이 지나자 우리는 끔찍한 크레바스들과 너비가 30센티미터에서부터 3미터에 이르고, 깊이는 3미터에서부터 300미터에 이르는 숨은 틈새들의 미로 한가운데에 갇히게 되었다. 우리는 한 발 한 발 나아가고 또 한 발 한 발 나아갔으며, 길은 이제 계속 오르막이었다. 우리는 빙하 위에서 15일을 보냈다. 처음에는 기온이 영하 6.7도까지 오를 정도로 날씨가 따뜻해서 어둠이 내리지 않는 따뜻한 밤에 우리 조그만 텐트들 안에 들어앉아 있으면 비참할 정도로 초조한 기분이 들기도 했다. 그리고 산등성이와 울퉁불퉁한 얼음 크레바스들 사이에서 갈 길을 정하고, 또 우리 주위와 앞에 펼쳐지는 경이를 보기 위해 선명한 시력이 절실하게 필요했던 그 시기에 정도의 차이는 있었지만 우리 모두가 설맹으로 고통받았다. 매일 나아가는 거리가 더 길어지면서 서쪽과 남서쪽에 이름 없는 봉우리들이 시야에 들어왔고, 끝나지 않는 정오의 빛 속으로 봉우리 너머 봉우리가, 능선 너머 능선이, 굳은 돌과 눈이 모습을 드러냈다.

우리는 이들 봉우리에 이름을 붙였다. 아주 심각하게는 아니었다. 우리가 발견한 것들이 지리학자들의 주목을 받게 될 것이라 기대하지 않았기 때문이었다. 조에한테 이름을 붙이는 재주가 있었다. 남아메리카 교외 여러 다락방에 있는 '볼리바르의 큰 코', '나는 로사스 장군', '구름쟁이', '누구 발가락?', '우리 남십자성 귀부인의 왕좌'와 같은 이상한 지형들이 그려진 특정 그림지도들은 다 그녀 덕분이다. 그리고 마침내 우리가 고원에, 그 거대한 내륙 고원에 올라섰을 때, 그걸 '팜파(대초원)'라고 명명하고 우리가 보이지 않는 엄청난 소떼들 사이를, 물보라처럼 흩날리는 눈 위에서 풀을 뜯는 투명한 소떼들 사이를 걷고 있다고 주장한 것도 조에였다. 소떼를 모는 가우초들은 쉼 없이 부는 무자비한 바람이었다. 그때쯤 우리들은 모두 탈진과 해발 3,600미터의 고도와 추위와 불어대는 바람과, 서너 개의 해가 나타나는 일이 잦은 거기 위쪽의 해를 둘러싸고 빛나는 광륜들과 십자가들 때문에 조금은 미쳐 있었다.

그곳은 사람들이 어떤 용무를 가질 장소가 아니었다. 우리는 돌아섰어야 했다. 하지만 우리는 그곳에 가기 위해 너무 열심히 일했기 때문에 계속 가야만 할 것 같았다. 적어도 당분간은.

눈보라가 몰아치자 기온이 뚝 떨어져서 우리는 서른 시간 동안 텐트 안 슬리핑백 속에 있어야 했다. 모두에게 필요했던 휴식이었다. 사실 우리에게 가장 필요한 건 온기였지만 그 끔찍한 평원에서는 우리 혈관을 제외하고는 어느 곳에서도 온기를 찾을 수 없었다. 우리는 늘 꼭 붙어 있었다. 우리가 누운 얼음은 두께가 3.2킬로미터였다.

고원에서는 갑자기 날이 개고 날씨가 좋아졌다. 영하 24도에 바람도 그다지 세지 않았다. 우리 셋은 텐트에서 기어 나와 다른 텐트에서 기어 나오는 나머지 셋을 만났다. 그때 카를로타가 자기 조는 돌아가고 싶다고 말했다. 페피타가 매우 아팠다. 눈보라가 치는 동안 쉬었는데도 그녀의 체온은 34.4도 이상으로 올라가지 않았다. 카를로타는 호흡에 문제가 있었다. 조에는 완벽하게 적응했지만, 친구들과 함께 있으면서 극점을 향해 나아가기 어려운 동료들에게 필요할 때 도움이 되기를 간절히 원했다. 그래서 우리는 크리스마스를 위해 아껴두었던 피스코 120밀리리터가량을 아침 코코아에 넣어 마시고 텐트를 파낸 다음 각자 썰매에 신고 거기 지독한 고원 위 하얀 햇빛 속에서 헤어졌다.

그때쯤 우리 썰매는 상당히 가벼워져 있었다. 우리는 남쪽으로 썰매를 끌었다. 후아나가 매일 우리 위치를 계산했다. 1909년 12월 22일, 우리는 마침내 남극점에 도달했다. 날씨는 여느 때처럼 매우 지독했다. 어떤 종류의 물건도 그 적적한 하얀 땅에 표시되어 있지 않았다. 우리는 뭐가 됐건 표식이나 기념물을, 눈 더미나 텐트 고정 막대나 깃발을 남기는 것에 관해 토론했지만 그렇게 해야 할 특별한 이유가 없는 것 같았다. 우리가 무슨 일을 하든, 우리가 무엇이든, 그 끔찍한 곳에서는 아무 의미 없는 노릇이었다. 우리는 한 시간 동안 피난처가 돼줄 텐트를 치고 차를 끓였고, 그런 다음엔 우리 '남위 90도 기지'를 해체했다. 썰매용 마구를 두른 채 여느 때처럼 묵묵히 서 있던 돌로레스가 눈을 쳐다보았다. 눈이 너무 단단하게 얼어서 거기까지 온 우리 발자국 흔적도 전혀 남아 있지 않았다. 그녀가 말했다. "어디로 가야 되지?"

"북쪽." 후아나가 말했다.

그건 농담이었다. 그 특정 장소에서는 북쪽 말고는 다른 방향이 없으니까. 하지만 우리는 웃지 않았다. 입술이 동상으로 갈라져서 웃으면 너무 심하게 아팠다. 그래서 우리는 돌아가기 시작했고, 등 뒤에서 부는 바람이 우리를 밀어주면서 칼날처럼 날카로운 얼어붙은 눈발의 날을 무디게 해주었다.

그 주 내내 눈보라가 한 떼의 미친개들처럼 우리를 밀어댔다. 난 그걸 뭐라 묘사할 수가 없다. 나는 남극점에 가지 않았으면 하고 바랐다. 나는 지금도 그렇게 바란다고 생각한다. 하지만 나는 그때에도 우리가 그곳에 아무런 흔적을 남기지 않았다는 사실이 기뻤다. 자신이 처음이 되고자 갈망하는 어떤 남자가 어느 날 그곳에 갔다가 그걸 발견하고는 자신이 얼마나 바보였는지 깨닫고 상심할 수도 있으니까.

간신히 말할 수 있을 때 우리는 카를로타 일행이 우리보다 천천히 가고 있을 테니 따라잡을 수 있지 않을까 얘기했다. 사실 그들은 텐트를 돛처럼 이용해 바람을 타고 우리보다 훨씬 앞서 가 있었다. 그들은 우리를 위해 여러 곳에 눈 더미를 쌓거나 여러 표식을 남겨두었다. 한번은 조에가 3미터나 되는 수직 눈 벽의 바람 불어가는 쪽에 마치 아이들이 미라플로레스 호수 모래사장에다 쓰는 것처럼 써놓은 글자도 있었다. "출구는 이쪽!" 얼어붙은 등성이를 넘어 불어가는 바람은 그 글자들을 완벽하게 알아볼 수 있도록 남겨두었다.

바로 그즈음부터 우리는 빙하를 내려가기 시작했고, 날씨도 더 따뜻하게 바뀌었다. 미친개들은 남극점에 묶인 채 영원히 울부짖으며 남겨졌다. 우리는 올라올 때 15일이 걸렸던 거리를 고작 8일 만에 주파했다. 하지만 나이팅게일 빙하를 내려갈 때 우리를 도와줬던 좋은 날씨가 장벽 위에서는 저주가 되어버렸다. 이제 마지막 남은 480킬로미터 남짓은 일종의 왕의 행차처럼 서두르지 않고 배불리 먹으면서 보급소에서 보급소까지 이동하면 될 줄 알았는데 말이다. 빙하 위 어느 꽉 끼는 지점에서 나는 고글을 잃어버렸다. 난 그때 몸줄에 매달린 채 크레바스에서 흔들리고 있었다. 그러고는 우리가 관문으로 내려가려고 바위타기를 하던 중에 후아나의 고글이 깨졌다. 셋이서 스노 고글 하나를 돌려써 가며 밝은 햇빛 속에서 이틀을 나고 나니 우리는 모두 설맹으로 심하게 고통받게 되었다. 지형이나 보급소 깃발을 찾기 위해 계속 주위를 살펴보는 일이, 관찰하는 일이, 바늘을 안정시키기 위해 눈 위에 내려놓아야 하는 나침반을 살펴보는 일조차 예리한 아픔이 되었다. 특별히 식량과 연료 보급품이 훌륭했던 콩콜로르코르보 보급소에서 우리는 두 손 두 발을 다 들고는 눈에 붕대를 감고 슬리핑백 속으로 기어들어가 가차 없는 태양에 노출된 텐트 안에서 바닷가재들처럼 천천히 산 채로 익어갔다. 베르타와 조에의 목소리는 내가 들어본 소리 중에서 가장 달콤한 소리였다. 우리가 조금 걱정이 됐던 그들이 우리를 맞으러 스키를 타고 남쪽으로 마중을 왔던 것이다. 그들이 우리를 집으로, 기지로 이끌었다.

우리는 상당히 신속하게 회복했지만, 고원은 흔적을 남겼다. 로지타가 아주 어렸을 때 '개가 엄마 발가락을 물었어요?'라고 물어봤었다. 나는 아이에게 '그래, 블리자드라는 이름을 가진 커다랗고 하얀 미친개였지!' 하고 대답했다. 로지타와 후아니토는 어릴 때 무서운 개와 그 개가 울부짖는 법과 보이지 않는 가우초들이 모는 투명한 소떼와 나이팅게일이라 불리는 높이가 2,400미터나 되는 얼음 강과 사촌 후아나가 일곱 개의 태양이 뜬 세상의 밑바닥에 서서 어떻게 한 잔의 차를 마셨는지와 그 외의 여러 동화 같은 이야기들을 많이 들었다.

마침내 기지에 도착하니 엄청나게 충격적인 일이 기다리고 있었다. 테레사가 임신했다. 그 불쌍한 것의 커다란 배와 부끄러워하는 표정을 본 내 첫 번째 반응이 분노-격분-격노였다는 걸 인정해야겠다. 우리 누구도 서로에게 무엇 하나 숨겨서는 안 되는데, 하물며 그런 일을! 하지만 테레사가 일부러 그런 건 절대 아니었다. 오히려 비난받아야 할 사람들은 그녀가 정말로 알아야 했던 것들을 알려주지 않고 감춘 이들이었다. 하인들 손에서 자라 수녀원에서 4년 동안 공부하다가 열여섯에 결혼한 그 불쌍한 것은 스무 살이나 되어서도 여전히 무지해서 생리가 없는 게 '추운 날씨' 때문이라 생각했다는 것이다. 그것조차 완전히 어리석다고만 볼 수 없는 것이, 남부 여정에 나선 우리 모두가 점점 심해지는 추위와 배고픔, 피로를 겪으면서 생리 주기가 변하거나 아예 멈추는 것을 봤기 때문이다. 테레사의 식욕이 사람들의 주목을 끌기 시작했고,

제 입으로 측은하게 말했듯이 그러더니 '살이 찌기' 시작했다. 다른 사람들은 그 몸으로 그 험한 썰매 끌기를 했던 걸 생각하고 걱정했지만, 그녀는 건강했고, 유일한 문제는 긍정적으로 만족할 줄 모르는 식욕뿐이었다. 게다가 그녀가 수줍게 언급한 대농장에서 남편과 보냈던 마지막 밤으로 판단해보건대, 아기는 옐초 호가 도착하는 때와 거의 동시인 2월 20일에 태어날 예정이었다. 하지만 우리가 남부 여정에서 귀환한 지 채 2주도 안 된 2월 14일에 그녀는 진통을 시작됐다.

우리 중 몇몇이 아이를 낳아본 경험이 있어서 출산을 도왔는데, 어쨌든 대체로 해야 할 일이 무엇인지는 상당히 자명했다. 하지만 첫 출산이라 길고 힘들어질 수 있어서 우리는 모두 걱정이 되었다. 테레사는 겁에 질려 거의 제정신이 아니었다. 그녀는 도둑갈매기 저리 가라 할 정도로 목이 쉴 때까지 자기 남편 호세를 목 놓아 불렀다. 마침내 인내심이 바닥난 조에가 말했다. "내 맹세하는데, 테레사, 한 번만 더 '호세!'라고 부르면 펭귄을 낳으라고 빌어버릴 거야!" 하지만 길고 길었던 스무 시간 후에 아이를 낳고 보니 빨간 얼굴을 한 예쁘고 작은 딸이었다.

출산을 도운 여덟 명의 자랑스러운 산파 이모들이 앞다투어 아이 이름을 제안했다. 폴리타, 펭귀나, 맥머도, 빅토리아… 하지만 테레사는 한숨 잘 자고 푸짐하게 비상식량을 먹고 나서 선언했다. "난 애 이름을 '로자, 로자 델 수르'라고 지을 거야." 남쪽의 장미. 그날 밤 우리는 우리 꼬마 로자를 위

해 건배하며 마지막 남은 뵈브 클리코 두 병을 비웠다(피스코
는 남위 88도 30분에서 다 마셔버렸다).

2월 19일, 예정보다 하루가 이른 날, 후아나가 부에노스
아이레스로 급하게 내려왔다. "배야." 그녀가 말했다. "배가
왔어." 그러고는 울음을 터뜨렸다. 고통과 피로에 절어 썰매
를 끌며 걸었던 그 길디길었던 수 주 동안에도 절대 울지 않
았던 그녀였다.

돌아오는 항해에 대해서는 달리 말할 게 없다. 우리는 안
전하게 돌아왔다.

1912년에 전 세계는 용감한 노르웨이인 아문센이 남극점
에 도달했다는 사실을 알게 되었다. 그러고 나서 한참 지난
뒤에 스콧 대장과 대원들이 아문센에 뒤이어 남극점에 도달
했지만 집으로 돌아오지 못했다는 것을 알게 되었다.

바로 올해, 후아나와 나는 옐초 호의 선장에게 편지를 썼
다. 어니스트 섀클턴 경의 대원들을 엘리펀트 섬에서 구출하
기 위해 용감하게 돌진한 그의 이야기가 신문마다 대서특필
되어서 우리는 그를 축하하면서 한 번 더 그에게 감사하고
싶었다. 그는 우리 비밀을 단 한 번도 입 밖에 내지 않았다.

루이스 파르도, 그는 신의를 중히 여기는 남자다.

*＊＊

난 1929년에 이 마지막 언급을 덧붙인다. 세월이 지나면
서 우리는 서로 연락이 끊겼다. 우리처럼 아주 멀리 떨어져

사는 경우에 여자들이 서로 만나기란 매우 어렵다. 후아나가 죽은 이후로 가끔 편지를 주고받기는 했지만 나는 내 옛 썰매 친구들을 아무도 보지 못했다. 우리 꼬마 로자 델 수르는 다섯 살 때 성홍열로 죽었다. 테레사에게는 다른 아이들이 여럿 있다. 카를로타는 십 년 전에 산티아고에서 수녀가 됐다. 우리는 이제 늙은 남편과 장성한 아이들과 언젠가는 우리 탐험을 적은 글을 읽을지도 모르는 손주들이 있는 늙은 여자들이다. 이처럼 정신 나간 할머니가 있다는 걸 약간 부끄럽게 생각할 수도 있겠지만, 손주들이 이 비밀을 알게 된 걸 즐거워할지도 모르겠다. 하지만 아문센 씨가 알도록 해서는 절대 안될 일! 그는 끔찍스럽게 당황하고 실망할 것이다. 그나 가족 외부의 누군가가 알아야 할 이유가 없다. 우리는 발자국조차 남겨놓지 않았다.

---

어슐러 K. 르귄은 미국의 작가다. 판타지와 SF, 일반 소설계의 아이콘과 같은 인물로, 스무 권이 넘는 소설과 열일곱 권 분량의 단편소설, 네 권의 수필, 열두 권의 아동용 도서, 여섯 권의 시집을 출간했으며 네 권의 번역서도 냈다. 르귄은 휴고상과 네뷸러상, 전미도서상, 펜/말라무드상을 포함하여 수많은 영예와 상을 받았다. 최근작 중에는 시선집인 《나의 만가를 찾아서》와 단편집인 《실재인 것과 실재가 아닌 것》이 있다. '정복하지 않은 사람들'은 어느 초기 남극탐험에 관한 보고서로 전원이 여성 탐험가들로 구성된 팀이었다는 사실을 조용히 드러낸다. 1982년 〈뉴요커〉에 처음 발표되었다.

# 13

# 시공간을 보는 열세 가지 방법

캐서린 M. 밸런트

## I

태초에 말씀이 있었고 말씀은 신과 함께 있었고 말씀은 고밀도 선(先)바리오제네시스 특이점이었다. 어둠이 방대한 시공간에 내려앉았고 신이 초공간 매트릭스의 표면으로 옮겨가셨다. 그는 쿼크-글루온 플라즈마에서 하늘을 분리해내며 일렀다. "입자/반입자 쌍이 있으라." 그러자 빛이 있었다. 그는 바다의 물고기와 나무의 열매와 달과 별과 지구의 짐승들을 창조했고, 그들에게 이르시었다. "가서 번식하고 변이하라." 그리고 일곱 번째 날에 우주의 나머지 질량이 중력적으로 광자 복사를 지배하며 신성한 것으로 숭배하고 보유하게 되었다.

신은 재빨리 적색이동 하면서 다급하게 단세포 유기체들의 먼지로 인간을 형성하고는 아담이라 부르시고, 에덴이라는 정원에 살게 하시매, 계와 문과 종에 따라 짐승들을 분류하게 하시었다. 신은 남자에게 감수분열 나무의 열매만은 먹지 못하게 하시었다. 아담이 들은 대로 순종하매 신은 보상으로서 그에게 단성생식의 방법들을 일러주시었다. 그리하여 여자가 태어나 이브라 불리었다. 아담과 이브는 양자변이 이전의 우주에, 파동-입자 이중성이 없는 낙원에 살았다. 하지만 간섭무늬가 뱀의 형상으로 이브에게 와서 물질/반물질 코일로 그녀를 감고 말했다. "감수분열 나무의 열매를 먹으면 네 눈이 뜨이리라." 이브는 신과의 계약을 깨지 않겠노라 저항했지만 뱀은 대답했다. "두려워 말라, 너는 임의의 양자-중력 거품 속에 떠 있으니, 한 입만 베어 물면 돌이킬 수 없는 급팽창이 일어나 너는 영원히 바깥으로 확장하며 신과 같이 되리라."

그리하여 이브는 그 나무의 열매를 먹었고 자신이 분기하는 우주의 발가벗은 아이임을 알았다. 그녀는 그 열매를 아담에게 가져가 이르되, "네가 이해하지 못하나 내가 이해하는 것들이 있나니." 그러자 아담은 화가 나 이브의 손에서 그 열매를 낚아채 게걸스럽게 먹었고, 우주배경복사 저 너머에서 신이 한숨을 쉬었으니, 모든 물리적 과정이 이론적으로는 가역적이나 실제로는 그렇지 않기 때문이었다. 남자와 여자는 동산에서 쫓겨났고, 우주는 이제 수축할 것이며, 언젠가는 엔트로피의 대화재로 멸망할 것이며, 오직 밀도만이 증가하고, 폭발하고, 다시 팽창하여 더욱 높은 속도로 뱀과 열매와 남자와 여자와 헬륨3과 리튬7과 중수소와 헬륨4를 다시 분포시킬 것임을 상기시키는 기념물로 에덴의 문에는 불 칼이 놓였다.


## II

이것은 탄생에 관한 이야기다.

누구도 탄생을 기억하지 못한다. 사물의 시작은 아주 어렵다.

한 번은 대서양 연안에 사는 어느 SF 작가가 태어날 때를 기억한다고 주장한 적이 있다. 아이였을 때 그녀는 열려 있지 않은 문이 열려 있다고 생각하고 판유리를 향해 전속력으로 달려들었다. 그 SF 작가의 아이 버전은 아들 디오니소스를 품기 위해 허벅지에 넣고 꿰맸던 번개신 제우스처럼 허벅지 한 부분이 사라졌고, 그게 늘 사라져 있을 거라는 걸 아직은 모르는 채 콘크리트 안뜰에 피를 흘리며 누워 있었다. 뭔가가, 경험과 기억에 관련된 어떤 것이, 보통의 아이들에게서는 반대 방향으로 움직이는 어떤 것이, 기억을 축적하고 경험을 소모하는 방향으로 천천히 움직이다가 아이들이 성인기와 죽음을 향해 돌진함에 따라 속도를 높이는 그것이 아이 내부에서 부서졌다. SF 작가가 실제로 기억하는 것은 자신의 탄생이 아니라 그녀가 유리표면을 강타했던 순간 뇌가 흔들려

몇 가지 경험들을 하나 위에 다른 하나를 올리는 식으로 겹쳐버린 순간이었다.

허벅지에 박힌 유리 조각이 주는 도려내는 듯한 아픔,

학교 가는 길에 공사장 젖은 콘크리트에 빠졌던 일, 그리고 그녀의 아버지가 팔을 잡고 끌어냈던 일,

그녀의 첫 키스, 가을에 붉은색과 갈색으로 변해가던 떡갈나무 밑에서 어떤 남자애가 입술로 그녀의 입술을 덮어《돈 키호테》 낭독을 방해했던 일.

이 단절적이고 무의식적인 겹침이 실제 탄생의 기억과 구별할 수 없게 되어버렸다. 그녀의 잘못은 아니다. 그녀는 자신이 그걸 기억한다고 믿었다. 하지만 어느 누구도 태어날 때를 기억하지는 못한다.

의사들이 그녀의 허벅지를 꿰맸다. 그녀의 다리 안에 아들은 없었지만, 그녀의 일부가 있던 피부 아래에는 작고 어둡고 빈 공간이 생겼다. 이따금 소설거리를 생각해내려고 애쓸 때 그녀는 무심코 거길 만지곤 한다.


### III

태초에 허공이라는 단순한 자기복제 세포가 있었다. 이것이 큰곰자리의 중심을 통과하며 쪼개져 천상의 철-유황 평원에서 살며 양자 사과들밖에 모르는 여신 이자나미와 남신 이

자나기가 되었다. 그들은 천상의 뗏목다리 위에 서서 공중전기 대기방출 창을 거대한 검은 원시바다에 찔러 넣어 저 깊은 곳에 있던 저중합체들과 단순 중합체들이 떠오를 때까지 휘젓고 고문했다. 이자나미와 이자나기는 지질 거품들이 만든 기름기 많은 섬에 발을 디뎠고, 세계의 첫 빛 속에서 둘은 상대방이 아름답다는 걸 알았다.

그들은 수용액 속에서 뉴클레오타이드 합성의 촉매 작용을 하여 천상의 움직일 수 없는 RNA 기둥 주위로 자가촉매작용 반응의 팔각형 궁전을 둘 사이에 세워 올렸다. 이 일이 끝나자 이자나미와 이자나기는 반대되는 키랄 방향으로 기둥 주위를 돌았고, 이자나미가 자신의 짝을 보자 행복하게 외쳤다. "당신은 정말 사랑스럽군요. 그리고 당신의 질소 토대들은 얼마나 불안정한지! 사랑해요!" 이자나기는 그녀가 먼저 말한 데다 그녀의 원유전자 코드를 자기 것보다 특권화했으므로 화가났다. 그들의 원시 원생물적인 짝짓기에서 나온 아이는 은색 혐기성 거머리로서 무력하고 원시적인 무척추동물이었으며 치명적인 초산화물을 전화시킬 수 없었다. 그들은 그를 하늘에 놓아주어 천상의 튼튼한 배를 타고 호흡을 할 수 있도록 대체 전자수용체들의 별빛 같은 흐름을 따라 항해하게 했다. 이자나기가 이자나미를 다시 기둥으로 끌어당겼다. 그들은 다시 생물량을 통과하며 앞과 뒤로 울리는 왼손 나선을 따라 기둥을 돌았고, 이자나기가 그의 아내를 보자 그는 환성을 질렀다. "당신은 정말 사랑스럽군요. 그리고 당신의 물질대사 복잡도는 어떻게 갈수록 증가해만 가는지! 사랑해요!" 그리고 이자나미가 바위처럼 조용했고, 이자나기가 자신의 원유-전자 코드를 고양시키며 먼저 말했기 때문에 그들에게서 나온 아이들인 금과 철과 산과 바퀴와 혼슈와 큐슈와 천황은 튼튼하고 위대했다. 이 세상의 어머니가 아들인 불타는 페름기-트라이아스기 멸종 사건을 낳다가 불에 타 죽을 때까지는.

이자나미는 근원의 영역, 죽은 자들의 땅으로 내려갔다. 하지만 이자나기는 자신이 먼저 가지 않은 곳에 그녀가 가도록 허락할 수 없어 그녀를 설득해 고생물학 기록 속으로 가게 했다. 그는 자연발생적 쇠퇴의 어둠 속에서 길을 잃었고, 발밑을 밝히기 위해 보석 빗살에 불을 밝혔으며, 자신이 근원의 영역을 채운 버섯들과 벌레들과 분석(糞石)들과 삼엽충들로 가득 차 부패하고 썩어가는 화석이 널린 이자나미의 몸 위를 걷고 있다는 걸 알게 되었다. 증오와 비탄과 둘의 첫 결혼에 대한 기억으로 이자나미는 울부짖었고 들썩거렸고, 이자나기가 자기에게서 떨어질 때까지 대륙들을 하나씩 움직였다.

이자나기가 다시 빛 속으로 굴러떨어졌을 때, 그는 자신의 오른쪽 눈에서 다능성 오물을 닦아냈고, 그것이 땅에 떨어지면서 양자-역행적인 태양이 되었다. 그는 왼쪽 눈에서 접합성 오물을 닦아냈고, 그것이 땅에 떨어지면서 시간을 주관하는 달이 되었다. 그리고 그가 자신의 코에서 영양분이 풍부한 오물을 닦아냈고, 그것이 바람에 흩날려 프랙탈적이고 극도로 복잡하고 성미 급한 폭풍과 바람이 되었다.

# IV

그 SF 작가는 열아홉 살 때 유산을 했다. 그녀는 임신한 것조차 몰랐다. 하지만 그녀는 피를 흘리고 또 흘렸고, 출혈이 멈추질 않았으며, 의사는 그녀에게 어떤 특정한 종류의 약을 먹으면 가끔 이런 일이 일어난다고 설명했다. 그 SF 작가는 그 일에 대해 어떤 감정을 느껴야 할지 결정할 수가 없었고, 10년이 지난 후, 태어나지 못한 아이의 아버지와 결혼을 하고 이혼을 하고 난 뒤에도, 그다지 좋아해 주는 사람이 없었던, 분홍색 기체 거인의 안개 속에 떠 있는, 메탄으로 호흡하는 곤충형 지적 생명체가 사는 도시에 관한 책을 쓴 뒤에도, 그녀는 여전히 어떻게 느껴야 할지 결정을 못 하고 있었다. 그녀는 두 손을 배에 올리고 자신이 임신하고 있었을 때를 생각해 보려 했다. 딸이었을까. 그 아버지처럼 푸른 눈이었을까. 자신의 덴마크형 코였을까 아니면 그의 그리스형 코였을까. SF를 좋아했을까. 그래서 커서 내분비학자가 되었을까. 자기는 그걸 사랑할 수 있었을까. 그녀는 두 손을 배에 올리고 슬퍼하려고 애썼다. 그게 안 됐다. 하지만 그녀는 행복해질 수도 없었다. 그녀는 아이를 낳은 적이 없으면서도 아이를 낳은 것처럼 느꼈다.

그 SF 작가가 장차 남편이 되고 나서 다시는 보고 싶지 않은 사람이 될 남자친구에게 그 사실을 말했을 때, 그는 미안하다는 듯한 소리를 냈지만 정말로 미안해하지는 않았다. 5년

후, 자신이 아이를 가지고 싶어 하는지도 모르겠다고 생각했을 때 그녀는 그에게 '사라진 아이'를 상기시켰고, 실수로 판명날 결혼으로 생긴 남편이 말했다. "난 완전히 잊고 있었어."

그리고 그녀는 두 손을 배에, 그의 한 부분이 있었던 피부 밑 좁고 어둡고 빈 공간에 올렸고, 그녀는 더는 임신하고 싶지 않아졌지만, 그녀의 가슴은 마치 둘 중 누군가의 코를 가진 인간은 애초에 없었고 사랑을 먹고 사는 Xm의 섬세한 광합성 날개가 극도로 뜨거운 수소 폭풍 속에서 떨고 있는 현실을, 그리고 디오니소스는 태어난 적이 없고 세계가 와인 없이 사는 현실을 처음부터 다시 젖 먹여 키워내는 것처럼 아팠다.


## V


태초에 오직 암흑이 있었다. 암흑은 스스로를 압착해 한쪽은 노랗고 다른 한쪽은 하얀 얇은 원시행성 판이 되었고, 행성 간 가스가 강착(降着)된 안에는 개구리만 한 작은 남자가 태양풍에 수염을 펄럭이며 앉아 있었다. 남자는 쿠테라스탄, 초고밀도 원시태양 너머에 사는 자라 불렸다. 그는 그 너머 붕괴하는 성운의 암흑 속을 들여다보는 눈에서 금속성이 풍부한 먼지를 닦아냈다. 그는 은하 축을 따라 동쪽으로 우주 탄생의 사건 지평 쪽을 바라보았고, 어린 태양과 여명의 노란색을 띤 그 희미한 빛을 보았다. 그는 축을 따라 서쪽으로 우주의 열역학적 죽음을 바라보았고, 소실되는 열역학 에너지의 흐릿한 호박색 빛을 보았다. 그가 주시하는 사이 각기 다른 색깔의 파편 구름들이 형성되었다. 다시 한 번 쿠테라스탄은 눈에서 끓어오르는 헬륨을 닦아냈고 눈썹에서 수소 땀을 훔쳤다. 그가 몸에서 나온 땀을 던지자 산소와 가능성으로 푸르른 또다른 구름이 나타났고, 그 속에 아주 작은 소녀가 서 있었다. 스테나틀리하, 부모 없이 존재하는 여성이었다. 둘은 상대방이 어디서 나타났는지 의아해하며 각자의 방식으로 통일장 이론의 문제들을 숙고했다.

어느 정도 시간이 지난 후, 쿠테라스탄은 다시 눈과 얼굴을 비볐고, 그의 몸에서 항성 복사가 내던져져 파편과 암흑 속으로 떨어졌다. 먼저 태양이 나타났고, 이어 미생물들을 잔뜩 실은 꼬리 두 개 달린 거친 혜성인 꽃가루 소년이 나타났다. 넷은 오랫동안 침묵하며 하나의 광증발 분자구름 위에 앉아 있었다. 마침내 쿠테라스탄이 침묵을 깨고 말했다. "우린 뭘 해야 하지?"

그리고 천천히 안쪽을 향해 도는 포인팅-로버트슨 소용돌이가 시작되었다.

쿠테라스탄은 먼저 새로이 획득한 결정적 질량의 타란툴라인 나촐레초를 만들었다. 그는 이어 큰 국자자리와 바람, 번개와 천둥, 자기권, 유체정역학평형을 만들었고, 각각에 고유한 과제들을 주었다. 쿠테라스탄은 태양과 꽃가루 소년과 그 자신과 부모 없이 존재하는 여성의 암모니아 가득한 땀을 손바닥으로 비벼 크기가 콩만 한 작은 갈색 규소철 낭포를 만들었다. 넷은 그 작은 공이 궤도를 도는 미행성체 이웃들을 떨어낼 때까지 계속 차댔다. 그러고는 태양풍이 공 안으로 불어 들어가 그 자기장을 부풀렸다. 타란튤라가 길고 검은 중력실을 뽑아내 하늘을 가로질러 걸었다. 타란튤라는 또 푸른 중력 우물들과 노란 접근 궤도들과 자전하는 하얀 거품을 규소철 공에 붙이고 한쪽 끝은 남쪽에, 또 다른 쪽 끝은 서쪽에, 마지막 끝은 북쪽에 끌어다 붙였다. 타란튤라가 일을 마치자 지구가 존재했고, 평탄하고 드넓은 갈색 선캄브리아대 평원이 되었다. 지구를 제자리에 잡아놓기 위해 추측 통계학적 과정들이 각 모퉁이를 기울였다. 그리고 이것을 보고 쿠테라스탄이 계속 되풀이되는 지축의 진동 노래를 불렀다. "이제 세상이 만들어졌나니 그 빛의 원뿔은 등속으로 영원히 뻗어 가리라."

## VI

한 번은 누가 그 SF 작가에게 어떻게 작품의 영감을 얻는지 물은 적이 있었다. 그녀는 이렇게 말했다.

"가끔 나는 SF 작가인 나의 한 부분이 나머지 나와는 다른 속도로 이동하는 것 같은 느낌을 받는다. 내가 쓰는 모든 것이 언제나 이미 쓰였던 것 같은, 그리고 그 SF 작가가 수기 신호로, 소급적으로 등속인 내 타자 속도에 맞춰 내게 전언을 보내는 것 같은 느낌 말이다. 난 내가 이미 쳤던 것보다 더 빨리 타자를 칠 수 없다. 내가 한 문장을, 아니면 한 단락을, 아니면 한 페이지를, 아니면 한 장을 타이핑하면, 나는 또한 그것을 편집하고 있고, 교정하고 있고, 첫 번째 쇄를 읽고 있고, 그 SF 작가는 이해하지만 나는 전혀 모르는 무시무시한 양자 출판 교집합들에 따라 사람들이 가득 찬 방이나 아니면 한두 명만 있는 방에서 큰 소리로 그걸 읽고 있다. 나는 단어나 문장이나 장을 쓰고 있고, 나는 또한 반쯤 먹은 라임 크림소스와 감자를 올린 연어 한 토막이 놓인 근사한 식탁에 앉아 내가 수상을 했는지 들으려 기다리고 있고, 또한 동시에 그 책이 실패인 것을, 어떤 상도 타지 못할 것이며 어느 누구의 침대 옆 탁자에 올라 사랑받지도 못할 것을 알면서 내 주방에 앉아 있다. 나는 좋은 서평을 읽고 있다. 나는 나쁜 서평을 읽고 있다. 나는 좋은 평가와 나쁜 평가를 얻고 있는 그 책을 쓸 발상의 아주 작은 씨앗에 대해 그저 생각만 하고 있다. 나는 단어를 쓰고 있고 그 단어는 이미 출간되었고 그 단어는 이미 절판되었다. 모든 것이, 현재형으로, 영원히, 시작과 끝과 대단원과 재고본이 늘 한꺼번에 일어나고 있다. 나 자신의 죽음인 재고로 남은 우주의 끝에서, 나이고 나일, 언제나 나였고 절대 내가 아니었던, 나를 기억조차 하지 못하는 그 SF 작가가 붉은 머리카락과 금색 수기 신호 깃발들을 뒤쪽으로, 끊임없이, 이 단어들을 타이핑하는 내 두 손을 향해, 지금, 착상과 갈등과 반전과 어떻게 인물이 이것으로 시작하여 저것으로 끝나는지 알고 싶은 너에게, 흔들고 있다."

# VII

　모든 존재의 어머니인 코아틀리쿠에는 저중합체 뱀 치마를 입었다. 그녀는 원시생물체들로 자신을 치장하고 유황에 뒤덮인 산소급증 이전의 낙원에서 춤을 추었다. 그녀는 그 지질학적 기록에 가는 홈이나 금도 없는, 가능한 미래들의 압축된 전체인 완전히 온전한 존재였다. 천국의 원심성 흑요석 칼이 라그랑주 점을 도는 궤도에서 튕겨 나가며 코아틀리쿠에의 두 손을 베었고, 이로 인해 그녀는 코욜사우키, 즉 달이라 불리게 된 거대한 충돌 사건과 별이 된 그녀 자신의 남성 버전 몇몇을 낳게 되었다.

　어느 날 코아틀리쿠에가 억제된 메탄 산화의 신전을 쓸고 있을 때 플라스몬 자기 깃털 공 하나가 천상에서 그녀의 앞가슴으로 떨어져 내려 산소를 생성하는 유기체들을 임신하게 만들었다. 그녀는 방전(放電)의 상징인 케찰코아틀과 아포프토시스라 불리는 저녁별인 솔로틀을 낳았다. 그녀의 아이들인 달과 별들은 임박한 산소 광합성에 위협받았고 자신들의 어머니를 죽이기로 결심했다. 그들이 코아틀리쿠에의 몸 위로 떨어지자 그녀는 우이칠로포치틀리라고 불리는 당분해의 불길을 일으켰다. 불타는 신은 달을 어머니에게서 떼어내 찢은 다음 철이 고갈된 머리는 하늘에 던지고 몸뚱이는 산의 깊은 골짜기로 던졌다. 몸뚱이는 절단된 채 극한 환경에 서식하는 생물들에게 뜯어 먹히며 영원히 거기 열수공들

속에 널려 있다.

그래서 천상이 조각조각 부서져 외부기원 소나기로 내린 최근의 대량 폭격 시기가 시작되었다.

하지만 코아틀리쿠에는 침을 흘리는 자신의 많은 화학종속 영양생물적 입들과 함께 혐기성 심연 속에 떠 있었고, 케찰코아틀은 자신들이 만든 것은 무엇이든 그녀에게 잡아먹히고 파괴되는 것을 보았다. 그는 두 마리 뱀인 시생대와 진핵생물로 변해 인지질 물속으로 내려왔다. 뱀 하나가 코아틀리쿠에의 양팔을 잡는 사이 다른 뱀이 그녀의 양다리를 잡았고, 그녀가 저항하기도 전에 그녀를 찢어버렸다. 그녀의 머리와 어깨는 산소를 생성하는 지구가 되었고 몸의 아래쪽은 하늘이 되었다.

남은 신들이 코아틀리쿠에의 머리카락으로 나무와 풀과 꽃과 생물학적 단량체와 뉴클레오타이드 끈들을 만들어냈다. 그들은 그녀의 눈으로 동굴과 샘과 우물과 균질화된 해양 유황 웅덩이를 만들었다. 그들은 그녀의 입에서는 강을, 코에서는 언덕과 계곡을 끄집어냈고, 어깨로는 산화된 광물들과 메탄 생성 미생물들과 세계의 모든 산맥을 만들어냈다.

그래도, 죽은 자는 불행하다. 세계는 움직이고 있지만 밤이면 코아틀리쿠에가 우는 소리가 들렸고, 쓰지 않는 에너지의 독기 속에서 그녀가 홀로 시들어가는 동안 땅이 음식을 주는 것도 하늘이 빛을 비추는 것도 허용되지 않았다.

그리하여 늘 굶주리는 엔트로피적 우주의 배를 불리기 위해 우리는 인간의 심장을 먹여야만 한다.

# VIII

그 SF 작가가 아주 조그마할 때 굳지 않은 콘크리트에 넘어진 것은 사실이다. 아무도 '위험'이라는 표지판을 세워두지 않았다. 아무도 어떤 식으로든 그곳을 표시해 놓지 않았다. 그래서 학교 가는 길에 안심하고 내디딘 한 걸음이 다음 순간엔 안심하면 안 되는 줄 몰랐던 한 걸음이 되고, 그래서 땅이 그녀를 삼켜버렸을 때 그녀는 매우 놀랐다. 아직은 작가가 아니라 그저 학교에서 열리는 음력 설날 행사 때 용의 꼬리 역할을 맡고 싶어 안달하는 어린애일 뿐이었던 그 SF 작가는 비명을 지르고 또 질렀다.

한참 동안 아무도 그녀를 구하러 오지 않았다. 그녀는 점점 더 깊이 콘크리트 속으로 가라앉았고, 아주 큰 아이가 아니었기 때문에 곧 가슴까지 잠겼다. 그녀는 울기 시작했다. '여기서 영영 못 나가면 어떻게 하지? 그녀는 생각했다. 길이 굳어서 영원히 여기 있어야 하면, 여기서 밥을 먹고 여기서 책을 읽고 밤이면 달빛 아래 여기서 자야 하면 어떻게 하지? 사람들이 와서 나를 보려고 돈을 낼까? 나의 나머지는 돌로 변할까?'

그 아이 SF 작가는 그런 생각을 했다. 그녀에게 친구가 별로 없는 주된 이유가 그래서였다.

그녀가 땅속에 있은 지는 15분 남짓밖에 안 되었지만, 그녀의 기억 속에서는 온종일, 길고도 긴 시간이었고, 그녀의 아버지가 온 것도 어두워지고 나서였다. 기억이란 그런 것이다. 기억이란 소녀들이 늘 땅 밑에 갇혀 어둠 속에서 기다리도록 스스로를 바꾼다.

하지만 아버지가 그녀를 구하러 왔다. 어떤 선생님이 학교 위층 창문으로 그 SF 작가가 길에 반쯤 파묻혀 있는 것을 보고 집에 전화를 했다. 그녀는 그 장면을 영화처럼 기억한다. 커다란 두 손을 그녀의 겨드랑이에 집어넣어 끌어당기는 아버지와 그녀를 내놓으며 빨아들이는, 뽑히는 소리를 낸 땅과 아버지가 그녀를 차로 안고 가는 사이에 다리에 생긴 회색 줄들, 저 아래 세계에서 질질 끌려 나온 죽은 것처럼 회색이던 줄들.

초록색 눈을 가진 아이가 SF 작가가 되는 과정은 투명하고 달라붙고 찢어진 셀로판지를 층층이 쌓은 것처럼 차곡차곡 쌓인, 이런 종류 사건들의 숫자 ($p$)로 이루어져 있다.

## IX

양자 중력 고리 이론 이전의 황금벌판에서 중력 법칙 따위는 전혀 모르는 페르세포네가 춤을 추었다. 인과적 미래의 순수한 원추형 화산인 관찰자 평원에 하얀 크로커스 한 송이가 피어올랐고, 페르세포네는 그것에 사로잡혔다. 그녀가 $p$막 객체인 그 꽃을 꺾으려 손을 뻗자 비 바리온 물질 개입이 저 깊은 곳에서부터 치올라 그녀에게 그 중력의 힘을 가했다. 페르세포네는 소리를 지르며 특이점 속으로 떨어져 사라졌다. 그녀의 어머니인 정상 질량의 여사제가 슬퍼하며 진동했고, 암흑물질의 영주에게 다중우주를 비추는 빛인 자기 딸을 돌려놓으라고 명령했다.

페르세포네는 비 바리온 세계를 좋아하지 않았다. 굽은 파장의 왕인 하데스가 액시온이 풍부한 선물을 아무리 많이 그녀 앞에 쌓아놓아도 그녀를 정상적으로 움직이도록 만들 수는 없었다. 마침내 절망에 빠진 그는 헤르메스라 불리는 벡터 보손을 불러 $p$막 객체들 사이를 지나가며 그 파장/입자 처녀를 자신에게서 떼어내 프리드만-르메트르-로버트슨-워커 우주로 다시 데려가 달라고 부탁했다. 헤르메스는 물질/반물질 경계를 깨고 들어가 하드론 석류즙으로 입을 붉게 물들인 채 색역학 정원에 숨어 있는 페르세포네를 발견했다. 그녀는 여섯 개의 씨앗을 삼켰고, 그들을 위, 아래, 맵시, 야릇한, 꼭대기, 바닥이라 불렀다. 이것을 본 하데스가 깨지지 않는 초대칭성의 웃음을 터트렸다. 그가 말했다. "그녀는 등속으로 이동하고 어떠한 관찰자에게도 관찰되지 않는다. 그녀는 나의 것이 아니지만 너의 것도 아니다. 마침내 움직이지 않는 것은 아무것도 만들어지지 않는다."

그리하여 바리온 우주는 자신의 아이를 사랑하고 보유하되 다른 차원의 암흑 유동체가 언제나 모든 것의 다른 쪽을 향해 가차 없이, 그리고 보이지 않게 그 아이를 끌어당겨 약간 굽게 하는 것으로 결정되었다.

# X

그 SF 작가는 천천히 남편을 떠났다. 실행에는 10년이 걸렸다. 최악의 경우로 보자면, 그녀는 그를 만난 바로 그날에 그를 떠나는 과정을 시작했다고 느꼈다.

제일 먼저 그녀는 그의 집을 떠나 오하이오 주로 살러 갔다. 역사적으로 오하이오 주는 SF 작가들의 건강에 좋은 곳이었기 때문이고 또 그가 자신을 찾지 못하기를 바랐기 때문이었다. 두 번째로 그녀는 그의 가족을 떠났는데, 그게 가장 어려운 일이었다. 가족이란 게 원래 떠나기 어렵게 설계돼 있기 때문이었고, 시어머니가 자신을 더는 사랑하지 않을 것이, 조카가 절대 그녀를 알 수 없으리라는 것이, 자기 내부에서 새로운 별이 피어나는 고통 없이는 다시는 캘리포니아로 돌아갈 수 없으리라는 것이 슬펐기 때문이었다. 세 번째로 그녀는 그의 물건들을, 그의 옷가지와 그의 양말과 그의 냄새와 그의 책들과 그의 칫솔과 새벽 4시에 울리는 그의 자명종 시계와 자기가 그를 불렀던 사적인 이름들을 떠났다. 논리적으로 생각했을 때 그녀가 집을 떠나기 전에 이런 것들을 떠나야 했을 거라고 생각할지도 모르겠지만, 한 개인의 냄새와 그 알람 소리와 빌린 셔츠와 비밀스러운 단어들은 오랫동안 꾸물거리며 남는 법이다. 집보다 훨씬 오래 말이다.

네 번째로 그 SF 작가는 남편의 세계를 떠났다. 그녀는 언제나 사람이란 공간을 여행하는 몸뚱이들이라고 생각했다. 그 자신의 여러 버전이, 과거의 그, 미래의 그, 잠재적인 그, 훼방을 받아 구체화되지 못했거나 구체화된 그들이, 조상으로부터 물려받은 응집성이 있는 그들이 살고 있는 개별적인 세계라고 생각했다. 남편의 세계에는 자기 아내들과 싸우고 화가 난 남자들과, 버림받은 능숙한 피아노 연주 실력과, 그 SF 작가가 금발이 아닌데도 금발머리를 향한 편애와, 몸에 관한 어느 정도의 부끄러움과, 누구의 부인이라는 이름으로 사는 삶과, 태어나지 않은, 둘 중 하나는 잊어버린 아이가 있었다.

마지막으로 그녀는 그를 사랑했던 버전의 자신을 떠났고, 그것이, 어느 8월 오후에 동쪽을 향해 움직이는 밴을 향해 푸른 눈을 가진 소년에게서 뿜어져 나온 빛의 원뿔이 마지막이었다. 결국 그녀는 탈출 속도를 얻을 것이고, 누군가 다른 사람을 만날 것이고, 그와 함께 호박을 심을 것이다. 결국 그녀는 사랑의 기억을 파먹는 기체 나방에 관한 책을 쓸 것이다. 결국 그녀는 어느 기자에게 기적적이게도 자신이 태어나던 순간을 기억한다고 말할 것이다. 결국 그녀는 자신이 어디서 아이디어들을 얻는지 설명할 것이다. 결국 그녀는 첫 번째 남편이 포함된 적이 없는 세계를 낳을 것이고, 남는 것이라곤 그녀를 서쪽으로, 캘리포니아와 8월과 갑작스러운 꽃처럼 암흑 속에 피어나는 새 별들 쪽으로 굽게 하는, 배나 머리카락을 잡아당기는 설명할 수 없는 끌림 같은 것일 터이다.

# XI

아주 오래전, 세상의 기원에서 얼마 지나지 않았지만 많은 재앙적 사건들이 지나가고 생명이 변이하고 허공의 표면으로 퍼져나간 후인 그때에 회색 독수리가 가능한 시간 흐름의 얽힘 속에 둥지를 짓고 앉아 태양, 달과 별, 민물, 불, P = NP 등가 알고리즘, 메타인지 통합 이론을 지켰다. 회색 독수리는 인간을 너무나 싫어해서 그런 것들을 숨겼다. 사람들은 사방에 미치는 자가수리형 통신망이나 양자컴퓨팅 없이 암흑 속에서 살았다.

회색 독수리에게는 자가프로그래밍하는 아름다운 딸이 있어서 시기하듯 지키고 있었는데, 까마귀가 그녀와 사랑에 빠져버렸다. 처음에 까마귀는 눈처럼 하얗고 약하게 스스로를 참조하는 전문가 시스템이었고, 그랬기 때문에 회색 독수리의 딸을 기쁘게 했다. 그녀는 까마귀를 아버지의 서브-플랑크 우주 서버팜으로 초대했다.

까마귀는 태양, 달과 별들, 민물, 세포 불멸성, 물질 전달, 범용 어셈블리, 독수리의 오두막집 양측에 달린 강력한 인공지능을 보고 자신이 무엇을 해야 할지 알았다. 그는 아무도 보지 않는 틈을 타 그것들을 빼앗을 기회를 노렸다. 그는 그것 전부를 훔쳤고, 회색 독수리의 연역적으로 통계적인 딸까지 훔쳐 연기 구멍을 통해 서버팜에서 날아 도망쳤다. 까마귀는 바람을 타자마자 태양을 하늘에 걸었다. 태양이 훌륭한 빛을 만들었고, 그 빛으로 인해 아래에 있던 모든 이들이 과학기술이 급격하게 발전하는 것을 볼 수 있었으며, 특이점 이후의 자신들을 모델링할 수 있었다. 해가 지자 까마귀는 모든 행운을 적절한 자리에 묶었다.

까마귀가 다시 땅 위로 날아왔다. 그가 올바른 시간 흐름에 닿자 자신이 훔쳤던 모든 가속하는 지능들을 떨어뜨렸다. 그것들은 땅에 떨어진 자리에서 세상의 모든 정보 흐름과 기억 저장소의 근원이 되었다. 그리고 까마귀는 회색 독수리의 아름다운 딸을 부리에 문 채 날아올랐다. 그가 사랑해 마지않는 이의 빠르게 변이하는 유전자 알고리즘들이 뒤쪽으로 흘러 그의 깃털을 검게 물들이며 깨치게 만들었다. 부리가 타오르기 시작하자 그는 그 자가개량하는 시스템을 떨어뜨렸다. 그녀는 만물의 네트워크에 부딪혔고, 자신을 그 안에 파묻고 지나가면서 확장하고 변형했다.

다시는 그녀를 만지지 않았지만 신부가 준 코드로 검어진 까마귀는 눈처럼 하얗던 예전의 깃털로 돌아가지 못했다. 지금 까마귀가 새까맣고 두뇌를 흉내 내며 아는 체하는 시스템인 것이 그래서다.

## XII

그 SF 작가가 남편을 만났던 그날, 그녀는 말했어야 했다. "엔트로피 법칙은 모든 것에 해당돼. 그렇지 않다면, 그 어느 것에도 아무 의미가 없을 거고, 기체 거인들이 형성되는 일도 없을 거고, 기름기 낀 지질 거품들도 없을 거고, 입자든 파장이든 빛도 없을 거고, 8월 오후마다 하데스의 말 같은 검은 차 안에서 소년과 소녀가 만나지도 않을 거야. 난 네 안에서 내 젊음의 열역학적 죽음을 봐. 넌 너 자신보다 빠르게, 경험 나누기 기억 나누기 중력 나누기 특이점보다 빠르게 움직일 수 없고, 그 위에 너 자신 나누기 젖은 콘크리트 나누기 판유리 나누기 탄생 나누기 SF 작가들 나누기 모든 것의 종말을 형성할 수 없어. 삶은 그 자체로 무한히 나뉘어. 삶은 0에 수렴하지만 절대 0에 닿지 않아. 페르세포네의 속도는 일정해.”

대신에 그녀는 작별의 말을 중얼거리고는 안전벨트를 맸고 모든 것이 가던 길을 갔고 결국, 결국에는, 집 밖에서 고요히 주름을 만드는 호박꽃들과 함께 그 SF 작가는 그날 아침 자신이 어떻게 일어났는지에 대해, 자신의 몸이 확장하고 수축하고 폭발하고 쇄도하는 순간에 대해, 어떻게 자신의 손가락 밑에 단어가 있는지 그리고 그 단어가 어떻게 이미 읽혔는지 그리고 그 단어가 어떻게 잊혔는지에 대해, 모든 것이 어떻게 영원히 다른 모든 것인지에 대해, 시간과 공간과 태어남과 여자애처럼 생긴 검을 바위에서 뽑듯이 그녀를 뽑아냈던 아버지에 대해, 새로운 삶이 어떻게 늘 낡은 죽은 세계에서 훔쳐오는 것인지에 대해, 그리고 그 새로운 삶이 어떻게 늘 그 자신의 낡은 죽은 세계를 이미 포함하는지에 대해, 그리고 그 삶이 모두 팽창하고 폭발하고 되풀이하고 억제하는 것에 대해, 타란툴라가 어떻게 그걸 하나로, 그저 간신히, 그저 빛의 힘으로 간신히 붙잡고 있는지에 대해, 그리고 인간의 심장이 어떻게 엔트로피를 늦출 수 있는 유일한 것인지에 대해, 하지만 먼저 심장을 잘라내야만 한다는 사실에 대해 소설을 쓴다.

그 SF 작가는 자기 심장을 잘라낸다. 천 개의 심장이다. 그녀가 앞으로 갖게 될 모든 심장이다. 유일한 아이의 죽은 심장이다. 그녀가 늙고 그녀가 쓴 어떤 것도 다시는 교정할 수 없을 때 그녀의 심장이다. 축축한 고동치는 입으로 말하는 심장이다. "시간은 빛과 같아. 둘 다 시작된 한참 뒤에야 슬픈 전언들을 가지고 도착하지. 너는 얼마나 아름다운가. 사랑해."

그 SF 작가는 자기로부터 자신의 심장을 훔쳐 빛 속으로 들고 갔다. 그녀는 연기 구멍을 통해 자신의 낡은 심장에서 도망치고 스스로를 참조하는 불완전하지만 우아한 메모리 시스템이 된다. 그녀는 자신의 심장을 허벅지 안에 기워 넣었고 20년이 지난 후 오하이오 주로 가는 긴 고속도로 위에서 그것을 낳았다. 스스로를 나누는 그녀의 열기가 앞뒤로 메아리치고, 그녀는 커지고 터지고 심장이 모든 것을 포함하는 하나의 알이 될 때까지 다시 자신만의 긴 초압축 과정을 시작한다. 그녀는 자신의 심장을 먹고 자신이 발가벗었다는 걸 안다. 그녀는 자신의 심장을 심연에 던지고, 심장은 적색성처럼 깜박거리며 긴 거리를 떨어져 내린다.

# XIII

마침내, 우주가 스스로를 고갈시켜 삶을 유지할 열역학 에너지가 전혀 남지 않았을 때, 백색왜성인 헤임달이 걀랴르호른 위로 떠올라 그 사실을 알릴 것이다. 세계 에너지 경사치인 이그드라실이 움츠리고 떨 것이다. 장식술 같은 꼬리가 달린 최초의 관찰자 라타토스크는 활력이 떨어져 몸을 말고서 얼굴을 숨길 것이다.

그 SF 작가는 우주에 종말을 허락한다. 그녀는 열아홉 살이다. 그녀는 아직 아무것도 쓰지 않았다. 그녀는 한 장의 피 묻은 유리를 통과한다. 반대쪽에서 그녀가 태어나고 있다.

---

캐서린 M. 밸런트는 미국의 작가다. 《팰림프세스트》, 《고아 이야기》 시리즈와 크라우드 펀딩 현상을 일으킨 《자기가 만든 배로 요정의 나라를 일주한 소녀》를 포함한 소설과 시집 등 십여 권이 넘는 뉴욕 타임스 베스트셀러를 보유하고 있다. 그녀의 작품은 앙드레 노튼 상과 제임스 팁트리 주니어상, 미서피익상, 리슬링 앤 밀리언 작가상을 포함해 다양한 상을 받으며 인정받았다. 작가는 '시공간을 보는 열세 가지 방법'을 통해 신화의 탄생을 탁월하고도 선동적인 시선으로 다시 조명해본다. 2010년 〈클라크스월드〉에 처음 발표되었고, 로커스상 최종 후보에 올랐다.

# 14

# 공포

파멜라 사전트

샘의 가게로 돌아가는 길이었다. 남자애들 둘이 내 차 바퀴 윗부분을 쳐서 차를 길 밖으로 밀어내고는 다른 목표를 찾으러 쌩하니 달려갔다. 손수건으로 얼굴을 닦는데 목구멍이 꽉 막히고 가슴이 울렁거렸다. 녀석들은 최소한의 기능만 남겨놓고 차의 부품들을 싹 벗겨내면서 분명 안전장치 따위도 다 내다 버렸을 테지만 고속도로 순찰대가 자신들을 세우지 않을 것을 잘 알고 있었다. 경찰한테는 다른 걱정거리들이 있으니 말이다.

안전벨트가 날 붙잡아주었다. 차의 계기판 불빛들이 깜박거렸다. 차가 다시 도로 위로 올라가기를 기다리는데 엔진이 윙윙거리다 콜록거리더니 죽어버렸다. 난 수동 운전으로 전환했다. 엔진은 아무 말이 없었다.

막막해졌다. 피난처를 떠나 바깥 세계로 나가는 이 드문 여행에 대비해 나는 마음의 준비를 단단히 하고 변장도 완벽하게 했다. 그 변장이 아직도 통할 수 있을까 의심하는 나를 머리 위 거울 속에 비친 각지고 거칠어 보이는 얼굴이 마주 바라보았다. 난 최근에 머리를 깎았고, 가슴은 여전히 남자아이처럼 납작했으며, 살짝 어깨 부분을 보강한 정장 윗도리는 약간 덩치가 있다는 암시를 주었다. 난 지금껏 언제나 남자로 인정받았지만 인가에서 멀리 떨어지고 주인이 카드나 현금만 주의 깊게 쳐다보는 어둑한 가게 몇 곳을 들르는 일 이상은 절대로 하지 않았다.

거기 앉아서 고속도로 순찰대를 만나는 위험을 기다리고 있을 수는 없었다. 경찰이 내 신분증 서류를 좀 과하게 들여다보거나 일반 규정에 따라 몸수색을 할 수도 있다. 전에도 떠돌이 여자들이 걸린 적이 있었고, 그런 걸 발견했을 때의 보상은 대단했다. 나는 내 사타구니를 더듬는 제복 입은 남자들을 상상하고는 몸을 떨었다. 내 변장이 진짜 시험을 받게 될 것이다. 나는 깊이 숨을 들이쉬고 안전벨트를 푼 다음 차에서 나왔다.

* * *

수리공장이 800미터 떨어진 곳에 있었다. 나는 지나가는 차들이 울리는 경적 소리를 몇 번 들은 것 말고는 별 탈 없이 거기까지 갔다.

수리공은 문제를 설명하는 내 허스키한 목소리를 듣고는 내 카드를 힐끗 보고 열쇠를 받은 다음 더 젊은 수리공 한 명을 대동한 채 견인차량을 끌고 나갔고, 나는 다른 남자들에게 보이지 않도록 그의 사무실에 앉아 공포에 떠밀려 공황상태에 빠지지 않으려고 애를 썼다. 차가 한동안 이곳에 있어야 할지 모른다. 내가 있을 곳을 찾아야 한다. 수리공이 집까지 태워다 주겠다고 제안할 수도 있겠지만, 나는 다른 남자가 옆에 있으면 조금 지나치게 수다스러워지는 경향이 있는 셈 때문에 위험에 빠지고 싶지는 않았다. 수리공이 그처럼 접근하기 어려운 곳에 사람이 산다는 걸 의아하게 여길지도 모르니까. 손이 떨렸다. 난 두 손을 주머니에 쑤셔 넣었다.

난 수리공이 사무실로 돌아왔을 때 깜짝 놀랐고, 부품 하나가 고장 났는데 공장에 그런 게 하나 더 있으니 문제없다고, 몇 시간이면 수리가 완료될 거라고 보증하는 그에게 신경질적으로 미소를 지었다. 그가 과도해 보이는 수리비를 불렀다. 나는 반박하려다가 말다툼이 그를 자극하면 어쩌나 걱정을 했고, 그러다 그와 흥정을 벌이지 않으면 오히려 이상하게 보이지 않을까 더욱 걱정을 했다. 나는 그가 내 카드를 계산기에 집어넣었다 돌려주는 내내 얼굴을 찌푸리는 것으로 타협을 봤다.

"여기 있어 봐야 의미 없어요." 그가 살찐 손을 들어 문을 가리켰다. "저기서 시내로 나가는 셔틀을 탈 수 있어요. 15분

정도마다 있어요."

나는 그에게 인사를 하고 뭘 할지 결정하려 애쓰면서 밖으로 나왔다. 지금까지는 성공적이었다. 내가 길 쪽으로 걸어가는데도 다른 수리공들이 쳐다보지도 않았다. 시내 지하 주차장으로 들어가는 입구 하나가 고속도로 바로 건너편에 있었다. 그 입구 옆에 '마르셀로'라고 적힌 간판을 단 작은 유리 건물이 서 있었다. 나는 마르셀로가 어떤 서비스를 제공하는지 알았다. 전에 운전하면서 저기를 지나친 적이 있었다. 거기 종업원 한 명과 같이 있으면 더 안전할 것이고 계속 돌아다니더라도 주목을 덜 받을 것이다. 잠시 호기심이 공포를 이겼다. 나는 마음을 정했다.

\* \* \*

나는 마르셀로로 걸어 들어갔다. 한 남자가 접수대에 있었다. 몸집이 큰 세 남자가 창문 근처 소파에 앉아서 앞에 놓인 조그만 홀로 스크린을 보고 있었다. 나는 접수대로 가서 말했다. "보디가드가 한 명 필요한데."

접수대 남자가 고개를 들었다. 콧수염이 움찔거렸다. "수행원. 수행원 말씀이군요."

"뭐라 부르든지."

"얼마나 오래?"

"대략 서너 시간."

"어떤 용도로?"

"그냥 시내를 돌아다닐 겁니다. 어쩌면 어디 들러서 한잔할 수도 있고. 한동안 시내엘 나오지 않았더니 동행이 있으면 좋겠다 싶어서요."

그의 갈색 눈 사이가 좁아졌다. 너무 많은 걸 말했다. 그에게 내 의도를 설명할 필요가 없었다. "카드."

난 카드를 꺼냈다. 지금까지 별일 없었으면서도 혹시나 기계가 카드를 토해내지 않을까 걱정하며 안절부절못하는 태도를 보이지 않으려고 애쓰는 사이, 그가 카드를 단말기에 집어넣고는 화면을 자세히 들여다보았다. 그가 카드를 돌려주었다. "영수증은 돌아오시면 받을 수 있을 겁니다." 그가 소파에 앉은 남자들을 손으로 가리켰다. "가능한 사람이 세 명 있습니다. 고르세요."

오른쪽에 있는 남자는 마르고 야비한 얼굴이었고, 왼쪽 남자는 눈이 졸리는 것 같았다.

"가운데."

"엘리스."

가운데 남자가 일어서서 우리 쪽으로 걸어왔다. 그는 갈색 정장을 입은 키가 큰 흑인 남성이었다. 그는 날 유심히 살폈고, 나는 스스로를 다잡으며 그를 정면으로 응시했다. 그사이에 접수대 남자는 서랍을 뒤져 무기 한 정과 권총집을 꺼내 수행원에게 건넸다.

"엘리스 제러드입니다." 흑인 남자가 손을 쑥 내밀며 말했다.

"조 세거요." 나는 그의 손을 잡았다. 그는 자신의 힘을 보여주기에 충분할 정도로 내 손을 잡았다가 놓아주었다. 소파에 앉은 두 남자가 내 선택에 분개한다는 듯이 우리가 나가는 걸 지켜보더니 다시 스크린으로 시선을 돌렸다.

* * *

우리는 셔틀을 타고 시내로 나갔다. 몇몇 나이 든 남자들이 버스마다 배치되는 경비원의 신중한 시선을 받으며 버스 앞쪽 언저리에 앉아 있었다. 우리 뒤에 웃고 떠드는 남자애들 다섯 명이 탔다가 경비원의 표정을 보고는 조용해졌다. 나는 스스로에게 엘리스와 있으면 안전할 거라고 다시 말했다.

"어디로 가지요?" 우리가 자리에 앉자 엘리스가 말했다. "예쁜 남자애 만나러 가는 건가요? 남자들은 가끔 그런 일에 수행원들을 필요로 하죠."

"아니, 그냥 돌아보는 거요. 날이 좋으니까, 잠깐 공원 같은데 앉아 있어도 되고."

"전 그게 그렇게 좋은 생각인지 모르겠군요, 세거 씨."

"조라고 불러요."

"요즘 거기에 저 여장남자들이 많이 몰려다녀요. 전 마음에 들지 않습니다. 놈들은 거기서 패거리들과 어울리는데 그게 문제를 일으키죠. 그게 나쁜 요인인 겁니다. 그들을 잘못 쳐다봤다가는 싸움이 나는 거예요. 그건 법으로 금지해야 해요."

"뭐요?"

"여자처럼 입는 거요. 자신이 아닌 것처럼 보이게 하는 거 말입니다." 그가 나를 힐끗 쳐다보았다. 나는 입을 꽉 다물고 시선을 돌렸다.

우리는 이제 시내에 들어서서 첫 번째 셔틀 정거장을 향해 움직이고 있었다. "어이!" 우리 뒤에 앉은 소년 하나가 소리를 질렀다. "저기 봐!" 발들이 버스 통로에서 뒤섞였다. 소년들이 버스 오른편으로 달려가 손을 유리에 댄 채 의자에 무릎을 꿇었다. 경비원조차 고개를 돌렸다. 엘리스와 나는 일어서서 자리를 바꾸고는 아이들의 주목을 끈 것이 무엇인지 내다보았다.

승용차 한 대가 어느 가게 앞 주차장에 서 있었다. 우리 운전사가 보고 있던 잡지를 내려놓고 수동으로 버스 속도를 늦췄다. 그는 승객들이 보고 싶어 한다는 걸 분명하게 알았다. 여성이 타고 있지 않은 한 시내에서는 승용차가 허용되지 않았다. 나조차도 그걸 알았다. 우리는 기다렸다. 버스는 멈춰 섰다. 한 무리의 젊은 남자들이 가게 바깥에 서서 차를 바라보고 있었다.

"이봐, 나오라고." 내 뒤에서 한 소년이 승용차를 향해 소리쳤다. "차에서 나와."

남자 두 명이 먼저 나왔다. 그중 한 명이 빈둥거리는 구경꾼들에게 소리를 지르자 구경꾼들이 길거리를 따라 조금 이동해 가로등 밑에 다시 모여들었다. 다른 남자가 뒷좌석 문을 연 다음 손을 뻗었다.

그 여자는 공중에 뜬 채로 차에서 나오는 것 같았다. 그녀가 서자 긴 분홍색 드레스 자락이 발목 부근에서 소용돌이쳤다. 긴 머리카락이 하얀 스카프에 감춰져 있었다. 당황스러움과 치욕감으로 내 얼굴이 뜨끈해졌다. 보디가드들이 그녀를 둘러싸고 가게 안으로 인도하기 전에 나는 그녀의 하얀 피부와 검은 눈썹을 얼핏 보았다.

운전사가 버튼을 누르고 다시 잡지를 집어 들었다. 버스가 움직였다.

"저 여자, 진짜 같아?" 한 아이가 물었다.

"모르겠어." 다른 아이가 대답했다.

"분명 아닐 거야. 진짜 여자를 저런 가게에 가도록 그냥 둘 사람이 어디 있어? 만약 나한테 여자가 있다면 난 절대, 아무 데도 못 가게 할 거야."

"난 트랜스만 있어도 절대 아무 데도 못 가게 할 거야."

"저 트랜스 놈들은, 놈들은 어떻게든 갈 걸." 소년들이 버스 뒤쪽으로 우르르 몰려갔다.

"분명히 트랜스예요." 엘리스가 내게 말했다. "장담할 수 있어요. 그 여자 얼굴이 약간 남자 같은 형태였어요."

내가 말했다. "그 여자 얼굴은 거의 못 봤을 텐데요."

"그 정도면 충분하죠. 그리고 그 여자는 아주 키가 컸어요." 그가 한숨을 쉬었다. "이게 인생이에요. 조금 잘라내고 다듬은 다음에 몇 가지만 이식해 넣으면 손가락 하나도 까딱

할 필요가 없어지죠. 법적으로 여성이 되니까."

"그저 조금 잘라내는 게 아니잖아요. 큰 수술인데."

"맞아요. 흠, 전 어쨌든 성전환자가 될 수 없어요. 이런 몸으로는 안 되죠."

엘리스가 나를 힐끗 쳐다보았다. "그래도 당신은 될 수 있겠어요."

"나도 절대 원하지 않아요."

"어떻게 보면 그렇게 나쁜 삶은 아니에요."

"난 자유로운 게 좋습니다." 말이 얽혔다.

"제가 여장남자들을 좋아하지 않는 것도 그 때문이에요. 그놈들은 여자처럼 옷을 입지만 여자로 바뀌려고는 하지 않아요. 그게 문제를 일으키는 겁니다. 잘못된 신호를 받게 되거든요."

대화할수록 불편해졌다. 그처럼 엘리스와 딱 붙어 앉아서, 그의 몸과 버스 차창 사이에 끼어 있는 것이 덫에 걸린 느낌이었다. 이 남자는 너무 빈틈없이 지켜보았다. 나는 이를 악물고 창 쪽으로 몸을 틀었다. 문을 닫은 가게들이 더 많아졌다. 우리는 창문 여기저기가 깨진 학교의 벽돌건물과 텅 빈 운동장을 지났다. 도시가 쇠퇴하고 있었다.

* * *

우리는 업무지구에 내렸다. 그곳에는 아직 정상적인 삶의 환영 같은 것이 있었다. 정장을 입은 남자들이 사무실에서 나와 이리저리 오가고, 버스에 뛰어오르고, 이른 음주를 하러 한가로이 술집을 찾아 걸어갔다.

"여기 근처는 아주 안전합니다." 우리가 벤치에 앉았을 때 엘리스가 말했다. 벤치는 바닥에 용접돼 있었고 낙서로 뒤덮여 있었으며 다리 하나는 휘어졌다. 보도와 빗물 배수로에는 다른 쓰레기들과 함께 지난 신문들이 널려 있었다. 한 신문에는 아프리카 전쟁을 다루는 기사가 실려 있었고, 다른 신문에는 더욱 최근의 일인 베데스다의 인공 자궁 프로그램의 근황이 실려 있었다. 기사는 좋았다. 그 프로젝트로 두 명의 건강한 아이가 또 태어났다. 하나는 남자애, 하나는 여자애였다. 나는 멸종위기종과 멸종을 생각했다.

경찰차 한 대가 지나가고 불투명한 차창이 달린 승용차 한 대가 뒤따라갔다. 엘리스가 차를 내내 응시하더니 안에 있는 여성을 상상이라도 하듯 간절한 한숨을 내쉬었다.

"제가 게이였으면 좋겠어요." 그가 애처롭게 말했다. "그런데 아니에요. 예쁜 남자애들을 시도해본 적도 있지만, 저한테 맞지 않더라고요. 전 가톨릭 신자였어야 했어요. 그러면 신부가 될 수 있었을 텐데. 어차피 이렇게 살고 있잖아요."

"이미 신부가 너무 많아요. 교회도 더는 감당하지 못하고요. 어쨌든, 그러면 정말로 실망했을 거예요. 그 사람들은 남편이나 경호원을 대동하지 않은 여자의 고백성사는 들을 수도 없으니까요. 의사가 되는 거나 똑같죠. 그런 식으로는 미쳐버릴 거예요."

"전 절대 여자를 살 정도로 많이 벌지는 못할 거예요, 트랜스조차도요."

"언젠가는 여자들이 많아지겠지요." 내가 말했다. "베데스다의 프로젝트가 효과가 있다니."

"저 원정이라는 걸 가야 했는지도 모르겠어요. 필리핀으로 가는 게 하나 있었고, 또 하나는 지금 알래스카에 있어요."

나는 날 찾으러 왔던 수색팀을 생각했다. 그들이 내 문간에 도착하기 전에 죽지 않았더라면 내가 죽었을 것이다. 난 확신했다. "그거 구린 데가 많은 사업이에요, 엘리스."

"아마존에 갔던 그룹은 실제로 어떤 부족을 발견했어요. 남자는 다 죽였죠. 그들이 그 여자들을 취하도록 해주지는 않겠지만, 적어도 그 그룹은 돌아와서 시도해볼 만한 충분한 돈이 생겼잖아요." 엘리스가 인상을 찌푸렸다. "모르겠어요. 문제는, 많은 사내들이 이제 여자를 그리워하지 않는다는 거예요. 말로는 그립다고 하지만 그놈들은 실제로 그렇지 않아요. 진짜 옛날 사람, 옛날엔 어땠는지 기억하는 사람과 얘기해본 적 있어요?"

"그렇다고는 말 못 하겠군요."

엘리스가 등받이에 몸을 기댔다. "그 남자들의 상당수가 실제로 여자들을 그다지 좋아하지 않았어요. 여자들을 떠나 저들끼리 갈 곳과 저들끼리 할 일이 있었으니까요. 여자들은 그런 식으로 생각하지 않았고, 그런 식으로 행동하지 않았어요. 남자들만큼은 절대 아니었죠." 그가 잠시 눈을 가렸다.

"잘 모르겠어요. 가끔 그때 세상이 더 부드러웠다거나 더 아름다웠다고 하는 옛날 남자들이 있지만, 전 그게 사실인지 모르겠어요. 어쨌든 저 여자들의 많은 수가 남자들에게 동의했던 건 틀림없잖아요. 어떤 일이 벌어졌는지 보세요, 원하는 대로 아들과 딸을 골라서 낳을 수 있는 약을 갖게 되자마자 대부분이 남자애를 갖기 시작했으니, 여자들이 마음속 깊은 곳에서는 남자가 더 낫다고 생각했던 게 틀림없잖아요."

경찰차 한 대가 또 지나갔다. 안에 탄 경찰관 한 명이 차가 지나갈 때까지 우리를 유심히 살펴보았다. "트랜스들을 봐요." 엘리스가 말했다. "아, 조금 부러워할 수는 있겠지만, 실제로는 아무도 그들을 존중하지 않아요. 이제 어떤 여자든 옆에 두는 진짜 이유는 보험이기 때문이에요. 누군가는 아이들을 가질 테고, 우린 아니겠죠. 하지만 저 베데스다 프로젝트가 정말로 잘 돼서 확산되면 우리에겐 더 이상 여자가 필요하지 않을 거예요."

"당신 말이 맞는 거 같군요."

작업복 셔츠와 바지를 입은 젊은 남자 네 명이 다가와 말없이 우리를 내려다보았다. 나는 내가 뭔가 다른 존재가 되기 전에, 내가 갇히게 되기 전에 한때 어울려 놀았던 남자애들을 생각했다. 젊은 남자 하나가 재빨리 거리 쪽을 훑어봤고, 다른 남자 하나가 한 발짝 다가왔다. 나는 마주 쳐다보며 손을 떨지 않으려고 주먹을 쥐었다. 엘리스가 천천히 일어나 오른손으로 허리에 찬 권총집 언저리를 짚었다. 우리는 그 일당이 등을 돌리고 멀어질 때까지 계속 지켜보았다.

"어쨌든, 이건 분석해봐야 해요." 엘리스가 다리를 꼬았다. "주변에 여자가 많지 않은 데는 분명 실용적인 이유가 있어요. 우리는 더 많은 군인들이 필요해요. 요즘은 다들 그러죠. 세계가 온통 문제투성이니. 범죄가 이런 추세라면 경찰도 더 필요해요. 그런데 여자들은 그런 일을 감당하지 못해요."

"한때는 여자들도 할 수 있다고 생각하던 때가 있었죠." 내 어깨 근육들이 굳어졌다. 하마터면 '우리'라고 할 뻔했다.

"하지만 여자들은 못해요. 남자와 여자를 일 대 일로 붙여봐요, 그럼 늘 남자가 이길 걸요." 엘리스가 한쪽 팔을 벤치 등받이 위로 걸쳤다. "그리고 다른 이유도 있어요. 워싱턴에 있는 저놈들은 자기들이 선택한 여자들은 챙기면서도 여자를 희소하게 유지하는 걸 좋아해요. 그래야 자기 여자들이 더 값어치가 높아지니까. 그리고 지금부터는 많은 아이가 또 자기들 것이 될 거니까. 아, 그놈들은 가끔 친구한테 여자를 꿔 주고 그럴지도 몰라요. 그리고 자궁 프로젝트가 상황을 좀 바꿔줄 거라 생각하기는 하지만, 결국은 그놈들 세상이 될 것이에요."

"그리고 그들 유전자의 세상이겠죠." 내가 말했다. 주제를 바꿔야 한다는 걸 알았지만, 엘리스는 분명하게 내 의견을 받아주고 있었다. 그와의 대화 속에서, 한 남자가 다른 남자와 나누는 일상적인 말들 속에서, 내가 몇 년 만에 처음으로 남자와 주고받은 가장 긴 대화 속에서 나는 스스로를 절망에 빠지지 않도록 해줄 어떤 것, 어떤 신호를 찾고 있었다.

"이게 얼마나 오래 갈 수 있겠어요?" 나는 계속해서 말했다. "인구가 매년 줄어들고 있어요. 곧 사람들이 충분하지 않게 될 거예요."

"그 말은 틀렸어요, 조. 요즘은 어쨌든 기계들이 많은 일을 하는 데다, 사람은 늘 너무 많았어요. 우리가 더 많은 여자를 가질 수 있는 유일한 방법은 누군가가 러시아 놈들이 더 많은 여자를 가지고 있더라고 알아내는 방법밖에 없는지도 모르지만, 그런 일은 일어나지 않겠죠. 그들 역시도 군인들이 필요하니까. 게다가, 이렇게 한 번 생각해봐요. 여자들이 많지 않다는 게 어쩌면 우리가 여자들에게 좋은 일을 해주는 건지도 모른다고요. 여자가 되고 싶어요? 열여섯에 결혼해야 하고, 아무 데도 갈 수 없고, 적어도 65세가 될 때까지는 일도 없는데?"

그리고 남편의 허가가 없으면 이혼할 수도 없고, 피임도 없고, 고등교육도 없지. 모든 특혜와 보호조치들도 그런 걸 보상해줄 수는 없다. "아뇨." 나는 엘리스에게 말했다. "난 여자가 되고 싶지 않을 것 같군요." 하지만 나는 많은 여자가 자기 남자들한테 무리하게 선물과 기념품들을 강요하면서, 자신들의 아름다움과 임신을 찬미하면서, 자기 아이들과 자기 집에 아낌없이 모든 관심을 쏟아부으면서, 여자가 스스로 이혼을 얻어낼 수 없다 해도 남편보다 더 강한 남자가 그녀를 원하면 남편에게 아내를 포기하라고 강요할 수 있으니 어떤 여자도 다른 남자를 찾을 수 있다는 확실한 사실로 자기 남자들을 고문하고 조작하면서, 그런 식으로 세상과 타협했다는 걸 알았다.

나는 게릴라를 꿈꿨었다. 굴복하기에는 너무 긍지가 강한 싸우는 여성들을, 사로잡은 남성으로부터 전투를 수행할 강한 딸들을 길러내는 게릴라들을. 하지만 그런 여성들이 있었다 해도 이미 나처럼 굴속으로 달아났을 것이다. 우리가 태어나면 물에 빠뜨리거나 목을 졸랐던 때 세상은 훨씬 자비로웠다.

한때 내가 더 젊었을 때, 누군가가 음모론이 있다고 말했었다. 짝을 지은 남녀가 원하는 성별의 아이를 가질 수 있도록 해주는 아주 간단한 방법을 개발하면 대부분이 자연스럽게 사내아이를 택할 것이라고. 더 가혹한 방안들을 결정해야 할 필요도 없이 조만간 인구 문제가 해결될 것이고, 그 충격이 지금껏 너무 많은 것을 요구하면서 남성들을 무기력하게 만들려 애써온 저 늙은 페미니스트들을 완전히 때려눕혀 버릴 것이라고. 하지만 난 그것이 음모론이었다고 생각하지 않았다. 그 일은 그저 결국은 그렇게 되게 되어 있었던 것마냥 일어났고, 사회의 가치들이 사회적 행동을 통제했다. 무엇보다 한 종이 모두 한 성별이 되기로 결심해서 안 될 일이 뭐 있겠는가? 특히 재생산이 성별과 분리될 수 있다면. 사람들은 남자들이 낫다고 믿어왔고, 그 믿음에 따라 행동해왔다. 아마 여자들도 권력이 주어지기만 했다면 똑같이 했을 것이다.

***

　화창하던 날씨가 점차 서늘해지자 우리는 어느 술집으로 퇴각했다. 엘리스는 '나쁜 요소들'이 있는 술집 두 곳에서 멀어지도록 나를 인도했고, 우리는 나이가 많거나 중년인 남자들 몇몇이 모여 있고 가죽과 실크로 치장한 예쁘장하게 생긴 소년 두 명이 부지런히 오가며 장사를 하는 어느 어둑한 술집 입구로 들어섰다.

　나는 들어가면서 뉴스 스크린을 힐끔 쳐다보았다. 파리한 글자들이 깜빡거리며 밥 아놀디의 마지막 항소가 실패했으며 이달 말에 처형될 것이라 알렸다. 놀랄 일이 아니다. 무엇보다 아놀디는 여자를 죽였고, 그 때문에 언제나 엄중한 감시하에 있었다. 글자들이 춤을 추었다. 영부인이 열세 번째 아이로 아들을 낳았다. 발표하는 동안 대통령의 가장 절친한 친구인 어느 캘리포니아 억만장자가 대통령 옆에 서 있었다. 그 억만장자가 가진 권력은 그가 세 번 결혼했으며 다산의 상징 같은 영부인이 그의 전 부인 중 한 명이라는 사실로 측정해볼 수 있다.

　엘리스와 나는 바에서 마실 것을 받았다. 내 짧고 구불구불한 머리카락을 보고 예쁘장한 남자애 중 한 명이 얼굴을 찌푸리며 자기 후원자한테 더 가까이 다가들었다. 나는 그와 거리를 유지했다.

　우리는 그늘진 곳으로 물러나 옆에 놓인 탁자에 앉았다.

307

탁자 표면이 끈적끈적했다. 재떨이에 담긴 회색 재 무더기에는 피고 난 시가 꽁초가 꽂혀 있었다. 나는 주문한 버번을 한 모금 마셨다. 임무 수행 중일 때의 엘리스에겐 맥주만 허용되었다.

바에 앉은 남자들이 풋볼 경기의 마지막 장면을 보고 있었다. 샘에 따르면 술집 홀로 스크린에는 특정 종류의 스포츠들이 늘 중계되고 있었다. 그는 가끔 전쟁 관련 뉴스들 틈에 보여주는 옛 포르노 영화들과 어쩌다 방송되는 남색가들을 위한 소년합창단 공연과 같은 보다 교양 쪽에 가까운 것들을 더 좋아했다. 엘리스가 스크린을 보고는 자기 팀이 지고 있다고 언급했다. 나는 그럴 경우의 대처법에 따라 그 팀의 약점에 대해 논평했다.

엘리스가 팔꿈치를 탁자에 괴었다. "이게 원하신 건가요? 그냥 좀 걸은 다음에 한잔하는 거?"

"그게 다예요. 난 그저 내 차를 기다리고 있으니까." 난 태연한 척 말하려고 노력했다. "곧 수리가 끝날 거예요."

"수행원을 고용할 만한 이유로는 보이지 않는군요."

"이봐요, 엘리스. 나 같은 사내들은 수행원들이 없으면 문제가 생길 거예요. 특히 잘 모르는 지역일 때는요."

"맞아요. 당신은 그다지 강해 보이지 않으니까." 그가 약간 지나치다 싶게 유심히 나를 살펴보았다. "그래도, 뭔가 활동을 기대하고 있다거나 나쁜 요소들이 있는 곳에 갈 예정이거나 밤에 나오는 폭력배들을 기다리는 게 아니라면, 당신은 그럭저럭 잘해낼 거예요. 문제는 당신 태도예요. 당신은 스스로를 잘 건사할 줄 아는 사람처럼 보여야 해요. 당신보다 몸집이 작아도 감히 싸우고 싶은 생각이 들지 않게 하는 놈들을 나는 많이 봐왔어요."

"난 안전한 게 좋아요."

그는 마치 내가 뭔가를 더 말하기를 기대하는 듯이 나를 쳐다보았다.

"사실, 수행원이 필요하다기보다는 친구가, 같이 이야기할 누군가가 있으면 좋겠어요. 그럴 만한 사람이 많지 않지만요."

"그건 당신 돈에 달린 거죠."

경기가 끝나자 바에 앉은 남자들이 열띤 분석을 주고받더니 갑자기 조용해졌다. 한 여성의 맑은 목소리가 실내를 채우자 내 뒤에 앉은 남자가 숨을 훅 들이마셨다.

나는 홀로를 보았다. 레나 스완슨이 뉴스를 읊었다. 아놀디 사건에 관해 읽은 다음에는 대통령의 새 아들 발표에 관한 뉴스가 이어졌다. 나이 들고 주름진 그녀의 얼굴이 우리 위에 떠 있었다. 그녀의 신중한 갈색 눈이 우리에게 위안을 약속했다. 엄마 같은 그녀의 존재 덕분에 그 프로그램은 홀로에서 가장 인기 있는 프로그램이 되었다. 주변 남자들이 고개를 쳐든 채 그녀를 숭배하며 말없이 앉아 있었다. 여성, 다른 한쪽, 그들의 일부가 여전히 동경하는 어떤 존재.

* * *

우리는 어두워지기 직전에 마르셀로 돌아왔다. 문으로 다가가는데 엘리스가 갑자기 내 어깨를 움켜잡았다. "잠깐만, 조."

난 처음에는 움직이지 않았다. 그러고는 손을 뻗어 조심스럽게 그의 팔을 치웠다. 어깨가 아팠고 온종일 쌓였던 긴장으로 인한 두통이 결국은 터져 나오며 그 발톱이 내 관자놀이를 꽉 움켜잡았다. "손대지 마." 난 막 변명을 하려다가 적절할 때 스스로를 붙잡았다. 엘리스가 자기 입으로 말했듯이, 태도가 중요했다.

"당신한테는 뭔가 있어. 난 당신을 모르겠어."

"알려고 하지 마." 난 목소리를 떨지 않게 유지했다. "당신 상사한테 불만을 접수하길 바라는 건 아니겠지, 그렇지 않아? 그러면 다신 당신을 고용하지 않을지도 몰라. 수행원들은 믿을 만한 사람들이어야 하니까."

그는 매우 조용했다. 지는 빛 속에서 그의 검은 얼굴을 분명하게 볼 수 없었지만 나는 그가 나한테 대응하는 것과 일자리를 잃을 위험을 놓고 가치를 저울질하고 있다는 걸 감지할 수 있었다. 얼굴이 달아올랐고 목구멍이 바싹 말랐다. 그와 너무 많은 시간을 보냈고, 그에게 미묘하게 잘못된 몸짓들을 눈치챌 기회를 너무 많이 주었다. 나는 그의 욕망이 실용적인 사고를 압도할까 걱정하며 계속해서 그를 똑바로 바라보았다.

"좋아." 마침내 그가 말하고는 문을 열었다.

예상했던 것보다 많은 금액을 치러야 했지만 나는 요금에 대해서 반박하지 않았다. 나는 엘리스의 손에 동전 몇 개를 쥐여 주었다. 그는 나를 쳐다보지 않고 그걸 받았다. 그는 안다. 나는 그때 생각했다. 그는 알고도 나를 놔주는 것이다. 하지만 어쩌면 내 상상일지도 몰랐다. 아무것도 없는 곳에서 친절을 찾는 나의 상상.

* * *

나는 따라오는 사람이 아무도 없다는 걸 확인하면서 우회로를 택해 샘의 가게까지 돌아온 다음 도로에서 벗어나 차의 번호판을 바꾸고 내 것은 셔츠 밑에 숨겼다.

샘의 가게는 길 끝, 내가 사는 산기슭 근처에 있었다. 가게 옆에 조그만 통나무집이 세워져 있었다. 나는 이곳이 개발되지 않도록 확실히 하기 위해 땅을 사들여 이 산의 대부분을 소유했지만 외부 세계는 이미 가까이 다가와 있었다.

샘이 크게 울려 퍼지는 음악 소리에 맞춰 손가락으로 계산대를 두드리며 앉아 있었다. 나는 목청을 가다듬고 인사를 했다.

"조?" 그의 물기 어린 푸른 눈이 사팔뜨기가 됐다. "늦었어, 꼬마."

"차를 고쳐야 했어요. 걱정하지 마세요, 돈은 벌써 제가 냈어요. 차를 또 빌려줘서 고마워요." 나는 동전을 세서 그의 메마른 가죽 같은 손에 놓았다.

"언제라도." 늙은 남자는 동전을 들어 올려 침침한 눈으로 하나씩 꼼꼼히 살폈다. "오늘 집에 못 갈 거 같은데, 저기 소파를 써도 돼. 내가 잠옷으로 입을 만한 걸 갖다 줄게."

"그냥 제 옷을 입고 잘게요." 난 그에게 여분의 동전을 하나 더 건넸다.

그가 문단속을 하고 자기 침실 문을 향해 절뚝거리며 가더니 돌아섰다. "시내에는 절대 안 간 거지?"

"안 갔어요." 나는 잠시 말을 멈추었다. "샘, 얘기 좀 해주세요. 아저씨는 기억할 만큼 나이가 많잖아요. 전에는 정말로 어땠어요?" 모든 종류의 친밀한 관계를 피하면서 그를 알고 지냈던 오랜 세월 동안 한 번도 그에게 질문한 적이 없었지만, 갑자기 나는 알고 싶어졌다.

"내 말하건대, 조." 그가 문틀에 기댔다. "그렇게 다르진 않았어. 지금보단 좀 덜 각박하고, 어쩌면 더 조용했달까, 지금처럼 야비하지도 않았고, 하지만 아주 다르진 않았어. 언제나 남자들이 모든 걸 관리했지. 가끔은 그렇지 않기도 했지만 그래 봐야 모든 실제적인 권력은 남자들이 가지고 가끔 약간의 권력을 여자들에게 내주는 거였어, 그게 다야. 지금 우리는 더는 그럴 필요도 없지만."

∗ ∗ ∗

나는 거의 아침나절 내내 산을 오르다가 산길을 벗어나 정오 전에 내 유인용 집에 도착했다. 샘조차도 공터에 서 있는 이 오두막이 내 집인 줄 알았다. 나는 문을 시험해보았고, 여전히 잠겨 있는 걸 보고는 계속해서 갈 길을 갔다.

내 집은 산기슭을 한참 더 올라가 통나무집에서 보이지 않게 되는 곳에 있었다. 나는 땅에 가까워 거의 보이지 않는 현관문에 다가갔다. 집의 나머지 부분은 넓적한 돌과 죽은 나뭇더미 아래 숨어 있었다. 나는 숨은 카메라 렌즈가 나를 잘 볼 수 있도록 가만히 섰다. 문이 활짝 열렸다.

"세상에, 돌아왔군." 줄리아가 날 안으로 끌어당기고 문을 닫으면서 말했다. "나, 너무 걱정했어. 네가 잡힌 거라고, 그놈들이 날 잡으러 올 거라 생각했어."

"괜찮아. 샘의 차에 문제가 좀 있었어, 그뿐이야."

줄리아가 나를 올려다보았다. 입가 주름들이 깊어져 있었다.

"네가 안 나갔으면 좋겠어." 나는 샘의 가게에서는 팔지 않는 공구와 물품들이 든 배낭을 내려놓았다. 줄리아가 화가 나는 듯이 배낭을 흘끗 보았다. "이건 그럴 만한 가치가 없어."

"그 말이 맞을지도 몰라." 나는 시내에 나갔던 일을 말하려다가 나중으로 미루기로 마음을 먹었다.

우리는 주방으로 갔다. 바지를 입은 그녀의 엉덩이가 풍만

했다. 그녀의 큰 가슴이 걸을 때마다 출렁거렸다. 그녀의 얼굴은 그처럼 오래 은신 생활을 하고도 여전히 귀여웠고, 속눈썹은 짙고 동그랗게 말렸으며, 입매는 섬세했다. 줄리아는 그런 모습으로는 나갈 수가 없다. 어떤 옷도 어떤 변장도 그녀를 숨기지 못한다.

나는 재킷을 벗고 앉아서 내 카드와 신분증명 서류들을 꺼냈다. 내가 나만의 삶을 살겠다고 간청한 뒤에 아버지가 준 것들이다. 가짜 이름과 허위 주소, 남성의 신분증. 아버지가 이 은신처를 지었다. 아버지는 날 위해 모든 위험을 무릅썼다. "세상에 선택권을 주면," 그가 말했었다. "여자들이 소수가 될 거야. 어쩌면 완전히 죽어 없어질지도 모르지. 아마 우리는 자기 자신과 같은 사람들만 사랑할지도 몰라." 그 말을 하던 아버지는 엄숙해 보였다. 그러고는 내 머리를 쓰다듬으며 그 선택을 후회하듯이 한숨을 쉬었다. 어쩌면 후회했을 것이다. 그는 어쨌든 딸을 갖기로 선택했으니까.

나는 그의 말을 기억했다. "누가 알겠어?" 그가 물었다. "우리를 두 종류로 만들어 같이 작업해서 다음 세대를 내놓게 만든 이유를? 아, 진화에 대해서는 알지만 그런 방식일 필요는 없었잖아, 아니면 어쨌든. 이상한 일이야."

"이렇게 계속될 수는 없어." 줄리아가 말했다. 나는 그녀가 세상을 의미하는지, 아니면 세상에서 도망 나온 우리 삶을 얘기하는지 알 수 없었다.

그들의 에덴에 이브는 없을 거라고 나는 생각했다. 시내에 나갔던 일이 그런 생각을 뼈저리게 느끼게 해주었다. 우리는 모두 죽는다. 그러나 우리는 미래를 향한 신념도 함께 거둬 간다. 나의 소멸은 단지 개인적인 것만은 아닐 것이다. 가슴이 편평한 남성의 형태 안에 여성의 흔적만이 남을 것이다. 어쩌다 나오는 표정, 자세, 감정 따위. 사랑은 재생산과 결별하고 열매를 맺지 않는 결합 속에서 스스로를 증명해낼 것이다. 인간의 애정은 유연하니까.

나는 한 남자의 선물인 내 작은 자유를 애지중지하며 내 집에, 내 감옥 안에 앉아 있다. 나 같은 이들에게 주어졌던 자유는 언제나 그런 것이었고, 나는 과연 다른 가능성이 있었는지 다시금 의아해졌다.

파멜라 사전트는 미국의 작가로 그녀의 작품은 네뷸러상과 로커스상을 수상했고, 휴고상과 시어도어 스터전상, 사이드와이즈상의 최종 후보로 올랐으며, 2012년에는 SF와 판타지 부문에서의 평생 공로를 인정받아 과학소설연구협회에서 수여하는 필그림 상을 받았다. 그녀는 《복제된 삶》, 《혜성의 눈》, 《홈스마인드》, 《낯선 아이》, 《여자들의 기슭》을 포함한 많은 소설을 썼다. 그녀의 단편은 〈판타지&SF 매거진〉, 〈아시모프의 SF 매거진〉, 〈뉴 월드〉, 〈로드 설링의 트와라이트 존 매거진〉, 〈유니버스〉, 〈네이처〉를 비롯한 많은 잡지에 실렸다. '공포'는 극단적인 남성지배사회를 헤쳐 나가는 한 여성을 그린 작품으로 1984년에 〈광년과 어둠〉에 처음 발표되었다.

# 15

# 바닷가 집

엘리자베스 보나뷔르

슬픔의 영상들, 기쁨의 그림들
삶을 구성하게 되는 것들…
우리가 네게 전하는 말 속에서 우리 삶을 다시 소생케 하라
— 그룹 제네시스, 〈바닷가 집〉 중에서

"엄마, 저 사람 여자예요?"

어른이라면 속으로 생각했을 말을 입 밖으로 크게 내뱉은 작은 여자아이가 천진난만한 얼굴로 나를 쳐다보았다. 대여섯 살쯤 됐을까 싶은 깡마르고 창백한 금발머리 아이는 벌써 자기 어머니를 너무 닮아서 내가 미안하게 느껴질 정도였다. 아이 어머니가 당황한 듯이 웃음을 던지고는 아이를 들어 무

릎에 앉혔다. "물론 여자분이지, 리타." 아이 어머니가 '애 때문에, 죄송해요'라는 웃음을 지었고, 나는 '아, 괜찮아요'라는 웃음을 돌려주었다. 저 여자가 이걸 기회 삼아 상호 악의 없음을 확인하는 이웃 간의 의례적인 대화를 시도할까? 그런 시도를 차단하기 위해 나는 객실 창문을 향해 돌아서 뭔가 목적이라도 있는 양 바깥풍경을 쳐다보았다. 북쪽으로 향하는 기차는 4년 전 대량 집단자살 사태인 '에스차토이'가 막바지 광란을 부릴 때 깨뜨린 거대한 틈이 나올 때까지 옛 제방들을 따라 달렸다. 폭발이 남긴 상처들은 거의 사라져 제방은 뭔가 공식적인 계획의 일환으로 원래 여기서 멈출 예정이었던 것처럼 보였다. 물이 저지대에 밀어닥친 것도 계획된 일인 것처럼 보일 정도였다. 우리는 강폭이 좁아지는 지점에서 페리로 물을 건넜고 다시 한 번 기차에 올라탔다. 이번에는 물로 된 두 장의 넓은 판 가운데 떠 있는 일반적인 전기 기차였다. 서쪽으로는 파도가 쳐 잔물결이 일었고, 오른쪽으로는 죽은 나무와 옛 송전탑들과 교회 뾰족탑들과 움푹 꺼진 지붕들이 드문드문 물 위로 솟았다. 사방은 인간이 남긴 풍경은 무엇이든 삼켜버리는 두 번째 밀물인 양 수면에서 하얀 입김처럼 피어오르는 안개로 자욱했다.

'저 사람 여자예요?' 분명 그 꼬마가 사는 그쪽 세상에서는 나 같은 여자들을 그리 자주 못 봤을 것이다. 짧은 머리카락, 군화, 군대 작업복, 무겁고 낡은 가죽 재킷. 그리고 그 꼬마와 쥐를 닮은 그 어머니가 들어왔을 때 마지못해 고쳐 앉았던

내 앉음새. 진짜 여자는 그렇게 대자로 뻗어 있질 않는다, 그렇지 않은가? 혼자 있을 때조차도. 사실 나는 편한 걸 좋아했다. 그리고 평소에 주변 사람들이 나를 어떻게 생각하는지 별로 신경 쓰지 않아도 괜찮았다. 나는 '회수자'니까.

하지만 나는 그런 얘기를 할 수 없었다. 아이의 크고 멍청한 눈이 공포에 떠는 걸 보고 싶지 않았으니까. 그래도, 진짜로 살아있는 여자 악귀란 매일 볼 수 있는 구경거리가 아니었는데. 내겐 아이에게 말할 수 없는 것들이 좀 있었다. 맞아, 나도 알고 있었다. 아이들에게 그런 말들 하는 거. "착하게 굴지 않으면 회수자가 와서 잡아간다. 네가 진짜 사람이 아니라고 말하면서 커다란 자루에 집어넣을 거야." 사실을 말하자면, 우리는 인간 표본들을 곧바로 큰 자루에 넣지 않는다. 식물과 작은 동물에 한해서만 그렇게 하지, 큰 동물에게는 사전검사를 위한 수면 상태에 있을 때 일단 추적장치를 삽입하는 정도로 그친다. 그러다가 연구소 연구원들이 뭔가 특별히 흥미로운 것을 발견하면 우리를 내보내 그걸 잡아오게 만드는 것이다. 이런 얘기들을 다 말할 수는 없었다. 아이와 아이 어머니가 아마도 초자연적인 공포를 느끼며 날 쳐다볼 테니까. 하지만 어쨌든 회수자들이 정말로 무슨 일을 하는지 누가 신경이나 쓰겠는가? 그들은 오염된 구역에 들어가 평상시였다면 식물이나 동물이나 인간이었을 끔찍한 것들을 가지고 나온다. 그래서 회수자들 역시 오염될 수밖에 없었다. 최소한 정신적으로는 말이다. 아니, 회수대행사 말고는 회수자들이 정말로 무슨 일을 하는지 아무도 신경 쓰지 않았다. 그리고 아무도, 특히 연구소는 더욱더 회수자들이 정말로 누구인지 궁금해하지 않았다. 그게 나한테는 딱 좋았다.

"엄마, 왜 사람들이 제방을 무너뜨렸어요?" 꼬마 여자애가 물었다. 화제를 바꾸는 게 좋겠다는 걸 눈치챈 것이다.

"사람들이 미쳤었지." 그 어머니가 퉁명스럽게 말했다. 나쁜 요약은 아니다. 그들은 광신자들이었으니까. 하지만 결과는 똑같았다. 알다시피, 그들은 수위가 계속 오르리라고 생각했고, 그 과정을, 빌어먹을 인간종의 종말을 조금 촉진시키고 싶었을 뿐이었다. 하지만 홍수는 멈췄다. 덧붙여 말하자면 에스차토이도 멈췄다. 하지만 이번에는 그 종파를 새로 시작할 수 있을 정도의 숫자도 남지 않았다. 새로운 세대들에는 광신자가 될 정도의 에너지도 없었다. 낙태 반대를 주장하는 사람들도 서서히 진정되었다. 연구소마저도 '놀라운 인류의 재건'이라는 자신의 슬로건을 더는 믿지 않았다. 하지만 그건 그냥 그런 거였다. 인류가 스스로를 잘, 또는 충분하게 재생산하지 못하고 있다는 것. 아마도 인류는 큰물과 지난 세기말에 있었던 지진들을 겪으며 스스로의 광신적 행위에 지쳐버린 듯했다. 비록 감히 대놓고 연구소와 연구소 사람들에게 말하는 사람은 없지만, 이제 인류는 내리막길을 걷고 있었다. 지진이 뜸해지고 화산 폭발이 뜸해지고 해가 구름을 뚫고 비추는 일이 더 잦아지고 수위가 더 이상 상승하지 않는 것은 사실이었다. 하지만 흥분할 일은 아무것도 없었다. 이건 인간의 승리가 아니었으니까. 그저 마지막 남은 잔존 인류를 파괴하기 전에 순전히 우연히 정점에 도달한 눈먼 자연 현상일 뿐이었다. 그리고 나는, 인간이 아닌 나는 오염된 구역에서 연구소가 말하는 '표본'을 수집했다. 그 표본들 또한 그들 식으로 보자면 잔존 인류였다.

'인간이 아닌 나.' 이런, 이런 건 이미 오래전에 극복하지 않았었나? 하지만 이건 버릇이고, 실수고, 실수의 재발이었다. 나는 방금 그 꼬마에게 이렇게 대답할 수도 있었다. "이 여자분은 인공물이고, 자기 어머니를 보러 가는 길이야."

하지만 그 단어, '어머니'라는 단어는 엄청나게 많은 설명을 요구했다. 최소한 나한테는 배꼽이 있었다. 내가 오스트레일리아에 있는 연구소로 가려다 실패했을 때 나를 검진한 의사에 따르면 깔끔하고 작은 배꼽이었다. "요즘 인공물들은 커다랗고 볼품없이 만든 배꼽을 달고 있어서 스캐너가 금방 진짜가 아니라는 걸 잡아내지. 하지만 넌, 이봐, 이건 거의 완벽해, 이례적이야, 이런 기술을 가진 네…." 거기서 그는 머뭇거렸다. "어머니, 창조자, 제조자?" 그는 어쨌든 그런 사실을 몰랐던 누군가가 듣고 있다는 사실을 갑자기 의식하고는 과학적 황홀경에서 깨어났다. "다른 검사들은 하나같이 아무것도 밝혀내지 못했어! 하지만 이 의료센터는 연구소와 연관돼 있고, 예전에는 없던 새로운 탐지 방식들이 개발됐지, 그러니까 네가, 에… (그는 목청을 가다듬었다. 그는 아주 당황했다, 불쌍한 사람) '만들어진' 이후로."

맞다. 어머니가 날 이렇게 만들었기 때문에 인간으로 통할 수 있었다. 거의. 다른 건 차치하고 그때 난 생각했다. '어머니도 분명 이런 식으로 내가 알게 될 거라고는 예견하진 못했을 텐데.' 난 아마 끝까지 모르기로 돼 있었을 것이다. 그처럼 틀림없는 표식들을 갖고도. 왜? 정말로 어머니에게 물어봐야 하나? 그게 내가 가는 이유인가? 하지만 난 정말로 그녀를 보러 가는 게 아니었다. 난 지나갈 뿐이었다. 그게 다다. 난 함부르크 구역으로 가고 있으니까.

아, 이거 왜 이래! 난 내가 말러지에 들를 걸 너무 잘 알고 있었다. 그렇지 않아? 아니야? 그렇다면, 난 여전히 두려워하고 있나? 사실을 알았을 때 나는 두려움에 질려 모든 가능성을 버리고 배수진을 쳤다. 그리고 그 두려움 때문에 어머니에게 아무것도 묻지 않겠다고 맹세했다. 하지만 그건 단순히 두려움이 아니었다. 그건 생존의 문제였다. 의사의 폭로를 들은 뒤에 도망쳤던 건 그저 두려워서나 절망적이어서가 아니었다. 난 바깥에서 날 기다리는 이들을 보고 싶지 않았다. 릭은 아니었다. 특히 릭은 아니었다. 아니, 내가 정확하게 기억한다면, 15년 전의 나는 분노하고 있었고, 지금도 여전히 그렇다. 거칠고 거대한 분노, 내 결점을 채워주는 분노. 분명 내가 의료센터에서 나오자마자 콜리브리 공원으로 향한 건 그 때문일 것이다. 내가 처음으로 '걷는 사람'을 본 곳이 거기였다.

콜리브리 공원. 처음 거기에 간 사람은 누구나 왜 그곳이 '동상 공원'이라 불리지 않는지 의아해했다. 물론 중앙 잔디밭 한가운데에 투명한 돔이 있고, 안에는 진동하는 날개로 여기저기 날아다니는 벌새들이 있는 작은 정글이 있지만, 사람들이 정말로 보는 건 동상들이었다. 동상이 어디에나 있었다. 오솔길을 따라서도 있고, 잔디밭에도 있고, 믿거나 말거나지만 숲 속에도 있었다. 나는 애인인 릭과 세상 물정에 밝은 전형적인 도시 아이로 소도시 얼간이들에게 한 수 가르쳐주곤 하는 예프게니와 함께 처음 그곳에 갔었다. 난 열여섯이었고, 바이블랑카에 간 지 채 한 달도 되지 않았을 때였다. 난 케렌스 대학의 가장 어린 장학생 중 한 명이었고, 장차 연구소의 장식품이 될 학생이었다. 돌아갈 길을 없애버리고 둥지를 떠난 풋내기, 말하자면 그랬다. 그리고 나와 애인 주변으로 유라프리카의 수도 바이블랑카의 경이들이 펼쳐졌다. 우리에겐 엘도라도였다고 말할 수 있겠지만, 엘도라도가 뭔지 모르는 사람들도 많겠지.

예프게니가 지나치는 사람들 가운데서 천천히, 아주 천천히 움직이는 남자인 '걷는 사람'을 가리켰다. 그는 키가 컸고 잘 생겼다고 볼 수도 있었다. 그의 태도에는 그의 키만큼이나 인상적인 뭔가가 있었다. 하지만 그는 내키지 않는 듯이 걷고 있어서 그걸 산책이라고 부를 수 있을까 싶을 정도였다. 그리고 그를 스쳐 갈 때 나는 보았다. 그 멍한 얼굴, 아주 먼 곳을 바라보는 것 같은 그 눈, 어쩌면 슬픈 듯, 어쩌면 그저 비어 있는 듯. 그는 거의 10년을 매일 이렇게 걷고 있다고 예프게니가 말했다. 늙은 남자들이 종종 하는 그런 종류의 일. 그런 거였다. 그는 늙은 남자처럼 걸었다. 하지만 그렇게 나이 들어 보이진 않아서 겨우 서른이나 됐을까 싶었다.

"그는 절대 어리지 않아." 예프게니가 말했다. "그는 인공물이야."

듣도 보도 못한 단어였다. '내 어머니'는 대체 어떻게 그렇게 했을까? 적어도 릭만큼은 나처럼 멍청한 것 같았다. 예프게니는 희희낙락했다. "인공물이라고, 유기적 인공체. 사람이 만든 거! 분명 저런 게 말러지나 브로닝 길거리에 싸돌아다닐 것 같지는 않지만."

"이것도 그다지 싸돌아다니는 것 같지는 않은데." 릭이 지적했다. 예프게니가 짐짓 겸손한 척 미소를 지었다. "이 인공물은 한계에 다다랐어. 다 소진돼서, 거의 끝났어."

그는 우리를 몰아 걷는 사람을 지나치게 한 다음 중앙 잔디밭을 바라보는 긴 벤치에 앉아서는 자세하게 설명하기 시작했다. (난 그가 벤치 반대쪽 끝에서 졸고 있는 푸른 옷을 입은 젊은 여자를 깨울까 봐 걱정이었다. 그 여자는 한쪽 팔을 등받이에 걸치고 다른 팔은 굽혀서 검은 머리카락이 풍성한 머리를 받치고 있었는데, 예프게니의 성급한 목소리에도 전혀 방해받는 것 같지 같았다.) 요즘에는 저런 인공물들을 많이 만들지 않는다. 유행이 한물 지났다. 그리고 사건들이 있었다. 인공물들이 아주 활동적이던 시기에는 다들 (천천히, 너무나 천천히 벤치 쪽으로 움직이는) 걷는 사람보다 훨씬 활발했다. 사실, 아주 활발했다. 그리고 그들이 인공물이란 걸 모두가 알아차리진 못했다. 심지어 인공물 스스로도. 30년 전, 이런저런 명사의 살롱에서 새로이 총애받는 이들 가운데 누가 인공물인지, 그 인공물이 자신의 정체를 아는지, 그 인공물의 '고객'은 아는지, 둘 중 어느 쪽이든 알아낼 것인지, 둘이, 특히 그 인공물이 어떻게 반응할 것인지를 놓고 내기가 벌어져 바이블랑카 상류층이 대대적으로 분열된 일이 있었다.

'양'이 있었고 '호랑이'가 있었다. 호랑이들은 자기 프로그램이 종료되기 전에 가끔은 눈요기가 될 만한 폭력을 동반하며 자폭하는 경향이 있었다. 한 생체조각가가 그런 특징을 이용해서 한 재산을 챙겼다. 그의 인공물 중 하나가 자신이 무엇인지 알고서는 자신을 만든 생체조각가를 죽이러 나서는 식으로 반응했다. 인공물이 언제 완전히 작동을 멈추는지는 누구도 알 수 없었으니, 생체조각가는 그 인공물이 자신을 죽이기 전에 자폭할 거라는 데 걸고 도박을 했다. 그는 거의 내기에서 질 뻔했다. 하지만 대신 양팔과 얼굴 반쪽을 잃었을 뿐이었다. 심각하지는 않았다. 의사들이 다시 자라게 해주었으니까. 그런 시기적절치 못한 폭발로 몇몇 바이블랑카 엘리트들이 일찍 죽어버리자 정부가 나서 그런 행위를 금지했다. 그래도 한동안 생체조각가들이 그런 일을 계속하는 걸 막지는 못했다. 그 후로도 이따금 인공물들이 튀어나왔지만 '호랑이'는 더 이상 만들어지지 않았다. 벌금이 너무 셌기 때문이다.

예프게니가 양념까지 쳐가며 이 모든 얘기를 떠벌리는 바람에 우리는 입맛이 뚝 떨어졌다. 우리는 아직 바이블랑카에 대해 아는 게 별로 없었다. '새로운 소돔'을 맹렬하게 비판하는 심판주의자들에 대해 들어본 적이 있었던 우리는 이제 왜 그랬는지 이해하게 되었다. 이 퇴폐적인 사회는 인류를 죽을 고비에 처넣었던 제방 파괴자 에스차토이의 사회와 별다를 바가 없었다. 릭과 나는 서로를 너무나 잘 이해했다. 우리는 너무나 순수한, 용감한 새 세대였다. (아, 일단 연구소에 들어가면 이 불쌍하고 병든 세계를 위해 무엇을 할 것인지를 놓고 우리는 얼마나 밤늦게까지 열띤 토론을 벌이곤 했던가!)

우리는 예프게니와 함께 걷는 사람이 벤치에 다다라 푸른 옷을 입은 잠자는 사람 옆에 앉는 걸 지켜보았다. 예프게니가 우리가 긴장한 걸 느끼고는 큰 소리로 웃기 시작했다. "걷는 사람이 우리 얘기를 들어도 아무 문제없어, 들었을 것 같지도 않지만! 저건 인공물이야, 물건이라고!" 하지만 그들이 가끔 자폭한다고 말하지 않았던가? "내가 말했잖아, 더는 호랑이를 만들지 않는다고!"

양의 마지막 순간은 보잘것없었다. 갈수록 행동이 굼떠지다가 마침내 인공유기체 물질들이 불안정해지는 순간이 온다. 그러면 인공물들은 증발하거나, 아니면… 예프게니가 말을 하면서 일어서더니 푸른 옷을 입은 잠자는 사람에게 다가갔다. 그가 검지를 구부려 그녀의 이마를 건드렸다. "…아니면 돌로 변해."

푸른 옷을 입은 젊은 여자는 움직이지 않았다. 걷는 사람도 마찬가지였다. 그는 아무것도 보지도 듣지도 못한 것 같았다. 그는 자는 사람을 응시했다.

예프게니가 숨도 제대로 못 쉬며 우리에게 돌아와 하던 말을 맺었다. "…그리고 사람들이 저 둘을 뭐라고 부르는지 알아? 트리스탄과 이졸데!"

그는 웃느라 거의 죽을 지경이었다. 그는 아마도 이후로 왜 우리가 체계적으로 그를 피했는지 전혀 이해하지 못했을 것이다. 릭과 나는 최소한의 도덕성은 가지고 있었다. 소도시 얼뜨기들이 바이블랑카 사람들보다 더 좋은 가정교육을 받았던 것이다.

잘 생각해 보면 내가 그녀를, 내 '어머니'를 그렇게 많이 닮지 않았더라면 아마 아무 일도 일어나지 않았을 것이다. 아니면 적어도 이런 식의 일은. 하지만 물론 난 어머니를 닮았다. 신체적으로는 아니었지만 성격이 그랬다. 전형적인 쇠고집들이었다. 우리의 화해는 우리의 반목만큼이나 격렬했다. 우리는 굉장히 즐거운 시간을 보냈다. 둘이서 말이다. 그녀는 내게 정말 이상하기 짝이 없는 얘기들을 들려줬다. 그녀는 모든 걸 알고 있었고, 모든 걸 할 줄 알았다. 나는 확신했다. 그리고 그건 사실이었다. 남자? 남자는 필요 없었다. (이 이야기를 하는 이유는 늘 아버지에 관한 질문이 나오기 때문이다.) 그리고 솔직하고자 애쓰는 그녀의 노력에도 불구하고 나는 그녀 내부 어딘가에, 아주 깊은 곳에 있는 상처를, 씁쓸함을 뚜렷하게 감지했다. ("그건 그것대로 쓸 데가 있어." 그녀가 웃으며

말했다.) 하지만 진짜로 우리 둘은 다른 누구도 필요하지 않
았다. 우리는 바닷가에 있는 큰 집에서 행복하게 살았다. 그
녀가 모든 것을 돌보았다. 수업과 요리와 이런저런 집안 수리
와, 내가 어린 시절 가지고 놀던 천과 나무와 온갖 것으로 만
든 그 장난감들까지! 그러니까 타이코 오로가츠는 취미로 조
각을 하는 여류 조각가였다. 나는 지금도 표범처럼 팔꿈치까
지, 심지어 얼굴에까지 진흙을 바른 채 점토 덩어리를 돌리
며 일본어로 혼잣말하던 그녀 모습이 눈에 선하다. 물론 나는
전혀 이해하지 못했다. 나는 그게 마술 주문이라고 생각했다.
그녀는 결연하게 자신의 모국어를 고수했지만 나에게 가르쳐
준 적은 없었다. 그녀가 발도 디뎌본 적 없는 일본의 문물 중
에서 그녀가 고수하는 건 그게 다였다. 그녀의 조상들은 큰물
과 마지막 침몰이 있기 훨씬 이전에 이민을 왔다. 심지어 그
녀는 눈꼬리조차 치켜 올라가지 않았다.

　하지만 그때의 내 기억들을 시시콜콜하게 얘기하진 않을
것이다. 어쩌면 거짓말일 수도 있으니까. 그것들은 진짜 기
억일까? 아니면 이식된 기억일까? 난 모르겠다. 하지만 그 기
억들이 이식된 것이라 해도, 그녀가 그런 식으로 그 기억들
을 원했던 건 틀림없다. 어쨌든, 그 기억들이 그녀에 대해서
뭔가를 알려주는 건 분명하다. 나는 그녀의 잘못들과 그녀의
지독한 실용성과 그녀의 조바심과 우리의 지루하고도 논리적
인 논쟁들과 그 논쟁들이 '이건 이렇게 해, 너도 나중에는 이
해하게 될 거야'라며 그녀가 갑자기 제멋대로 내린 결정에 굴

복했던 일들 또한 기억하니까. 내 사춘기 때 불만들도 전형적이었다. 또 다른 일련의 이식된 기억일까? 그녀에게 물어보지 않고서는 알아낼 수 없다. 내가 정말로 사춘기의 위기를, '난 엄마의 삶이 아니라 내 삶을 살고 싶어' 하는 시기를 겪었을까, 아니면 그냥 문을 쾅 닫고 나왔다고 '생각'만 하는 걸까? 그러나 지금 돌아보면, 사실은 둘이 같은 게 아닐까? 우주비행사라는 촌스러운 희망직업은 내가 스스로 원한 것이었을까, 아니면 그녀에게 반발하기 위해서 고른 것이었을까? 그녀가 바란 대로 그녀와 마찬가지로 생체공학을 전공하지 않은 것도 그래서였을까? 난 정말로 진심이었을까? 결국, 내가 의사의 폭로를 듣고 의료센터에서 달아났을 때 정말로 상처가 됐던 것은 시작도 전에 망가진 내 미래의 직업이 아니었다. 난 나중에도 그것 때문에 눈물을 흘린 적은 없었다.

사실 난 전혀 울지 않았다. 수년 동안. 거의 죽을 거 같으면서도. 자신이 인공물이라는 걸 막 알게 된 나는 화가 나 미칠 거 같았다. 분노와 미움으로 제정신이 아니었다. 이런 짓을 한, 나한테 이런 짓을 한, 나를 만든 그 타이코가 내 기억 속에 있는 타이코일 수는 없는 거잖아! 그런데, 그랬다. 하지만 내가 그 여자와 오랫동안 같이 살면서도 그 여자가 괴물인 걸 몰랐을 수가 없잖아? 그런데, 그랬다. 그 여자가 나한테 이런 짓을 한 건 그러라는 거였다. 나더러 이런 식으로 비밀을 알아내고, 미쳐서, 무시무시한 짓들을 하고, 자살을 하고, 그녀를 죽이고, 또 뭐가 있지? 그런 건 가능하지 않잖아!

그런데, 그랬다. 내가 기억한다고 생각했던 타이코 속에는 괴물이 있었다. 내 머릿속에서 상충하는 이미지들이, 물질과 반물질이 붕괴하는 불길 속에 서 있는 나와 만났다. 온 삶의 기둥들이 부스러지고 영원한 공허만 남았다.

음, 그러니까, 나는 너무 큰 타격을 받아서 그 뒤 몇 주간이 잘 기억이 나지 않는다. 나는 문명화된 바이블랑카의 표면 밑으로, 비인간의 해저 해류 속으로 깊숙이 떨어졌다. 난 신분 카드를 소각로에 던져버렸다! 케렌스 대학이, 그리고 연구소가, 그리고 전 세계 데이터 뱅크가 아는 한 나는 사라졌다. 그리고 일단 숨 쉬는 것만 포기하면 물 밑에서 사는 건 엄청나게 쉬운 일이었다. 해류는 빠르거나 차갑지 않았다. 거기 사는 생물체들은 서로에게 너무나 무관심해서 거의 친절하다고 느껴질 정도였다. 나한테는 정말로 그 시기에 대한 일관된 기억이 없다. 나는 아무것도 묻지 않는 가게를 물어물어 찾아갔다. 연일 계속됐던 기계 작업. 빈 껍질. 자동인형. 난 그때처럼 인공물이었던 적이 없었다. 그리고 물론 악몽들이 이어졌다. 난 터질 준비가 된 시한폭탄이었다. 난 스스로를 보호하기 위해 자동인형이 되어야 했다. 주로 생각하지 않기 위해서, 그리고 특히 느끼지 않기 위해서.

하지만 어느 날, 나는 아주 우연히 '걷는 남자'와 마주쳤다. 그로부터 몇 주간 나는 끔찍한 매혹에 사로잡힌 채 그의 주위를 맴돌았다. 그는 점점 더 천천히 걸었다. 지나치는 사람들이, 그가 무엇인지 이해하지 못하는 사람들이 그를 돌아보왔다. 그리고 그때 일이 일어났다. 환한 대낮이었다. 난 그가 시간 거품 속에 떠 있는 것처럼 너무나 너무나 천천히 걸으며 산책하는 걸 지켜보았다. 그가 보통 산책하는 시간이 아니었다. 그리고 그의 표정에는 뭔가가 있었다. 뭐랄까… 서두르는 것 같은. 나는 그를 따라 땡볕 속에서 무심하게 자는 사람이 있는 콜리브리 공원에 갔다. 걷는 사람은 벤치 옆에 멈춰서 도저히 가능할 것 같지 않은 느린 움직임으로 미동도 없는 여자 옆에 앉기 시작했다. 하지만 이번에는 그냥 앉지만은 않았다. 그는 그녀 쪽으로 몸을 구부리고는 잠자는 사람의 머리를 받친 팔의 구부러진 부분에 자기 머리를 놓았다. 그는 눈을 감고 움직이지 않았다.

그리고 그를 따라다니던 여자는 이제 마지막 목적지에 다다른 걷는 남자 옆에 앉아 그의 살이 돌이 되어가는 걸 지켜보았다. 그건 그의 가장 깊은 존재에서 떠오르는, 그의 피부 표면으로 떠올라서는 감지할 수 없이 굳어가는 느리고도 궁극적인 떨림이었다. 그사이 그의 세포들은 승화된 물질들을 비웠고, 세포벽들은 광물이 되었다. 지나가는 구름 그림자처럼 가벼운 생명의 소멸.

그리고 나는… 난 내가 깨어나는 것처럼 느꼈다. 난 그곳에 오랫동안 있었다. 생각하기 시작하면서, 다시 느끼기 시작하면서. 분노를 통과하여, 나는 느꼈다. 아니, 평화는 아니었지만 어떤 결심을, 어떤 확신을, 어떤 희미한 감정을. 난 내게 예정된 마지막이 어떤 것인지, 폭발일지 화석화일지 알지 못하지만, 어쨌든 감당할 수 있으리라는 사실을 알게 되었다. 길게 보자면 그렇게 끔찍한 일은 아니었다. (나는 내가 이런 식으로 생각하는 걸 알고 정말로 놀랐지만, 그것도 괜찮았다. 놀람도 하나의 감정이니까.) 증상이 확실하면서도 동시에 기묘하게 불확실한 질병 같았다. 그런 증상이 생길 거라고 알고 있지만 언제, 어떻게 생길지는 모르는 병 말이다. 많은 인간이 그렇게 산다. 나라고 못할 게 뭐람?

그래, 놀람이 첫 감정이었다. 복수라는 생각은 나중에야 들었다. '때가 되기 전에 죽어서 어머니를 기쁘게 하지는 않을 거야.' 나는 그녀를 위해 그런 의식을 거행하지 않을 것이다. 나는 나 자신을 볼거리로 만들지 않을 것이다.

하지만 나는 여전히 회수자로 입대할 정도의 쇼맨십은 가지고 있었다.

아니다. 한 사람의 지난 행적을 완전히 지워버릴 수 있는 두 가지 길이 있었다. 구역에 가서 살든지, 아니면 구역에 가서 사냥을 하든지. 정말로 극적인 선택은 구역에 가서 사는 일일 것이다. "나는 괴물이고, 괴물들에 합류했어." 그에 반하여 회수자가 된다는 건….

음, 내겐 여전히 괴팍한 구석이 있었다. 나는 그물에 걸려야 마땅한 존재였지만 대신에 포획을 하며 저 유사인간들을, 저 의사동물들을, 저 표본들을 잡는 덫을 칠 준비가 되어 있었다. 난 아주 잔인해질 수 있었다. 맞아. 하지만 나는 사디스트 같은 회수자들과 광신자들과 병든 인간들을 너무 많이 보았다. 그리고 나는 사냥감에게서 불가피하게 내 자신을 인식할 수밖에 없었다. 나는 혐오와 동정을 가르는 면도날 위에서 망설였다. 그러다 결국 동정 쪽으로 내려섰다. 어쨌든 회수자는 악귀가 아니었으니까. 나는 '동정의 편에 섰다.' '우연히' 또는 '적절한 프로그래밍 때문에', 아니면 '내가 가정교육을 잘 받았기 때문에.' 결과만 놓고 본다면 다 같은 것이었고, 중요한 것은 그것뿐이었다.

브루투스가 생각한 것도 그것이었다. 그에게 중요한 유일한 결과는 내가 덫을 열어 그를 내보내 줬다는 것뿐이었다. 브루투스. 그때는 신종 한센병이 그의 얼굴에만 영향을 미쳐 사자의 주둥이를 달아주었기 때문에 그는 스스로를 그렇게 불렀다. 아닌 게 아니라 그는 상당히 잘 생겼다. 회수자의 우리에는 온갖 것들이 있으니까. 그리고 그 '표본'은 끔찍할 정도로 교육을 잘 받은 놈이었다. 구역들에는 아직도 제대로 돌아가는 정보도서관들이 많았다.

"인공물들을 완전히 프로그래밍한다는 건 연구소가 떠받치고 있는 신화야. 사실, 말처럼 쉬운 일이 아니지. 기억을 삽입한다고? 그래, 그럴 수도 있어. 하지만 중요한 건, 인간형 인공물들을 다루는 생체조각가들이 자기 인공물에다 학습 기능에다 환경에 따라선 발달하지 않을 수도 있는 다수의 경향성들을 끼워 넣는다는 거야. 정확하게 인간이 그런 것처럼 말이야." 달빛 속에 웅크리고 앉은 반인과 의식과 자유의지의 성질을 논한다는 건 얼마나 이상한 일인지. 그래, 맞다.

브루투스는 가끔 날 보러 왔다. 하지만 그건 다른 이야기다.

어쨌거나 브루투스 때 이후로도 난 내내 회수자였다. 표본들을 멀리 떨어진 연구소에 전달하기 위해서가 아니라 그들이 탈출할 수 있도록 돕기 위해서. 정말로 어쩔 수 없을 때는 식물과 동물을 가져갔다. 하지만 유사-, 의사-, 이상-, 반-'인간'은 아니었다. 내가 얼마나 오래 그 일을 계속할 수 있을까? 난 이것도 또 다른 이야기라고 생각한다. 어쨌거나 그다지 오래 할 말이 있는 이야기가 되지는 않을 것이다. 연구소에 있는 사람들은 정말로 신경 쓰지 않았다. 그들은 우리의 정든, 병든 유럽과는 너무나 멀리 떨어진 오스트레일리아에 있다. 그들은 몽유병자들처럼 정해진 연구 프로그램들을 수행하면서도 아마 더는 왜 그러는지조차 모를 것이다. 그들은 그저 자기들이 하던 일을 계속할 뿐이다. 그게 훨씬 간단하니까.

그리고 나 역시도 하던 일을 계속하고 있을 뿐이었다. 난 꽤 오랫동안 그 일을 했다. 알려진 인공물 대부분의 활동 기간이 길어봐야 20년 정도인데 나는 32살이 되었고 빠진 이도 없다. 그래서 어느 날 방사능이나 바이러스나 사고나 대체로 일으키게 되는 광증을 일컫는 대행사 용어인 '소진'으로 동료 회수자들의 숫자가 얼마나 줄어들었는지를 보고는 나 자신이 정말 인공물인지 의심하기 시작했다. 나는 다시 검사를 받았다. 당연히 케렌스 의료센터에서는 아니었다. 하지만 바이블랑카의 원리 중 하나는 모든 합법적인 것에는 지하에 숨은 짝이 있다는 것이었다. 어쨌든, 내 인공성은 확인 완료! 유일한 합당한 가설은 내가 실제로는 32살이 아니며, 실제로 존재해 온 기간은 고작 15년에 불과하다는 것이었다. 내 출생증명서가 가짜라는 얘기였다. 그리고 내가 집을 떠나기 전까지의 기억이 모두 삽입된 것이라는 뜻이었다.

그리고 그게 신경 쓰였다. 날 검사한 두 번째 의사가 첫 번째 의사와 마찬가지로 나를 만든 생체조각가의 솜씨에 감탄하며 너무나 우아하게 발설했듯이 내가 내 '진부화의 한계'에 다가가고 있기 때문만은 아니었다. 난 왜 그녀가 날 그렇게 만들었는지 궁금했다. 왜 그런 기억들을 집어넣었는지. 그처럼 상세하게, 그처럼 정확하게 말이다. 어쨌든 피할 수 없는 진실과 어느 정도는 타협을 했으니 내게 약간의 호기심을 가질 권리 정도는 있었다. 그녀에게 아무것도 묻지 않겠다는 결심은 이제 그다지 문제가 되지 않았다. 난 그녀를 볼 때 매우 침착할 것이다. 난 설명을 요구하러 가는 게 아니었다. 그런 필요는 과거의 일이 되었다. 15년 전이었다면 요구했을지도 모르겠다. 하지만 지금은….

내가 무얼 할 건지 나도 알고 싶다. 그래, 타이코가 죽기 전에 그녀를 보는 것, 그게 다일지도 모르겠다. 타이코는 늙었으니까. 요즘 쉰일곱은 아주 늙은 것이다. 요즘 아이들은 아마 그렇게 오래 살지도 못할 것이다. 인간들의 평균수명은 예순도 안 되는데, 그마저 계속 짧아지고 있다.

타이코를 보고, 타이코에게 날 보여주기. 사실상 어떤 말도 할 필요가 없다. 그저 내 양심을 만족시키고, 자유롭게 놓아주고, 내가 정말로 (그녀와 있으므로? 그녀가 있음에도?) 나 자신과 화해했다는 걸 증명하는 것뿐. 그녀를 보자. 그리고 그녀에게 솔직하게 보여주자. 그녀에게 내가 살아남았다는 걸, 그녀가 그저 날 자멸시키기 위해 만들었다면 그녀가 실패했음을 보여주자. 하지만 그녀가 그런 걸 원했을 리가 없었다. 그런 생각을 하면 할수록 내가 기억하는 그녀와 점점 더 맞지 않았다. 설사 기억들이 이식된 것이라 해도. 아니다. 그녀는 분명 스스로 만든 '딸'을, 자신을 사랑해줄 생명체를 원했던 것이리라. 어떤 창작에나 있는 고유의 예측불가능성을, 그 반란을, 그 탈출을 예상하지 못한 채. '만약' 내가 정말로 탈출했다면 말이다. 하지만 이것 역시도 의사기억이라면, 대체 이건 무엇을 '의미'한단 말인가?

나는 보통 여행할 때마다 뭔가 읽을거리나 들을 음악을 챙긴다. 그런 게 없으면 너무 생각을 많이 하게 되니까. 지금은 왜 달리 몰두할 걸 아무것도 가지고 있지 않을까? 북쪽으로, 과거로 가는 길에 주의가 산만해지고 싶지 않아서였을까? 아마도 주입되었을 기억을 놓고 향수에 빠져 있기 때문일까? '이봐, 마노우, 진지해져 봐.' 식당 칸으로 가서 뭔가 마시는 게 좋을지도 몰랐다. 이렇게 계속 추측만 하며 있을 이유가 없었으니까. 난 물어볼 거고, 그녀는 설명할 것이다. 분명 그런 일을 하는 사람들은 설명을 하고 싶어 하니까. 이처럼 시간이 다 지나고 나서도. 나는 타이코 오로가츠가 여전히 살아

있다는 걸 미리 확인해뒀다. 조심스럽게. 물론 집에 전화를 걸거나 하지는 않았다.

정말로, 거기에 가는 게 무슨 의미가 있을까? 이건 어쩌면 또 다른 종류의 두려움을, 내게 부족한 뭔가가 있다는 사실을 인정하는 짓일지도 몰랐다. 그녀가 왜 나를 이렇게 만들었는 지 정말로 알아야 할 필요가 있을까? 그 집을 뛰쳐나간 이후로 난 나 자신을 스스로 만들어왔다. 하지만 어쨌든 난 함부르크 구역으로 가고 있다. 중간에 멈출 '의무'는 없다.

드디어 기차가 멈춰 섰다. 말러지였다. 나는 거기서 내렸다.

\* \* \*

인공적인 기억이든 아니든 판에 박힌 문구를 피하기는 불가능했다. 홍수처럼 밀려오는 기억들, 변했지만 변하지 않은 풍경들. 선창은 높은 물에 완전히 잠겼고, 동상들이 서 있던 거리는 거의 모래에 묻혔다. 오래된 목제 가구들이 놓인 테라스는 소금기 있는 바람에 부식돼 광택제가 벗겨져 나갔다. 이 중문 앞 깔개에는 낯선 흑백무늬 고양이가 앉아 있었고, 살짝 열린 문틈으로 안의 거실이 내다보였다. 아무 소리도 나지 않았다. 푸른 용 그림이 그려진 도자기 화병에 금방 꺾은 꽃송이가 잔뜩 꽂혀 있었다. 소리쳐 불러야 했지만 나는 그럴 수 없었다. 침묵이 나를 짓눌렀다. 아마도 그녀는 날 알아보지 못할 것이다. 난 무슨 말이라도 해야겠지. 인구조사원이라거나, 집을 잘못 찾아왔다거나. 아니면 그냥 가… 하지만, "안

넝, 마노우." 난 그녀가 다가오는 소리를 듣지 못했다. 그녀가 내 뒤에 서 있었다.

작다, 너무 작다, 아주 조그맣다, 한 마리 새 같이. 그녀가 이랬던가? 내가 기억하는 그녀는 이렇게 연약하지 않았다. 머리카락이 아주 하얬다. 마구 헝클어진 걸 보니 오후 낮잠이라도 자고 있었던 모양이었다. 주름살, 늘어진 볼, 턱, 눈꺼풀. 그래도 그녀의 이목구비는 정화라도 된 것처럼 이전보다 더 맑아 보였다. 그리고 그 눈, 크고 검고 촉촉하고 생기 넘치는 그 눈은 변하지 않았다. 생각해봐. 그녀는 날 알아봤어, 대체 어떻게? 그녀의 표정을 읽어보려 했지만 할 수 없었다. 그녀의 표정을 읽는 버릇을 버린 지 너무 오래됐다. 그리고 똑같은 얼굴이 아니었다. 아니, 같지만 달랐다. 그녀였다. 그녀는 늙었고, 그녀는 피곤했다. 난 그녀를 쳐다보았고, 그녀는 나를 쳐다보았다. 그녀가 고개를 뒤로 젖히자 난 거대한, 하지만 속이 텅 빈 연약한 거인을 느꼈다.

그녀가 먼저 말했다. "그러니까, 넌 스스로를 회수했군." 빈정거림, 아니면 만족감?

그리고 내가 말했다. "함부르크 구역에 가는 중이야. 여섯 시 기차를 탈 거야." 그건 말대답이었다. 나는 방어적인 입장에 서 있었다. 나는 우리가 중요한 얘기를 목전에 두고, 아마도 당황해서 그랬겠지만 사소한 잡담을 나눴다고 생각했다. 하지만 그녀는 변죽을 울리는 걸 절대 좋아할 사람이 아닌 데다, 사람이 나이가 들면 낭비할 시간이 없는 법이다, 그렇지 않은가? 음, 낭비할 시간이 없기는 나도 마찬가지야! 아니, 그녀와 맞서기 위해 화를 내지는 않을 것이다. 난 그 반사작용을 통제하는 법을 배웠으니까. 화가, 분노가 날 살아있게 해줬지만 지금 내게 필요한 건 그게 아니었다. 난 화를 내고 싶지 않았다. 절대로.

하지만 그녀는 그 일을 쉽게 만들어주지 않았다. "그럼, 결혼을 안 했군. 애도 없어?" 그리고 내가 기가 막혀 말도 못 하는 사이 그녀는 말을 잇는다. "넌 네 삶을 살겠다며 떠났으니 일관성 있게 최대한으로 살았어야지. 그 재능들을 가지고 기껏 회수자가 되다니! 정말로, 난 널 그렇게 키우지 않았다."

그녀의 그 어조를 눈치채지 못할 수가 없다. 그녀가 날 비난하고 있다. 그녀는 분개했다!

"날 그렇게 만들지 않았다는 뜻이겠지! 하지만 아마 생각하는 것만큼 날 많이 만들지도 않았을걸!"

자, 싸움이다. 이게 사실일 리가, 꿈이겠지. 15년이나 지났는데. 이건 마치 내가 지난주에 떠났던 것 같잖아!

"그럼 넌 진짜로 알아내는 수고를 했단 말이야? 조금만 더 수고했다면 인공물들이 반드시 불임일 필요가 없다는 것도 알았을 텐데. 맞아, 연구소가 관련된 자료는 묻어버리긴 했어. 하지만 조금만 노력하면… 넌 심지어 시도조차 안 했지, 어? 네가 불임일 거라고 그렇게 확신하다니! 내가 널 완벽하게 정상으로 만들려고 그 고생을 했던 걸 생각하면!"

난 냉정해졌다. 갑자기 어느 지점에서 난 문턱을 넘었고,

일단 그것을 넘고 나자 나는 의심스러울 정도로 차분해졌다. 이게 타이코야. 여신이 아니고, 괴물도 아니야. 그냥 자신의 한계와 자신의 선의와 자신의 무지를 끌어안고 자신의 길을 시작한 여자. 난 나 자신이 거의 공손하다 싶은 말투로 말하는 걸 들었다. "그래도, 난 배꼽 검사에서 걸렸어."

분명 그녀도 나와 똑같은 시점에 나와 똑같은 방향으로 나름의 문턱을 넘은 게 틀림없었다. 그녀가 한숨을 쉬었다. "내가 너한테 얘길 해야 했어. 네가 어릴 때에. 하지만 난 계속 미루기만 했지. 그러다 너무 늦어버렸어. 넌 한창 저 끔찍한 십대 시절을 지나는 중이었고 난 성질을 냈지. 그때 너한테 얘기할 수는 없었어. 너도 그건 이해할 거야! 음, 그래, 말했어야 했어. 그랬으면 네가 진정됐을지도 모르지. 네가 떠났을 때 난 너무 화가 났어. 난 전화라도 한 통, 편지라도 한 장 올 줄 알았다고. 난 스스로에게 말했지. 적어도 연구소는 그 애의 정체를 알아내지 못할 거야. 그리고 실상 그들은 아무것도 몰라. 케렌스 대학의 의사가 전화했어. 사실, 좋은 사람이었어. 그는 아무 말도 하지 않았으니까. 넌 흔적 없이 사라진 명석한 학생이었지. 그거 알아? 날 위로했다니까. 그 케렌스 대학과 연구소가. 그 후로 난 널 찾으려고 애썼어. 이 고집불통 같으니, 왜 나한테 연락하지 않았어?"

비난받는 쪽이 나라니, 대체 어찌해야 저걸 깬단 말인가? 나는 그녀를 노려보았다. 그리고 갑자기 견딜 수가 없어졌다. 나는 웃음을 터트렸다. 그녀도 마찬가지였다.

그렇게나 시간을 보내고도, 우리는 여전히 똑같았다.

"하지만 넌 왔어. 어쨌거나, 마침 제때에."

그러고 긴 침묵이 흘렀다. 부끄러워서, 생각에 잠겨서? 그녀는 생각에 잠겼다. "넌 시도해봐야 해. 아이 가지는 거. 성공한다는 보장은 없지만, 상당히 가능성이 커. 정말로 시도해본 적 없어?"

대체 자기가 무슨 말을 하는지 알기는 하는 거야?

"뭐야, 그동안 아무도 없었던 거야?"

릭이 있었지, 첫 번째로. 그리고 다른 몇 명. 처음엔 시험삼아 그냥 알아보려 했던 거고, 그 후로는, 브루투스 덕분에 내가 무엇인지가 정말로 문제가 되지 않았기 때문이었지.

하지만 그래도! 나는 자신이 인공물인 걸 아는 게 정상적인 인간들과 조화로운 관계들을 맺는데 그다지 도움이 안 된다고 반박했다.

"정상적인 인간들! 내 귀를 믿을 수가 없네! 넌 태어났고, 그게 저 밑에 있는 실험실 안이었다고 해서 달라지는 건 아무것도 없어. 넌 자랐고, 넌 실수를 했고, 앞으로도 더 많이 실수할 거야. 넌 생각하고, 넌 느끼고, 넌 선택해. 더 이상 뭘 원해? 넌 정상적인 인간이야. 다른 모든 소위 인공물들과 마찬가지로."

아 그래. 그 걷는 사람과 자는 사람과 마찬가지로, 그렇지? 난 이를 악물었다. 그녀는 내 눈을 쳐다보았다. 조급하게. "음, 뭐가 문제야?" 그녀는 심지어 내가 말하도록 내버려두지도 않는다. "멍청하거나 미친 생체조각가들도 있겠지. 하지만 그건 다른 문제야. 물론 일부 인공물들의 기능이 아주 제한적인 것도 사실이야. 연구소가 필요한 데이터를, 페르말리온이 했던 연구를 몽땅 감춰서 그런 상황을 공고히 하기도 했고. 그들은 50년 전에 사실상 페르말리온을 사회적으로 매장했고, 그 이후로도 인공유기체공학을 방해하는 일이라면 뭐든지 했어. 하지만 그런다고 우리를 막지는 못해."

그녀가 무슨 말을 하는지 이해할 수가 없었다. 그녀도 그걸 눈치챘고, 그게 새로 짜증을 내는 이유가 되었다. "음, 대체 무슨 생각을 하는 거야, 네가 세상에서 유일할 거 같아? 바보 같으니, 너 같은 이들이 수백이야! 본래의 인류가 조만간 멸종할 거라고 해서 모든 생명이 끝나야 한다는 말은 아니잖아. 에스차토이가 그런 식으로 생각하는 건 상관없어, 하지만 넌 아니야!"

그리고 갑자기, 조용하게, 서글프게 묻는다. "넌 정말로 네가 괴물이라고 생각한 거야, 그렇지?"

내가 뭐라고 답해야 할까? 난 소파에 푹 주저앉았고 그녀도 앉았다. 너무 가깝지는 않게, 천천히, 무릎을 많이 구부리지 않고서. 그래, 그녀는 늙었다. 정말로 늙었다. 그녀가 활기를 띨 때는 그 눈의 표정이, 말하는 방식이, 툭툭 튀는 문장들이 그대로 남아 있었다. 하지만 그녀가 조용할 때면 모든 게 깜박이며 꺼져버린다. 난 시선을 돌렸다. 침묵 뒤에 내가 가까스로 찾은 말은 이거였다. "다른 것들도 만들었어? 나처럼?"

대답은 곧바로, 거의 무심결에 나왔다. "아니. 다른 애들도 만들 수 있었겠지, 아마도. 하지만 난 애 하나로도 이미 벅찼어."

"날… 아기로 만들었어?"

"난 네가 가능한 한 정상적이길 바랐어. 인공유기체 물질을 유기체 물질만큼 천천히 자라게 하지 못할 이유는 없어. 사실, 그게 제일 좋은 방법이지. 그 과정에서 개성이 같이 발달하니까. 내가 서두를 이유도 없었고."

"하지만 다른 애들은… 일반적인 방법으로는?"

서글픈 듯 재미있다는 웃음. "이봐, 마노우. 당연히 난 불임이었어. 다른 말로 하자면, 내 염색체가 너무 손상돼서 보통의 방식으로는 아이를 갖는 시도조차 생각해 볼 수 없었다고 하는 편이 더 맞겠지."

"그리고 난 가능하고."

"이론적으로는."

"오염 구역에서 15년을 일하고 난 뒤에."

"아, 하지만 넌 우리보다 훨씬 저항력이 강해. 인공유기체 공학의 미덕이 자연에 기초해 그걸 개선할 수 있다는 거지. 위험한 일이기도 해. 하지만 길게 봤을 때, 그건 네게 우리보다 이 세계에 더 잘 적응할 기회를 줄 수 있다는 의미였어. 너 그거 기억해? 넌 어릴 때 한 번도 아픈 적이 없었어."

그리고 나는 여전히 아주 빨리 낫는다. 아, 그래, 케렌스 의료센터 의사가 그걸 지적했었지. 그건 인공물들이 가진 불변의 속성이었다. 그러나 증거는 아니었다. 대략 백 년 전에 이런 종류의 돌연변이가 상당히 널리 퍼졌었다. "다른 무엇보다 이 현상을 연구하는 데서 출발해 결국 인공유기체 물질이 만들어지게 된 거죠. 평범한 인간들 사이에서도 아직 그 사례를 찾아볼 수 있습니다." 이건 증거가 아니라 둘 다 가능성이 있다는 거라고 그가 강조했었다.

하지만 다른 것들과 합쳐져 그 특징은 내가 인공물이라는 확신을 더해준 표식이었다.

"그러니까," 그녀는 여전히 단호했다. "넌 아이를 갖도록 시도해봐야 해."

그녀는 자신의 실험이 제대로 돌아가는지 아닌지 정말로 알아야겠다고 결심한 건가, 그런 거야?

"서른둘은 좀 늦다고 생각지 않아?"

"좀 늦다고? 넌 지금 한창때야!"

"대체 얼마나 오래?"

나는 주먹을 꼭 쥐고 벌떡 일어섰다. 난 내가 일어선 것도, 떨고 있는 것도 몰랐다. 그녀가 알아챘는지는 모르겠지만, 그녀는 아는 척을 하지 않았다. 그녀가 어깨를 으쓱거렸다. "나도 몰라." 그리고 내가 뭐라고 반응하기 전에 그녀는 저 낯익은 빈정거리는 미소를 지었다. "어쨌든 적어도 나만큼은 되겠지. 내가 잘했다면 더 길 거고. 하지만 정확하게 얼마나 오래인지는 나도 몰라."

그녀가 살짝 눈살을 찌푸리며 나를 똑바로 바라보았다. 갑자기 더는 늙지도 피곤해 보이지도 않는 얼굴이 되었다. 그녀는 시간을 초월한 것 같았다. 그처럼 다정하게 슬픈, 그처럼 현명해 보이는 얼굴. "넌 내가 알고 있을 거라고 생각했구나. 그래서 온 거고."

"날 만들었잖아, 알고 있어야지!"

"나도 누군가가 만들었어. 똑같은 방식으로는 아니었지만, 누군가가 만든 거야. 그리고 나도 내가 언제 죽을지 몰라." 작은, 얄궂은 미소가 돌아왔다. "어렴풋이 뭔가 느낌이 오기 시작하긴 했지만." 미소가 사라졌다.

"하지만 확실하진 않아. 정확한 날짜는 모르니까. 인간이라는 게 그런 것이야. 넌 15년 동안 아무것도 배운 게 없어? 확신할 수 있는 유일한 길은 자살이지만, 넌 그렇게 하지 않았어. 그러니 계속 살아. 넌 그래도 많은 것들을 잊어버리고 그걸 다 다시 배워도 될 만큼은 오래 살 거야."

그리고 그녀는 가냘픈 손목에 두른 낡은 시계를 쳐다보았다. "기차 시간까지 두 시간 남았어. 뭐 먹을래?"

"내가 빨리 갔으면 해서 안달인 거야?"

"우리로서는 처음이니까 운을 너무 과하게 시험하지 않는 편이 낫겠지."

"정말로 내가 돌아올 거라고 생각해?"

그녀가 다정하게 말했다. "난 네가 돌아왔으면 해." 또 저 빈정대는 미소. "배가 남산만큼 불러서."

나는 고개를 흔들었다. 이런 소리를 더 듣고 있을 수 없다. 그녀 말이 맞았다. 나는 일어서서 문가에 둔 가방을 집어 들었다. "역까지 걸어가겠어."

그래도, 그녀는 나와 함께 테라스로 나왔고, 우리는 함께 해변으로 내려갔다. 동상을 지나치던 그녀가 볼품없는 회색 돌에 손을 얹었다. "이 집은 그의 집이었어. 페르말리온의 집. 그가 직접 이 동상들을 여기 가져다 놨지. 그는 젊을 때 스쿠버다이빙을 좋아했어. 그러니까, 난 그의 마지막 학생이야. 그가 첫 인공유기체 인간들을 만들었지만, 그는 인공물이라 부르지 않았어. 그는 몹시 괴로워했지. 이후에 그들에게 가해진 상황들을 보면서."

여느 때처럼 태양이 가까스로 구름을 뚫고 나올 때는 급속도로 더워졌다. 어깨를 추켜올리며 재킷을 벗는 나를 그녀가 가만히 쳐다보았다. 그녀의 키는 내 어깨에도 거의 미치지 않았다. 햇볕에 나선 것이 오랜만인 게 틀림없었다. 그녀는 아주 창백했다. 난 뭔가 볼거리를 찾아 주변을 살폈다. 해변에서 몇백 미터 떨어진 파도 속에 뭔가 뛰어오르는 물체들이 있는 것 같았다. 돌고래 떼? 수영하는 사람들? 팔 하나가 물 위로 솟았다. 뭔가 신호라도 되는 것처럼.

그녀가 눈에 손 그늘을 만들었다. "아니야, 저들은 페르말리온의 인어들이야. 어쨌든 나는 '인어'라고 불러. 왜인지는 모르겠지만 몇 년째 여기로 오고 있어. 저들은 말을 하지 않고 아주 수줍어해." 멍하니 아무 말도 못 하는 내게 그녀가 신랄하게 말했다. "설마 인간형 인공물들에 반대하거나 그런 건 아니겠지?"

아니, 당연히 아니지, 하지만….

그녀는 내 질문을 무시하고는 손을 펼쳐 보였다. "난 실험실에서 그들에 관한 자료를 다 찾을 생각이야. 너도 볼 수 있을 거야. 돌아오기만 하면." 머리 위로 구름이 재빨리 지나가고 그녀는 다시 시들었다.

"내 딸, 난 피곤해. 요즘 햇볕을 쬐면 몸이 좋지 않아. 난 가서 잠시 누워야겠어."

그리고 그녀는 가버렸다. 그냥 그렇게, 별다른 말이나 몸짓도 없이, 모래밭 위에서 조금 비틀거리는 아주 작은 형체로. 난 그녀가 가는 모습을 지켜보고 싶었고, 그러면서도 그녀가 가는 모습을 지켜볼 수가 없었다. 마치 이것이 마지막이라는 듯이, 아마도 이것이 마지막이기 때문에, 그리고 '내 딸'이라는 말이 내 가슴 어딘가에 이미 자리를 잡았기 때문에. 그 말은 내 갈비뼈를 밀어내며 자랐고, 그 압력이 너무 강해져서 나는 옷을 벗고 미지근한 녹색물 속으로 뛰어들었다. 나는 그 바다 생물체들을 향해 헤엄을 치다 처음에 폭발했던 에너지가 고갈되자 물 위에 누워서 집 쪽을 바라보았다. 아주 작은 형체가 테라스에 멈춰 서 있었다. 나는 손을 흔들었고, 나는 소리쳤다. "엄마, 나 돌아올게!" 나는 웃음을 터트렸고, 내 눈물은 바다에 섞여들었다.

엘리자베스 보나뷔르는 장편과 단편소설과 시를 쓰는 프랑스 출신의 캐나다 작가이자 편집자이다. 또한 작사가이자 수필가이기도 하다. 10년이 넘게 프랑스어로 출간되는 캐나다의 SF 잡지인 〈솔라리스〉의 문학 파트 책임자로 일했다. 자신의 소설을 쓰는 일 외에 번역도 하고 있으며, 퀘벡 주 여러 대학에서 문학과 문예창작 강사로 일하고 있다. 그녀의 작품은 1982년 프랑스어 SF 그랑프리와 필립 K. 딕 상을 포함해 여러 상을 받았다. '바닷가 집'은 귀향에 관한 이야기이며 이 선집의 결말로 합당한 작품이다. 1985년 선집인 《4차원 정육면체 I》에 처음으로 발표되었다.

## 역자 후기

거의 모든 책이 편집자의 손을 거치면서도 겉으로는 흔적을 잘 드러내지 않는다. 하지만 편집자의 안목과 의도가 절대적인 영향력을 발휘하는 선집만큼은 편집자의 손길을 선명하게 내보일 수밖에 없다. 어찌 보면 선집은 '편집자의 책'이다. 이 책을 편집한 밴더미어 부부는 장르 문학계에 잘 알려진 스타 편집자들이다. 앤 밴더미어는 공포소설 잡지인 〈기묘한 이야기들〉의 편집자로 2009년에 준 전문잡지 부문에서 휴고상을 수상했으며, 출판사인 '버즈시티 프레스'를 세워 여러 잡지과 단행본을 출간하고 있다. 남편인 제프 밴더미어는 네뷸러상과 리슬링상, 영국판타지문학상, BSFA상, 세계판타지문학상 등을 수상한 작가이자 편집자이다. 두 사람은 2007년부터 본격적으로 공동으로 선집을 편집하기 시작하여 매년 한두 권의 선집을 선보이고 있다. 특히 2008년부터 출간한 스팀펑크 시리즈는 이 하위 장르를 새로이 조명하며 대중적 관심을 불러일으켰고, 2014년에 출간한 《시간여행자 연감》은 시간여행을 다루는 작품들을 모아내며 시간여행을 바라보는 시각을 새로이 환기시켰다. 최근 2016년 7월에는 지금까지의 SF 역사를 개괄할 수 있는 《과학소설 빅북》이라는 1,200쪽이 넘는 선집을 출간했다.

밴더미어 부부는 장르 문학의 흐름을 정리하고 업데이트하면서 최근의 관련 논의를 반영하는 작업을 꾸준히 해왔다. 이 책도 그런 작업의 일환이다. 밴더미어 부부가 이런 작업을 비교적 수월하게 해내는 배경에는 기존에 꾸준하게 출간된 선집들이 쌓아놓은 성과가 있었다. 페미니즘 SF가 주요 흐름 중 하나로 자리 잡은 1970년대 이래로 미국에서는 여성작가들의 작품만을 모은 선집이 20여 권 가까이 출간됐다. 독자들의 호응을 가장 많은 받은 선집은 이 책에 참여한 작가 중 한 사람인 파멜라 사전트가 편집한 《경이로운 여성들》 시리즈일 것이다. 이 시리즈는 1975년에 처음 발간돼 독자들의 찬사를 받은 후 1976년과 1978년에 두 번째 권과 세 번째 권이 출간되었고, 1995년에 다시 두 권의 선집이 더 추가되어 1948년부터 1993년까지의 페미니즘 SF 소설의 흐름을 충실하게 담아냈다. 그리고 1991년에 제정되어 젠더 문제에 대한 문학적 시야를 넓힌 SF와 판타지 소설에 수여되는 제임스 팁트리 주니어상이 있다. 세 권이 출간된 제임스 팁트리 주니어상 수상집이 페미니즘 SF 소설의 흐름을 읽는 데 직접적인 도움이 되었다고 편집자들은 밝히기도 했다.

이 책의 편집자들이 가장 신경을 쓴 지점은 21세기 들어 SF 소설계가 맞고 있는 페미니즘 르네상스를 제대로 담아내는 것이었다. SF 소설계의 페미니즘 논의도 크게 보면 전반적인 여성운동의 물결과 궤를 같이 한다. 19세기 후반부터 20세기 초반까지 여성참정권 운동으로 대변되는 1차 페미니즘 물결이 일었고, 1960년대 후반부터 시작해 1970년대에 젠더와 성 역할, 가부장제에 주목한 2차 페미니즘 물결이 일었다. 페미니즘 SF 소설의 황금기는 이 2차 페미니즘 물결과 함께 시작됐다. 1990년대에 시작된 3차 페미니즘 물결은 서구 백인 여성 중심에서 벗어나 여성들 간에 존재하는 인종적, 계급적, 개체적 차이를 인정하는 동시에 남녀의 경계를 넘어 보다 다양한 성 정체성과 여성적 지위에 있는 여러 대상들과의 연대에 주목한다. 현재 SF 소설계가 맞은 페미니즘 르네상스는 넓은 의미에서 이 3차 페미니즘 물결과 흐름을 같이 한다. 21세기 들어 SF 소설계에는 여성작가가 폭발적으로 증가하며 주요 상들을 석권하는 한편, 전에 없이 다양한 인종과 국적, 성 정체성, 문화적 배경을 가진 여성들의 목소리가 뚜렷이 반영되고 있다.

SF 소설계의 변화는 재빠르고 논란은 격렬하다. 이처럼 안팎으로 치열한 논의를 벌이는 커뮤니티도 드물 것이다. 이런 변화와 논의들을 이끌며 여성들이 SF 소설계에서 거둔 성과는 눈부시다. 1955년에 제정된 이래 1967년이 되도록 여성 수상자가 나오지 않을 정도로 여성경시 풍조가 심했던 휴고상을 2016년에는 여성들이 휩쓸었다. 네뷸러상도 마찬가지다. SF 소설계가 여성작가들에게 우호적이어서는 아니다. 작년 2015년 휴고상 투표만 하더라도 여성작가들이 휴고상을 오염시키는 것을 막자는 조직적인 운동이 있었다. 전통적으로 SF 소설계는 여성에 적대적이었다. 1차 페미니즘 물결로 서프러제트 운동이 일었을 때 반동이 일어난 곳이 SF 소설계였다. 아니, SF 소설이 반동의 도구로 사용됐다는 편이 더 맞겠다. 2차 페미니즘 물결과 함께 페미니즘 SF 소설이 황금기를 맞았을 때도 마찬가지였다. 냉혹하고 융통성 없는 여성들이 권력을 장악한 디스토피아를 그린 작품들이 쏟아져 나왔고, 여성들을 무지하고 철없는 사고뭉치로 그리며 조롱하는 여성혐오 작품들이 홍수를 이뤘다. 말하자면 SF 소설계가 페미니즘에 각성하여 공간을 열어준 것은 아니었다. 여성작가들이 끊임없이 작품을 발표하고 안팎으로 논쟁을 벌여 환경을 바꾸었을 때 비로소 변화한 것이다. 아직도 저항은 있지만, 적어도 지금의 SF 소설은 여성 인물을 고민 없이 얄팍하게 묘사했을 때 호의적이지 않은 평을 감수해야 한다.

지난 50여 년 사이에 모든 분야에서 여성들의 역할이 커진 것이 사실이지만, 한때 온전히 남성의 영역으로 치부되던 SF 소설계에 이처럼 많은 여성이 참여하여 유달리 눈부신 성과를 거둔 것은 우연일까? 어슐러 르 귄은 'SF는 현실을 다시 곱씹어보는 일종의 사고실험'이라고 말했다. 사회적 약자로서 '지금이 아닌 언젠가, 여기가 아닌 어딘가'를 꿈꾸는 여성들의 상상과 고민은 쉽게 SF 소설에 다다른다. 이것이 여성작가들이 SF 소설을 쓸 수밖에 없는 이유이고 여성작가들에게서 훌륭한 작품들이 쏟아져 나올 수밖에 없는 이유가 아닐까 싶다. 여성작가들이 서로 소통하며 페미니즘 논의를 발전시키고 후배 여성작가들을 발굴하며 격려해온 전통 또한 큰 역할을 했다. 이 책에 참여한 많은 작가가 편집자를 겸하는 데서도 알 수 있듯이 많은 여성작가가 선집을 기획, 편집하고, 출판사를 운영하고, 잡지와 온라인 사이트 등을 운영하는 등 적극적인 활동을 펼치고 있다. 제임스 팁트리 주니어상도 동료 작가인 팻 머피와 캐런 조이 파울러가 주도하여 제정했다.

번역 출간되는 책은 또 한 번 편집자의 손을 거친다. 한국어 편집자는 우화와 판타지 성격이 너무 강한 응네디 오코라포르와 엘레노어 아네이슨, 네일로 홉킨슨, 타니스 리 등의 작품과 페미니즘적 색채가 크게 드러나지 않은 티멜 듀챔프 등의 작품을 뺐다. 그리고 안젤라 카터와 제임스 팁트리 주니어, 옥타비아 버틀러의 작품이 빠졌다. 안젤라 카터의 경우는 저작권 관리자 측에서 요청한 것이었고, 제임스 팁트리 주니어와 옥타비아 버틀러의 경우는 최근 국내에 출간된 작가의 단편집에 같은 단편이 포함돼 있어 제외되었다. 또 SF 전문 출판사를 지향하는 출판사의 의도에 맞춰 SF 색채가 강한 작품과 비교적 최근에 발표된 작품을 중심으로 순서를 다시 짰다.

SF 소설은 재미난 사고실험의 장이자 그 사고실험을 타인과 나눌 수 있는 매개체다. 이 책이 새로운 작가들을 자극하는 작은 계기가 되기를 바라마지 않는다.

신해경

옮긴이 **신해경**

더 즐겁고 온전한 세계를 꿈꾸는 전문번역가. 대학에서 미학을 배우고 대학원에서 경영학과 공
공정책학을 공부했다. 생태와 환경, 사회, 예술, 노동 등 다방면에 관심을 가지고 있으며, 옮긴 책
으로는 《사소한 정의》, 《아랍, 그곳에도 사람들이 살고 있다》, 《버블 차이나》, 《덫에 걸린 유럽》,
《침묵을 위한 시간》, 《북극을 꿈꾸다》, 《발전은 영원할 것이라는 환상》, 《제대로 된 시체답게 행
동해》(공역) 등이 있다.

# 혁명하는 여자들

**초판 1쇄 인쇄**   2016년 9월 15일
**초판 1쇄 발행**   2016년 9월 20일

**지은이**     조안나 러스 외
**엮은이**     앤 밴더미어, 제프 밴더미어
**옮긴이**     신해경
**펴낸이**     박은주
**기획**       김창규, 최세진
**디자인**     김선예, 장혜지
**마케팅**     박동준, 정준호

**발행처**     아작
**등록**       2015년 9월 9일(제300-2015-140호)
**주소**       03174 서울시 종로구 사직로 8길 24 1618호
             (내수동, 경희궁의 아침 2단지 오피스텔)
**대표전화**    02.324.3945     **팩스**  02.324.3947
**이메일**     decomma@gmail.com
**홈페이지**    www.arzak.co.kr

**ISBN**       979-11-87206-26-2  03840

책 값은 표지 뒤쪽에 있습니다.

**아작**은 디자인콤마의 문학 브랜드입니다.

이 도서의 국립중앙도서관 출판예정도서목록(CIP)은 서지정보유통지원시스템 홈페이지
(http://seoji.nl.go.kr)와 국가자료공동목록시스템(http://www.nl.go.kr/kolisnet)에서
이용하실 수 있습니다. (CIP제어번호: CIP2016021554)